योद्धा संन्यासी

योद्धा संन्यासी

सुजाता

वाणी प्रकाशन

प्रकाशन के उत्कृष्टतम 62 वर्ष

vaniprakashan.com

प्रथम संस्करण : 2025

वाणी प्रकाशन

4695, 21-ए, दरियागंज, नयी दिल्ली-110 002

फ़ोन : + 91 11 23273167, 23275710

शाखाएँ

अशोक राजपथ, पटना-800 004, बिहार

कॉफ़ी हाउस कैम्पस, महात्मा गाँधी मार्ग, प्रयागराज-211 001, उत्तर प्रदेश

महात्मा गाँधी अन्तरराष्ट्रीय हिन्दी विश्वविद्यालय, वर्धा-442 001, महाराष्ट्र

sales@vaniprakashan.in

vaniprakashan@gmail.com

Yoddha Sannyasi

by Sujata

ISBN : 978-93-6944-156-3

Novel

मूल्य : ₹ 495

आर. टेक ऑफ़सेट, दिल्ली-110 093 में मुद्रित

वाणी प्रकाशन का लोगो मक़बूल फ़िदा हुसैन की कूची से

भूमिका

यह गाथा एक योद्धा संन्यासी की है, जिसका जीवन एक चमत्कार से कम प्रतीत नहीं होता। उनचालीस साल, पाँच महीने, चौबीस दिन की छोटी-सी जीवन अवधि में न जाने उसने कितनी ज़िंदगियाँ जी लीं।

काल का भी अजीब खेल है। जिस व्यक्ति के ज्ञान का न सिर्फ़ अमेरिका बल्कि पूरी दुनिया ने लोहा माना, उन्हीं को एक नये विद्यालय के प्राचार्य पद के अयोग्य मानकर पदच्युत कर दिया गया। पदच्युत करने वाला व्यक्ति भी असाधारण था–ईश्वर चन्द्र विद्यासागर। ईश्वर चन्द्र विद्यासागर के जामाता ने स्कूल के बच्चों से अर्जी डलवा दी–नरेंद्र दत्त की पढ़ाई अच्छी नहीं। विद्यार्थियों का फ़ैसला ही मान्य, नरेंद्र को अब विद्यालय आने की ज़रूरत नहीं–विद्यासागर ने फरमान जारी कर दिया। यह भी कम आश्चर्यजनक नहीं कि नरेंद्र आजीवन ईश्वरचन्द्र को विद्या के प्रति श्रद्धावान रहे।

दो दिन तक पहले जिस व्यक्ति को अमेरिका में कोई जानता तक नहीं था, वे वहाँ की जर्मन मिश्रित भाषा तक नहीं समझ पा रहे थे। कोयले की कालिख से उनके शरीर और वस्त्र काले एवं धूल धूसरित हो रहे थे। अमेरिकन उन्हें देखकर अपने दरवाज़े लगा ले रहे थे। उनके पेट में एक दाना तक नहीं था, भूख के मारे उनकी अन्तरियों में ऐंठन हो रही थी।

अचानक दो दिन बाद ऐसा परिदृश्य बदला कि अमेरिका में स्वामी विवेकानन्द नाम की धूम मच गयी। सभी महत्वपूर्ण अमेरिकी समाचार पत्र इस चमत्कारिक व्यक्तित्व से रंग गये। हर कोई इस करिश्माई व्यक्तित्व की एक झलक पाने के लिये पागल हो रहा था।

स्वामी विवेकानन्द का प्रादुर्भाव ऐसे समय हुआ जब भारत अपनी सबसे दीन-हीन, हतोत्साहित एवं क्षतविक्षत दुर्दशा में पड़ा था। भारतीयों के लिये स्वाभिमान

इतिहास की वस्तु बन चुकी थी। हिन्दू धर्म का चित्रण एक प्रतिगामी, पिछड़े हुए धर्म के रूप में स्थापित हो चुका था। बाहरी धर्म वालों से अधिक स्वयं हिन्दू धर्म के अनुयायियों द्वारा अपने ही धर्म का विकृत चित्रण और आचरण किया जा रहा था। ऐसी विपरीत परिस्थितियों में स्वामी विवेकानन्द ने हिन्दू धर्म और वेदान्त का एक उदात्त रूप पूरी दुनिया के सामने रखा। उन्होंने सम्पूर्ण विश्व में न सिर्फ़ हिन्दू धर्म को प्रतिष्ठा दिलवाई बल्कि गौरवहीनता के शिकार हर भारतीय का आत्मगौरव लौटाया।

परन्तु हमें यह विस्मरण नहीं करना चाहिए कि इस आत्मगौरव को लौटाने के लिये उन्हें कितना संघर्ष करना पड़ा। भूख, अपमान, कष्ट, जिल्लत रूपी अंगारों से गुजरना पड़ा। परन्तु इन सबके बावजूद योद्धा संन्यासी ने हार नहीं मानी। उसे विश्वास था, ईश्वर पर, अपने गुरु पर, अपनी माँ पर और सबसे अधिक अपने आप पर। वह पूर्णरूपेण कर्मयोगी था, थकान, बीमारी, अपमान की घूँट पीकर भी कर्म पथ पर डटा रहा।

योद्धा संन्यासी बनना आसान नहीं है, परम निर्भीक ही इस पदनाम से सुशोभित हो सकता है। उस जमाने के किसी संन्यासी द्वारा किसी महिला को सहजता के साथ अपने मित्र कहने का साहस होना सिर्फ़ एक योद्धा में ही संभव था, यह साहस तो आज भी किसी संन्यासी में दृष्टिगोचर नहीं होता।

आज भी विदेशी सभ्यता की महिलाओं की भारतीय धार्मिक समाज निंदा करना अपना कर्तव्य समझता है। उन्हीं महिलाओं के बारे में भरी सभा में यह कहना कि "एक हजार अमेरिकन स्त्रियों की तरह अगर भारत में बना पाया, तो समझूँगा माँ जगदंबा ने मेरा जन्म लेना सार्थक कर दिया," कितना आश्चर्यजनक लगता है।

"भारत तब तक सुखी नहीं हो सकेगा जब तक वह स्त्रियों का सम्मान करना नहीं सीखेगा। हम लोग स्त्री जाति को नीच, अधम महाहेय एवं अपवित्र कहते हैं, फलस्वरूप हम लोग पशु, दास और हीन हो गये हैं। कृतज्ञता के सद्गुण से परिपूर्ण संन्यासी अमेरिकन स्त्रियों के प्रति अपनी कृतज्ञता व्यक्त करते हुए कहता है–सौ जन्मों तक जन्म लेकर उनकी सेवा करूँ तो भी उनके ऋण से उऋण नहीं हो सकता। इस बात को डंके की चोट पर पूरी दुनिया के सामने रखना कोई सहज बात नहीं है।

जो मानव मात्र की सेवा नहीं, पूजा करने की बात सिर्फ़ कहता नहीं है, करने के लिये तत्पर रहता है। वह अपने गुरु भाइयों से आह्वान करता है–तैंतीस करोड़ देवी देवताओं को समेटकर समुद्र में डुबो दो और साक्षात तैंतीस करोड़ नारायण की पूजा में लग जाओ।

जो संन्यासी बड़ी मुश्किल से कठिन परिश्रम और अमेरिकन स्त्रियों की मदद से मठ का निर्माण करता है, महामारी फैलने पर मानवों की सेवा के लिये क्षण भर में उसे बेचकर सेवा करने को तत्पर हो जाता है। जिसके मन में शोषितों, वंचितों, ग़रीबों, दीन जनों के लिये करुणा और प्रेम का संचार होता रहता है। जिनके दुख से दुखी हो कर वह रोता है। वह देशवासियों को धिक्कारते हुए कहता है–भारत के लाखों अनाथों के लिये कौन रोता है? हे भगवान, क्या हम मनुष्य हैं? तुम लोगों के घरों के चारों तरफ़ जो पशुवत जी रहे, भंगी और डोम हैं, उनके लिये क्या कर रहे हो? उनके मुख में एक ग्रास देने के लिये क्या कर रहे हो? बताओ ना। उन्हें छूते तक नहीं और दुरदुरा करके भगा देते हो। क्या हम मनुष्य हैं? वे हजारों साधु ब्राह्मण भारत की दलित जनता के लिये क्या कर रहे हैं? मत छू, मत छू, बस यही रट लगाते हैं। अब धर्म है कहाँ?

ग़रीब, अनपढ़ भारतीय बच्चों को देखकर उस संन्यासी का दिल रोता था। वह संन्यासी अपने गुरु भाइयों से कहता था–स्कूल बनाओ, अगर नहीं बना सकते हो तो उन ग़रीब के घरों और मुहल्लों में जाओ। साथ में चित्र, नक्शे, ग्लोब लेकर जाओ। उन्हें शिक्षित करो।

इस उपन्यास में जिसकी गाथा गाई गयी है, वह देश प्रेम में इस तरह डूबा हुआ है कि यहाँ की सारी कुरीतियाँ, ग़रीबी, पाखण्ड और अंधविश्वास को उखाड़ कर फेंक देने के लिये न शरीर की परवाह करता है, न धर्म की, न जन की और न अभिजात्य वर्ग के मन की। वह अपनी पूरी शक्ति लगाकर घोषणा करता है–मुझे चिंता नहीं, लोग क्या कहते हैं? जो दरिद्र हैं, अशिक्षित हैं, मैं उनसे प्रेम करता हूँ।

बचपन से इस क्रान्तिकारी योद्धा और परमहंस की कहानियाँ सुन-सुनकर बड़ी हुई हूँ। मेरे बाबूजी रामकृष्ण मिशन, पटना में रहकर 'रिलिजियस कॉन्सेप्ट आफ स्वामी विवेकानन्द' विषय पर पी-एच.डी. कर रहे थे। उनसे मिलने माँ के साथ जब भी वहाँ जाती थी, माँ को मुख्य द्वार पर ही रोक दिया जाता था , मैं तीन-चार साल की थी, मिशन के प्रेमिल संतों का स्नेह भाजन बनकर मगन हो जाती थी। पिताजी जब घर आते, तब वे अक्सर ठाकुर और स्वामी की चर्चा करते। आजीवन वे इन दोनों महापुरुषों की चर्चा करते रहे।

जब पितृ वियोग के शोक सागर में मैं डूब रही थी, स्वामी जी ने अपनी अहैतुकी करुणा की कृपा से उससे उबार लिया। मुझे उनकी कृपा की अनुभूति न जाने कितनी बार प्राप्त हुई है। ऐसी न जाने कितनी बातें हैं जिनके कारण स्वामी जी मुझे इतने आत्मीय लगते हैं, जैसे मेरे घर, मेरे मन में रहने वाले स्नेहिल स्वजन हों।

इन सारी बातों ने कब उपन्यास का रूप ले लिया, पता नहीं चला। स्वामी जी पर इतनी अधिक किताबें लिखी गयी हैं कि एक और की आवश्यकता है या नहीं, मुझे ज्ञात नहीं, पर इतना कह सकती हूँ कि मेरे योद्धा संन्यासी थोड़े से अलग हैं, बिलकुल वैसे ही जैसे वे सचमुच थे।

आज भी हिन्दू धर्म के विकृत स्वरूप को प्रतिष्ठा दिलाने की अनवरत कोशिश हो रही है। यहाँ तक कि इस योद्धा संन्यासी के व्यक्तित्व को भी बदलने के प्रयास हो रहे हैं। ऐसे में एक ऐसी पुस्तक की आवश्यकता है जो स्वामी विवेकानन्द के सही स्वरूप को प्रदर्शित कर सके।

हिन्दू धर्म की अन्तर्धारा उदात्त, समदर्शी और सदाशयता की रही है, किंतु समय के फरेब में इसमें बहुत सारे दुर्गुण आ गये। इस क्रान्तिकारी योद्धा ने हिन्दू धर्म की उसी पुरानी उदार और सहिष्णु अन्तर्धारा को स्थापित किया जिसे कालांतर में महात्मा गाँधी, महर्षि रमण, गुरुदेव रवींद्र और अन्य समन्वयवादी मनीषियों ने आगे बढ़ाया।

-सुजाता

(1)

जहाज समुद्र में उतर चुका था। सुनहला नीला आकाश, उसके अंक में काले बादल, उनकी गोद में सफेद मेघ, सुनहली किनारी जिनके नीचे झाड़ के झाड़, ताल-नारियल और खजूरों के सिर हवा में ऐसे लहरा रहे थे जैसे हजारों चँवर हिल रहे हों।

जहाज शनैः शनैः बढ़ रहा था। सामने जहाँ तक नजर जाती थी, तरंगायित, फेनिल, सघन नील जलराशि वायु के साथ ताल-ताल पर नृत्य कर रही थी। गंगा जल पीछे छूट चुका था। जलयान एक बार सफेद जल पर उठ रहा था, एक बार स्याह जल पर। पर अब सफेद जल दिखायी नहीं पड़ रहा था। सिर्फ़ नीला जल सामने, पीछे, आस-पास। सिर्फ़ नीला ही नीला जल, सिर्फ़ तरंग भंगिमाएँ। नील केशराशि, नील कान्ति अंग आभा, नीलांबर परिधान।

काषाय वस्त्र धारित संन्यासी की दृष्टि अनंत पर टिकी हुई थी, तभी उसके मुखमंडल पर स्थित हास्य यह सोचकर विहंसा–देवताओं के भय से करोड़ों असुर समुद्र के नीचे छिपे हुए रहते थे, आज वे असुर कहाँ हैं? हो सकता है असुर मानवों के साथ समाज में इस तरह हिलमिल गये हों कि ऊपर से देखने पर पता ही नहीं चलता हो, मानव के मुखौटे लगाये दानवों की पहचान इतनी आसान कहाँ?

अचानक जहाज झूमने लगा। सामने खड़े साव्यसाची का मुखमंडल सूख रहा था, उसकी आँखें काँप रही थीं। भय से अधिक वह अवसाद से आक्रान्त था, इतना अधिक कि किनारा मिल जाये तो एक ही दौड़ में बंगभूमि पहुँचकर माने। उसका बड़ा भाई वीरेन उसकी बाँहें कसकर थामे था–"कुछ नहीं होगा। माँ-बाबा ने हमें पढ़ने के लिये भेजा है, दिखता नहीं, यह जहाज कितना मज़बूत है, यह कभी डूब नहीं सकता। तुमने आर्कमिडिज का सिद्धान्त पढ़ा है न?" साव्यसाची ने हाँ की मुद्रा

में सिर हिलाया। दोनों भाईयों की वार्तालाप सुनकर संन्यासी ने स्नेहनिग्ध दृष्टि से उन्हें देखा। अब दोनों बालकों के मुखमंडल पर लज्जा के भाव थे।

संन्यासी आगे बढ़ गया। डेक पर आकर खड़ा हो गया–"सचमुच यह जहाज कितना आश्चर्यजनक है! जिस समुद्र की ओर किनारे से देखने पर डर लगता है, जिसके बीच आकाश झुककर मिल गया सा मालूम होता है, जिसके गर्भ से सूरज धीरे-धीरे उठता और डूब जाता है, जिसके भौंहों में ज़रा सा बल पड़ जाये तो होश उड़ जाते हैं, पर यह जहाज इसके सीने को चीरते हुए कितने आराम से चलता है। सबसे सस्ता मार्ग है–जलयान का सफर।"

तभी जहाज का पाल जोर से लहराया, हवा का वेग बढ़ रहा था। कैप्टन ने पाल की स्थिति देखकर मुस्कुराते हुए कहा–"चिंता की कोई बात नहीं है, सब ठीक है।"

कैप्टन के दिलासे ने सबके चेहरे पर इत्मीनान ला दिया। आखिरकार, वाष्पपोत का सर्वेसर्वा मालिक कप्तान ही होता है। पहले के कप्तान डाकुओं को पकड़कर फांसी तक दे देते थे पर अब उतना अधिकार नहीं रहा। फिर भी आज भी जहाज पर उनका हुक्म ही कानून है, उनकी दिलासा से इत्मीनान होना लाजिमी था।

संन्यासी अपनी मस्ती में था, सहयात्रियों से संवाद कर रहा था–"पाल के सहारे जहाज चलाना एक आश्चर्यजनक आविष्कार है। हवा चाहे जिस तरफ़ हो, जहाज अपने गंतव्य स्थान पर पहुँचेगा ही। हवा प्रतिकूल भी हुई तो कुछ देर होगी। पाल वाला जहाज देखने में कितना सुंदर प्रतीत होता है! दूर से जान पड़ता है, जैसे बहुत से पंखों वाला कोई पक्षिराज आकाश से उतर रहा हो।"

सभी मन्त्रमुग्ध हो कर इस संन्यासी को सुन रहे थे। बालक सव्यसाची की आँखों के सामने पूरा जहाज पक्षिराज बनकर आकाश में उड़ रहा था। पर अधिक देर उस दृश्य का आनन्द वह नहीं ले सका। दरअसल जहाज बहुत अधिक झूम रहा था। उसका जी मितलाने लगा, वह उल्टी करने के लिये भागा, पीछे से उसका बड़ा भाई वीरेन भी दौड़ा–"रुको।"

"अब क्या रुकूँ, प्राण बचने की कोई उम्मीद नहीं, माथा उड़ा जा रहा," कहता हुआ सव्यसाची खड़ा हो गया।

"तुम्हें कुछ नहीं होगा, सामुद्रिक यात्रा में ऐसा होना स्वाभाविक है। मैं जब पहली बार कप्तान साहब का चपरासी बनकर जहाज पर चढ़ा था तो ऐसा ही हुआ था। उस समय मेरी भी उम्र तुम्हारी जैसी ही थी, मात्र तेरह साल का था, पर अब देखो, पता ही नहीं चलता धरती पर हूँ या जहाज पर।" अब वह सारंग बन गया है,

सारंग का मतलब खलासियों और कोयले वालों में एक आदमी सरदार रहता है, उसे सारंग कहते हैं, उसके नीचे दो-तीन टंडेल खलासी रहते हैं।

संन्यासी ने सारंग से पूछा–"तुम कहाँ के रहने वाले हो?"

"जी, कलकत्ता..."

"पढ़ाई कहाँ तक हुई है?"

"नौवीं कक्षा तक। पढ़-लिख लेता हूँ।"

"तुम तो अंग्रेज़ी भी अच्छी बोल लेते हो। तुम्हारा काम कठिन है। कोयले वाले इंजन घर की आग को ठीक रखने के लिये दिन-रात आग से लड़ते रहना पड़ता है।"

"स्वामी जी, काम मुश्किल है, कभी-कभी तो लगता है आग में झुलस रहा हूँ फिर भी इस आग की जलन उतनी ताप नहीं देती जितनी नीची जाति में जन्म लेने की अपमान की पीड़ा की जलन भयंकर लगती है।"

"सारंग, यहाँ तो सभी नेटिव हैं। हम लोग अपने देश में सुनते रहते हैं कि अमुक भली जात है, अमुक छोटी जात। सरकार की निगाह में सब नेटिव हैं। महाराजा, राजा, ब्राह्मण, क्षत्रिय, वैश्य, शूद्र सब एक जाति हैं।" संन्यासी के मुखमंडल पर एक व्यंग्यात्मक मुस्कान बिखरी–"धन्य हो अंग्रेज़ सरकार। कम से कम एक क्षण के लिये तुम्हारी कृपा से सब नेटिवों के साथ समत्व का बोध तो करा ही देते हो।"

संन्यासी ने सारंग के कंधे पर हाथ रखते हुए कहा–"तुम, हम सब, एक ही ईश्वर की संतान हैं। हमारे देश का दुर्भाग्य है कि भारतवासी स्नान, खान, पान आदि स्थानीय अंधविश्वासों के पुंज को ही अपना धर्म समझ बैठे हैं। बेचारे देशवासी! इनको नीच और धूर्त पुरोहित, वेदों और हिन्दू धर्म के नाम पर निरर्थक हास्यपूर्ण कुरीतियाँ और मूर्खताएँ सिखा रहे हैं। एक आश्चर्यजनक बात स्मरण रखो कि इन बदमाश पुरोहितों और इनके पूर्वजों ने भी चार सौ पुश्तों से वेदों की एक प्रति का दर्शन तक नहीं किया है। हम लोग उन्हीं का अनुगमन कर अपने को पतित कर लेते हैं। कलियुगी ब्राह्मणरूपी राक्षसों से भगवान सबकी रक्षा करें।"

सारंग का दुख कितना कम हुआ, यह तो, ईश्वर को पता होगा पर उसके चेहरे पर निश्छल मुस्कुराहट थिरक रही थी। उसने हाथ जोड़कर पूछा–"स्वामी जी, आपका क्या नाम है?"

"विवेकानन्द।"

सारंग को लगा सागर की लहरियों में विवेकानन्द नाम गूंज रहा है।

(2)

संन्यासी अपने केबिन में आकर ध्यानमग्न हो बैठ गया। जलयान धीरे-धीरे कोलंबो की ओर बढ़ रहा था। उसके मानस में हजारों तरंगे उठ रही थीं। इस यात्रा का अन्त अज्ञात अमेरिका के अपरिचित जन समाज में होगा या कुछ और! पता नहीं!

उसकी दृष्टि दूर छोड़ आए अपनी मातृभूमि पर टिकी हुई थी, वह सतृष्ण नयनों से उसे ऐसे निहार रहा था जैसे सभी सजीव हो उसके सामने उपस्थित हों, उसकी आँखों के सामने विराजमान हो गये हों। हर वे लोग जो प्रेमपूर्वक विदाकाल में इतनी दूर आए और यात्रा की सारी व्यवस्था की। जो किसी कारण वश नहीं आ पाए, मन मसोस कर रह गये। कुछ वजहों से नहीं आकर भी ढेरों लोग उनकी सफलता के लिये करबद्ध प्रार्थना कर रहे होंगे।

उसकी आँखें भींग गयीं, हृदय व्यथा वेदना से विकल और विह्वल हो उठा! अपने गुरुदेव की भूमि छोड़कर कहाँ जा रहा है? त्यागभूमि को छोड़कर भोगभूमि जाना क्या उचित है? पर वह तो गुरुदेव की इच्छापूर्ति करने जा रहा है, काली माँ इस बात की साक्षी हैं।

उसने केबिन के बाहर झाँका, उसकी पलकें झपकीं, आँखें विस्फारित हो कर फैल गयीं, होंट बुदबुदा उठे–"गुरुदेव...।" गुरुदेव कहाँ रुके, जलयान के आगे-आगे अपनी सफेद धोती में तेजगति से आगे बढ़ते चले गये, पर केबिन में छोड़ गये अपने प्रेमिल संस्पर्श, अपनी आत्मिक अनुभूतियाँ, उनके दिव्य स्वर–"नरेन्द्र, मैं तेरे साथ हूँ। तूने तुरियानन्द से ग़लत नहीं कहा है। सच मान, यह महाधर्म सम्मेलन सिर्फ़ तेरे लिये हो रहा है। तुझे याद है, न, जब तेरी तुलना मैं केशव सेन और विजय कृष्ण गोस्वामी से करता था, कि एक दिन नरेन्द्र को इन दोनों से भी अधिक दुनिया जानेगी, तू कितना शरमा जाता था! मुझे भी रोकता था–गुरुदेव, मुझे शर्मिंदा न करें। पर, नरेन, मुझे पता है रे, तू सप्तऋषियों में से एक है। माँ काली की कृपा है, तुझ पर, तू अमरत्व को प्राप्त होगा।"

"गुरुदेव!" नरेन्द्र की आँखों के आँसू ने बाँध तोड़कर मुखमंडल को आप्लावित कर दिया।

नरेन ने निश्चिन्तता की साँस ली, विवेकानन्द सही रास्ते पर जा रहा है। परन्तु नियति ने नरेन को अधिक देर तक निश्चिन्त होने का समय नहीं दिया। वह द्वंद में पड़ गया–"माँ...!" मानो सामने माँ अपनी तर्जनी उँगली उठाए खड़ी थी।

"नरेन, तू विवेकानन्द बनकर सत्य के रास्ते पर जा रहा है?" सामने माँ खड़ी थी, उनके साथ अबोध भाई-बहन...

"माँ...गुरुदेव की आज्ञा थी...उनका ही काम है माँ..." नरेन की जिह्वा लड़खड़ाई।

"तेरी माँ...! उसका काम कौन करेगा?"

"माँ ईश्वर...है न...!"

"तेरे गुरु का काम ईश्वर नहीं कर सकता था?" माँ की आँखें बाहर निकल रही थीं।

"माँ ईश्वर..."

"मूर्ख! चुप रह, तुमने बचपन से लेकर आज तक भगवान का नाम ले-लेकर अपना गला फाड़ लिया है। परन्तु भगवान ने हमारे लिये क्या किया है, जो वह अब करेगा?"

"माँ मैं तुम्हारा दोषी हूँ...आदेश दो।" नरेन ने पूर्ण समर्पण कर दिया।

"देख नरेन, परिणाम चाहे जो भी हो, हमेशा वही करना जो सत्य प्रतीत हो, और वही करते भी रहना। बहुत बार इसके लिये तुम्हें शायद ग़लत और अप्रिय नतीजे झेलने पड़ें, लेकिन सच का दामन कभी मत छोड़ना।" पुत्र का समर्पण माँ को पिघला रहा था। माँ की आकृति ममतामयी होते ही विलुप्त हो गयी।

संन्यासी घनघोर काली रात्रि में अनंत सागर के मध्य अपनी माँ की अधखुली आँखों में झाँकते हुए मानो बुदबुदा रहा था–"माँ, प्राय: सभी लोगों का कहना है, आपके ही दोनों नयन विरासत में ईश्वर ने मुझे प्रदान किया है। पर मैं जानता हूँ, सिर्फ़ आपकी दोनों आँखें ही मुझे नहीं मिली हैं, बल्कि उत्तराधिकार में आपका नि:स्वार्थ प्रेम और पूत चरित्र नसीब हुआ। माँ, मैंने जीवन में जो भी सुकर्म किया है और आगे करूँगा, सब आपकी कृपा से..." संन्यासी की आँखें मूँद गयीं। जलयान असीम सागर में तैरता रहा।

(3)

सूर्योदय के साथ-साथ हलचल बढ़ गयी थी। जहाज बन्दरगाह पर लगाने की कवायद हो रही थी। कोलंबो बन्दरगाह! संन्यासी केबिन से बाहर निकल आया। मुंबई से श्रीलंका आने में सात दिन लग गये थे। अब तक वह समुद्री यात्रा के तौर-तरीकों और रीति-रिवाजों का अभ्यस्त हो चुका था। जहाज के कैप्टन ने चिल्लाकर

कहा–स्वामी, आप कोलंबो में हैं, जहाज अभी यहाँ रूकेगा, आप चाहें तो शहर देखने जा सकते हैं।

- अवश्य, संन्यासी ने जब कहा, उसकी आँखें रावण की विध्वंसात्मक राजधानी की कल्पना से चमक रही थीं...। क्या सीता माता की अशोक वाटिका भी होगी? उसने लाल कपड़े वाले एक बौद्ध से अंग्रेज़ी में पूछने की चेष्टा की। पर उसने हाथ हिला दिया...कुछ नहीं समझा। वह सिर्फ़ सिंहली जानता था। शहर देखने के लिये भाषा की क्या आवश्यकता? पर बिना संवाद के पर्यटन का क्या मज़ा! इतनी जल्दी सिंहली भाषा सीखना असंभव था। वह शहर घूमने निकल गया।
- मि. स्वामी, कैसा लगा यह देश? जर्मन सहयात्री ने पूछा।
- हमने सारा शहर देख डाला। मन्दिरों, मूर्तियों से लेकर बाजार तक, पर भगवान बुद्ध की लेटी हुई मूर्ति की स्मृति मेरे मन में अभी तक ताजा है, मानों मेरी अन्तस आँखें अभी भी उन्हें ही निहार रही हैं।
- आपको भगवान राम के विजय का कोई चिन्ह मिला? वीरेन ने पूछा।
- सेतु तो देख रहा हूँ।
- मि. स्वामी, सीलोनी लोग तो ऐसा नहीं मानते। उनका कहना है–हमारे देश में ऐसी किंवदंती भी नहीं है।
- अरे, नहीं है कहने से क्या होगा? गोसाईं जी ने मानस में लिखा है। बंगाल से सीलोन का पुराना रिश्ता है।
- क्या महाराज...? डेक पर तब तक कुछ लोगों ने उन्हें घेर लिया था। प्राय: सभी यात्री नगर दर्शन से लौट आए थे। फिलहाल जल स्थिर हो चुका था। कभी-कभी बन्दरगाह की दीवार से लगकर आठ-दस हाथ उछल पड़ता था, फिर सफेद फेनमय हो कर छितरा जाता था। अब यह क्रिया भी धीमी-धीमी स्वत: ही शान्त होती जा रही थी। संन्यासी की गम्भीर आवाज़ लोगों को स्पष्ट सुनाई पड़ रही थी
- बंगाल से सीलोन के कनेक्शन की कहानी बड़ी मार्मिक है–एक बंगाली राजा का महादुष्ट पुत्र था। उसका नाम विजय सिंह था। एक दिन उस दुष्ट पुत्र ने अपने पिता से ही लड़ाई ठान ली। परन्तु पिता को पराजित नहीं कर पाया। तब उसने अपनी तरह कुछ अन्य साथियों को इकट्ठा किया और डोंगियों के सहारे बहते-बहते लंका के एक टापू पर चला आया। उस समय उस टापू पर

कबालियों का राज था, जिसके वंशधर इस समय वेद्दा के नाम से प्रसिद्ध हैं। कबाइली राजा ने उसे बहुत आदर और प्यार से अपने साथ रखा। दुष्ट व्यक्ति विजय एक भले व्यक्ति का स्वांग रचकर कबाइली राजा का विश्वास पात्र बन गया। राजा उसके व्यवहार से प्रसन्न हो कर अपनी एकलौती पुत्री का विवाह उसके साथ कर दिया। विवाह होने के कुछ दिनों बाद तक उसने भले मानुष का आवरण ओढ़े रखा। एक रात्रि दलबल सहित कबाइली सरदारों से मिलकर राजा का कत्ल कर दिया। इस लोमहर्षक घटना के बाद विजय सिंह राजा बन बैठा। उसकी शैतानी बुद्धि यहीं तक नहीं रुकी। राजा बनने के बाद उसे अपनी पत्नी भी अब पसन्द नहीं आ रही थी। उसने उसकी भी हत्या करवा दी। तब उसने भारत से अन्य बहुत से आदमियों एवं लड़कियों को मंगवाया। अनुराधा नामक एक सुंदरी से उसने अपना विवाह रचाया। अपनी प्रथम पत्नी को तो वह हमेशा के लिये धरती से विदा कर ही चुका था। उस नराधम ने उन तमाम कबीली जातियों को भी मरवा दिया। बेचारे करीब-करीब सभी मारे गये। उनके इक्के-दुक्के वंशज झाड़ियों-जंगलों में आज भी बस रहे हैं। इस तरह उसकी दूसरी पत्नी के नाम पर लंका की राजधानी का नाम अनुराधापुरम पड़ा।

- बहुत वर्षों बाद सम्राट अशोक के काल में, उनके सुपुत्र महेन्द्र और पुत्री संघमित्रा ने संन्यास लेकर धर्मप्रचार करने के लिये सिंहल टापू पर पदार्पण किया। दोनों परोपकारी भाई-बहन ने तमाम ज़िन्दगी मेहनत करके इन लोगों को सभ्य बनाया; सदनियम बनाए। इन लोगों को शाक्यमुनि के सम्प्रदाय में दीक्षित किया। देखते-देखते सीलोनी लोग निहायत कट्टर बौद्ध हो गये। लंकादीप के बीचोबीच एक विशाल शहर बनाया। शायद हम लोगों को उस शहर के भग्नावशेष देखने के मौक़े मिलेंगे।
- यस मि. स्वामी! मैंने उन भग्नावशेषों को देखा है। अक्ल हैरत में पड़ जाती है। बड़े-बड़े स्तूप, कीलों तथा पत्थरों की टूटी विशाल इमारत के खण्डहरों को देखकर।
- क्या हम लोग भी अनुराधापुरम देखने जा सकते हैं? सारंग ने कैप्टन से पूछा। उसने न की मुद्रा में सिर हिलाया...। सारंग का मुख लटक गया। ग़ुलाम की अपनी इच्छा का क्या मतलब? जब चाकरी करता है तो बेकार क्यों जिज्ञासा की? इतने लोग के सामने मन की भावना दबा लेता तो इतना अपमानित तो नहीं होता। वह धीरे से उठा और संन्यासी के समान इधर से उधर करने में

मदद करने लगा। संन्यासी अपने साथ आये इतने अधिक सामानों को देखकर परेशान हो रहा था, मदद मिल जाने से उसने राहत की सांस ली—मैं इतनी वस्तुओं और माल-असबावों का आदि नहीं हूँ। संन्यासी ने सारंग से कहा। जी—सारंग के साथ जर्मन ने भी सामान उठाने में मदद की।

- दंड-कमंडलधारी संन्यासी के लिये ट्रंक, सूटकेस, बिस्तरे आदि सँभालना एक दुरूह समस्या हो गयी है—संन्यासी ने मुस्कुराते हुए कहा।
- क्यों संन्यासी की कोई ज़रूरतें नहीं होतीं? अमरीकन पादरी बोगेश ने पूछा।
- हमारे धर्म में संन्यासियों का जीवन बहुत त्यागपूर्ण होता है, कंचन, कामिनी, प्रतिष्ठा सबसे दूर रहने वाला ही संन्यासी माना जाता है, समाज उसे ही आदर प्रदान करता है।
- ओई, तो आपका विवाह नहीं हुआ? आप आगे भी विवाह नहीं करेंगे? मैं भी पादरी हूँ, एक धार्मिक उपदेशक...पर सात वर्ष पहले ही मेरा विवाह हुआ है, ईश्वर की दया से छह बच्चे हैं। पादरी कंधे उचकाते हुए अपनी पत्नी की ओर बढ़ गया। डेक पर पादरी की पत्नी एक दरी बिछाकर छहों बच्चों को सँभालने की नाकाम कोशिश कर रही थी। बच्चे एक-दूसरे से लथपथ हो रहे थे, रोने के साथ, चिल्ला भी रहे थे और तेज़ी से लोट-पोट हो रहे थे। संन्यासी के पैरों में झुनझुनी हो रही थी। वह टहलने के लिये उठने का उद्यम करते-करते बैठ गया, उसका मन कांप गया, कहीं बोगेश के अबोध बच्चे पैरों के नीचे न आ जायें। पर बोगेश को तो कुछ फर्क ही नहीं पड़ रहा था, वह इन सब बातों से बेखबर अपनी पत्नी को चूम रहा था। संन्यासी ने सिर दूसरी ओर घुमा लिया—यूरोपीय सभ्यता समझना कठिन है। बोगेश का छोटा बच्चा टोकरी में लेटा-लेटा ठुनक रहा था, उसकी माँ बोगेश के साथ थी। उसकी देखभाल करने वाला कोई नहीं था। वृद्ध उप-कप्तान से रहा नहीं गया, वह एक कटोरी में शोरबा डालकर चम्मच से उस अबोध बच्चे को पिलाने की कोशिश कर रहा था। संन्यासी ने उसकी ओर कृतज्ञतापूर्ण दृष्टि से निहारा और मुस्कुरा दिया। उस वृद्ध की आँखों की चमक बढ़ गयी। उसने मुस्कुराते हुए कहा—देखिए न, इस बेचारे का पैर! कितना दुबला-पतला बालक है, कितना उपेक्षित...। संन्यासी ने धीरे से सिर हिलाया। जून का महीना। जहाज कोलंबो से धीरे-धीरे आगे बढ़ रहा था। मानसून आने के आसार तेज हो रहे थे। जितनी तेज़ी से जलयान बढ़ रहा था, उतनी ही तीव्र गति से तूफान की गति बढ़ रही

थी। हवा, उतनी ही गरज रही थी। बारिश और अँधेरा दोनों बढ़ रहे थे। बड़ी-बड़ी तरंगे गरजती हुई जहाज पर टूट रही थीं।

जहाज के इतने अधिक हिचकोले से प्राय: सभी के सिर भारी लग रहे थे, तभी छोटी-सी बच्ची टूटल सिर पकड़कर दौड़ती-भागती हुई आयी–"मेरे सिर में बहुत दर्द हो रहा है।"

"ओह डियर," जर्मन महिला ने उसे गले लगाते हुए पूछा, "तुम्हारी माँ कहाँ है?"

"मेरी माँ नहीं है, पापा हैं।"

"ओह," जर्मन महिला उसके सिर को अपनी गोद में रखकर सहलाने लगी।

"टूटल, अब तुम कैसी हो?" संन्यासी ने पूछा।

"मुझे यह बंगला बिलकुल अच्छा नहीं लगता, बाबा रे! कितना झूमता है। मेरी तबीयत ख़राब हो जाती है। मैसूर वाला बंगला कभी नहीं झूमता था। मैं पापा के कारण चली आयी, वरना वे उदास हो जाते।"

टूटल अपने कमरे में चली गयी। उसका कमरा पहले दर्जे का है, इसी से काफ़ी सजा-संवरा है। संन्यासी का कमरा डेक पर ही है, पर गर्मी इतनी है कि वह निचली मंज़िल में आकर बैठ गया। उसे गर्मी बर्दाश्त नहीं होती। बचपन से ही गर्मी जानलेवा लगती थी।

अपनी आँखों को बन्दकर अपनी वेदना पर नियंत्रण पाने की कोशिश करने लगा। मूंदी आँखों में कोलंबो के लेटे हुए बुद्ध समाए हुए थे, जिनके मुखमंडल पर करुणा और प्रेम का अभूतपूर्व सामंजस्य था।

संन्यासी के मन में मंथन चल रहा था–"भगवान इस बार हमारे बीच बुद्ध रूप में आए और हमें ग़रीबों, दुखियों और पापियों के लिये आँसू बहाना और उनसे सहानुभूति करना सिखाया, पर हमने उनकी बात पर ध्यान ही नहीं दिया। हमारे पुरोहितों ने यह भयानक किस्सा गढ़ा कि भगवान भ्रांत मत का प्रचार कर असुरों को मोहित करने आए हैं। पर सच यही है कि हम लोग ही असुर हैं, वे नहीं जिन्होंने उन पर विश्वास किया।" पर ऐसा क्यों हुआ?

(4)

प्राच्य दिशा में सूरज की लालिमा नीलाभ के माथे पर सिंदूरी रंग इस तरह बिखेर रही थी, जैसे विजयादशमी के पश्चात माँ दुर्गे की विदाई की वेला में विदा करती स्त्रियों के मुखमंडल सिंदूरी रंग रक्ताभ हो गये हों।

जहाज धीरे-धीरे बन्दरगाह पर लग चुका था। जलयान के कर्मचारी मोटी-मोटी रस्से लेकर इधर-उधर दौड़ रहे थे। जहाज पर चीनियों का दल चढ़ने के लिये कश्मकश कर रहा था।

संन्यासी ने अपने केबिन की खिड़की से डेक पर झांका। चीनियों को देखकर वह समझ गया हाँगकांग आ गया है। फुर्ती से उठकर वह तैयार होने चला गया। चीन एक ऐसा देश है, जिसके बारे में जानने के लिये भारतीय सबसे अधिक उत्सुक रहते हैं, किन्तु एक अदृश्य लोहे की दीवार है जो भेदती नहीं दिखायी पड़ती।

कलकत्तावासी तो देश के अन्य प्रांतों से अधिक अपने बाल्यकाल से ही चीन के बारे में सुनते रहते हैं, ख़ासकर कलकत्ते के चीना बाजार में तो अनेक चीनियों से मुलाकात होती रहती है।

संन्यासी के मन में भी बहुत अधिक उत्सुकता थी–चीनियों का धर्म क्या है? उनकी प्राचीन संस्कृति जो भारत की ही तरह अति पुरानी है, वह कैसी है? चीनियों का आचार-व्यवहार कैसा है? उनका भोजन क्या है? उनके भोजन के बारे में तो न जाने कितनी सच्ची-झूठी कहानियाँ और लोकोक्तियाँ बन चुकी हैं और भी न जाने कितनी बातें हैं, रहनी-सहनी से लेकर अदृश्य शक्तियों की कहानी तक। चीन शब्द से ही कितनी कल्पनाएँ जुड़ी हैं, कितने ही जादू जुड़े हैं।

संन्यासी जब डेक पर आया तब तक सैकड़ों की संख्या में चीनी डोंगियाँ जलयान को घेर चुकी थीं। डोंगियों में दो-दो पतवार लगे हुए थे, जिसकी वजह से वह थोड़ी विचित्र सी लग रही थीं।

एक मांझी ने संन्यासी को आवाज़ दी। भाषा तो समझ नहीं आयी पर भाव इतना स्पष्ट था बात समझ आ गयी। वह तट पर ले जाने की बात कर रहा था। भाषा संवाद संप्रेषण का एक जबरदस्त कारक है, पर इससे भाव की न्यूनता कम नहीं हो जाती।

संन्यासी चुपचाप उस मांझी की डोंगी पर जाकर बैठ गया। जब तक मांझी जलयान वालों से अपनी व्यापारिक हित की बातें करके आया, तब तक उसने डोंगी का मोटा-मोटी जायजा ले लिया था। मांझी, डोंगी पर ही सपरिवार रहता है, पतवारों के संचालन का दायित्व उसकी पत्नी के हाथों में रहता है। एक पतवार को उसने दोनों हाथों से थाम रखा था और दूसरे को पैरों से। उसकी पीठ पर गौरवर्ण का एक छोटा सा बालक कपड़े से इस प्रकार बंधा था कि वह आसानी से अपने हाथ-पैर हिला पा रहा था वह टकटकी लगाये इस संन्यासी को निहार रहा था।

डोंगी समुद्र में अठखेलियाँ खेलने लगी। मजे की बात यह कि नब्बे प्रतिशत डोंगियों में नन्हें-नन्हें चीनी बच्चे अपनी माताओं की पीठ पर आराम से झूल रहे थे और उनकी माताएँ अपनी सारी शक्ति लगाकर पतवार घुमा रही थीं।

एक बारगी संन्यासी भी असमंजस में पड़ गया, जब दूसरी डोंगी से एक महिला अपनी पीठ पर बच्चों को लादे अति फुर्ती के साथ उसकी डोंगी पर कूद पड़ी। बेचारे बच्चे के मस्तिष्क का क्या हाल होता? उसका मन कांप गया। उन्हें क्या पता, वे मौत के मुँह से अभी-अभी कैसे बचे हैं। बेचारे बच्चे!...चावल की रोटी कुतरने में मस्त थे, जो काम के झंझटों से बौखलाई माँ ने उनके हाथों में पकड़ा दिया था।

संन्यासी का मन भींग गया। अपने देश के लाखों ग़रीब बच्चों की स्मृतियों ने उसके हृदय में ऐंठन पैदा कर दी। ऐसा क्यों माँ! चीनियों और भारतीयों की नितान्त दरिद्रता ने उनकी सभ्यताओं को निर्जीव बना रखा है। हतभाग्य हैं हमारे भारतवंशी और चीनी जिन्हें दैनिक आवश्यकताओं की पूर्ति करनी इतनी भयंकर लगती है कि और कुछ सीखने की उन्हें फुरसत ही नहीं।

"आपको कैंटन नहीं आना चाहिए था, यहाँ आकर मन दुखी हो जाता है, मैं इस स्थान पर पहले भी आ चुका हूँ, इतनी गन्दी जगह दुनिया में कहीं नहीं है।" सहयात्री पादरी ने संन्यासी से कहा।

"गन्दगी मेरे लिये वैसी समस्या नहीं है, पर एक बात समझ नहीं आती क्या चीनियों ने स्नान न करने की शपथ खा रखी है?"

जिन गलियों से पादरी के साथ संन्यासी निकल रहा था, वे इतनी संकरी थीं कि उनमें से गुजरते हुए दोनों ओर की दुकानों को हाथ फैलाकर स्पर्श किया जा सकता था। तभी मांस की एक दुकान पर उसकी दृष्टि पड़ी–जिस पर एक छोटी बच्ची कुत्ते का मांस ख़रीद रही थी। संन्यासी को मांसाहार से परहेज नहीं था, परन्तु ऐसे आखाद्य पदार्थ को देखना भी असह्य हो रहा था।

"बच्ची बहुत ग़रीब है...यहाँ के भले लोग कुत्ते का मांस नहीं खाते," पादरी दूसरी बार आया था, इसी से गाइड की भूमिका स्वतः निर्वाह करना प्रारंभ कर दिया था।

"चीनी कैंटन में महिलाएँ घर से बाहर नहीं निकलतीं?"

"आपके नॉर्थ इंडिया में भी तो पर्दा बहुत है, न। बस, वैसी ही पर्दा इधर भी है। केवल मजदूर वर्ग की महिलाएँ बाहर दिखलाई पड़ती हैं। आपको पता है इनमें एकाध स्त्री ऐसी दिखायी पड़ जाती हैं, जिनके पांव बच्चों से भी छोटे होते हैं और उनकी चाल..., वे लड़खड़ाती हुई चलती हैं।"

"यह तो उन पर जुल्म हुआ? सुना है उन्हें लोहे के जूते पहनने पड़ते हैं।"

"यह तो नहीं जानता पर ये बातें हैं, तो स्त्री विरोधी। कृपया धीरे-धीरे बोले, किसी ने सुन लिया तो मुश्किलें बढ़ सकती हैं।"

"सत्य से भागकर कोई भी अपना जीवन नहीं बचा सकता, मैं तो हर्गिज नहीं।"

"आपने यहाँ का सबसे बड़ा मन्दिर नहीं देखा वहाँ पर पाँच सौ उन लोगों की मूर्तियों की कतारें बनाई गयी हैं, जिन्होंने देश में पहली बार बौद्ध धर्म को स्वीकार किया था।"

"मुझे विशुद्ध चीनी मन्दिर देखने की आंतरिक इच्छा है," संन्यासी ने दुभाषिए से कहा।

"आप वहाँ नहीं जा सकते, वैसे स्थानों पर विदेशियों का प्रवेश वर्जित है," दुभाषिए का उत्तर सपाट था।

"तो फिर क्या किया जाये? कोई उपाय?"

"असंभव।"

असंभव शब्द संन्यासी के कानों को रास नहीं आया। उसकी इच्छा और प्रबल हो उठी–चीनी मन्दिर, देखना ही होगा। उसने दुभाषिए से पूछा–"मान लो कोई विदेशी अन्दर चला ही गया तो फिर क्या होगा?"

"होना क्या है? मन्दिरवासी उन पर तरह-तरह के अत्याचार करेंगे," दुभाषिए ने समझाया।

"देखो मैं एक हिन्दू संन्यासी हूँ, मठवालों को यदि यह जानकारी होगी तो वे दुर्व्यवहार नहीं करेंगे।"

दुभाषिया टस से मस होने को तैयार नहीं था। जर्मन सहयात्री ने भी उसे समझाने की कोशिश की–"चलो तो सही, देखते हैं क्या वे हम लोगों को मार डालेंगे!"

वे लोग मठ की ओर जाने के लिये मुश्किल से दस क़दम बढ़ाये होंगे कि दुभाषिया चिल्लाया–"भागिए सज्जनों, भागिए। यह देखिए वे लोग आक्रोशित हो कर इधर ही बढ़ रहे हैं। उन लोगों के हाथों में लाठियाँ भी हैं।"

उनलोगों की भयंकर मुखमुद्रा देखकर जर्मन एवं सारे सहयात्री भाग खड़े हुए। दुभाषिया भी भागने को उद्दत हो ही रहा था कि संन्यासी ने उसका हाथ पकड़ लिया–"अरे भाई, चीनी लोग अपनी भाषा में भारतीय योगी को क्या कहते हैं इसे बताए बिना तुम कैसे जा सकते हो?"

दुभाषिए ने शायद युजिया कहा, संन्यासी को यही सुनाई पड़ा, वह दुबारा पूछता तब तक वह हाथ छुड़ाकर नौ-दो-ग्यारह हो चुका था।

संन्यासी भीड़ की ओर देखकर अपनी तेज आवाज़ में चिल्ला रहा था–"युजिया, युजिया...पता नहीं यह शब्द सही भी है या नहीं," सोचकर उसने कहा–"मैं भारतीय योगी हूँ।" आश्चर्यजनक 'योगी' शब्द ने चमत्कार कर दिया। कुछ लोग श्रद्धापूर्ण भाव से उसके चरणों में झुक गये। वे लोग अपने हाथों को जोड़े, कमर को झुकाते हुए अत्यन्त विनम्र भाव से अपनी बातें इतनी जल्दी-जल्दी कह रहे थे कि उसमें सिर्फ़ एक शब्द पल्ले पड़ा–'कवच'।

"क्या आप लोग, कवच चाहते हैं?" संन्यासी ने पूछा पर उन लोगों के पल्ले कुछ नहीं पड़ा। वे लोग एक-दूसरे को निहार रहे थे।

संन्यासी ने दृष्टि दौड़ाई तो दूर दुभाषिया खड़ा दिखा, उसने चिल्लाकर पूछा–"ये लोग क्या चाहते हैं?" दुभाषिया किंकर्तव्यविमूढ़ था पर उसका भय कम हो रहा था। उसने धीरे-धीरे आगे आते हुए तेज आवाज़ में कहा–"महाशय, ये लोग भूत-प्रेत एवं अपवित्र प्रभाव से बचने के लिये रक्षा कवच चाहते हैं।"

"मैं भूत-प्रेत और सिद्धई आदि बातों में विश्वास नहीं करता..."

"महाशय, कुछ कीजिए।"

"कोशिश करता हूँ," कहते हुए संन्यासी ने अपनी जेब से काग़ज़ निकाल कर उसके टुकड़े-टुकड़े कर दिया और प्रत्येक टुकड़े पर वेद का पवित्रतम शब्द 'ऊँ' लिखकर उन लोगों के हाथों में थमा दिया। उन चीनियों ने काग़ज़ के टुकड़े लेकर कृतज्ञतापूर्वक अपने माथे से लगाते हुए कहा–"कृपया आप मठ के अन्दर चलने की कृपा करें।" संन्यासी के पीछे-पीछे दुभाषिया भी हो लिया।

दुभाषिए को प्रांगण में ही रोक दिया। वह खड़े-खड़े आश्चर्यचकित हो कर हक्का-बक्का एकटक निहार रहा था, यह क्या, ये लोग संन्यासी को सिंहासन पर बैठाकर हस्तलिखित पुस्तकें क्यों दिखा रहे हैं?

संन्यासी ने पांडुलिपि के पृष्ठों को उल्टा–ओ बाबा! आश्चर्यजनक! इसकी लिपि संस्कृत भाषा में रचित और प्राचीन बंगला लिपि में लिखित है। सामने मन्दिर में बुद्ध के शिष्यों की प्रतिमूर्ति की आकृति बंगालियों के सदृश देखकर वह भौचक्का हो रहा था। कुछ ही देर बाद उसके मन के आश्चर्य के बादल छंट गये।

जहाज पर लौटते वक्त रास्ते में वह दुभाषिए को बता रहा था–"चीन के इतिहास के साक्ष्यों से इस बात की पुष्टि हो गयी कि एक समय बंगाल के साथ चीन

का घनिष्ट आदान-प्रदान था। एक समय निश्चय ही बंगाल से अनेक भिक्षु यहाँ आए, वे बौद्धशास्त्र भी अपने साथ लेकर आए थे।"

दुभाषिए के सिर के ऊपर से सारी बातें उड़ती जा रही थीं। उसकी आँखों के सामने अभी भी वह चमत्कार चलचित्र बनकर तैर रहा था।

(5)

जहाज उत्तर की ओर बढ़ रहा था, मन पूरब की ओर भाग रहा था। तभी किसी की तेज आवाज़ में चिल्लाने की आवाज़ आयी–"जहाज के पीछे बड़े-बड़े शार्क तैर रहे हैं।" संन्यासी भी मन को समेटकर शार्क को देखने डेक पर हाजिर हो गया। उसके आने के पहले जहाज की रेलिंग पकड़े लोगों की लम्बी कतारें लगी थीं। स्त्री-पुरुष, लड़के-लड़कियाँ झुककर शार्क देख रहे थे।

सव्यसाची ने पुकारा–"स्वामी जी, आपने पहले कभी शार्क देखा है?"

"नहीं, तुमने...?"

"अभी-अभी देखा एक मिनट पहले, क्षणभर में गायब हो गया।" शार्क ने सव्यसाची के जेहन से कलकत्ता की स्मृतियों को छू-मंतर कर दिया था।

"क्या अब शार्क नहीं आएगा?" उसके मुखमंडल पर मायूसी थी।

"हम लोग धैर्यपूर्वक इन्तज़ार करें तो वह अवश्य दिखेगा।"

तभी एकाएक जहाज से प्राय: दो सौ हाथ दूर किश्ती के मश्क के आकार का कुछ उभड़ा। बच्चों ने चिल्लाया–"शार्क, शार्क।"

जलयान के सेकंड क्लास का एक फौज़ी अपनी आवाज़ को अत्यन्त मद्धम करते हुए डांटा। "चुप-चुप, लड़कों, शार्क भाग जायेगा।" उसने जहाज से ही कहीं से ढूँढ़कर एक बड़ा सा कांटा ले आया। उस कांटे में एक किलो मांस एक मज़बूत रस्सी से कसकर बाँधने के बाद उसे पानी में फेंक दिया।

शार्क मांस पर लपका। फौज़ी ने निशाना साधकर फेंका था। कांटा उसे गड़ गया। रेलिंग पर खड़े लड़के, बूढ़े और जवान सभी चिल्ला रहे थे–"खींचो और जोर से, रस्से को और भी लोग पकड़ लें।" इतने में आधा शार्क पानी के बाहर आ गया–"बाप रे बाप, कितना बड़ा मुँह है! और पूंछ उससे भी बड़ी...ओह, शार्क इतना बड़ा होता है!"

लोगों के मन की सारी हिंसा शार्क पर निकल रही थी। फौज़ी को जोश दिलाने के लिये वीर रस संचार करने में कोई कमी नहीं की जा रही थी–"काठवाली औजार

उठाकर शार्क के सिर पर मारो, तुम फौज़ी हो यह तुम्हारा काम है।" किसी ने जोश में भरकर कहा।

औरतों ने तमाशा देखना बन्द नहीं किया था पर संवेदनशील टिप्पणियाँ लगातार कर रही थीं। "अहा! कैसी बेदर्दी है, मारो मत...।"

पर फौज़ी ने शार्क का पेट चीर कर ही दम मारा। ख़ून की नदी बह रही थी। संन्यासी का जी मिचलाने लगा। कमरे के अन्दर जाकर भी नाक में शार्क की बू आती रही। ऐसे में भोजन करने का सवाल कहाँ से उठता। वह ध्यान करने बैठ गया। उसका मन धीरे-धीरे एकाग्रचित हो रहा था, शार्क के वीभत्स दृश्य पीछे छूट रहे थे। वह परमानन्द में अवगाहन करने की कोशिश कर रहा था।

(6)

सवेरे जब नींद खुली, जहाज नागासाकी बन्दरगाह पर लगा हुआ था।

"अहा! यह जापान है! कितना साफ़-सुथरा सुंदर..." संन्यासी ने अपने सहयात्री सुंदरम से कहा।

"बिलकुल स्वामी, चीनियों और इनमें कितना अन्तर है। सफाई में जापानी दुनिया में किसी से कम नहीं हैं। देखिए न, यहाँ की सड़के कितनी सुंदर हैं।"

"उससे भी सुंदर है, इनके पिंजरों की भाँति छोटे-छोटे मकान और प्रत्येक मकान के पीछे सदाबहार चीड़ वृक्ष से परिपूर्ण हरी-भरी पहाड़ियाँ।" संन्यासी जापान की सौंदर्य भूमि देख अह्लादित हो रहा था।

"पर यहाँ के लोग ठिगने दीखते हैं," सहयात्री ने कहा।

"पर इनकी चाल-ढाल, हाव-भाव, रंग-ढंग सभी बहुत सुंदर हैं।"

"आप जापान पहली बार आए हैं न...?"

"जी, पहली बार आया हूँ पर ऐसा लग नहीं रहा...अजीब-सा अति प्राचीन रिश्ते की प्रतीति हो रही है।" संन्यासी को मुग्धावस्था में प्रस्तर की प्रतिमा की भाँति अचल देखकर तमिल सहयात्री ने मुस्कुराते हुए कहा–"स्वामी, मुझे प्रतीति हो रही है आप यही वास करने की योजना तो नहीं बना रहे।"

"यह मेरी मंज़िल नहीं है, मुझे आगे जाना होगा। पर मेरी प्रबल इच्छा है प्रतिवर्ष यथेष्ट संख्या में हमारे नवयुवकों को चीन और जापान आना चाहिए। आपने यह अनुभव किया न महाशय, जापानियों के लिये आज भारतवर्ष उच्च और श्रेष्ठ वस्तुओं का स्वप्न राज्य है।"

"आप तो जानते हैं, स्वामी, यह सब इतना आसान नहीं है–सामुद्रिक यात्रा के फलस्वरूप सामाजिक बहिष्कृति झेलना सबके वश की बात नहीं है।"

"क्या बेकार की बातें करते हो? व्यर्थ बकवास! इन लोगों को देखकर लज्जा से हमारा सिर झुक नहीं जाता? हमारी सठियाई बुद्धि वाला देश, जहाँ के नागरिकों की देश से बाहर जाते ही जाति चली जाती है।" संन्यासी की भावनाएँ थोड़ी तल्ख थीं।

सुंदरम ने आश्चर्यभाव से देखा–इस स्वामी के मुख में तो मिश्री घुली थी, अचानक इसे क्या हो गया?

उसने बात बदलते हुए कहा–"दिन भर टोकियो का भ्रमण करते-करते थक गया हूँ। आज रात्रि में जहाज खुलने वाला है, समय पर नहीं पहुँचा तो...आपकी मंज़िल...!"

"अरे हाँ," संन्यासी ने पूर्ण चैतन्य हो कर कहा और अपनी चाल तेज कर दी।

दूसरी मंज़िल के डेक पर अपने सेकेंड क्लास के केबिन के गद्दे पर संन्यासी करवट बदल रहा था। उसकी आँखों के आगे अपने देशवासियों की घनघोर दुर्दशा नर्तन कर रही थी। आखिर क्यों हमारे देश की यह बदहाली है–जहाँ अकाल है, दाने-दाने को तरसते बच्चे हैं। जहाँ बच्चियों का दस वर्ष में कन्यादान करके समाज पुण्य बटोरता है। हमारे देश की यह दुर्दशा क्यों ईश्वर...?

संन्यासी उठकर बैठ गया–"हम अपने ही भाइयों से घृणा क्यों करते हैं? यदि कोई भंगी हमारे पास भंगी के रूप में आता है तो छुतही बीमारी की तरह हम उसके स्पर्श से दूर भागते हैं। परन्तु जब उसके सिर पर एक कटोरा पानी डालकर कोई पादरी प्रार्थना के रूप में कुछ गुनगुना देता है और जब उसे पहनने के लिये एक कोट मिल जाता है, भले ही वह कितना ही फटा पुराना क्यों न हो, तब चाहे वह किसी कट्टर से कट्टर हिन्दू के कमरे के भीतर पहुँच सकता है।"

"यह सारे कुकृत्य के पोषक पाखण्डी पुरोहित हैं। उन पाखण्डी पुरोहितों की जो सदैव उन्नति के मार्ग में बाधक होते हैं। उन्हें ठोकरें मारकर निकाल देना चाहिए, क्योंकि उनका सुधार कभी न होगा, उनके हृदय कभी विशाल न होंगे। उनकी उत्पत्ति तो सैकड़ों वर्षों के अंधविश्वासों और अत्याचारों के फलस्वरूप हुई है। सर्वप्रथम पुरोहित पाखण्ड को जड़मूल से निकाल फेंकनी होगी।"

उसके ओठ बुदबुदा रहे थे, जैसे वह अपने देशवासियों का आह्वान कर रहा था–"आओ मनुष्य बनो। कूपमंडूकता छोड़ो और बाहर दृष्टि डालो। देखो अन्य

देश किस तरह आगे बढ़ रहे हैं। क्या तुम्हें मनुष्य से प्रेम है? क्या तुम्हें अपने देश से प्रेम है तो उच्चता और उन्नति के मार्ग पर आगे बढ़ो। भारतमाता कम से कम एक हजार युवकों का बलिदान चाहती है, परन्तु मस्तिष्क वाले युवकों का, पशुओं का नहीं। परमात्मा ने तुम्हारी निश्चेष्ट सभ्यता को तोड़ने के लिये अंग्रेज़ी राज्य को भारत में भेजा है।

अपनी खोपड़ी में वर्षों का अंधविश्वास का निरंतर बुद्धिगत कूड़ा-कर्कट भरे बैठे वर्षों से आहार की छुआछूत के विवाद में अपनी सारी शक्ति नष्ट करने वाले युगों के सामाजिक अत्याचारों से अपनी सारी मानवता का गला घोटने वाले, भला बताओ तो सही, तुम कौन हो?"

तभी किवाड़ की घुंडी खटखटाने की आवाज़ हुई। दरवाज़ा खोला तो सामने सुंदरम खड़ा था–"इधर से गुजर रहा था तो पता नहीं, क्यों मुझे लगा आप कराह रहे हैं।"

"कराह ही रहा था," संन्यासी ने धीरे से कहा।

"ओह! तो मेरा अंदेशा सही है, क्या कष्ट है स्वामी...?"

"मेरे कष्ट को समाप्त करना इतना आसान नहीं है, सुंदरम..." उसके विशाल नेत्रों में आँसू झिलमिला रहे थे।

"स्वामी! हम प्रयास तो कर सकते हैं।"

"तो आज से ग़रीबों पर अत्याचार करना बन्द कर दो।"

"स्वामी, मैं कहाँ अत्याचार कर रहा हूँ?" सुंदरम ने आश्चर्यचकित हो कर कहा।

"तुम नहीं, किंतु दक्षिण भारत के ब्राह्मणों द्वारा आम ग़रीब जनता कितनी बुरी तरह से प्रताड़ित की जा रही है।"

"स्वामी! ब्राह्मणों की ग़लतियाँ मैं समझता हूँ पर उन पादरियों का क्या जो निम्न जातियों को ईसाई बना रहे हैं।"

"सुंदरम, जिस स्थान जिवांकुर के तुम हो, वहाँ पुरोहितों के अत्याचार भारतवर्ष में सबसे अधिक हैं। जहाँ एक-एक अंगुल ज़मीन ब्राह्मणों की है, जहाँ राजघरानों की महिलाएँ तक ब्राह्मणों की उप-पत्नी बनकर रहने में गौरव मानती हैं।"

"स्वामी, उसी स्थान पर एक चौथाई जनसंख्या ईसाई हो गयी है। क्या हमारा हिन्दू धर्म एक महान धर्म नहीं है?"

"सुंदरम, पृथ्वी पर ऐसा कोई धर्म नहीं जो हिन्दू धर्म के समान इतने ऊँचे स्वर से मानवता के गौरव का उपदेश करता हो और पृथ्वी पर ऐसा कोई धर्म नहीं जो हिन्दू धर्म के समान ग़रीबों और निम्न जाति वालों का गला ऐसी क्रूरता से घोटता हो।"

"स्वामी, क्या इसके लिये धर्म दोषी है?"

"नहीं, प्रभु ने मुझे दिखा दिया है कि धर्म में कोई दोष नहीं, वरन् दोष उनका है जो ढोंगी और दंभी हैं।"

"क्या हमारे ब्राह्मणों ने तत्व मीमांसा पर गहन अध्ययन नहीं किया है, स्वामी?"

"सुंदरम्, मुझे ऐसी प्रतीति होती है, जैसे हम अपने समस्त दर्शनों में सदैव किसी एक साधारण सिद्धान्त को लेकर बाल की खाल निकालने की प्रवृत्ति में लगे रहते हैं, फिर चाहे वह सिद्धान्त पूर्णतया भ्रमात्मक एवं बालकोचित ही क्यों न हो। इन साधारण सिद्धान्तों में कहाँ तक तथ्य है, इस बात को खोजने और जानने की उत्कंठा किसी में नहीं है।"

"ऐसा क्यों है, स्वामी?"

"एक तो भयंकर गर्मी और दूसरा समुद्र यात्रा न करना। पुरोहितों के अत्याचारों से यात्रा में अवनति हुई जिस कारण मानवीय ज्ञान का विस्तार नहीं हो पाया, उल्टे उसकी अवनति ही हुई।"

"आपकी दृष्टि में अब क्या उपाय है?"

"उपाय है, हर समस्या का समाधान है यदि विवेकपूर्ण ढंग से हल खोजने का प्रयास करें। हम लोगों को यात्रा करनी चाहिए और विदेशों में जाना चाहिए। यदि हम वास्तव में एक सुसंगठित राष्ट्र होना चाहते हैं तो हमें दूसरे देशों की सामाजिक और उनके मनोभावों को उन्मुक्त हृदय से विचार करना चाहिए।"

"जी स्वामी, भारतीय युवक भी शिक्षा प्राप्ति के लिये जी-जान एक किये हुए हैं।"

"क्या कर रहे हैं? बताओ। मूर्खों की तरह किताब–हाथों में लेकर समुद्र किनारे घूम फिर रहे हैं। यूरोपियनों की मस्तिष्क से निकली हुई बातों को बेसमझे दुहरा रहे हैं। तीस रुपयों की मुंशीगिरी के लिये अथवा बहुत हुआ तो वकील बनने के लिये जी-जान से तड़प रहे हैं।"

"स्वामी, यही तो भारतीय नवयुवकों की महत्वाकांक्षा है।"

"ऐसी महत्वाकांक्षा रखने से अच्छा है कि विश्वविद्यालय के डिप्लोमा, गाउन और पुस्तकों समेत डूब मरें।"

"तो भारतीय नवयुवक बेचारे क्या करें?"

"अभी-अभी हम सभी ने जापान को देखा है। सभ्यता के हिसाब से जापान हमसे पिछड़ा हुआ देश है पर उद्यमशीलता अपना कर वह कितना बड़ा बन गया है। भारत को भी अपना मन उदार तथा अपनी दृष्टि व्यापक बनानी होगी। उन्हें मनुष्यों से प्रेम करना होगा। संकीर्ण स्वार्थभाव का त्याग कर मौलिक विचारों को ग्रहण करना होगा। अपने हृदय को ऊँची आकांक्षाओं से परिपूर्ण करना होगा। यही उन्नति का सर्वश्रेष्ठ उपाय है।" स्वामी को मौन देखकर सुंदरम लौट आया।

(7)

प्राची दिशा का सूर्योदय, ब्रह्ममूहूर्त में ही जीवन में उल्लास भर देता है। जहाज पर काफ़ी चहल-पहल हो रही थी। एक नये यात्री के आगमन की चर्चा जोरों पर थी।

हाँ, वह फर्स्ट-क्लास केबिन का यात्री है।

काफ़ी धनी है?

हाँ, शायद भारत का सबसे बड़ा धनी...

पता नहीं कैसा होगा? उस केबिन की सफाई आदि का अच्छी तरह दुबारा चेक कर लिया था न, थोड़ी सी भी अस्वच्छता नहीं दिखनी चाहिए। कैप्टन क्रू मेंबर्स को समझा रहा था।

संन्यासी को डेक पर आते देख सब्यसाची भागता हुआ आया–आपको पता है इस जहाज पर भारत का सबसे धनी आदमी भी यात्रा कर रहा है।

अच्छा, किसने बताया? संन्यासी ने उसके सिर पर हाथ रखकर मुस्कुराते हुए पूछा।

मेरे बड़े भाई ने...

संन्यासी ने सिर झुका लिया। कल रात जलयान पर क्या हुआ, उसे कुछ पता नहीं चला। भारत की दुर्दशा का दर्द उसके सीने में टेढ़े हो कर इस कदर बिंध गया था कि उस मर्मान्तक पीड़ा में कुछ पता चलने का सवाल ही नहीं था। तभी कैप्टन ने उन्हें असमंजस में देखकर बताया–कल रात याकोहामा में दो भारतीय यात्रियों ने हम लोगों को ज्वाइन किया है–एक सबसे धनी भारतीय जमशेद जी टाटा और दूसरे लालूभाई।

संन्यासी दूसरे धुन में था। कैप्टन से पूछा–आज चौदह जुलाई है न? कैप्टन ने आश्चर्य से स्वामी को देखा, इसे धनिक यात्री में तनिक सी जिज्ञासा नहीं है!

हाँ, क्यों...?

आज हमारी यात्रा के ढाई महीने हो गये हैं–जितनी दुनिया देख रहा हूँ, अपने देश की दुर्दशा पर हृदय उतना ही व्यथित हो रहा है।

कैप्टन अपना मुख खोलने ही वाला था कि अचानक चुप्पी साध ली। वह थोड़ा और तन कर खड़ा हो गया। होंटों पर मुस्कान खींच ली, सिर से हैट उतार कर सिर झुकाकर अभिवादन किया–गुड मॉर्निंग सर।

तब तक वह व्यक्ति काफ़ी पास आ चुका था। लम्बा कद, छः फीट से कम नहीं होगा। रंग गोरा और चेहरे पर लम्बी दाढ़ी, बहुत लम्बी नहीं..., आँखों में एक अलग तरह की चमक थी और चेहरे पर किंचित मृदु हास्य। उम्र यही होगी पचपन साल के आस-पास।

गुड मॉर्निंग कैप्टन, अपने यात्रियों की अच्छी सुविधा प्रदान करने के लिये धन्यवाद।

सर, यह हमारा फर्ज है। 'इम्प्रेस ऑफ़ इंडिया' नामक जहाज अपने सभी यात्रियों का बहुत अच्छी तरह ख़याल रखता है। स्पेशल यात्रियों के लिये हमलोग विशेष ख़याल रखते हैं।

शुक्रिया कहते हुए जमशेद टाटा आगे बढ़ गये...। संयोग ऐसा था कि उसी सोफे पर जाकर बैठे जहाँ संन्यासी बैठा हुआ था। टाटा ने उस अलग सी वेशभूषा और तेजस्वी व्यक्ति को एक क्षण गौर से देखा, फिर समुद्र की ओर निहारने लगे।

उन्हें देखकर संन्यासी को देवेन्द्रनाथ का ध्यान हो आया। ऐसा ही विराट व्यक्तित्व, ऐसी ही दाढ़ी और ऐसी ही मनभावन मोहक छवि...। संन्यासी ने उनकी ओर एक परिचित मुस्कान भेजी।

अगर आप बुरा न मानें तो क्या मैं आपका नाम जान सकता हूँ? जमशेदजी टाटा ने अति विनम्रता पूर्वक पूछा।

जी अवश्य, पूर्वाश्रम का नाम नरेन्द्र दत्त था और संन्यासाश्रम का नाम विवेकानन्द है।

अच्छा, विवेकानन्द जी...आप अमेरिका किसी ख़ास प्रयोजन से जा रहे हैं?

बहुत ख़ास तो नहीं, पर थोड़ा ख़ास भी है। वहाँ एक विश्वधर्म सम्मेलन होने वाला है, उसी में भाग लेने जा रहा हूँ।

आपको हमारी ओर से हार्दिक शुभकामनाएँ! आपका व्याख्यान पूर्ण सफल हो।

बहुत-बहुत आभार।

ओह, मैं अपना परिचय देना भूल ही गया–मुस्कुराते हुए जमशेदजी टाटा ने कहा।

आपको परिचय देने की आवश्यकता नहीं...आपको यहाँ सभी लोग प्राय: जान रहे हैं।

ओह, मुझे स्वयं नहीं पता था...

महोदय, आपको लोग सिर्फ़ एक धनिक के रूप में नहीं जानते, आपकी छवि एक उदार दाता की भी है।

कुछ देर बाद ही दोनों ऐसे धनिष्ठ मित्रों की तरह बातें कर रहे थे जैसे वर्षों का परिचय हो।

जापान आने का ख़ास प्रयोजन? संन्यासी ने निसंकोच हो कर पूछा।

दियासलाई के बिजनेस के सिलसिले में आया हूँ। मैं जापान से दियासलाई आयात करता हूँ–जमशेदजी टाटा ने बेझिझक हो कर कहा।

आप निश्चित ही! कोई छोटी-मोटी कमीशन की रकम पाते होंगे।

हाँ, जमशेदजी टाटा तन्मयता पूर्वक सुन रहे थे।

अगर आप स्वयं भारत में दियासलाई का उद्योग स्थापित करेंगे तो आप उससे कहीं अधिक लाभ प्राप्त करेंगे। कई लोगों को रोज़गार मिलेगा और हमारा धन (भारतीय धन) हमारे पास यानी हमारे देश में ही रह जायेगा।

जमशेदजी टाटा उस युवा संन्यासी को आश्चर्यचकित देख रहे थे–यह युवा साधु सिर्फ़ आध्यात्मिक ज्ञान ही नहीं रखता, भारत की धार्मिक-भौगोलिक परिदृश्य पर गहरी पैठ रखता है। टाटा ने बात बढ़ाई–मेरे मन में इस्पात संयंत्र की स्थापना का भी विचार आ रहा है, पर अभी तक पूरी तरह निश्चय नहीं कर पाया हूँ। स्थान को लेकर भी असमंजस है।

आपने दृढ़ निश्चय कर लिया है?

आप इसे ऐसा ही समझ सकते हैं। मैंने सुना है जिसका लोहे पर कब्जा हो जाता है, सोने पर स्वत: हो जाता है पर ऐसा ही है, ऐसा दावा नहीं करता हूँ, मुस्कुराते हुए टाटा ने अपनी बात समाप्त की।

मैं इस तरह की बातों का विशेषज्ञ नहीं हूँ, इसके बारे में नहीं जानता, पर इतना अवश्य जानता हूँ कि उद्यम और पुरुषार्थ आपको विशिष्ट बनाते हैं और इन्हीं गुणों ने आपको विशिष्ट बनाया है। पर, हाँ, मैं आपको इसके बारे में कुछ जानकारी दे सकता हूँ, साथ ही एक व्यक्ति का नाम भी सजेस्ट कर सकता हूँ, जो इस काम में आपकी मदद कर सकता है।

जी हाँ, अवश्य बताइए...

ओडिशा-बिहार की सीमा पर लौह इस्पात उद्योग के लिये आवश्यक खनिज भण्डार होने की बात मैंने सुनी है। ओडिशा के मयूरगंज राजघराने में कार्यरत भूगर्भ शास्त्री पी.एन. बोस से आपको इस कार्य में सहायता मिल सकती है।

स्वामी, आपका शुक्रिया। मैं आज ही अपने पुत्र को खबर भेजने की कोशिश करता हूँ, ताकि वह स्वयं जाकर पी.एन. बोस से मिले। आपकी बातों ने मेरे मार्ग को सरल और प्रशस्त बनाया है। टाटा के मुखमंडल की चमक बढ़ रही थी।

मैं आपसे एक बात शेयर करना चाहता हूँ, अगर आप टेक्नोलॉजी का ट्रांसफर करेंगे तो भारत किसी पर निर्भर नहीं रहेगा।

अवश्य, मैं इन्हीं कार्यों के सम्पादन हेतु इस यात्रा पर आया हूँ। ब्रिटेन ने मुझे टेक्नोलॉजी ट्रांसफर करने से मना कर दिया है।

जी, भारत टेक्नोलॉजी के क्षेत्र में अपने पैरों पर खड़ा हो सके, इसके लिये देश में स्तरीय विज्ञान के संस्थान खोलने की ज़रूरत पड़ेगी–मिस्टर टाटा।

मैं भारत में विज्ञान अनुसंधान संस्थान की आपकी योजना से पूर्ण सहमत हूँ, पर क्या आप इस संस्थान को अपना मार्गदर्शन देने के लिये समय दे सकेंगे?

मिस्टर टाटा, अभी मैं जिस कार्य को करने के लिये जा रहा हूँ उसके परिणाम देख लेता हूँ। पर एक संन्यासी के लिये यह कार्य दुस्तर होगा। मेरी शुभकामनाएँ हमेशा साथ रहेंगी।

मुझे विश्वास है, आप मुझे जापान से शिकागो की अपनी यात्रा में एक सहयात्री के रूप में याद करेंगे। टाटा ने हाथ मिलाते हुए कहा।

जी अवश्य, आप भारत को आत्मनिर्भर बनाने में सफल हों, ईश्वर से मेरी यही दुआ है।

एक वचन लेना चाहता हूँ, इण्डियन साइंस इंस्टीट्यूट की आधारशिला आपके करकमलों से हो।

मैं उस भावी महान साइंस इंस्टीट्यूट के लिये मंगल शुभकामनाएँ देता हूँ। मुझे विश्वास है ईश्वर की कृपा से वह विश्वस्तरीय संस्थान बनेगा। पर क्षमा करें, आने का वचन नहीं दे पाऊँगा। ईश्वर की इच्छा सर्वोपरि है, वही जानता है, कब क्या और कहाँ उस वक्त मुझे रखेगा।

अच्छी बात है, स्वामी जी, यह यात्रा मेरे लिये चिरस्मरणीय रहेगी।

जी मेरे लिये भी। संन्यासी जुड़े हाथों से उस व्यक्ति को निहार रहा था जिसके स्वप्न से उसके स्वप्न एकाकार हो रहे थे और इसी व्यक्ति द्वारा साकार होने की संभावना दिखायी पड़ रही थी।

अचानक संन्यासी का शरीर काँपने लगा। उसने अपनी रेशमी चादर से शरीर को ढंकने की कोशिश की। शरीर तो ढंक गया पर कंपन नहीं रुका। कंपन कैसे रुकता? प्रशान्त महासागर के उत्तरी हिस्से से हो कर जहाज गुजर रहा था। ठण्ड बहुत अधिक पड़ रही थी। संन्यासी को विदा करने वालों में से किसी को भला यह कैसे पता होता कि मई-जून के महीने में भी प्रशान्त महासागर का उत्तरी हिस्सा, कनाडा और अमेरिका में इतनी ठण्ड रहती है कि गर्म कपड़ों की आवश्यकता पड़ती है। किसी ने ऐसी कल्पना भी नहीं की थी।

रेशमी परिधानों से सुसज्जित संन्यासी को कांपते देखकर कैप्टन ने अपने ओवरकोट को उनके शरीर पर डाल दिया।

शुक्रिया कहते हुए वह अपनी हथेलियों को आपस में रगड़ते हुए केबिन के अन्दर चला गया। वह ठंडे थपेड़ों से स्वयं को बचाने की कोशिश कर रहा था।

शायद जहाज बैंकूवर पहुँचने वाला था, जहाज पर हलचल बढ़ रही थी। पश्चिमी तट पर एक छोटा-सा द्वीप सा प्रतीत हो रहा था। संन्यासी ने अपनी घड़ी निकालकर देखा, पचीस जुलाई 1893 की संध्या छः बजकर दस मिनट हो रहा था। कुछ मिनटों में जलयान किनारे लगने वाला था, पर वह शान्त भाव से केबिन में बैठे हुए विचार रहा था–अब क्या होगा? उसका कोई सहायक नहीं। इतने कष्ट उठाकर चला तो आया हूँ पर क्या धर्मसभा में भाग ले भी सकूँगा या नहीं? आज तक एक व्याख्यान भी नहीं दिया और व्याख्यान देने की न आकांक्षा थी और न कला। कभी वक्तव्य देने का मौक़ा भी मिला तो किसी तरह अपने को बचा लेता था। पर पता नहीं किस अदृश्य शक्ति ने सीधे महासभा में व्याख्यान देने के लिये यहाँ तक पहुँचा दिया।

उसकी मानसिक उथल-पुथल शनैः शनैः शान्त हो रही थी–वह मन ही मन ईश्वर का गुणगाण कर रहा था। दुखियों के दर्द को समझने वाले प्रभु हमेशा हमारे साथ हैं। वह ईश्वर जो पार्थ सारथी है, जो गोकुल के दीन-हीन ग्वालों का सखा है, जो गृहक चांडाल को भी गले लगाने में नहीं हिचका। जिन्होंने बुद्धावतार काल में अमीरों के निमन्त्रण अस्वीकार कर एक वारंगना के भोजन का निमन्त्रण स्वीकार किया। वही प्रभु मेरे साथ भी हमेशा है–सोचते हुए वह बैंकूवर की धरती पर अपने पग धर रहा था।

(8)

शिकागो–मिलीगस झील पर बसे शिकागो शहर की ठण्ड हड्डियाँ कंपाने वाली थी। भला हो उस भले कैप्टन का, जिसने अपना ओवरकोट संन्यासी को कांपते देख उसके शरीर पर डाल दिया था।

पर संन्यासी की हालत अभी भी बेहाल थी। उसने अपनी जेब से पैसे निकालकर गिने–"अरे! इतने अधिक कैसे खर्च हो गये?" वह सामने कुली को समान उतार कर पैसे देने की जल्दी कर रहा था।

"इतने...? यह तो बहुत अधिक है। मैं जानता हूँ कि इतना अधिक रेट नहीं है।" संन्यासी ने कहा।

"किसने कहा? मैं एक सेंट भी कम नहीं लूँगा," कहते हुए कुली ने पैसों पर झपट्टा मारा और चलता बना।

"तुमने मुझसे चार गुना पैसे अधिक लिये हैं।" संन्यासी के प्रतिकार पर कुली ने पीछे मुड़कर विद्रूप मुस्कान फेंका और आगे बढ़ गया।

न कोई धर्मशाला नजर आ रही थी और न आश्रम ही, जहाँ रात काटी जा सके। भूख के मारे पेंट में ऐंठन हो रही थी। उसके ऊपर हड्डियाँ कंपाती ठण्ड, शरीर जर्जर हो रहा था। सड़क के किनारे खड़े-खड़े उसकी टांगें कांप रही थीं। तभी किशोरों का झुंड आता दिखा...मन में आशा जगी, शायद कुछ मदद मिले, पर नतीजा उल्टा निकला।

"अजीबों-ग़रीब यह कैसा जीव है? इसकी पोशाक तो देखो, कहाँ से आया है यह विचित्र जीव?" वे उद्दंड लड़के संन्यासी के चारों ओर चक्कर लगाकर ताली बजाते हुए गा रहे थे, "देखो-देखो, विचित्र जीव...।"

संन्यासी पूरब-पश्चिम के अन्तर को स्पष्ट देख रहा था। यह उसका देश भारत नहीं है जहाँ संन्यासियों के आगे बड़े-बड़े राजा-महाराजा भी शीश झुकाते हैं। जिस देश में संन्यासी को पर्वत सदृश समझा जाता है और गृहस्थ को राई की भाँति... और यहाँ, पास में पैसे नहीं हो तो जीवित रहना भी मुश्किल।

"संन्यासी के पास अब कोई विकल्प नहीं था, होटल में रुकने के सिवा वह क्या कर सकता था? उसके देश में संन्यासियों को होटल में ठहरने की नौबत कहाँ आती है? सदगृहस्थ भले ही अपनी ज़मीन पर सो जायें, तख्त संन्यासी के लिये छोड़ देंगे। पर वह अपने देश में नहीं था, अपने समान को घसीटते हुए होटल के रिसेप्शन पर खड़ा हो गया।

"मि. स्वामी, इससे सस्ती जगह आपको शिकागो में नहीं मिलेगी..." होटल की रिसेप्शनिस्ट ने समझाया।

स्वामी ने अपनी गर्दन स्वीकारोक्ति में हिला तो दी, पर वह अपनी हल्की होती जेब की चिंता में घुला जा रहा था।

"कितने दिनों की बुकिंग करनी है?"

"दस...बारह दिन..."

"बारह दिन...कर देता हूँ। विश्वमेले के कारण कमरों की काफ़ी मारा-मारी है," रिसेप्शनिस्ट ने रसीद हाथ में पकड़ा दिया।

"विश्वमेला...यहाँ से कितनी दूर है?" संन्यासी ने पूछा।

"अधिक दूर नहीं, पर पाँव पैदल जा सकें, इतना पास भी नहीं है।"

संन्यासी होटल के कमरे में बैठकर अपने पैसे जोड़ रहा था। उसे हर हाल में पाँव पैदल ही चलना होगा। उसने जोड़ा 179 पौंड, सम्पूर्ण राशि इतनी ही थी। अब पास में बचे हैं मात्र 130 पौंड। चुरूट की कीमत ही इतनी अधिक है पर इसे छोड़ भी नहीं सकता...।

सारे सुनहरे स्वप्न दरक रहे थे। परिस्थितियों के साथ कैसे युद्ध करूँ? वह चिंतित हो उठा।

संन्यासी उठकर कमरे में ही चहलक़दमी करने लगा–उसकी सांसों की गति बहुत तेज चल रही थी। "मैं वापस नहीं लौट सकता, मुझे गुरुदेव और ईश्वर का आदेश मिला है। मुझे भले ही मार्ग दिखायी नहीं पड़ रहा है, पर उस सर्वशक्तिमान की आँखें तो सब कुछ देख रही हैं। चाहे मरूँ या जीवित रहूँ...उद्देश्य पर अटल रहूँगा।"

द्वंद्व के बादल छंट गये। बहुत दिनों बाद संन्यासी ने निश्चिंतता की गहरी नींद ली।

(9)

विश्वमेला कितना विस्तृत था! वहाँ क्या नहीं था? पृथ्वी के विभिन्न देशों की शिल्प रचनाएँ और कला-कौशल मानो दर्शकों की दृष्टि और प्रशंसा पाने के लिये होड़ कर रहे थे।

संन्यासी विशालकाय यंत्रों से लेकर महीन ख़ुदाइयों से युक्त बर्तनों को देखकर विस्मित हो रहा था। मानवात्मा की असीम उद्यम और कल्पना शक्ति जो इन समस्त माध्यमों से अभिव्यक्त हो रही थी, उसे मुग्धावस्था में डाल रही थी।

तभी संन्यासी की दृष्टि कूपरथला के राजा पर पड़ी। वह भी शायद इस विश्वमेला में आया होगा। कुछ लोग उसके आगे-पीछे कर उसे भगवान का अवतार बता रहे थे। संन्यासी की दृष्टि राजा से मिली, पर राजा उपेक्षा कर आगे बढ़ गया। दरअसल, उस समय वह शिव बना हुआ था।

इस विलासी राजा को देखो तो सही, एक तो नीच जाति का है, क्रीतदास कहीं का। इतना बड़ा दुराचारी शायद ही दुनिया में कोई और हो–सामने खड़े मराठी ब्राह्मण से राजा की विलासिता देखकर अपने पर संयम रख पाना असंभव हो गया।

आप अपनी ऊर्जा क्यों खर्च कर रहे हैं? विलासी राजा सुधरने में विश्वास नहीं रखता, सुधारने में विश्वास रखता है–कहकर संन्यासी आगे बढ़ना चाहा, पर तब तक वह संवाददाताओं से घिर चुका था।

क्या आप कपूरथला के इस राजा को जानते हैं?

नहीं, मैं नहीं जानता।

क्या आपने इनके बारे में भी ऐसा कुछ सुना है? जो यह सज्जन बता रहे हैं।

मैंने ऐसा कुछ नहीं सुना।

आप यहाँ क्यों आए हैं?

मैं विश्व धर्म सम्मेलन में भाग लेने आया हूँ।

क्या आप उसमें भाग ले सकेंगे?

मैं विधाता की इच्छा से ही अमेरिका आया हूँ। मुझे विश्वास है वह मेरा मार्ग प्रशस्त करेगा–कहते हुए संन्यासी अपनी तेज चाल में होटल लौट आया।

सवेरे जब अखबार पर नजर गयी तो संन्यासी का सिर चकरा गया–अमेरिका के सत्यवादी सम्पादकों! उसने अपना सिर पकड़ लिया। अखबार ने संन्यासी की प्रशंसा से स्तंभ रंग डाला था। प्रशंसा के पुल बँधे हुए थे, पर संन्यासी प्रसन्न कैसे हो सकता था?

कपूरथला नरेश के बारे में जितनी बातें उस मराठी ब्राह्मण ने कही थीं, सारे शब्दों को हू-बू-हू इसी संन्यासी के मुख से कल्पित कल्पना कर प्रकाशित कर दिया था। संन्यासी समझ चुका था कि अब उसे अधिक चाक-चौकस रहना होगा। सबसे पहले धर्म महासभा के बारे में पता करना होगा।

विश्वमेला के मुख्य द्वार से दाहिनी ओर सीधा सूचना केन्द्र था। वहाँ एक महिला बैठी थी।

कृपया आप बताएँगी, धर्म महासभा कब होगी?

सितम्बर के दूसरे सप्ताह

यानि डेढ़ महीने बाद...उसका मन बैठ रहा था।

जी, आपके पास उपयुक्त परिचय पत्र आदि अवश्य होंगे...उस महिला ने पूछा।

ओह..., नहीं..., कोई परिचय पत्र नहीं है।

मि. संन्यासी, यदि आपके पास परिचय पत्र नहीं है तो उस धर्म महासभा में प्रतिनिधि बनने का प्रश्न ही नहीं उठता।

क्या अब मैं आवेदन दे सकता हूँ?

उसकी अन्तिम तिथि समाप्त हो चुकी है।

तो...अब क्या होगा?

अपनी ज़िम्मेवारी पर कोई किसी धर्म का प्रतिनिधि नहीं हो सकता। इसके लिये एक पहचान-पत्र चाहिए। आपके मन में यह बात उदित भी नहीं हुई?

वह थके क़दमों से होटल लौट आया। न तो भावुक भक्तों ने विचार किया और न ही उसने स्वयं। भारत के इस विवेकी स्वामी को आज यह बात समझ आ रही थी कि जागरिक रीति-रिवाजों के सम्बन्ध में वह कितना अनजान है। ईश्वर का आदेश समझकर चल दिया सात समुद्र पार...इतनी दूर, एक अनजान स्वर्णदेश में।

संन्यासी ने होटल छोड़ दिया और होटल छोड़ने के साथ-साथ अब अपने आपको ईश्वरीय इच्छा पर पूर्ण रूप से समर्पण कर दिया।

आमि तोमार काठेर पुतुल, जिमि नचाइबो तिमि नाचबो। तुमि यंत्री, आमि यंत्र!

होटल से बाहर निकलते ही जहाज का सहयात्री लल्लू भाई दिख गया।

आप...? संन्यासी ने टोका।

थोड़ी जल्दी में हूँ, बोस्टन जा रहा हूँ। शिकागो बहुत महंगा शहर है। रेलगाड़ी का समय हो रहा है और आप?

पता नहीं, मुझे भी सस्ती जगह की तलाश है।

बोस्टन चलेंगे?

संन्यासी का क्या है? बहते पानी सा जीवन, जहाँ चल दे...।

थोड़ी देर बाद संन्यासी और लल्लू भाई बोस्टन जाने वाली रेलगाड़ी में सवार थे। तभी एक प्रौढ़ा ने केबिन में प्रवेश किया।

मैडम कैथरीन सेनबॉर्न...आपका स्वागत है। लल्लू भाई ने उनका स्वागत करते हुए कहा।

मि. लल्लू भाई...उसने संकोचपूर्ण दृष्टि से संन्यासी को देखा।

मैडम, ये स्वामी विवेकानन्द हैं। बोस्टन आए हैं, अपने रहने के लिये सही स्थान की खोज में बोस्टन जा रहे हैं।

स्वामी, क्या मेरा घर आपके लिये सही स्थान हो सकता है? मैं मासाचुसेट्स प्रदेश के ब्रीजी मिडोज नामक कृषि क्षेत्र में रहती हूँ।

शायद आपके पास रहने के लिये ईश्वर ने मुझे बोस्टन भेजा है–संन्यासी मुस्कुराते हुए जब ऐसा कह रहा था, तब मन ही मन सोच रहा था, कोई भी बड़ा कार्य कठिन परिश्रम और कष्ट स्वीकार के बिना नहीं हुआ है।

ब्रीजी मिडोज में मिस कैथरीन का बंगला संन्यासी को अपने गौर मोहन मुखर्जी स्ट्रीट के बंगले की याद दिला दी, जो बंगला कम और महल अधिक लगता था। डेढ़ बीघे में बनी उसकी हवेली को अधिकांश लोग महल कहते थे, उसके आस-पास के भू-भागों में रैयत बसे थे।

दक्षिणमुख की ओर नेपाली सखुए की लकड़ी से बने बड़े से प्रवेश द्वार किसी राजप्रसाद के भव्य मुख्य द्वार सा प्रतीत होता था।

घर के दुतल्ले पर दक्षिण की ओर बड़े-बड़े हॉल थे। उत्तर दिशा वाले हाल को 'बड़ा बैठक खाना' और दक्षिण वाले कमरे को 'ठाकुर घर' कहा जाता था। नीचे के दक्षिण वाले घर का नाम बोधन घर था, यानी दुर्गा पूजा के पूर्व देवी को जगाने के निमित्त बना हुआ घर।

इसके बाद बाहर के बरामदे के पश्चिम में चौकोर दालान और गौशाला थे। भवन के भीतर दोनों ओर दो आंगन थे। पश्चिमी भाग में छप्परदार घर और भीतरी महल की महिलाओं के उपयोग के लिये पोखर था।

संन्यासी की आँखों के सामने मानो अपना पितृ भवन उपस्थित हो गया हो। कहते हैं, संन्यासी अपने पूर्वाश्रम की तमाम स्मृतियों को इस तरह छोड़ आता है, जैसे वे सारी पूर्वजन्म की स्मृतियाँ हों, पर यह कैसे संभव है? बाल्यावस्था की सुकोमल स्मृतियाँ जीवन पर इतनी गहरी छाप छोड़ती हैं। उन्हें विस्मृत कर देना संभव नहीं।

हाँ, उनकी आसक्ति त्याग देना संभव है! प्रत्येक परिवर्तन में ईश्वर की इच्छा की प्रतीति करना और कमल के पत्ते की तरह जल से निसंग रहना संन्यासी का धर्म है।

संन्यासी ने स्वेच्छा और विवेक से धर्म के स्वरूप को अपनाया है। क्षणभर में मनमस्तिष्क ने उन सारी स्मृतियों को झटक दिया–रे मन, बस कर सब बीती मन की बातें हैं, आगे बढ़ो।

शाम होने को थी, चिड़िया अपने घोंसले में विचरण कर लौट रही थी। आसमान इतना साफ़ था कि उसका नीला रंग एक नील दिव्य लोक का एहसास दिला रहा था। बंगले के चारों ओर की हरितिमा, जैसे धरती ने हरे रंग की चादर ओढ़ ली थी।

मिस कैथरीन ने अपने सेवक को आवाज़ दी–मि. स्वामी के सामान को गेस्ट रूप में ले जाओ! सेवक के मुड़ते ही उसने संन्यासी की ओर मुखातिब हो कर कहा–मि. स्वामी, आप भी फ्रेश हो लें। आज मेरे आवास पर मेरी नयी किताब का लोकार्पण है, एक छोटी सी डिनर पार्टी भी है। इस अवसर पर इस अंचल के सभी शिक्षित और प्रतिष्ठित लोगों को आमन्त्रित किया गया है। मि. स्वामी, क्या इस अवसर पर आप अपना छोटा सा व्याख्यान देना चाहेंगे?

मैंने आपकी किताब तो पढ़ी नहीं है–संन्यासी ने उदासीन भाव से कहा।

किताब पर नहीं, इस समाज में आपके प्रवेश पर एक छोटा सा परिचय, एक छोटी स्पीच।

मैंने आज तक कभी व्याख्यान नहीं दिया है। किंतु आपकी अवज्ञा करूँ, इतना असभ्य भी नहीं हूँ।

थोड़ी देर बाद ही संन्यासी की आवाज़ हाल में गूंज रही थी–"अमेरिका में, मैं मेरी तनय ईसा की संतानों के बीच निवास कर रहा हूँ। प्रभु ईसा ही मेरी सहायता करेंगे। मैं, नाजरेथ के इस अवतार से बेइंतहा प्रेम करता हूँ। मुझे गैलिलियो के इस महापुरुष के विरुद्ध कुछ नहीं कहना है, केवल इतना कहना है जैसे आप लोग ईसा को मानते हैं, वैसे ही भारतीय महापुरुषों को भी मानना चाहिए।" संन्यासी का वक्तव्य बहुत छोटा था, पर श्रोताओं पर जादू सा असर किया था।

"मि. ब्राह्मण–मेरा नाम जॉन हेनरी राइट है, मैं हार्वर्ड विश्वविद्यालय में यूनानी भाषा पढ़ाता हूँ।"

"ओहो"–संन्यासी के मुखमंडल की चमक दमक रही थी।

"क्या, आप कुछ दिनों के लिये मेरा आतिथ्य ग्रहण करेंगे?"

"जी, मुझे ख़ुशी होगी। सच कहूँ तो मुझे आपका साहचर्य आनन्द प्रदान करेगा।"

"मेरी पत्नी को भी आपसे मिलकर बहुत ख़ुशी होगी।"

"मैं मैडम कैथरीन सेनबॉर्न से इजाज़त ले लूँ?"

"अवश्य, वे मना नहीं करेंगी। मैंने अभी कुछ देर पहले ही अपनी मंशा बता दी थी।"

"मैं आपका काम आसान कर देता हूँ," कहते हुए जान राइट ने आवाज़ दी–"मैडम, मैं आपके अतिथि को चार दिनों के लिये अपने घर ले जाने की इजाज़त चाहता हूँ। आशा है आप मुझे निराश नहीं करेंगी। आज शुक्रवार है, सोमवार को वे यहाँ वापस आ जायेंगे।"

"ले जाइए, पर हमारे विशिष्ट अतिथि का विशेष ख़याल रखेंगे, मि. राइट और इनकी समस्या का समाधान करने की ज़िम्मेवारी भी आपको ही सँभालनी है।" मैडम कैथरीन ने मुस्कुराते हुए संन्यासी की समस्याओं का दायित्व प्रो. राइट पर डाल दिया।

रास्ते में दोनों गुमसुम थे, शायद एक-दूसरे को मन ही मन समझ रहे थे। पहले संन्यासी ने मौन तोड़ा–"अभी हमलोग कहाँ जा रहे हैं, प्रो. राइट?" संन्यासी की गम्भीर आवाज़ निस्तब्ध नीरवता और शान्त अँधेरी रात में ऐसी लग रही थी जैसे शान्त समुद्र में तरंगे आ रही हों।

"हम लोग एनिस्क्वाम जा रहे हैं। यह बोस्टन से मात्र तीस मील की दूरी पर उत्तर-पूर्व अटलांटिक महासागर के तट पर बसा छोटा-सा ग्राम है। शहर के लोग जलवायु परिवर्तन के लिये वहाँ जाया करते हैं और मैं भी इसी उद्देश्य से यहाँ आया हूँ।"

बातें जब लम्बी होती हैं, रास्ते छोटे हो जाते हैं। ऐसा लगा कुछ ही पल बीते हों और गाड़ी मि. राइट के घर के सामने लग गयी।

"जॉन, गेरूआ लबादा वाले इस व्यक्ति को कहाँ से पकड़ लाए?" मिसेज जॉन ने अपने पति से फुसफुसाते हुए पूछा। अगले ही क्षण वह संन्यासी की ओर मुखातिब हुई–

"चाय या कॉफी, मि. संन्यासी?"

"कॉफी।"

कॉफी के मग पकड़ते ही बातें प्रारंभ हो गयीं, सारी रात बीत गयी...। सूर्योदय हुआ पर बातें ऐसी थीं कि सूर्यास्त हो गयीं, फिर भी चलती रहीं...। रात हो गयी पर बातें समाप्त होने का नाम नहीं ले रही थीं।

"मि. स्वामी, आपको देखकर मैं यह नहीं समझ पा रहा हूँ कि ईसाई प्रचारक भारत में अपने धर्मोपदेशक को क्या भेजते हैं?" मि. राइट के चेहरे पर आश्चर्य के भाव थे।

"मि. राइट, भारत में धर्म का अभाव नहीं है। अभाव है अन्न तथा व्यवहारिक शक्ति का। भारत में मिशनरियों के स्थान पर ऐसे लोगों को भेजा जाये जो औद्योगिक शिक्षा का विस्तार कर सकें।"

मिसेज राइट ने आश्चर्यमिश्रित स्वर में अपने पति से धीरे से कहा–"विज्ञान प्रेमी संन्यासी, धर्मोपदेशक, सातवें आश्चर्य से कम नहीं।"

"मि. स्वामी! आप अमेरिका धर्म महासभा में भाग लेने आए हैं?"

"आया था, मि. राइट, पर मेरे पास प्रतिनिधित्व पत्र नहीं है। मेरा होना मेरा परिचय नहीं है। काग़ज़ के सामने जीवित व्यक्ति की कद्र नहीं। अब उसमें आवेदन देने की तिथि भी समाप्त हो गयी है। मैं उस धर्मसभा में भाग लेने की आशा त्याग चुका हूँ।"

"मि. संन्यासी, अमेरिकी जनता के समक्ष आत्म परिचय देने के लिये धर्म महासभा उपयुक्त स्थान है। इस विराट जाति से परिचित होने का आपके लिये यही मौक़ा है।"

"मि. राइट, मेरे पास परिचय पत्र नहीं है। परिचय पत्र होता, तो भी शिकागो जैसी महंगी जगह पर भला मैं इतने दिनों तक अपने रहने की व्यवस्था कैसे कर सकता था?"

"आपसे परिचय पत्र की माँग करना वैसा ही है, मानो सूर्य से पूछना कि उसे प्रकाश फैलाने का अधिकार किसने दिया है?"

अपनी प्रशंसा सुनकर संन्यासी ने अपनी गर्दन झुका ली।

मि. राइट ने उसके चेहरे पर अपनी दृष्टि स्थिर करते हुए कहा–"महासभा में आपको प्रतिनिधि बनवाने की ज़िम्मेवारी मेरी है। इस निर्वाचन समिति के सचिव मेरे बहुत अच्छे मित्र हैं। मैं प्रतिनिधि पत्र का इन्तज़ाम करवा दूँगा।" इतना कहकर मि. राइट ने अपने लेटरहेड पर पत्र लिखना प्रारंभ किया–

"प्रिय मि. बेरोज़...स्वामी विवेकानन्द इतने बड़े विद्वान हैं कि हमारे समस्त प्राध्यापक एकत्र हो कर भी इनकी बराबरी नहीं कर सकते।"

संन्यासी की आँखों में ईश्वर पर विश्वास के डोरे दृढ़ता के साथ तैर रहे थे। उसने कृतज्ञ हृदय से कहा–"प्रो. राइट, मैं हृदय से आपका आभारी हूँ।"

गुरुवार की रात मि. राइट ने संन्यासी के सम्मान में एक छोटी-सी सभा रखी थी। व्याख्यान हाल खचाखच भरा था। मानो पूरा शहर संन्यासी को देखने के लिये उमड़ पड़ा हो।

अतिथिगण उल्लास से आत्मविभोर हो रहे थे। क्षीणकाया वाली श्रीमती मेरिल के दोनों नेत्र उल्लास से प्रज्जवलित और कपोल रक्तिम हो रहे थे। उसने कुमारी लेन से कहा–

"यह ब्राह्मण हमें चमत्कृत कर रहा है।"

"यह ब्राह्मण नहीं हो सकता, इसे देखो, यह कितने आनन्दपूर्वक माँस खा रहा है," एक मेहमान ने उसे टोका।

संन्यासी को लोगों ने घेर रखा था। वह अपनी संगीतमयी ध्वनि में कह रहा था–

"भले ही तुम ईश्वर के प्रतिशोध में विश्वास न करो, पर इतिहास का प्रतिशोध तो तुम्हें मानना पड़ेगा और अंग्रेज़ों के ऊपर यह प्रतिशोध आएगा ही। वे हमारी गर्दन पर सवार हैं और अपने सुख-भोगों के लिये उन्होंने हमारे रक्त की अन्तिम बूंद तक चूस लिया है। वे हमारी करोड़ों की संपत्ति हरण कर ले गये, जबकि गाँव-गाँव में हमारी जनता भूखों मर रही है। अब चीनियों के रूप में उन पर प्रतिशोध की बौछार होगी और यह न्यायसंगत होगा।"

लेखिका श्रीमती बुड्स आश्चर्यचकित हो कर सोच रही थी, यह ईश्वर की ओर ले जाने वाला संन्यासी है या न्याय, अन्याय की प्रणाली पर आवाज़ उठाने वाला क्रान्तिकारी योद्धा।

सारी रात बीत गयी, सत्संग चल रहा था। दिन चढ़ आया। संन्यासी के लौटने का समय हो रहा था। मिसेज राइट ने धीमे स्वर में कहा–"स्वामी जी, हमारी मेहमाननवाजी काफ़ी बुरी रही। हमलोग सारे दिन और सारी रात आपसे सत्संग करते रहे। आपकी थकान के बारे में कुछ ख़याल ही नहीं रहा। सच कहें तो हम सभी सम्मोहन अवस्था में थे।"

मि. राइट ने संन्यासी की ओर लिफाफा बढ़ाते हुए कहा–"स्वामी, इसमें शिकागो जाने के लिये रेल टिकट है। आपके ठहरने के लिये उचित व्यवस्था करने हेतु व्यवस्थापक के नाम पत्र भी लिख दिया है।"

कृतज्ञता से संन्यासी की आँखें झुक गयीं। उसने धीमे स्वर में कहा–इस अवदान को सम्पूर्ण भारतवर्ष चिरस्थाई स्मरण रखेगा।

(10)

आज आठ सितंबर था। इस बार संन्यासी उल्टी दिशा में, बोस्टन से शिकागो जाने वाली ट्रेन में था। निश्चिंत मन और आनन्दित हृदय से वह ईश्वर की अनुभूतियों को महसूस कर रहा था। वह सोच रहा था–हम सब कुछ अपने मनोनुकूल चाहते हैं, उसे आदर्श रूप में देखना चाहते हैं, लेकिन संसार में ऐसा संयोग शायद ही कभी होता है। प्रत्येक परिस्थिति में ईश्वर के प्रति समर्पण और अपने कर्तव्य पर दृढ़ रहना ही जीवन के अर्थ को सुरक्षित रख सकता है।

संन्यासी के ठीक सामने शिकागो का एक बड़ा व्यापारी बैठा था। वह बहुत देर से अजीबो-ग़रीब लबादे पहने हुए इस व्यक्ति को एकटक देख रहा था, जिसकी आँखें बहुत देर से बन्द थीं। उसे समझ में नहीं आ रहा था कि इससे परिचय कैसे प्राप्त किया जाये। उसने अपने सिगरेट केस को निकालकर बढ़ाया, हालाँकि उसे पूरा विश्वास था कि यह संन्यासी सिगरेट का हाथ भी नहीं लगायेगा। पर आश्चर्य! संन्यासी ने धन्यवाद कहकर हाथ बढ़ा दिया।

आप शिकागो जा रहे हैं? उसने सिगरेट बढ़ाने के बाद पूछा।

जी, धर्मसभा में भाग लेने भारत से आया हूँ।

ओह, मैंने अपने जीवन में पहली बार किसी भारतीय को देखा है।

संन्यासी मुस्कुराया। अमेरिकी व्यापारी की बात करने की शैली ऐसी थी जैसे उसने पहली बार गेंडा देखा हो, पहली बार मगरमच्छ देखा हो। व्यवसायी ने बात सँभालने की कोशिश की–क्या मैं आपकी कुछ मदद कर सकता हूँ?

जी, अवश्य। क्या आप मुझे मिस्टर बैरोज़, जो धर्म महासभा के सभापति हैं, तक पहुँचने के मार्ग के बारे में समझा सकते हैं? संन्यासी ने बैरोज़ का पता लिखा हुआ काग़ज़ का टुकड़ा दिखाते हुए पूछा।

आप निश्चिंत रहें। शिकागो उतरकर मैं आपको सब कुछ समझा दूँगा–मिस्टर बैरोज़ किस मुहल्ले में रहते हैं और किस मार्ग से आप आसानी से वहाँ पहुँच सकते हैं।

संन्यासी निश्चिंत हो कर रेल के डिब्बे से बाहर देखने लगा, जहाँ खेतों की हरियाली अब हरे रंग से लाल रंग में परिवर्तित हो रही थी। मनोहारी दृश्यों और नीले स्वच्छ आसमान को देख वह उन्हीं में डूब गया। जब ट्रेन प्लेटफार्म पर आयी, संध्या हो चुकी थी।

रेलगाड़ी रुकते ही व्यापारी सज्जन आँखों से ओझल हो गया। शायद हड़बड़ी में सब कुछ भूलकर अपने घर या व्यापार केंद्र की ओर निकल गया।

संन्यासी प्लेटफार्म से बाहर आकर मिस्टर बैरोज़ का काग़ज़ पर लिखा पता निकालने के लिये अपने कोट की जेब में हाथ डालते ही उसके हाथों के तोते उड़ गये। शायद काग़ज़ ट्रेन में ही गिर गया था।

संन्यासी मदद माँगने के लिये भीड़ की ओर दौड़ा–क्या आप मिस्टर बैरोज़ का पता बता सकते हैं? लोग संन्यासी की बात समझ ही नहीं पा रहे थे। कोई न की मुद्रा में अपनी गर्दन हिला रहा था, तो कोई अपना पंजा दिखा रहा था, और कुछ मौन हो कर निकल गये।

संन्यासी ने अपना सिर पकड़ लिया–मैं क्या करूँ? रात होने को है। मैं किसी एक व्यक्ति को इतनी सी बात नहीं समझा सका कि आप किसी होटल का पता ही बता दें। शायद वह स्थान शिकागो का जर्मन बहुल क्षेत्र था। अधिकांश लोग अंग्रेज़ी न बोल पा रहे थे और न समझ पा रहे थे। सारे होर्डिंग्स, बोर्ड, नेमप्लेट तक जर्मन में लिखे थे।

इस घनी रात में, अनजान स्थान पर, जहाँ कोई भाषा नहीं समझ रहा–क्या उपाय है? वह बहुत देर तक किंकर्तव्यविमूढ़ हो कर खड़ा रहा। अगले ही पल समाधान मिल गया, पूर्ण समर्पण। कुछ देर पहले उसे समर्पण के साथ पुरुषार्थ का भरोसा था, धीरे-धीरे वह भी तिरोहित हो रहा था। सामने मालगाड़ी का एक गन्दा डिब्बा आश्रय स्थली बनने का मौन निमन्त्रण दे रहा था। ईश्वर की यही मर्जी! इसी ईश्वर ने दयालु मिसेज कैथरीन के यहाँ कितनी सुविधा प्रदान की, इसी ईश्वर ने सहृदय मिस्टर राइट के द्वारा कितनी मदद करवाई। अब ईश्वर की यही मर्जी है तो प्रतिकूलता समझकर निराश क्यों होना! थोड़ी ही देर बाद संन्यासी समस्त चिंताओं से मुक्त मन के साथ निद्रा मग्न हो गया।

सूर्योदय होने के साथ ही संन्यासी के मुखमंडल पर ताजे पानी की हवा के झोंके से नींद टूट गयी। उठते ही वह झील के किनारे चल दिया। झील के किनारे बसे धनिकों की अट्टालिकाओं से शोभित राजमार्ग पर चलते हुए संन्यासी की भूख से आंतरियाँ ऐंठ रही थी । एक संन्यासी को भिक्षाटन से कैसी शरम! उसने दरवाज़ा खटखटाया।

ओह, काला, गन्दा...कपड़े तो देखो, जैसे कोयले की खान से निकलकर आया हो। घर के सेवकों ने अपने स्वामी की मनोवृत्ति को समझते हुए हँसी उड़ाते हुए द्वार बन्द कर दिये।

संन्यासी थककर सड़क किनारे बैठ सोचने लगा—वह कहाँ आ गया? सभ्य अमेरिकी समाज में भिक्षुक! यहाँ काले व्यक्ति को इन्सान भी नहीं समझा जाता। पर ईश्वर सर्वोपरि है, उसकी मर्जी क्या है, उसे कौन जान सकता है? हारे को हरिनाम नहीं! ईश्वर की इच्छा के बिना एक पत्ता भी नहीं हिलता। मेरे साथ जो भी हो रहा है, उसकी इच्छा से है। अब वही राह दिखायेगा।

ठीक उसी समय सामने के धनाढ्य गृह का दरवाज़ा खुला, और एक अति सुंदर महिला मुख्य द्वार से बाहर बढ़ती दिखायी पड़ी। संन्यासी को वह किसी रानी जैसी लग रही थी। वह सीधे संन्यासी की ओर आ रही थी।

महाशय, क्या आप धर्म महासभा के प्रतिनिधि हैं? उसने अत्यन्त मृदुस्वर में भद्रता पूर्वक पूछा।

जी, लेकिन मेरी ग़लती से मुझसे धर्मसभा के सभापति का पता खो गया है।

आप काफ़ी थके हुए लग रहे हैं, पहले मेरे आवास पर चलकर फ्रेश हो लें, फिर मैं आपकी समस्या के समाधान की कोशिश करूँगी।

संन्यासी ने बंगले के गेट पर लिखे नाम को धीमे स्वर में पढ़ा: श्रीयुत एवं श्रीमती जॉर्ज डब्लू हेल...फिर फुसफुसाकर कहा—यह महीयसी महिला श्रीमती हेल नहीं है बल्कि साक्षात मदर चर्च है।

गृहस्वामिनी ने गृह में प्रवेश करते ही सेवकों को आवाज़ दी—इनके विश्राम और स्नान की व्यवस्था गेस्ट के रूप में यथाशीघ्र करो। संन्यासी की ओर मुखातिब हो कर कहा—सर्वप्रथम आप तरोताजा हो जलपान करें , फिर मैं आपको लेकर धर्म महासभा जाऊँगी।

संन्यासी को अपने कानों पर विश्वास नहीं हो रहा था। यह कोई परीक्षा है या भगवान की अद्‌भुत अकल्पनीय लीला, उसके हृदय में एक नये उत्साह का संचार हो रहा था। उसने मन ही मन ईश्वर से संवाद करते हुए कहा—तुम ही मेरी उँगली थामे चल रहे हो न? मैं जानता हूँ, तुम कठिन परिस्थितियों में डालकर मेरी परीक्षा ले रहे हो। हे पार्थसारथी! मुझे पता है तुमने इस धर्मसभा को मेरे नाम लिख दिया है।

मिसेज हेल के साथ संन्यासी जब धर्म सभा पहुँचा, वहाँ चारों ओर चहल-पहल थी। विभिन्न परिधानों और देशों के प्रतिनिधियों का आना-जाना लगा हुआ था। मिसेज हेल के साथ संन्यासी को कार्यालय में प्रवेश करते देख रिसेप्शनिस्ट ने बहुत ही आदर के साथ अभिवादन कर विनम्रता पूर्वक पूछा—क्या आपके पास परिचय पत्र है?

जी, मेरे पास प्रोफेसर जॉन राइट द्वारा दिया हुआ एक परिचय पत्र है, क्या इससे काम हो जायेगा?

ओह, अवश्य। प्रोफेसर जॉन राइट का परिचय पत्र प्रतिनिधि के रूप में स्वीकृति के लिये पर्याप्त है। दो दिनों के बाद धर्म महासभा का उद्घाटन है। आपके रहने के लिये 262 नंबर मिशिगन एवेन्यू में स्थित श्रीयुत जे. बी. ल्यों के आवास पर व्यवस्था कर दी गयी है। आप अपनी सुविधानुसार वहाँ जा सकते हैं।

आप निश्चिंत रहें। स्वामी आज आप मेरे आवास पर विश्राम करेंगे। उद्घाटन के पूर्व आपको मिस्टर ल्यों के आवास पर पहुँचाने की ज़िम्मेदारी मेरी है।

श्रीमती हेल की आँखों में वात्सल्यता के धागे तैर रहे थे।

जी, मदर चर्च...संन्यासी की कृतज्ञ आँखें भरी हुई थीं। जब वह उनके साथ घर वापस आया, वहाँ चार खिलखिलाती ख़ूबसूरत युवतियों की उपस्थिति वातावरण को सुरम्य बना रही थी।

स्वामी! ये मेरी दो बेटियाँ और दो भांजियाँ हैं–मेरी हेल, हरियट हेल और हेनीटा मेककिंडली, इसाबेल मेककिंडली।

ईश्वर की इतनी मेहरबानियाँ एक साथ और इतनी अधिक। एक ही दिन में माँ और चार-चार बहनों को दे दिया।

तभी कमरे में एक प्रौढ़ प्रभावशाली व्यक्ति ने प्रवेश किया–स्वामी, यह मेरे पति मिस्टर जॉर्ज डब्लू हेल हैं।

फादर पोप! संन्यासी बुदबुदाया, फिर शीघ्रता पूर्वक उठकर खड़ा हो गया–ईश्वर कितना दयालु है, इस अनजाने देश में इतना भरा-पूरा प्रेमिल परिवार देकर मुझे बेफिक्र बना दिया।

स्वामी जी, आपने धर्म महासभा में पहनने के वस्त्र तैयार करवाए हैं? मेरी हेल ने सहजता से पूछा।

ओह, नहीं, अब इतनी जल्दी यह कैसे संभव है?

आप चिंता न करें। मेरी बेटियाँ और भांजियाँ इस तरह की समस्याओं के समाधान करने की विशेषज्ञ हैं, मिसेज हेल ने हँसते हुए कहा।

हमारे पास समय कम है। हमें अभी इसी क्षण आपको लेकर बाजार जाना होगा ताकि आपको अपनी फिटिंग का ड्रेस आज ही मिल सके। मेरी हेल ने हड़बड़ाते हुए कहा।

थोड़ी देर बाद संन्यासी उन लोगों के साथ इस दुकान से लेकर उस दुकान का चक्कर काटकर थक गया। उसके मन में विचारों की आंधी चल रही थी– ये लोग जितना काम करती हैं, क्या मैं उसका चौथाई हिस्सा भी कर सकूँगा? ये रूप में लक्ष्मी और गुण में सरस्वती हैं–ये साक्षात जगदंबा हैं। इनकी पूजा करने से सर्वसिद्धि मिल सकती है।

दुकानदार ने संन्यासी को कोट पहनकर उसकी फिटिंग देखने को कहा। फिटिंग देखने के बाद उसने जब कोट उतारने की कोशिश की तो मिस हेल ने रोक दिया–स्वामी जी, इसे अभी न उतारें। घर जाकर उतारेंगे तो माँ को तसल्ली होगी। संन्यासी एक शिशु की भांति ड्रेस पहनकर गाड़ी में बैठ गया। घर पहुँचते ही हरियट हेल कैमरा लेकर दौड़ी–तब तक ड्रेस नहीं उतारेंगे जब तक मैं तस्वीर न ले लूँ।

(11)

हेल निवास के तीसरी मंज़िल के गेस्ट रूम के पलंग पर पड़े अत्यन्त मुलायम गद्दे पर लेटे हुए संन्यासी की आँखों से नींद कोसों दूर थी। ईश्वर की यह कैसी लीला है? मात्र चौबीस घंटे पूर्व वह कोयले से भरे हुए मालगाड़ी के डिब्बे में कितनी गहरी नींद सो रहा था और आज इतने नरम गद्दे पर नींद नहीं आ रही, आए भी कैसे? वह चीत्कार उठा–

हे, ईश्वर! जब हमारे देशवासी इतने कष्ट में हों, भला मैं सुखी कैसे हो सकता हूँ?

वह स्त्रियों की स्वतंत्रता देखकर विचारों के झंझावत में अवगाहन कर रहा था। "हमारे देश में महिलाओं की इतनी दुर्दशा क्यों है? इसी पृथ्वी पर इस देश की नारियाँ कितनी आत्मबली हैं। क्या भारत में कभी ऐसी नारियाँ बन पाएँगी?"

संन्यासी महंगे पलंग और मुलायम गद्दे से नीचे उतरकर कालीन पर बैठ गया।

शाक्त का मतलब क्या होता है? शराब और भांग का सेवन करने वाले को शाक्त नहीं माना जा सकता है। जो स्त्रियों में महाशक्ति का प्रकाश मानता है, वही शाक्त है। मनु महाराज ने लिखा है–यत्र नार्यस्तु पूज्यन्ते रमन्ते तत्र देवता। अमेरिकी समाज ऐसा ही है, इसीलिये ये सुखी, विद्वान, स्वतंत्र और उद्योगी हैं।

संन्यासी सोच रहा था कि अमेरिका आए हुए लगभग दो महीने हो गये हैं, यहाँ जैसी महिलाएँ कहीं नहीं दिखीं। यही सत्य है कि सुकृति पुरुषों के घर में ही भगवती स्वयं श्री रूप में निवास करती हैं। मैंने यहाँ न जाने कितनी स्त्रियों को देखा, जिनके

हृदय हिम के समान पवित्र और निर्मल हैं। यहाँ वे कैसी स्वतंत्र हैं। सामाजिक और नागरिक कार्यों का वे ही नियंत्रण करती हैं। यहाँ के स्कूल, कॉलेज लड़कियों से भरे हुए हैं।

हमारे देश में महिलाओं के लिये राह चलना भी निरापद नहीं। हम लोग स्त्री जाति को नीच, अधम, महाहीन और अपवित्र कहते हैं, इसी से तो हम लोग पशु, दास, उद्यमहीन और दरिद्र हो गये हैं।

संन्यासी का मन विकल हो रहा था। उसकी आत्मा चीत्कार कर रही थी–हमारे देश में दस साल की कन्या का विवाह कर कन्यादान का पुण्य लेना चाहते हैं, भला इससे बड़ा महापाप क्या हो सकता है? हे प्रभु! हे प्रभु! किमधिक मिति...

संन्यासी कालीन पर आँखें बन्द कर सोने की कोशिश कर रहा था। परन्तु नींद कोसों दूर चली गयी थी। नयनों के सामने मनसा देवी की आकृति मानो साक्षात खड़ी हो कर सूनी आँखों से प्रश्न कर रही थी–स्वामी जी, क्या मैं अपराधिनी हूँ? क्या मैंने कोई पाप किया है? क्या मैं चरित्रहीन हूँ?

किसने कहा? मैं ऐसा समझता तो इस स्थान पर आता ही क्यों? संन्यासी को लग रहा था कि वह देवघर में है।

स्वामी जी, किसी ने मुझे बताया कि रामकृष्ण के भक्तों की दृष्टि में भी मैं दुश्चरित्रा हूँ तो मेरी आत्मा छलनी हो गयी...इच्छा होती है, अपनी ज़िन्दगी समाप्त कर लूँ या ऐसी जगह चली जाऊँ, जहाँ कोई परिचित न हो...

आपका कहना सम्पूर्ण रूप से असत्य नहीं है। इस ढंग के संदेह पालने के लिये हम लोग दोषी हैं। मैंने अपने इस संदेह के लिये आपसे क्षमा भी माँग ली थी। मैंने अपने गुरुभाइयों से भी कहा था–इस संदेह को पालने के लिये हम, आप, सभी दोषी हैं, अपराधी हैं। हम सभी को आपसे क्षमा माँगनी चाहिए। मैंने उन लोगों से यह भी कहा–मैं आपको ग़लत समझने की ग़लती के लिये आपके प्रति क्षमाप्रार्थी हूँ और बारम्बार प्रणाम करता हूँ।

नहीं, नहीं, स्वामी जी, मुझे प्रणाम कर मेरे सिर पर अपराध नहीं चढ़ाएँ। मेरा सिर्फ़ इतना ही कहना है कि जिन स्त्रियों को आप जगदंबा कह रहे हैं, अगर भारत की स्त्रियाँ वैसा आचरण करें तो लोग उन्हें क्या कहेंगे? मेरी ग़लती क्या थी? मेरे कारण पूर्ण बाबू की भी बदनामी हुई। स्वामी जी, पूर्ण बाबू का क्या अपराध है? यही न, कि उन्होंने निराश्रित स्त्रियों को शरण दिया?

पूर्ण बाबू एक उत्तम सामाजिक कार्यकर्ता हैं। उनके साथ अनेक स्त्रियाँ हैं–अधिकांश वृद्धा हैं। सब वैष्णव वृद्ध महिलाएँ हैं, जो निराश्रित हैं, जिनके बच्चों ने उन्हें रखने से इनकार कर दिया है। बहन, अभी हमारा समाज बहुत पतित हो गया है। जो स्त्रियों की मदद करते हैं उनका चरित्रहनन किया जाता है ताकि कोई भी भद्र पुरुष उनकी मदद न कर सके। मुझे पूर्ण बाबू के लेखपाल ने सब कुछ बता दिया है।

क्या बता दिया सब कुछ...? वह सब कुछ मैं नहीं जानती स्वामी जी। मुझे अपने विवाह का कुछ याद नहीं, कब विधवा हुई यह भी नहीं जानती। एक छोटी-सी बच्ची के पिता उसे काशी ले गये थे। मुझे यह पता नहीं, वे काशी मुझे मुक्ति दिलाने ले गये थे या विधवाश्रम की काली सुरंग में ढकलने के लिये। परन्तु पता नहीं, उन्हें क्या हुआ, उन्होंने अपना विचार क्यों बदल दिया? मुझे मुस्लिम मोहल्ले के आगे छोड़कर यह कहते हुए चल दिये–शायद कोई घर बसाकर चौथी बीवी बनाकर ही रख ले। अपने ही संतान का गला कैसे दबा दूँ? बाबा, मुझे छोड़कर जाने के लिये जैसे ही मुड़े मैं दौड़कर उनके दोनों पैरों में लिपट गयी–बाबा, मुझे यहाँ मत छोड़ो...। उन्होंने मुझे अपने साथ ट्रेन में वापस चढ़ा लिया पर वे रास्ते में ही मुझे सोती छोड़कर कहीं उतर गये। मेरी नींद टूटी तो रेलगाड़ी जसीडिह स्टेशन पर खड़ी थी। कितने दिनों तक यूँ ही भटकती रही, भेड़ियों के समाज से बचती-छुपाती पूर्ण बाबू के पास पहुँच गयी।

स्वामी जी, विश्वास करें, मैं असत्य नहीं कहूँगी। मैंने उन्हें पति रूप में स्वीकार किया है और एक पत्नी होने के सारे धर्म निर्वाह किये हैं। मनसा देवी फफकने लगी।

बहन, कृपया चुप हो जाओ। तुम्हारे आँसू हमें दुर्भाग्य के दलदल में डुबो देंगे। पूर्ण बाबू के लेखापाल ने भी तुम्हारे बारे में यही कहा है–वह निष्कलंक है। वह हमेशा एक पतिव्रता नारी की तरह रही है और पूर्ण बाबू के प्रति हमेशा वफादार रही। जिस समय वह आयी थी, उसकी इतनी कम उम्र थी कि किसी नैतिक च्युति के होने का सवाल ही नहीं है।

स्वामी जी, अब मैं पाषाण की प्रतिमा बन गयी हूँ। अब पूर्ण बाबू भी मेरे प्रति सहृदय नहीं रहे। लोगों ने उन्हें हास-परिहास का पात्र बना दिया है और उन्होंने मुझे अपने आक्रोश का पात्र बना दिया है। मुझ पर दृष्टि पड़ते ही वे असंतुलित हो कर अनाप-शनाप बकने लगते हैं। स्वामी जी, अब मैं इस दुनिया से जा रही हूँ। यह दुनिया स्त्रियों के रहने योग्य नहीं है। मैं इस दुनिया को छोड़कर जा रही हूँ। मेरा अन्तिम प्रणाम स्वीकार करें।

बहन, रुको।

संन्यासी की तंद्रा भंग हो गयी, वह चैतन्य हो कर बैठ गया। उसका सिर लज्जा से झुका हुआ था। कुछ ही क्षण बाद वह हड़बड़ाकर उठा और काग़ज़-कलम लेकर पत्र लिखने बैठ गया।

मेरे प्रिय गुरुभाइयों! आज मैं व्यथित हृदय से आपको अपनी मन की वेदना बताना चाहता हूँ। अपनी और आप सबकी ग़लतियों को लेकर मन ग्लानि से भरा जा रहा है। मैं स्त्रियों की पवित्रता के प्रति कभी भी शंकालु रहा होऊँगा तो क्षमा प्रार्थी हूँ। आप सभी, स्त्रियों के प्रति उदात्त भावना रखें और मनसा देवी से सभी लोग क्षमा माँग लें क्योंकि आप लोगों ने भी उनके चरित्र पर उँगली उठाकर अपराध और महापाप किया है।

हमारे देश में ग्यारह वर्ष की आयु में विवाह न होने पर मेरी लड़की ख़राब हो जायेगी कहने वाले पागलों की कमी नहीं है। हमारे मनु जी हमें क्या आज्ञा दे गये हैं–"पुत्रियों का भी इसी तरह अत्यन्त यत्न के साथ पालन और शिक्षण होना चाहिए। जैसे तीस वर्ष तक ब्रह्मचर्य पालन पूर्वक पुत्रों की शिक्षा होनी चाहिए, इसी तरह पुत्रियों की भी शिक्षा होनी चाहिए।"

क्या तुम अपने देश को महिलाओं की अवस्था सुधार सकते हो? तभी हमारे कुशलता की आशा की जा सकती है, अन्यथा तुम ऐसे ही पिछड़े रहोगे।

जानते हो, अमेरिका की नारियाँ कैसी पवित्र हैं। पच्चीस या तीस वर्ष की आयु के पहले किसी का विवाह नहीं होता। गगनचारी पक्षी की भाँति ये स्वतंत्र हैं। हाट, बाजार, रोज़गार, दुकान, कॉलेज, सर्वत्र सब काम करती हैं, फिर भी कितनी पवित्र हैं।

अमेरिका के पारिवारिक जीवन के सम्बन्ध में मुझे अनेक निरर्थक कहानियाँ सुनने को मिली थीं–जैसे वहाँ स्वाधीनता स्वेच्छाचार तक पहुँच जाती है, वहाँ की धर्मवर्जित स्त्रियाँ स्वाधीनता के अपने उन्माद नृत्य में अपने पारिवारिक जीवन की सुख-शान्ति को पददलित कर चूर्ण-विचूर्ण कर देती हैं एवं इसी तरह की और भी सारी बकवास। पर उक्त प्रकार की धारणाएँ कितनी भ्रांत और निराधार हैं।

संन्यासी ने पत्र लिखना बन्द कर दिया, पर उसका बुदबुदाना जारी रहा–हमारे देश में दस वर्ष की उम्र में बच्चे को जन्म देने वाली बालिकाएँ। हम महापापी हैं, स्त्रियों को घृणित कीट, नरक के द्वार आदि कहकर अधपतित हो गये हैं। बाप! रे बाप, कैसा आकाश-पाताल का अन्तर है।

यहाँ की स्त्रियाँ जैसी दुनिया भर में नहीं हैं। कितनी स्वतंत्र, कितनी स्वाबलंबी, और दयालु। शिक्षा और संस्कृति सभी उन्हीं में केंद्रित है।

इस तरह की माँ जगदंबा अगर अपने देश में एक हजार तैयार करके मर सकूँ तो निश्चिंत हो कर मर सकूँगा। हे ईश्वर, इतनी कृपा करना, मैं भारत में इन अमेरिकी महिलाओं की भाँति अगर एक हजार स्त्रियों को बना पाया तो समझूँगा; तुम्हारी कृपा प्राप्त कर पाया...प्रभु की प्रार्थना में लीन संन्यासी की आँखें कब मुंद गयीं, उसे पता भी नहीं चला।

(12)

मिसेज एमिली ल्योन ने धर्मसभा कमिटी के समक्ष अपनी बात स्पष्ट कर दी–

"मैडम, मेरे पति को धर्मांध लोग बिलकुल नापसन्द हैं, कृपया मेरे घर में ऐसे प्रतिनिधि को अतिथि के रूप में भेजें जो उदार दृष्टिकोण के हों।"

जब वह धर्ममहासभा कार्यालय से वापस घर पहुँचीं, उनकी छः वर्षीया नातिन कार्नेलिया दौड़ती हुई आयी और बोली–

"नानी, आपके जाने के बाद यहाँ बहुत सारे अतिथि आए हैं, पूरा घर भर गया है। अब आपके प्रतिनिधि कहाँ रहेंगे?"

"तुम चिंता मत करो, मेरी प्यारी गुड़िया! मैंने तुम्हारे मंझले मामा को दो-चार दिनों के लिये अपने दोस्त के घर जाकर रहने के लिये कह दिया है। धर्म प्रतिनिधि आधी रात तक आएँगे।"

"प्रिय, तुम जानती हो मैं आधी रात तक नहीं जाग सकता, यह मेरे स्वास्थ्य के अनुकूल नहीं है...प्लीज बुरा मत मानना," मिस्टर ल्योन ने कहा।

"आप सभी लोग सो जायें। कार्नेलिया, तुम भी माँ के साथ जाकर सो जाओ," मिसेज ल्योन ने बेटी को आवाज़ दी। "मरियम...इसे ले जाओ।"

"थोड़ी देर तुम भी हाथ-पैर सीधे कर लो, तुमने बिलकुल आराम नहीं किया है," मरियम ने माँ से कहा।

"नहीं, मैं यहीं ड्राइंग रूम में बैठती हूँ, बिछावन पर जाने से नींद आ जायेगी, फिर अतिथि को कष्ट हो जायेगा।" वह सोफे पर बैठकर धर्ममहासभा के कार्यक्रमों को पढ़ने लगी। उसकी आँखें ढुलकने ही वाली थीं तभी डोरबेल की आवाज़ गूंजी। वह हड़बड़ाकर दरवाज़े की ओर लपकी।

"मि. प्रतिनिधि, आप किस देश के प्रतिनिधि हैं?" वह अन्दाज़ा नहीं लगा पा रही थी।

"जी, भारत से।"

"ओह, माफ कीजिए, इसके पूर्व मैंने आज तक किसी भारतीय को नहीं देखा है।"

"ओह, तब तो आपने इस तरह के गेरूआ लबादे भी नहीं देखे होंगे," मुस्कुराते हुए संन्यासी ने कहा।

"जी, आप यहाँ इस कमरे में आराम से सोएँ। यह मेरे मंझले पुत्र का कमरा है और मेरे घर का सबसे अच्छा कमरा है। मुझे विश्वास है यहाँ आपको कोई तकलीफ़ नहीं होगी। शुभ रात्रि।" कहते हुए मिसेज ल्योन ने कमरे का दरवाज़ा बन्द कर दिया।

मिसेज ल्योन अपने बिछावन पर आकर लेट तो गयीं, पर नींद नहीं आ रही थी। उन्होंने अपनी बेटी मरियम को आवाज़ दी।

"क्या माँ?" वह भागती हुई आयी।

"मैं बहुत असमंजस में हूँ। हमारे अधिकांश अतिथि दक्षिणी अंचल के हैं, वे लोग केवल श्वेतांगों के साथ ही मिलना-जुलना पसन्द करते हैं। इस एशियाई संन्यासी को देखकर मैं समझ नहीं पा रही कि क्या निर्णय करूँ?"

हालाँकि दोनों माँ-बेटी बहुत धीमी आवाज़ में बात कर रही थीं, पर मिस्टर ल्योन की नींद खुल गयी।

"क्या बात है, अभी सवेरा होने में वक्त है, तुम लोग इतनी जल्दी जागकर क्या करने वाली हो?"

"मैं यह सोच रही थी, मेरे प्रतिनिधि एक एशियाई हैं, हमारे मेहमान शायद उनके साथ सहज नहीं हो पाएँगे।"

"हुम्म...! तो क्या सोचा है?"

"आवश्यकता पड़ी तो उन्हें पड़ोस में अवस्थित ऑडिटोरियम होटल में भी रखा जा सकता है। सब कुछ परिस्थितियों पर निर्भर करता है।"

"ओह, अभी चिंता छोड़ो। बातों में समय का पता नहीं चला। अब तो सवेरा होने वाला है, फ्रेश हो लेता हूँ। नाश्ते के पूर्व कुछ समय पुस्तकालय कक्ष में रहूँगा। मैं नाश्ते के टेबल पर समय पर पहुँच जाऊँगा।"

मिस्टर ल्योन जब पुस्तकालय कक्ष में पहुँचे, संन्यासी वहाँ पुस्तकों को उलट-पुलट रहा था।

"गुड मॉर्निंग, मिस्टर संन्यासी, आप बहुत जल्दी जाग गये?" मिस्टर ल्योन ने धीमे स्वर में कहा। उन्हें अतिथियों की नींद में खलल न पड़े, इस बात का भी ध्यान रखना था।

"भारत में संन्यासियों से अपेक्षा की जाती है वे ब्रह्ममुहूर्त में उठें।"

"मैं हिन्दू धर्म के बारे में अधिक नहीं जानता, बस वेदांत का नाम सुना है। क्या उसे थोड़ी देर में समझा जा सकता है?"

"मैं यह नहीं जानता कि इतनी अल्पावधि में समझा जा सकता है या नहीं, या मैं समझा सकता हूँ या नहीं। परन्तु चर्चा तो की ही जा सकती है। वेदांत दर्शन का एक विषय है–एकत्व की खोज। हिन्दू मन, वस्तु विशेष के लिये परवाह नहीं करता। वह सदैव सामान्य की, यहीं क्यों? सार्वभौमिक की खोज करता है। वह क्या है? जिसके जान लेने से सब कुछ जाना जा सकता है। यही एक विषय वस्तु है। जिस प्रकार मिट्टी के एक ढेले को जान लेने पर मिट्टी से बनी हुई समस्त वस्तुओं को जाना जा सकता है, उसी प्रकार ऐसी कौन सी वस्तु है जिसे जान लेने पर स्वयं समस्त विश्व को जाना जा सकता है? यही एक खोज है–वेदांत दर्शन..." संन्यासी मौन हो गया।

"बहुत आभार! आप भी कुछ देर में नाश्ते की टेबल पर पहुँचे, मैं ज़रा टेबल की तैयारी देख लूँ," मिस्टर ल्योन अपनी गाउन की डोर बांधते हुए खड़े हो गये।

मिस्टर ल्योन ने जलपान की व्यवस्था में अपनी पत्नी की मदद करते हुए कहा–"एमिली, हमारे सारे अतिथि चले जायें तो भी मैं बिलकुल परवाह नहीं करूँगा। हमारे घर में अब तक जितने भी लोग आ चुके हैं, उनमें से यह भारतवासी सर्वाधिक बुद्धिमान तथा रोचक हैं, वे जब तक चाहें यहाँ ठहरें, मैं यही चाहता हूँ।"

एमिली ल्योन ने पति की ओर प्रेमिल हो कर देखा और मुस्कुरा कर कहा–

"ग्रेट...। अब मुझे कोई चिंता नहीं।"

सेवकों की मदद से डाइनिंग टेबल सजकर तैयार हो गया। तभी संन्यासी ने डाइनिंग हाल में प्रवेश किया।

"स्वामी, आप इस कुर्सी पर बैठिए और कृपया बताइए आपको खाने में क्या पसन्द है?" एमिली ल्योन बहुत ख़ुश थी।

"मैं जहाँ कहीं रहता हूँ वहीं के खान-पान के साथ अपने को समायोजित करने का प्रयास करता हूँ और संतोषपूर्वक भोजन करता हूँ," संन्यासी ने संकोचपूर्वक कहा।

"दरअसल, अमेरिकी अपने भोजन में अधिक मसालों का प्रयोग नहीं करते। मुझे भय है कहीं आपको मेरे यहाँ का भोजन पसन्द न आए...," मिसेज एमिली ल्योन के स्वर में फिक्र थी।

"आप थोड़ी भी चिंता न करें...संन्यासियों से जिव्हा के स्वाद पर संयम की अपेक्षा की जाती है।"

"फिर भी आप चाहे तो मिर्ची के इस सॉस में से दो-एक बूंद अपने भोजन के साथ मिला सकते हैं," मिसेज एमिली ने संन्यासी की ओर बोतल बढ़ाते हुए कहा।

संन्यासी के मुखमंडल पर बालसुलभ हास्य की किरणें बिखर गयीं। उसने उस बोतल से इतनी अधिक मात्रा में सॉस छिड़क दिया कि टेबल पर बैठे लोग सहम गये–

"ओह, इतना! आप इसे कैसे खा पाएँगे?" पर संन्यासी उनकी परेशानियों से अनभिज्ञ आनन्दपूर्वक भोजन करता रहा।

छह वर्ष की बच्ची कार्नेलिया ने अपनी माँ की वक्र आँखों से अपने को आज़ाद कराते हुए संन्यासी से पूछा–

"स्वामी जी, भारत में बन्दर, मोर, तोते आदि होते हैं? क्या वहाँ रंग-बिरंगे फल भी होते हैं? बड़े-बड़े वृक्ष भी होते हैं?"

संन्यासी ने अपनी बाहें फैला दीं! कार्नेलिया कूद कर उनकी गोद में बैठकर उनकी पगड़ी को स्पर्श करती हुई कहने लगी–

"कृपया, इसे खोलकर दिखाइए न, इसे कैसे बांधते हैं?"

बच्ची की माँ ने अपनी उदास आँखों में रंग भरने की कोशिश करती हुई, उसकी हरकतों का निषेध करती हुई कहा–

"अच्छे बच्चे ऐसा नहीं करते।"

"माँ, अच्छे बच्चे क्या करते हैं? कहानियाँ तो सुन सकते हैं, मुझे भी स्वामी जी से कहानियाँ सुननी हैं।"

"ज़िद मत करो मेरे बच्चे! कल स्वामी जी की बहुत बड़ी परीक्षा है, जैसी तुम्हारी होती है। उससे भी बड़ी..., इन्हें तंग करोगी तो इनकी परीक्षा अच्छी नहीं जायेगी," मरियम अपनी छोटी सी बच्ची को समझाने की कोशिश कर रही थी।

"आप परेशान न हों। मैं जब तक इस घर में हूँ, इसे प्रत्येक दिन कहानियाँ सुनाया करूँगा।"

संन्यासी कहानी सुना रहा था–

"तुम्हें पता है–भारत में हनुमान की पूजा होती है। हनुमान भी एक प्रकार के बन्दर थे। परन्तु बहुत ही बलवान, इतने बलवान जितने वायु होते हैं। इसी से लोग उन्हें वायुपुत्र भी कहते हैं।"

संन्यासी की कहानी समाप्त हो गयी। बच्ची ने धीरे से कहा–

"एक कहानी और...।"

"नहीं बेटे, अब नहीं," उसकी माँ ने कड़क शब्दों में कहा।

"ठीक है स्वामी जी, मैं जाती हूँ, माँ की बात माननी होगी, नहीं तो वे ग़ुस्सा हो जायेंगी। वे मेरी मम्मा भी हैं और पापा भी। सभी बच्चों को मम्मी-पापा दोनों होते हैं, मेरी तो सिर्फ़ मम्मी हैं, पापा भगवान के पास चले गये। अगर मम्मा की बात नहीं मानूँगी तो दुखी हो कर वह भी भगवान के पास चली जायेंगी।"

माँ की आँखें भर आयीं, उसने संन्यासी की ओर देखा और अपनी बिटिया के साथ निकल गयी।

संन्यासी अपने मन को एकाग्र करने की चेष्टा कर रहा था। सचमुच कल उसके जीवन की सबसे बड़ी परीक्षा है, पर वह अपने को किंचित भी एकाग्रचित नहीं कर पा रहा था। उसके व्याख्यान का विषय क्या होगा, यह भी निर्णय नहीं कर पा रहा था। उसकी आँखों के सामने कार्नेलिया और उसकी माँ मरियम की छाया धुंधली हो कर परिवर्तित हो रही थी, कभी माँ में तो कभी स्वर्णमयी दीदी में।

मरियम भी दुखी है, इस भौतिक दुनिया में एक छोटी बच्ची को लेकर माता-पिता के साथ रहना, एक सामान्य बात नहीं, फिर भी उतनी असामान्य भी नहीं है। मरियम को कोई आर्थिक अभाव नहीं है, उस पर कोई बन्दिशें नहीं हैं, वह अपनी ज़िन्दगी जैसे चाहे जी सकती है। हाट, बाजार, थियेटर सभी के दरवाज़े उसके लिये खुले हुए हैं...वह जहाँ चाहे काम कर सकती है, पैसे कमा सकती है।

पर स्वर्णमयी दीदी के साथ ऐसा नहीं था। उसके लिये मनोरंजन के नाम पर क्या था? कुछ भी नहीं...विवाह के पहले...कहना उतना न्यायसंगत नहीं लगता। वैधव्य भोगने के पहले वे कितनी चंचल थीं। अंग्रेज़ी बोलना भी अच्छी तरह जानती थीं...। संन्यासी जब नरेन था, उसे भी कसकर डपट देती थीं। उस समय वह ब्रह्म समाज में उठता-बैठता था, निरामिष हो गया था। स्वर्णमयी दीदी सब्जी परोस रही थीं। तभी वह चिल्लाया–

"मुझे वह सब्जी मत देना, उसकी कलछुल से मछली स्पर्श कर गयी है।"

स्वर्ण दीदी कितनी खिलखिलाई थीं। जब पिताजी उस पर यह कहते चिल्लाए थे–

"उसके चौदह पुरखे घोंगे, सेवार खाते आए हैं और अभी यह ब्रह्मदैत्य बना है–मछली नहीं खाएगा!"

परन्तु वह हँसी फिर कभी उनके मुखमंडल पर नहीं दिखायी पड़ी। पति के नहीं रहने पर अपने पालित पुत्र की हथेलियों को थामे कितनी गुमसुम रहती थीं। उनका जीवन कितना बोझिल था।

माँ स्वयं दुखियारी थी, दुखियारी कैसे नहीं होती, उनका सबसे बड़ा पुत्र डूबते घर को डूबने छोड़ संन्यास मार्ग पर आरूढ़ हो गया। दुखियारी माँ का दर्द क्या दिखायी नहीं दिया? क्या कभी ईश्वर उसे माफ करेगा?

जो माँ की सच्ची पूजा नहीं करता, वह कभी बड़ा आदमी नहीं बन सकता, तो वह कभी बड़ा आदमी कैसे बन पाएगा?

अल्पभाषिणी माँ कितनी गम्भीर प्रकृति की थीं, बातचीत में कितनी मधुर, कितनी तेजस्विनी, राज़रानी की भाँति गरिमामयी थीं, किंतु दुख के थपड़े ने उन्हें झुलसा दिया है और वह उस दाहाग्नि में उन्हें झुलसते छोड़ आया।

बचपन में माँ कहती थीं–

"बेटा, यदि तुमसे ग़लती नहीं हुई है, तो इससे क्या आता-जाता है? फल चाहे जो भी क्यों न हो, जिसे सच समझते हो, उसे ही सदैव करते जाना। इसके लिये कई बार अनुचित और अप्रिय फल भोगना पड़ेगा, फिर भी सत्य का कभी त्याग नहीं करना।"

"पर सत्य क्या है? ग़लती हुई है या नहीं, समझ नहीं आता हो तब क्या करें?" संन्यासी बुदबुदाया।

"आजीवन पवित्र रहना, अपनी मर्यादा की रक्षा करना तथा कभी भी दूसरों के सम्मान पर आघात नहीं करना। ख़ूब शान्त रहना किंतु आवश्यक होने पर हृदय को दृढ़ रखना," माँ की आवाज़ कानों में गूंज रही थी, जैसे वे पास में ही खड़ी हों और पुत्र के मनोभाव को देख रही हों।

संन्यासी ने आँखें बन्द कर लीं–

माँ, कितना भी बड़ा संन्यासी क्यों न बन जाऊँ, परन्तु तुम्हारा नरेन हमेशा तुम्हारा ऋणी रहेगा। मैं निरा निष्ठुर पशु नहीं हूँ, माँ। इस विपुल संसार में अगर मेरे प्रेम और प्रीति का पात्र कोई है तो वह तुम हो, माँ। एक तरफ़ भारतवर्ष है–लाखों नर-नारियों का दुख! एक तरफ़ मेरी दुखिनी माँ और मेरे भाई-बहन–ईश्वर ने मुझे जो राह दिखाया, उसी पर चल पड़ा।

"माँ, यह तुम्हारा ही नि:स्वार्थ स्नेह मुझे उत्तराधिकार रूप में प्राप्त हुआ, जो भी सुकर्म किये तब तुम्हारी कृपा से..." संन्यासी के विचारों को कूल किनारा मिलता

दिखायी पड़ रहा था। रात्रि काफ़ी हो गयी थी। वह पेट के बल हो कर लेट गया... बचपन से वह हमेशा गहरी नींद ऐसे ही सोता था।

(13)

11 सितम्बर 1893, सोमवार का सूर्योदय चार सौ वर्ष पूर्व कोलम्बस के आगमन की सुबह का प्रतिनिधित्व कर रहा था। जिस कोलम्बस ने अमेरिका की खोज की थी, उसी की स्मृति में यह वर्ल्ड कोलम्बियन एक्सपोजीशन हो रहा था।

कभी-कभी एक व्यक्ति की मानसिक कल्पना मूर्तरूप लेकर पूरी दुनिया में एक मिसाल क़ायम कर देती है। वैसे तो प्रत्येक मानव कुछ न कुछ कल्पना करता रहता है, हजारों-लाखों कल्पनाएँ धुएँ बनकर हवा में विलीन हो जाती हैं।

परन्तु चार्ल्स कैरल बोनी को अपने बालकनी में बैठे एक विचार ने उद्वेलित कर दिया था कि विश्व के सभी देशों से प्रतिनिधियों को बुलाकर एक ऐसा सम्मेलन आयोजित किया जाये, जिसमें मानवीय सभ्यता पर खुलकर चर्चा हो।

बोनी की परिकल्पना आज मूर्तरूप ले रही थी। पहले भी धर्मसभा हुई थी किंतु एक धर्म की। परन्तु विश्व के विभिन्न धर्मावलंबियों द्वारा एक ही सम्मेलन में एकत्र हो कर एक ही मंच से बिना किसी विवाद के अपने मत की घोषणा करने का अवसर तथा अधिकार इसके पूर्व किसी को नहीं मिला था।

आज उसी धर्मसभा में जाने का मौक़ा इस संन्यासी को अनेक विघ्न बाधाओं के बाद मिल रहा था। अपने सिर पर गेरूए रंग की पगड़ी बांधते समय अचानक उसे अपनी ही कही बात याद आ गयी, वह अपनी हँसी नहीं रोक सका। अगले ही पल संकोच से भर उठा, उसने कैसे तुरीयानन्द से कहा था–धर्मसभा मेरे लिये हो रही है। तुरियानन्द ने आश्चर्यचकित हो कर जब उसे एकटक देखने लगा तब भी वह शरमाया नहीं था, गम्भीर हो कर कहता रहा था–मेरा मन ऐसा कह रहा है, शीघ्र ही तुम्हें इसका प्रमाण देखने को मिलेगा।

संन्यासी ने टेबल पर रखे गिलास में जग से पानी डालते हुए बुदबुदाया–तुरियानन्द, तुम्हें क्या पता, अभी तुम्हारे गुरुभाई की हालत क्या है? भय के मारे पैर कांप रहे हैं।

शिकागो आर्ट इंस्टीट्यूट धर्मसभा के लिये पूरी सजधज कर धर्म महारथियों के आगमन के लिये अपनी बाहें पसारे खड़ा था। हॉल के सामने मोटे-मोटे अक्षरों में लिखा था–"हॉल ऑफ़ कोलम्बस"। हॉल में बने हुए मंच की लम्बाई लगभग

सौ फीट तथा चौड़ाई करीब पंद्रह फीट थी। मंच के पीछे हिब्रू, जापानी भाषा में दो उक्तियाँ लटक रही थीं। एक दूसरे से लगभग चालीस फीट की दूरी पर स्थापित दो ग्रीक दार्शनिकों की विशाल मूर्तियाँ थीं। दार्शनिकों के बाद दाहिनी ओर सरस्वती देवी के सदृश एक मूर्ति हाथ उठाए दंडायमान थी।

ठीक दस बजे वहाँ उपस्थित दस धर्ममतों के नाम पर दस बार घंटा ध्वनि हुई–यहूदी, इस्लाम, हिन्दू, बौद्ध, ताओ, कन्फ्यूशियन, शिंटो, पारसी, कैथोलिक, ग्रीक, और प्रोटेस्टेंट धर्म। कोलम्बस हॉल खचाखच भरा हुआ था, सामने द्वार पर अपार भीड़ थी।

संन्यासी ने चारों ओर दृष्टि दौड़ाई, वह आश्चर्यचकित था–इतनी भीड़ उसने कल्पना तक नहीं की थी–छह से सात हजार से कम लोग नहीं होंगे, उसने मन ही मन अनुमान लगाया।

पर, शान्ति कितनी थी, निस्तब्ध नीरवता। कल्पना से परे इतनी भीड़ और इतनी शान्ति। तभी संन्यासी ने ऊपर की ओर दृष्टि उठाई–एक छोटी सी चिड़ियाँ खुली खिड़की से प्रविष्ट कर रही थी, उसके पंखों की चहचहाहट उसके कानों को सुनाई दे रही थी।

घड़ी में दस बज रहे थे, प्रतिनिधि मंच की ओर अग्रसर हो रहे थे। सबसे अग्रिम पंक्ति में थे सभापति बोंनी तथा कार्डिनल गिबन्स। दोनों एक दूसरे का हाथ थामे थे। उनके पीछे थीं, मेले की महिला कार्यकारिणी की अध्यक्षा श्रीमती पॉटर पायर और उपाध्यक्ष श्रीमती चार्ल्स, सी. हेनरोटिन। उसके पीछे प्रतिनिधियों के बीच संन्यासी भी सहज मुद्रा में आगे बढ़ रहा था। सभी देशों के राष्ट्रध्वजों के समक्ष करतल ध्वनि के मध्य संन्यासी का मन मस्तिष्क झंकृत हो रहा था–उसने आज तक किसी सभा में भाषण नहीं दिया है, क्या वह इतनी बड़ी सभा में भाषण दे पाएगा?

सभी अपनी-अपनी कुर्सियों पर विराजमान हो रहे थे। कार्डिनल गिबन्स बीच में स्थित लौह सिंहासन पर विराजमान हुए। उनकी दाहिनी ओर बैठे श्वेतवस्त्राधारी पाँच चीनी धर्मयाजक और बायीं ओर काले वस्त्रों से आवृत ग्रीक चर्च के उच्चाधिकारी गण। इसके अतिरिक्त सफेद, काले, पीले, गेरूए आदि रंगों एवं विचित्र पोशाकों वालों की कमी नहीं थी।

संन्यासी की नजरें अपने देशवासियों से मिली तो राहत की सांस ली। वह आगे की ओर बढ़ गया। इक्कीस नंबर की कुर्सी उसका इन्तज़ार कर रही थी।

तभी ऑर्गन बजने लगा। सभी खड़े हो गये–हे! हमारे स्वर्ग में रहने वाले पिता, आपके नाम की जय जयकार हो।

मंच संचालक ने प्रथम वक्ता का नाम पुकारा–"जान्ते के आर्यविशप अपना व्याख्यान देने मंच पर पधारें..." संन्यासी के हृदय की धड़कन तेज हो रही थी, कहीं अगला नाम उसी का न हो।

संचालक की आवाज़ से दहशत हो रही थी–"अब भारत से आए...ब्रह्मसमाज के प्रतिनिधि और 'प्राच्यदेशीय ईशा' नामक लेखक के रूप में प्रसिद्ध प्रताप चन्द्र मजूमदार अपनी बात आपके समक्ष रखेंगे।" संन्यासी ने राहत की सांस ली। मजूमदार के व्याख्यान समाप्त हो गये थे, तालियों की गड़गड़ाहट से हॉल गूंज रहा था, संन्यासी का गला सूखा रहा था। वह ईश्वर से प्रार्थना कर रहा था–"हे प्रभु, इस विराट समुदाय के सम्मुख भारत के संवाद को रखने की शक्ति प्रदान कर।"

तभी संचालक ने आवाज़ दी–"भारत से आए युवा संन्यासी स्वामी विवेकानन्द...!" स्वामी ने घबराकर कहा–"अभी नहीं।"

"अच्छी बात है," कहते हुए उद्घोषक ने उद्घोषणा की–"भारत के ही थियोसोफिकल सोसाइटी के चक्रवर्ती महोदय की विद्वतापूर्ण व्याख्यान सुनें..."

चक्रवर्ती महाशय के व्याख्यान के बाद श्रोताओं ने अपना पूरा दिल उड़ा दिया...तालियों की गड़गड़ाहट की रफ्तार तेज होते जा रही थी। तभी संचालक ने तीसरी बार पुकारा–"भारत का युवा संन्यासी विवेकानन्द।"

"नहीं, नहीं, अभी नहीं..." संन्यासी की वाणी में कंपन था।

"आखिर आप भाषण देना चाहते हैं या नहीं?" अध्यक्ष के स्वर में झल्लाहट थी।

"जी, मैं अपराह्न की सत्र में अपना व्याख्यान देना चाहता हूँ।"

संन्यासी ने अभी तो अपने को बचा लिया। वह यह नहीं कह पाया कि वह भयभीत हो रहा है। वह कहना चाहता था–"श्रीमान, विश्व के बड़े-बड़े विचारकों तथा वक्ताओं की इस सभा के सम्मुख खड़े होने और बोलने में मुझे भय लग रहा है। मैंने यहाँ बोलने की कोई तैयारी नहीं की है, जबकि सभी लोग कितनी तैयारी के साथ लिखित भाषण लेकर आए हैं। मेरी जिव्हा सूख रही है। मैंने आज तक सार्वजनिक सभाओं में भी भाषण नहीं दिया है और इस मंच पर संसार के सभी राष्ट्रों के विद्वान एकत्रित हैं, मैं क्या करू...?"

परन्तु आखिरकार वह घड़ी आ गयी, जिसके लिये संन्यासी ने अपार कष्ट सहा था। वह उठा, उसने मन ही मन देवी सरस्वती को प्रणाम किया और माइक पकड़ ली–

"अमेरिकावासी बहनों और भाइयों..." वह आगे दो मिनट तक कुछ भी नहीं बोल पाया, इसके लिये नहीं कि उसे घबराहट हो रही थी, बल्कि इसलिये कि विशाल हॉल में दो मिनट तक तालियों की गड़गड़ाहट रुकने का नाम नहीं ले रही थी।

संन्यासी अपनी बात रख रहा था–हम भारतवासी सभी धर्मों के प्रति केवल सहिष्णुता में ही विश्वास नहीं करते, बल्कि समस्त धर्मों को सच्चा मानकर स्वीकार करते हैं। मुझे एक ऐसे देश का व्यक्ति होने का अभिमान है, जिसने इस पृथ्वी के समस्त धर्मों और देशों के उत्पीड़ितों और शरणार्थियों को आश्रय दिया है। मुझे आपको यह बताते हुए गर्व होता है कि हमने अपने हृदय में यहूदियों के विशुद्धतम अवशिष्ट अंश को स्थान दिया था, जिन्होंने दक्षिण भारत आकर उसी वर्ष शरण ली थी जिस वर्ष उनका पवित्र मन्दिर रोमन जाति के अत्याचार से धूल में मिला दिया गया था। ऐसे धर्म का अनुयायी होने में मैं गर्व अनुभव करता हूँ जिसने महान जरथुष्ट्र जाति के अविशिष्ट अंश को शरण दी और जिसका पालन वह आज भी कर रहा है।

हम भारतवासी प्रतिदिन यह प्रार्थना करते हैं–जैसे विभिन्न नदियाँ भिन्न-भिन्न स्रोतों से निकलकर समुद्र में मिल जाती हैं, उसी प्रकार हे प्रभु! भिन्न-भिन्न रुचि के अनुसार विभिन्न टेढ़े-मेढ़े अथवा सीधे रास्ते से आनेवाले लोग अन्त में तुझमें ही आकर मिल जाते हैं।

साम्प्रदायिकता, हठधर्मिता और उनकी वीभत्स वंशधर धर्मांधता इस सुंदर पृथ्वी पर बहुत समय तक राज्य कर चुकी है। वह पृथ्वी को हिंसा से भरती आ रही है, उसे बार-बार मानवता के रक्त से नहलाती रही है, सभ्यताओं को विध्वंश करती और समस्त दुनिया को निराशा के गर्त में डालती रही है। यदि ये वीभत्स दानवी न होती तो मानव समाज आज की अवस्था से कहीं अधिक उन्नत हो गया होता।

आज सुबह इस सभा के सम्मान में जो घंटा ध्वनि हुई है, वह समस्त धर्मांधता का तलवार या लेखनी के द्वारा होने वाले सभी उत्पीड़नों का तथा एक ही लक्ष्य की ओर अग्रसर होने वाले मानवों की पारस्परिक कटुताओं का मृत्यु-निनाद सिद्ध हो।

संन्यासी आश्चर्यचकित था...तालियों की करतल ध्वनि इतनी तीव्र थी कि पूरे हॉल को गुंजायमान बना रही थी।

उसने अपने कर्णछिद्रों पर दोनों उँगलियों को रख लिया।

सैकड़ों महिलाएँ बेंचों के ऊपर से हो कर उस संन्यासी के निकट पहुँचने का प्रयास कर रही थीं। संन्यासी ने अपनी नजरें झुका लीं। भावावेग में वह अवश हो

रहा था। वह मन ही मन बुदबुदा रहा था–"मूंक करोति वाचालम..." श्रीधर स्वामी ने अपनी टोका में सत्य ही लिखा–जब प्रभु की कृपा होती है, गूंगा भी असाधारण वक्ता बन जाता है।

मिसेज ल्योन के घर में अतिथियों के अलावा अन्य श्रोताओं के आगमन से काफ़ी भीड़-भाड़ सा माहौल था। सभी के मुख पर एक ही नाम–युवा संन्यासी, स्वामी विवेकानन्द। अब वह मिस्टर संन्यासी नहीं रह गया था, वह स्वामी जी बन चुका था। मिसेज ल्योन की सहेलियाँ भी उनकी ही बात कर रही थीं।

"आज तो गजब हो गया। मैं प्राय: सभी व्याख्यानों में जाती रहती हूँ पर स्वामी जी को सुनकर जो मनोदशा हुई, पहले कभी नहीं हुई," मिसेज ल्योन की एक महिला अतिथि ने कहा।

"आप सही कह रही हैं, मेरा अनुभव भी कुछ ऐसा ही है। घड़ी देखकर दो मिनट तक तालियाँ बजती रहीं, जैसे सभी लोग सम्मोहित हो गये हों।"

"ऐसा नहीं है, करतल ध्वनियाँ सिर्फ़ इसी भारतीय संन्यासी के लिये ही नहीं सुनाई दीं। प्राय: सभी प्रतिनिधियों के व्याख्यान के समय हर्ष ध्वनि सुनाई पड़ रही थी," फादर वर्गीज का मुख कुम्हला रहा था।

"दूसरों के व्याख्यान के समय हर्ष ध्वनि होने के कारण स्पष्ट हैं। स्थानीय श्रोताओं की राजनीतिक या स्वाधार्मिक सहानुभूति पहले से थी। इसका कारण पूर्व परिचय भी हो सकता है। परन्तु स्वामी जी के बारे में ऐसा कुछ भी नहीं था," न्यू डिस्कवरीज की लेखिका श्रीमती वर्क ने कहा।

"अमेरिकी वक्ताओं ने भी अतिमानवीय पहलू पर प्रकाश डाला। क्या उन्होंने तिरस्कृत जातियों के प्रति अपने पिछले अन्यायों की प्रायश्चित करने की बात कहकर श्रोताओं के हृदय में प्रवेश नहीं पाया होगा?" बिशप आर्क ने कहा।

"मैं आपकी बात नहीं काट रही, पर ऐसी प्रीतिति हुई नहीं। मैं यह दावा नहीं कर रही कि श्रोताओं पर ऐसा कोई असर हुआ है और स्वामी जी की वाग्मिता के कारण इतनी हर्ष ध्वनि हुई होगी। क्योंकि सुबह के पूरे सत्र और अपराह्न सत्र में भी अधिकांश वक्ताओं द्वारा विश्वबंधुत्व की बातें रखी जा रही थीं। तो फिर ऐसा क्या हुआ कि पूरा हॉल स्वामी जी से सम्मोहित हो गया?" श्रीमती वर्क ने बड़ी संजीदगी से अपनी बात रखी।

"मेरा मानना है, श्रोता मंडली भी नहीं बता सकेगी कि स्वामी जी के प्रथम शब्द सुनते ही वह क्यों हर्षध्वनि कर रही थी," मिसेज लिगेट ने मुस्कुराते हुए कहा।

"शायद, 'अमेरिकावासी बहनों तथा भाइयों' अत्यन्त हृदयस्पर्शी था," मरियम ने कहा।

"मुझे लगता है, स्वामी जी के शब्दों में छिपी किसी अव्यक्त भाव ने ही उन्हें इस प्रकार अनुप्रमाणित कर दिया कि उनकी वाणी खोखले भावुकता मात्र के रूप में न निकलकर वास्तविक सत्य के रूप में उभर गयी थी। शायद उसने सबके हृदय में एक चिरविस्मृत आत्मिक एकता का बोध जागृत किया," मिसेज हेल की वाणी अवरुद्ध हो रही थी।

"मिसेज हेल, आपके कथन से पूर्ण सहमत हूँ। आज धर्मसभा में स्वामी जी का व्याख्यान एक ऐसी स्मृति है, जो उसी क्षण से अदृष्ट पर अदम्य शक्ति के साथ कार्यशील होगी," श्रीमती ब्लानेट की आवाज़ स्वामी जी के कानों को भी झंकृत कर रही थी।

उनका मन-मस्तिष्क प्रभु की कृतज्ञता से आच्छादित हो रहा था–प्रभु, तुम अपने शरणापन्न की लाज ऐसे ही रखते हो। उसकी बेसिर-पैर की बातों को भी एवमस्तु कर देते हो। मैंने तुरियानन्द से न जाने हँसी-मज़ाक में क्या-क्या कह दिया और तूने उसे भी स्वीकार कर लिया।

तभी दरवाज़े पर किसी ने धीरे से दस्तक दी।

"आप...! अन्दर आइए न," स्वामी उठकर खड़े हो गये।

"मेरा पूरा परिवार आपको अपने बीच पाकर आह्लादित है...मेरे पति, मेरी बेटी और यहाँ तक कि मेरी छः वर्षीय नातिन भी..." मिसेज ल्योन की आँखों में ख़ुशी के अश्रुबिंदु झिलमिला रहे थे।

"सच्ची बात तो यही है कि मैं आप लोगों के आत्मिक प्रेम की आभारी हूँ, जो आपके समस्त परिवार ने मुझे दिया है। मिसेज ल्योन, जब भी मेरी दृष्टि आप पर पड़ती है, जब-जब आपको देखता हूँ, माँ मेरी की स्मृतियाँ जीवंत हो उठती हैं।"

"स्वामी जी, यह आदर मेरे लिये अमूल्य धरोहर है, इसे हमेशा सँभालकर रखूँगी। फिलहाल आपके कुछ फैन्स नीचे आपका इन्तज़ार कर रहे हैं, क्या आप पाँच मिनट आगुन्तकों को दर्शन देने ड्राॅइंग रूम में आएँगे?"

"माँ, कृपया, आप ऐसा न कहें, मैं दो मिनट में आता हूँ।"

"शुक्रिया..., स्वामी जी..." कहती हुई मिसेज एमिली ल्योन ने जैसे ही हॉल में पहुँचकर ऐलान किया–"वे आ रहे हैं।" वहाँ कोलाहल बढ़ गया...हर्ष के अतिरेक से महिलाएँ भावुक हो कर एक-दूसरे के हाथों को पकड़कर चूमने लगीं।

स्वामी को सीढ़ियों से धीरे-धीरे उतरते देखकर मिस्टर ल्योन ने बड़ी विनम्रता से कहा–"स्वामी जी, आप उपनिषदों के साक्षात ऋषि हैं। मैं ईश्वर का अत्यन्त ऋणी हूँ कि उन्होंने मुझे आपके आतिथ्य का अवसर दिया।"

"श्रद्धेय ल्योन, शुक्रगुजार तो ईश्वर का मैं हूँ, जो आपका सान्निध्य दिया। मैं अब तक जितने लोगों से मिला हूँ, मेरा विश्वास है कि उनमें आप ही सर्वाधिक ईसा के सदृश्य हैं।" स्वामी जी की गम्भीर आवाज़ मिसेज ल्योन और मरियम को भावुक कर गयी।

दोनों माता -पुत्री, मिस्टर ल्योन से लिपट गयीं–"इससे अधिक हमें और क्या चाहिए...? मुझे ल्योन पर हमेशा गर्व था, आज तो मेरे गौरव का अन्त नहीं।" मरियम ने धीरे से कहा–"स्वामी जी, मेरे पापा ग्रेट हैं, तभी तो आपने उन्हें इतना बड़ा मान दिया है।"

"स्वामी जी काफ़ी थक गये हैं, मुझे प्रतीति हो रही है कि हम लोगों ने उनका दर्शन कर लिया है। अब उन्हें आराम करने दें...हमें अपने पर संयम रखना होगा। कल धर्मसभा में इनके दर्शन होंगे," मिसेज बोनी ने कहा, सभी ने स्वीकृति में सिर हिलाया।

स्वामी जी अपने कमरे में लौट आए। उनकी आँखों से नींद कोसों दूर थी। महासभा में एक प्रतिष्ठित राष्ट्र के गणमान्य लोगों द्वारा मुक्तकंठ से एक विजयी वीर के रूप में अभिनन्दित हो कर भी, उनका मन प्रसन्नचित्त नहीं था। अनेक चीनी मिलों के मालिक धन कुबेर मिस्टर ल्योन के सुसज्जित महल में भी उनकी आँखों में निद्रा लेशमात्र भी नहीं थी। इस चकाचौंध वातावरण में उनका मन आनन्द पाने की जगह विषाद में डूब रहा था।

अपने देश की निर्धनता और यहाँ व्याप्त अतुल ऐश्वर्य के बीच की खाई इतनी अधिक होती जा रही थी कि जिनमें कभी मेल होने की संभावना दूर-दूर तक नहीं थी।

उनकी आँखों से इतने अश्रुप्रवाहित हो रहे थे कि तकिया पूरी तरह गीला हो रहा था। वह फूट-फूट कर रोते हुए प्रार्थना कर रहे थे–"माँ, मैं इस नाम यश को लेकर क्या करूँ, जबकि मेरे देशवासी घोर निर्धनता में डूबे हुए हैं। हम भारतवासी ऐसी बुरी हालत तक पहुँच गये हैं कि मुट्ठी भर अन्न के अभाव में लाखों लोग प्राण त्याग

देते हैं और यहाँ के लोग अपने व्यक्तिगत सुख-सुविधा के लिये लाखों रुपए खर्च करते हैं। भारत की जनता को कौन उठाएगा? कौन उनके मुख में अन्न देगा? मैं उनकी किस प्रकार सेवा कर सकता हूँ? मेरा मार्ग प्रदर्शन करो, माँ।

हे माँ, जगदम्बे, भारत में महिलाओं का घर से निकलना तक अपराध है और यहाँ धर्ममहासभा में–केवल महिलाएँ ही महिलाएँ। हर कोने में जिधर भी देखो, ठसाठस भरी हुई थी...हमारे देश में महिलाओं को घर से बाहर निकालना ही सबसे बड़ी समस्या है। क्या हमारे देश की महिलाएँ इतनी सहजता से अन्दर बाहर कर सकेंगी...? स्वामी के सिर में बहुत तेज दर्द हो रहा था। वे सोने की कोशिश कर रहे थे।

(14)

शिकागो की सुबह वैसी ही थी जैसी अन्य दिनों की होती है। सूर्योदय भी वैसा ही था, पूर्व की ओर लालिमा की लालित्य के साथ। परन्तु एक बात थी जो दूसरे दिनों से अलग थी–आज प्राच्य दिशा से एक और सूरज का उदय हुआ था। स्वामी ने अपने कमरे में रखे समाचार-पत्र को उठाया–"केवल महिलाएँ ही महिलाएँ–हर कोने में जिधर भी देखो, ठसाठस भरी हुई दिखायी पड़ती थी। अन्य समस्त व्याख्यानों के समाप्त होने तक वे किसी प्रकार धैर्यपूर्वक विवेकानन्द के व्याख्यान का इन्तज़ार करती रही।"

स्वामी ने दूसरा समाचार-पत्र उठाया–संक्षिप्त भाषणों में से अधिकांश वाग्मितापूर्ण थे, तथापि किसी ने भी धर्ममहासभा की मूलनीति तथा उसकी सीमाओं का उतने अच्छे ढंग से वर्णन नहीं किया, जितना कि उस संन्यासी ने। मैं उनका पूरा भाषण उद्धृत करता हूँ, पर श्रोताओं पर उनका जो प्रभाव पड़ा, उसके बारे में केवल इतना ही कह सकता हूँ कि वे एक अधिकार संपन्न वक्ता हैं और वे अपनी सरल उक्तियों को जिस मधुर भाषा में व्यक्त करते हैं, वह उनके गैरिक वस्त्र तथा बुद्धिपूर्ण तेजस्वी मुखमंडल की अपेक्षा कम आकर्षक नहीं थी।

स्वामी ने उसे परे कर, तीसरा समाचार-पत्र न्यूयॉर्क क्रिटिक उठाया–स्वामी विवेकानन्द की शिक्षा वाग्विदग्धता तथा मनमोहक व्यक्तित्व ने हमारे सामने हिन्दू सभ्यता की एक नवीन धारा का उद्घाटन किया है। उनके प्रतिभादीप्त मुखमंडल तथा गम्भीर और सुललित कंठ स्वर ने लोगों को अनायास ही वश में कर लिया है। अब हम उनके धर्ममत से परिचित हो चुके हैं। सबसे आश्चर्यजनक बात यह है कि

वे किसी प्रकार की तैयारी करके व्याख्यान नहीं देते। अपितु वे अपने वक्तव्य को धाराप्रवाह रूप में कहते हुए अपूर्व कौशल तथा आन्तरिकता के साथ इस निष्कर्ष तक पहुँचते हैं और अन्तर की गहन प्रेरणा कभी-कभी उनके भाषण को अपूर्व वाग्मिता से युक्त कर देती है।

स्वामी के हाथों में अब हेराल्ड पत्र था—स्वामी विवेकानन्द निश्चय ही धर्म महासभा के महानतम व्यक्ति हैं। उनके व्याख्यान सुनने के बाद हमारी समझ में आ जाता है कि उस ज्ञानी राष्ट्र में धर्म प्रचारक भेजना कैसी मूर्खता है।

स्वामी ने सारे समाचार-पत्रों को उठाकर अलग रख दिया। वह विचारों की दुनिया में निमग्न हो रहे थे—चैतन्य देव कहते हैं –प्रतिष्ठा शूकरे विष्ठा !प्रतिष्ठा का क्या मोल? मैंने अपने गुरु के चरणों के सान्निध्य में यही सीखा है—नाम और यश के पीछे कभी मत भागना। सही बात तो यही है कि मैं नाम और यश से घृणा करता रहा हूँ। मैं इन बातों को किसे बताऊँ...? हो सकता है, यह जिन्हें मैं बताऊँ, वे मुझे दंभी न समझ बैठें , पर उन्हें सूचना तो देनी होगी, जिन्होंने मुझे यहाँ भेजने के लिये कितने कठिन परिश्रम किये हैं। आलासिंगा! उसे तो बताना ही पड़ेगा, उसकी आत्मा इसी में अटकी पड़ी होगी, पता नहीं रात में भी सोता होगा या जागरण कर पूरी रात यूँ ही बिता देता होगा। खेतड़ी नरेश भी चिंतित होंगे और जूनागढ़ के दीवान को भी लिखना होगा। इन लोगों की मदद को नकारा नहीं जा सकता। इन दोनों ने मेरी माँ की जो आर्थिक सहायता की है, उसे सिर्फ़ ईश्वरीय कृपा मानना मेरी कृतघ्नता होगी। कृतघ्नता से बड़ा पाप दुनिया में कुछ नहीं। मैं अपनी बात अमेरिका के भाई-बहनों के समक्ष प्रस्तुत कर पाया, यह जानकारी उन्हें मुझे मदद करने के लिये पश्चाताप नहीं करने देगा।

स्वामी ने काग़ज़ और कलम निकाली—प्रिय आलासिंगा, मैं परेशान था क्योंकि आज तक मैंने किसी सार्वजनिक सभा में भाषण नहीं दिया था...और अब उस विराट जनसमुदाय के समक्ष भाषण देना होगा।

मजूमदार ने बहुत सुंदर भाषण दिया। चक्रवर्ती ने भी उससे अधिक। दोनों के भाषणों में ख़ूब करतल ध्वनि हुई। मैंने भी एक छोटा सा भाषण दिया। मैंने इस प्रकार संबोधन किया—"अमेरिकी निवासी बहनों और भाइयों।" इसके बाद दो मिनट तक ऐसी करतल ध्वनि हुई कि कान में अंगुली देते ही बनी। लगभग सारे समाचार पत्रों में मेरी वक्तृत्व की सफलता की खबरों से रंगी हुई है। समाचार पत्रों में मेरे बारे में जो बातें निकली हैं, उनकी कतरनें यदि मैं तुम्हें भेजूँ तो तुम आश्चर्यचकित रह जाओगे। पर तुम जानते हो कि मैं नाम-यश से घृणा करता हूँ।

स्वामी ने घड़ी की ओर देखा। आठ का घंटा बज चुका था। नाश्ते का समय होने जा रहा था। वे समय पर डाइनिंग टेबल पर पहुँचना चाहते थे। वे नहीं चाहते थे कि उनके मेज़बान को उन्हें बुलाने आना पड़े। वे अभी निकलने की सोच ही रहे थे कि दरवाज़े पर मरियम खड़ी थी। उसने मुस्कुराते हुए कहा–" अमेरिका में कल रात, सिर्फ़ आपकी चर्चा थी।"

"अमेरिका के लोग मेरे प्रति अतिशय दयालु हैं," स्वामी ने अपने पैरों में स्लीपर डालते हुए कहा।

"शायद, यह बात सही है कि अमेरिकी गुणवानों की बहुत कद्र करते हैं। मुझे आपसे एक बात पूछनी थी, क्या आप व्याख्यान के बाद सिम्फोनी कन्सर्ट सुनने चलना चाहेंगे? आपने उसे पहले सुना है?"

"अमेरिका आने के बाद अभी-अभी सुना है।"

"आपको पसन्द आया?"

"हाँ, अच्छा लगा," स्वामी ने ठिठकते हुए कहा।

"शायद, आप कुछ सोच रहे हैं, क्या आपको पसन्द नहीं आयी?"

"जी, मुझे एक बात समझ नहीं आयी, मैं सुबह सिम्फोनी कन्सर्ट सुनने गया था, वहाँ पर मुझे पता चला यही धुन दोपहर में भी सुनाई जायेगी और शाम को पुनः वही धुन। भारत में प्रातःकाल के लिये एक अलग तरह का संगीत होता है, दोपहर का संगीत बिलकुल अलग प्रकार का होता है और संध्या के सुर भी पूर्णतः भिन्न क़िस्म के...उसे रात को सुनना आपकी कानों में बेसुरा लगने लगता है।"

मरियम की आँखें विस्फारित हो कर सिकुड़ गयीं, वह कुछ कहने ही वाली थी, तब तक वे लोग डाइनिंग टेबल के पास पहुँच चुके थे।

तभी मिस्टर ल्योन ने आवाज़ दी–"स्वामी जी, प्रो. राइट का आपके लिये फोन है।"

"ओह, धन्यवाद," कहते हुए उन्होंने फोन का रिसीवर पकड़ लिया।

"स्वामी जी, मैं आपके लिये बहुत ख़ुश हूँ, आप तो छा गये हैं," प्रो. राइट ने उत्साहित स्वर में कहा।

"प्रो. राइट, जो मुझे यहाँ लाया है और जिसने अब तक मेरा हाथ नहीं छोड़ा है, जब तक मैं यहाँ हूँ, वह मेरा साथ कभी नहीं छोड़ेगा।"

"मुझे आपके विश्वास पर पूरा विश्वास है।"

"मेरे प्रिय मित्र, किस प्रकार मैं आपको धन्यवाद दूँ या उस परम पिता को जिन्होंने आपको मेरे पास पहुँचाया। मेरी सफलता के पीछे सिर्फ़ आपका योगदान

है, यह आपने ही संभव किया है।"

"स्वामी जी, सूरज को रोकने की क्षमता किसमें है? आप को सफलता मिलती रहे, यही कामना करता हूँ।"

"प्रो. राइट, विश्व में आपकी प्रगति का हर क़दम आनन्द और मंगल से स्नात हो..." कहते हुए स्वामी ने फोन रख दिया।

डाइनिंग टेबल पर मिसेज एमिली ल्योन ने एक युवा स्त्री का परिचय देते हुए कहा–"स्वामी जी, यह कैथरीन है, मेरी छोटी पुत्री। इसका विवाह रॉबर्ट, डब्ल्यू हैमिल के संग हुआ है। आपके बारे में सुनकर ही आज अपने पति गृह से भागी-भागी आयी है। अगले रविवार को वह आपको अपने घर ले जाना चाहती है।"

"जी प्रणाम! आप मेरे निवेदन को ठुकरा नहीं सकतीं क्योंकि मैंने अपने पति और उनके दोस्तों के साथ एक शर्त लगाई है और मुझे विश्वास है, मैं शर्त जीत जाऊँगी।"

"कैसी शर्त?" स्वामी ने मुस्कुराते हुए पूछा।

"प्रत्येक रविवार को मेरे यहाँ गोष्ठी होती है। मेरे पति को साहित्य आदि पर चर्चा करने की बड़ी अभिरुचि है। मैंने उनके मित्रों से आपकी विलक्षणता के बारे में कहा, तो उनकी बड़ी अजीब सी प्रतिक्रिया आयी–कि आज के वैज्ञानिक और मनोवैज्ञानिक क्षण भर में आपके धर्म विश्वासों को फूंक मार कर उड़ा देंगे।"

"मैं विज्ञान में स्वयं बहुत आस्था रखता हूँ। सभी लोग अपनी तरह सोचने और बोलने के लिये स्वतंत्र हैं। सभी लोग एक ही जैसे सोचें, न तो यह संभव है और न स्वाभाविक..."

"स्वामी जी, अगले संडे तक आपका व्याख्यान समाप्त हो जायेगा?"

"आप मिसेज ल्योन की पुत्री हैं, इस नाते मेरी बहन हैं...अगर माँ आज्ञा देगी तो मैं आमन्त्रण स्वीकार करता हूँ, पर कोई वाद-विवाद प्रतियोगिता में भाग नहीं ले सकता," उन्होंने मुस्कुराते हुए कहा।

"ओह, अवश्य, मैं अपनी लाडली पुत्री के लिये स्वामी जी से निवेदन करूँगी, परन्तु फिलहाल स्वामी जी और हम सभी को धर्मसभा जाना है," मिसेज ल्योन ने सभी बातों पर विराम लगा दिया।

(15)

धर्म महासभा के कार्यक्रम में थोड़ा हेर-फेर किया गया था। आयोजक ने मिसेज हेल को बताया–स्वामी विवेकानन्द का भाषण अन्त में रखा गया है, इसका उद्देश्य

है, लोगों को आख़िरी वक्त तक बैठाए रखना। नीरस वक्ताओं के लम्बे-लम्बे भाषणों को सुनने लोग तैयार नहीं हैं। लोग हमसे पूछ रहे हैं, विवेकानन्द कब आने वाले हैं? मेरे यह कहने पर कि वे अपराह्न में व्याख्यान देंगे, उनका उत्तर होता है–कोई बात नहीं, हम कुछ घंटे इन्तज़ार कर सकते हैं।

मिसेज हेल ने मुस्कुराते हुए अपनी चारों बच्चियों की ओर देखा। उनकी आँखें छलछला गयीं।

"माँ, यह तो गजब हो गया!" मेरी ने माँ को चूमते हुए कहा।

"मैं जानती थी, ऐसा ही होने वाला है। ईश्वर मुझे इशारा कर रहा था..." मिसेज हेल ने अपने आँसू को संकोच करते हुए कहा।

"आँटी, आप ईश्वर का आदेश प्राप्त करके ही सड़क पर बैठे स्वामी जी के पास गयी थीं?" इसाबेल मैककिंडली ने मुस्कुराते हुए पूछा।

"ईश्वरीय आदेश को समझना बहुत मुश्किल नहीं होता है। अब विवेकानन्द को ही देख लो, किसे पता था यह व्यक्ति अमेरिका में इस कदर छा जायेगा। शिकागो शहर उसे अपने सिर माथे चढ़ाने वाला है। चंद दिन पहले जिसे देखकर लोग अपने घरों के दरवाज़े बन्द कर ले रहे थे, सिर्फ़ इतना ही नहीं, घर के सेवक तक उन्हें परेशान कर रहे थे। जिस व्यक्ति को सारी रात कोयले वाली डिब्बे में सोकर गुजारनी पड़ी थी, आज उसी व्यक्ति को सुनने के लिये पूरा अमेरिका आतुर और बेताब हो रहा है। अगर ईश्वर की कृपा रही तो रंक से राजा बनने में कितना समय लगता है?" मिसेज हेल की बात समाप्त भी नहीं हुई थी कि अचानक स्वामी इधर ही आते दिखायी पड़े। मिसेज हेल ने आगे बढ़कर उनके सिर को चूम लिया।

"माई सन..."

"मदर मेरी! अगर आप उस समय एक भूखे, बदहाल और अनाथ व्यक्ति पर कृपा नहीं करतीं तो...मैं कहाँ रहता?" स्वामी के एक-एक शब्द से कृतज्ञता टपक रही थी।

"मुझे ईश्वर ने माध्यम बनाया, मेरे बच्चे...! वह किसी न किसी को माध्यम बना देता है।"

"आप सत्य कह रही हैं, उसकी कृपा सर्वोपरि है पर मैं इतना कृतघ्न नहीं हो सकता। जीवन में इस बात को कभी नहीं भूल सकता, जब मैं धूल में सना था, कोयले की कालिमा से कपड़े मैले-कुचैले हो रहे थे, भूख के मारे पेट की अन्तड़ियाँ मरोड़ रही थीं। उसी समय आपने माँ की तरह मुझे अपनी गोद में ले

लिया, मेरी गन्दगी की कोई परवाह नहीं की। मुझे अपने घर ले जाकर न सिर्फ़ मेरी देख-रेख की बल्कि स्वयं मुझे अपने साथ लेकर इस धर्मसभा में प्रतिनिधि बनाया। आप जब मुझे लेकर अपने घर ले जा रही थीं तब मैं आपकी ममता में अवगाहन कर सोच रहा था, ईश्वर पुत्र ईसा ने कृपा कर मदर मेरी को मेरे पास भेज दिया है।"

"स्वामी जी, इधर आपकी बहनें भी हैं" मेरी हेल ने हँसते हुए कहा।

"तुम चारों मेरे लिये सगी बहनों के समान हो, मैं हमेशा तुम्हारा ऋणी रहूँगा। आज भी आपके दिये वस्त्र पहन रखे हैं।"

तभी संचालक की घोषणा की आवाज़ सुनाई पड़ी—अब आपके सामने अपने अद्भुत विचारों तथा मोहक व्यक्तित्व के धनी, अति लोकप्रिय स्वामी विवेकानन्द का व्याख्यान प्रारंभ होने वाला है।

स्वामी जब मंच पर चढ़ने के लिये आगे बढ़ रहे थे, श्रोतागण करतल हर्षध्वनि कर रहे थे। स्वामी के मुख पर इस विशेष सम्मान का रत्ती भर गर्व नहीं था, उनके मुखमंडल पर बालसुलभ संतोष झलक रहा था। व्याख्यान सुनने की आशा में कोलंबस हाल के चार हजार श्रोता पसीने से भीगे लथ-पथ हो कर अपने हाथों के पंखे हिला-डुला रहे थे।

स्वामी के माइक पकड़ते ही करतल ध्वनि प्रारंभ हो गयी।

उन्होंने अपना व्याख्यान जारी रखा—मैं आप लोगों को एक छोटी सी कहानी सुनाता हूँ। एक कुएँ में बहुत समय से एक मेंढ़क रहता था। वह वहीं पैदा हुआ था और वही उसका लालन-पालन हुआ।

इस प्रकार धीरे-धीरे वह मेंढ़क उसी कुएँ में रहते-रहते मोटा और चिकना हो गया। एक दिन एक दूसरा मेंढ़क, जो समुद्र में रहता था, उस कुएँ में गिर पड़ा।

"कुएँ के मेंढ़क ने पूछा, तुम कहाँ से आए हो?"

"मैं समुद्र से आया हूँ।"

"समुद्र! भला कितना बड़ा है वह? क्या वह भी इतना ही बड़ा है, जितना मेरा यह कुआँ?" और यह कहते हुए उसने कुएँ में एक किनारे से दूसरे किनारे तक छलांग मारी।

समुद्र वाले मेंढ़क ने कहा "मेरे मित्र, भला, समुद्र की तुलना इस छोटे से कुएँ से किस प्रकार कर सकते हो?"

तब उस कुएँ वाले मेंढ़क ने एक दूसरी छलांग मारी और पूछा, "तो क्या तुम्हारा समुद्र इतना बड़ा है?"

समुद्र वाले मेंढ़क ने कहा "तुम कैसी बेवकूफ़ी की बात कर रहे हो। क्या समुद्र की तुलना तुम्हारे कुएँ से हो सकती है?"

अब तो कुएँ वाले मेंढ़क ने नाराज हो कर कहा "जा, जा! मेरे कुएँ से बड़ा और कुछ हो ही नहीं सकता। संसार में इससे बड़ा और कुछ नहीं है। झूठा कहीं का! अरे इसे बाहर निकाल दो।"

यही कठिनाई सदैव रही है। मैं हिन्दू हूँ। मैं अपने क्षुद्र कुएँ में बैठा यही समझता हूँ कि मेरा कुआँ ही सम्पूर्ण संसार है। ईसाई भी अपने क्षुद्र कुएँ में बैठे हुए यही समझता है कि सारा संसार उसी के कुएँ में है और मुसलमान भी अपने क्षुद्र कुएँ में बैठा यही समझता है कि सारा ब्रह्माण्ड उसी में है।

मैं आप अमेरिकावासियों को धन्य मानता हूँ क्योंकि आप हम लोगों के इस छोटे संसारों की क्षुद्र सीमाओं को तोड़ने का महान प्रयास कर रहे हैं, और मैं आशा करता हूँ कि भविष्य में परमात्मा आपके इस उद्योग में सहायता करके आपका मनोरथ पूर्ण करेंगे।

मिसेज हेल ने घड़ी देखी, लगभग पंद्रह मिनट में भाषण समाप्त हो गया। श्रोताओं में से कोई भी कुर्सी छोड़ने के लिये तैयार नहीं था। वे स्तंभित हो बैठे थे और चातक की तरह उनके एक-एक शब्द को पान कर रहे थे, जैसे वे छक कर पान करके तृप्त होने की बाट जोह रहे थे।

मिसेज हेल ने पिछली पंक्तियों में बैठी स्त्रियों को उछलकर मंच की ओर वेगपूर्वक बढ़ते देखा। तभी एक कवि फूदते-फांदते मंच पर चढ़ गया–प्लीज! मुझे दो मिनट के लिये माइक देने की कृपा करें।

सिर्फ़ एक मिनट, संचालक ने माइक हाथ में पकड़ाते हुए कहा।

"जब मैंने सुनी,
इस हिन्दू संन्यासी की बातें,
जो गैरिक वस्त्र पहने था,
जिसने बताया
सम्पूर्ण मानवता ईश्वर का अंश है,
उससे बिलकुल कम नहीं,
हम पापी नहीं हैं, इसने मेरे मन की
शान्ति को वापस लौटा दिया।"

तालियों की गड़गड़ाहट कवि के मुखमंडल को दीप्तिमान बना रही थी।

मिसेज हेल ने कहा "मेरी, भीड़ बहुत बढ़ रही है, लोगों का हुजूम विवेकानन्द की ओर बढ़ रहा है। भीड़ में महिलाओं की संख्या कितनी अत्यधिक है।"

स्वामी ने दृष्टि उठाई–सर्वत्र महिलाएँ ही महिलाएँ। वह विराट गैलरी महिलाओं से भरी पड़ी थी। स्वामी आश्चर्यचकित हो कर सोच रहा था–जैसी जिज्ञासा इस क्षेत्र में है, अन्यत्र कहीं नहीं और अमेरिकी महिलाएँ! बाप रे बाप! संसार में सबसे उन्नत हैं। क्या मैं अपने देश में ऐसी सभा की कल्पना कर सकता हूँ, जहाँ महिलाएँ इस तरह के बौद्धिक सभा में जाकर कब्जा कर लें?

तभी संचालक ने मंच से उद्घोषणा की–रविवार की शाम के सत्र में स्वामी विवेकानन्द हिन्दू धर्म पर प्रकाश डालेंगे।

"ओह, अब मेरे घर के रविवार की गोष्ठी की कोई आशा नहीं," कैथरीन ने अपनी माँ से कहा।

"तुम ऐसा कर सकती हो, रॉबर्ट और उनके मित्रों को धर्मसभा आने का निमन्त्रण दे सकती हो" मिसेज ल्योन ने उसे समझाने की कोशिश की।

संध्या में...

हाँ, अधीर श्रोताओं को पकड़े रखने के लिये स्वामी जी का व्याख्यान अन्त में रखा गया है।

(16)

स्वामी विवेकानन्द के मंच पर स्थान ग्रहण करने से पूर्व पूरा हाल खचाखच भर गया था। रविवार की संध्या उनकी वाणी गूंज रही थी–हे अमृत के पुत्रों! कैसा मधुर और आशाजनक संबोधन है यह! बंधुओं, मैं इसी मधुर नाम से तुम लोगों को संबोधित करना चाहता हूँ। तुम अमृत के अधिकारी हो। हिन्दू तुम्हें पापी कहने से इनकार करता है। तुम तो ईश्वर की संतान हो, चिर आनन्द के भागी हो–पवित्र और पूर्ण हो। मृत्यु लोक के देवता हो तुम। तुम और पापी! मनुष्य को पापी कहना महापाप है। मानव के यथार्थ स्वरूप पर यह घोर लांछन है। उठो सिंहो। आओ और इस मिथ्या भ्रम को झटककर दूर कर दो कि तुम भेड़ हो। तुम हो अजर आत्मा, मुक्त आत्मा, नित्य आनन्दमय...

अमृत पुत्र और पुत्रियों के मुखमंडल देवीत्यमान हो रहे थे...एक आलौकिक शक्ति मानो उनके भीतर प्रवेश कर रही हो।

तभी उनके तेवर बदले। परन्तु आप लोगों से एक बात कहनी है–आप इसाइयों को, सत आलोचना सुनने के लिये भी तैयार रहना चाहिए और यदि मैं आलोचना करूँ तो आप बुरा नहीं मानेंगे।

आप ईसाई लोग जो मूर्तिपूजकों की आत्मा का उद्धार करने के निमित्त अपने धर्मप्रचारकों को भेजने के लिये इतने उत्सुक रहते हैं, उनके शरीर को भूख से बचाने के लिये कुछ क्यों नहीं करते? भारतवर्ष में जब भयानक अकाल पड़ा था, तो लाखों भारतीय क्षुधा से पीड़ित हो कर मर गये। आप ईसाइयों ने उनके लिये कुछ नहीं किया।

बचपन की एक बात मुझे याद आ रही है। एक ईसाई पादरी कुछ मनुष्यों की भीड़ जमा करके धर्मोपदेश कर रहा था। बहुतेरी मजेदार बातों के साथ वह पादरी यह भी कह गया, "अगर मैं तुम्हारी देव मूर्ति को एक डण्डा लगाऊँ तो वह मेरा क्या कर सकती है?" एक श्रोता ने चट से एक चुभता जवाब दे डाला–"अगर मैं तुम्हारे ईश्वर को गाली दूँ तो वह मेरा क्या कर सकता है?" पादरी ने कहा–"मरने के बाद वह तुम्हें सजा देगा।" हिन्दू भी तन कर बोल उठा–"तुम मरोगे तब ठीक उसी तरह हमारी देव मूर्ति भी तुम्हें दंड देगी।"

पूरा हाल ठहाकों से गूंज उठा। स्वामी ने अपना हाथ उठाया–"भाइयों, अंधविश्वास मनुष्य का महान शत्रु है, पर धर्मान्धता तो उससे भी बढ़कर है। आप ही बताएँ, ईसाई गिरिजाघर क्यों जाता है? क्रूस क्यों पवित्र है? ऐसी ढेर सारी बातें सभी धर्मों में हैं।"

बंधुओं, आप यक़ीन मानिए, मन में किसी मूर्ति के बिना कुछ सोच सकना उतना ही असंभव है जितना सांस लिये बिना जीवित रहना। हिन्दू भी इस बात को अच्छी तरह जानते हैं, जितना आप जानते हैं कि मूर्ति न तो ईश्वर है और न सर्वव्यापी है। आप लोग सारे हिन्दुस्तान में गिरजा घर बनाते हैं, पर पूर्व का प्रधान अभाव धर्म नहीं है, उनके पास पर्याप्त धर्म है। जलते हुए हिन्दुस्तान में लाखों भूखे गले से रोटी के लिये चिल्ला रहे हैं। भूखे को धर्म का उपदेश देना उनका अपमान करना है।

श्रीकृष्ण! हिन्दू जिन्हें ईश्वर का पूर्णावतार मानते हैं–प्रेम को सर्वोपरि मानते हैं, प्रेम को सर्वोपरि माना है। उन्होंने कहा है "मनुष्य को इस संसार में पद्मपत्र की तरह रहना चाहिए। पद्मपत्र जैसे पानी में रहकर भी उससे नहीं भींगता, उसी प्रकार मनुष्य को भी संसार में रहना चाहिए। उसका हृदय ईश्वर में लगा रहे और उसके हाथ कर्म में लगे रहें।"

हमारे देश में चैतन्यदेव ने ईश्वर से यह प्रार्थना की–हे भगवान, मुझे न तो सम्पत्ति चाहिए, न संतति, न विद्या। यदि तेरी इच्छा है तो सहस्त्रों बार जन्म-मृत्यु के चक्र में पड़ूँगा, पर हे प्रभो! मुझे केवल यह दे कि मैं फल की आशा छोड़कर तेरी भक्ति करूँ, केवल प्रेम के लिये ही तुझ पर मेरा नि:स्वार्थ प्रेम हो।

भगनियों, यह ईश्वरीय प्रेम की पराकाष्ठा है। इसे मैं हिन्दू धर्म के महाकाव्य की एक अत्यन्त रोचक कहानी के द्वारा समझाने की कोशिश करता हूँ।

आज से पांच हजार वर्ष पहले भारत के एक सम्राट को उनके शत्रुओं ने राजसिंहासन से च्युत कर दिया था। उनका नाम युधिष्ठिर था और उनका पूरा परिवार श्री कृष्ण का भक्त था। उस समय उन्हें अपनी साम्राज्ञी एवं अपने भाइयों के साथ हिमालय के जंगल में आश्रय लेना पड़ा था। एक दिन उनकी साम्राज्ञी ने क्षुधावस्था में उनसे एक प्रश्न किया–"महाराज, मनुष्यों में सर्वोपरि पुण्यवान होते हुए भी आपको इतना दुख क्यों सहन करना पड़ रहा है?"

महाराज युधिष्ठिर ने उत्तर दिया–"महारानी, देखो, यह हिमालय कैसा भव्य और सुंदर है। मैं इससे प्रेम करता हूँ, यह मुझे कुछ नहीं देता, पर मेरा स्वभाव ही ऐसा है कि मैं भव्य एवं सुंदर वस्तु से प्रेम करता हूँ। उसी प्रकार मैं ईश्वर से प्रेम करता हूँ। वह अखिल सौंदर्य सुषमा का मूल है। वही एक ऐसा पात्र है जिससे प्रेम करना चाहिए। उनसे प्रेम करना मेरा स्वभाव है, इसीलिये मैं उनसे प्रेम करता हूँ। मैं किसी बात के लिये उनसे प्रार्थना नहीं करता, मैं उनसे कोई वस्तु नहीं माँगता। मैं तो सब अवस्थाओं में केवल प्रेम के लिये प्रेम करना चाहता हूँ, मैं प्रेम में सौदा नहीं कर सकता।"

जहाँ तक हिन्दू धर्म का सवाल है, भले ही हिन्दू उसे सही ढंग से कार्यान्वित नहीं कर पाते हों, पर उसका सार यही है कि ईश्वर का सूर्य श्री कृष्ण और ईसा के अनुयायी, संतों पर और पापियों पर समान रूप से प्रकाश विकीर्ण करेगा और वह मानवता के उच्चतम शिखर की ओर अग्रसर होने को तत्पर रहता है।

जहाँ तक बौद्ध धर्म का सवाल है, वह हिन्दू धर्म के बिना नहीं रह सकता और न हिन्दू धर्म बौद्ध धर्म के बिना। ईसाई को बौद्ध या हिन्दू नहीं बनना है और न हिन्दुओं या बौद्धों को ईसाई बनने की ज़रूरत है। प्रत्येक को चाहिए कि वह अन्य धर्मों के सार भाग को आत्मसात करके पुष्ट हो।

अन्त में, मैं एक बात बता देना चाहता हूँ कि यदि कोई ऐसा स्वप्न देखे कि केवल उसी का धर्म स्थायी रूप से टिका रहेगा और अन्य सारे धर्म लुप्त हो जायें, तो वह वस्तुत: दया का पात्र है।

मैं आख़िरी बात बताए देता हूँ–समस्त प्रतिरोधों के बावजूद शीघ्र ही प्रत्येक धर्म की पताका पर लिखा होगा–"संघर्ष नहीं–सहायता। विनाश नहीं–ग्रहण। मतभेद और कलह नहीं–समन्वय और शान्ति।"

करतल ध्वनियाँ हाल में कई मिनट तक लगातार गूंजती रही। स्वामी मंच से नीचे उतरने की कोशिश कर रहे थे और भीड़ उनकी ओर आगे बढ़ रही थी। तभी महासभा के अध्यक्ष बैराज ने कार्यकर्ताओं को भीड़ रोकने के लिये कहा और स्वयं स्वामी को लेकर दूसरी ओर निकल गये।

"स्वामी, आपने श्रोताओं पर अद्भुत प्रभाव डाला है।"

स्वामी मौन थे, मुस्कुराने की हल्की कोशिश की।उन्हें अपने गुरु की याद आ रही थी--"प्रतिष्ठा शूकरे बिष्ठा।"

स्वामी जब मिस्टर ल्योन के आवास पर पहुँचे तो ड्राइंग रूम में इन्तज़ार में बैठे मेहमान को देखकर उनका मुखमंडल खिल उठा–"माँ एनीवेशन्ट, आप! आपको यहाँ देखकर अतीव प्रसन्नता हो रही है।"

"स्वामी जी, धर्मसभा पर मंचासीन आपको सुनने के बाद, भीड़ से बचने के लिये मैं पहले निकल गयी। सच कहूँ तो शिकागो के धूम्रमलिन क्षितिज पर भारतीय सूर्य के समान दीप्तिमान, सिंह के समान उन्नत सिर, अन्त भेदी दृष्टि चंचल ओष्ठद्वय, मनोहर तथा द्रुत चाल, गैरिक वस्त्रों में विभूषित एक महिमामयी मूर्ति का दर्शन प्राप्त कर धन्यता महसूस कर रही हूँ।"

"माँ, यह सब जो कुछ हो रहा है, सब ईश्वर की इच्छा तथा गुरु की कृपा से हो रहा है।"

"आपको शायद नहीं पता, आपको देखकर मुझे कैसा अनुभव हो रहा है। हालाँकि आप एक संन्यासी हैं, आपकी वेषभूषा, सभी सन्यासियों जैसी है, पर मुझे आप एक योद्धा के समान प्रतीत हो रहे हैं। शायद--योद्धा संन्यासी कहना अधिक उपयुक्त होगा।"

"माँ!" स्वामी ने अपना सिर झुका लिया।

"आपने यह साबित कर दिया कि भारत के जिस प्राचीन धर्म के आप प्रवक्ता हैं, वह किसी भी महान धर्म से बिन्दुमात्र भी न्यून नहीं है।" ऐनी वेशन्ट की आँखें छलछला गयीं।

"जो कुछ अच्छा हो रहा है, माँ की कृपा है, मैं तो यंत्र हूँ, यंत्री कोई और है।"

"स्वामी जी, आपको पता है, जब मैं सभागार से निकल रही थी तो एक श्रोता को यह कहते हुए सुना–"ऐसे व्यक्ति को हम लोग जंगली धर्मवाला कहते हैं और उसके देश में मिशनरी भेजते हैं, बल्कि होना तो यही चाहिए कि वे लोग ही हमारे बीच मिशनरी भेजें।"

"हानि-लाभ, जीवन-मरण, यश-अपयश विधि के हाथ में हैं...। न मैं इन प्रशंसा का हकदार हूँ और न निंदा का...सब उनकी इच्छा का परिणाम है..." कहते हुए स्वामी अपने कमरे में चले गये, पर चक्रवर्ती और मजुमदार की निंदा से उनका मन विचलित हो रहा था। वे यह सोच-सोचकर परेशान हो रहे थे–"अगर उनकी वृद्धा और मानसिक परेशानियों से जूझती माँ के कानों तक यह वाहियात निंदा पहुँचेगी तो उन पर क्या बीतेगी? आजीवन उन्होंने कष्ट सहा है, इस सबके बावजूद मुझे मानव जाति और भगवान की सेवा में उत्सर्ग कर देने की वेदना को सहा है। इस सबके बावजूद उन्होंने अपने सबसे प्यारे पुत्र नरेन को संन्यास लेने की अनुमति देकर अपने ही कलेजे पर चट्टान रख लिया है। परन्तु जब वह कलकत्ते के ही मजूमदार की घृणित बातों को सुनेंगी तो उन पर क्या बीतेगी? उन्हें क्या पता वह सिर्फ़ इन्हें बदनाम करने के लिये यह सब कर रहा है। उनका संन्यासी पुत्र अमेरिका जाकर जघन्य और गलीज़ जीवन यापन कर रहा है, यह समाचार उन्हें पूरी तरह तोड़ देगा।"

पर मजूमदार ऐसा क्यों कर रहा है? समझना बहुत कठिन नहीं था। पिछड़े और ग़ुलामों के समाज में ईर्ष्या का बोलबाला प्राय: रहता ही है। ईर्ष्या कुंठित समाज का सबसे घातक हथियार है जो स्वत: ही उस समुदाय को विनष्ट कर देता है।

"हा, हतभाग्य हमारा देश भारत...!" स्वामी बुदबुदा रहे थे...कोई एक व्यक्ति आगे बढ़ने लगता है तो दो व्यक्ति उसे पकड़कर पीछे की ओर खींचते हैं, फिर चार व्यक्ति उन दोनों को पीछे की ओर खींचते हैं...ईर्ष्याग्रस्त भारतीयों के समूह उनके पीछे बुरी तरह पड़कर उन्हें पीछे की ओर खींचने में प्रयासरत हो कर अन्ततः अपने ही समाज को पीछे धकेलकर ही दम लेते हैं।

काश, इसके उलटी रीति होती। एक व्यक्ति आगे की ओर अग्रसर होता, उन्हें आगे बढ़ाने के लिये दो लोग आगे आते, उनके पीछे चार..., उस चार के पीछे आठ और...फिर उनके पीछे सोलह और ऐसा करते-करते...पूरा समाज कितना आगे निकल जाता। पर ऐसा तब होता जब हम ग़ुलामी की बेड़ियों से जकड़े न होते।

अब इस मजूमदार का मैंने क्या बिगाड़ा है? जब महासभा के संचालकों ने मुझसे कहा–"मिस्टर स्वामी, आपके बारे में मजूमदार अफवाहें फैला रहा है–

'विवेकानन्द भारत के एक ऐसे घुमक्कड़ सम्प्रदाय का है, जिनका समाज में कोई मान या प्रभाव नहीं है, वस्तुतः वह एक ढोंगी है। वह कोई नहीं, महज़ ठग और जुआरी है, तुम लोगों के देश में आकर कहता है—मैं फकीर हूँ।'" पर आप निश्चित रहें...हम लोग उसकी बातों से तनिक भी विचलित नहीं हुए...

धर्म महासभा के संचालक भले ही विचलित नहीं हुए हों, पर स्वामी विचलित हो रहे थे इस कारण नहीं कि उनकी निंदा क्यों हो रही है, बल्कि इस कारण कि अमेरिकी भारतीयों के बारे में क्या छवि बनाएँगे...शायद यही कि यह जाति ग़ुलाम होने के लिये ही जन्म लेती है।

"माँ, मेरे देशवासियों को ईर्ष्या रहित बना, उन्हें सद्‌बुद्धि दे," स्वामी के हाथ प्रार्थना के लिये जुड़े हुए थे।

(17)

न्यूयॉर्क शहर, शहर कम तिलिस्मी का खजाना अधिक लगता है, जिन्दगी जहाँ चलती नहीं, भागती रहती है, पर ऐसा भी नहीं है कि हाँफती रहती है। उसी न्यूयार्क में पिछले सात दिनों से कुछ लोगों के लिये ज़िन्दगी के मायने बदल से गये हैं। मैडिसन स्क्वेयर का कंसर्ट हाल...लोगों से ठसाठस भरा हुआ था। अन्दर तिल रखने की जगह नहीं थी। हॉल भी कोई छोटा सा नहीं था, विस्तृत और विशाल। सारी कुर्सियाँ भरी हुई थीं, ख़ाली स्थानों पर भी लोग खड़े थे।

श्रीमती लारा ग्लेन थोड़ी सी जगह बनाने की जुगाड़ कर रही थीं। वह पिछले छः दिनों से दीवानों की तरह इस हॉल में डेरा डाले हुए हैं। वह न्यूयॉर्क सिर्फ़ इसी काम के लिये आयी हैं। एक वही नहीं, न जाने कितने लोग हैं उनकी तरह...।

लारा ग्लेन ने अपनी ख़ाली नोटबुक निकाली। वह नहीं चाहती थीं कि उसकी नादानियों के कारण एक अक्षर भी लिखने से वह वंचित रह जाये। कल ही स्वामी ने कहा था—आज वे गुरुदेव के बारे में व्याख्यान देंगे। परन्तु क्या गुरुदेव के बारे में व्याख्यान देना, स्वामी के लिये इतना आसान था! वह भावावेग में कुछ सोच नहीं पा रहे थे, क्या बोलूँ उनके बारे में...? गुरुदेव के बारे में बोलना उनके लिये इतना कठिन हो जायेगा—वे इतने विह्वल हो जायेंगे, उन्होंने सोचा नहीं था।

इस धार्मिक दुनिया के लोगों के चेहरे पर कितने चेहरे लगे हैं। एक तरफ़ वे लोग हैं जो अपने को धार्मिक कहते हैं, अपने आपको अपने धर्ममन्दिर की चारदीवारी के अन्दर कैद किये रहते हैं और न केवल उससे बाहर आने से इंकार करते हैं अपितु

यदि उनका वश चले तो वे उस चारदीवारी से बाहर रहने वालों को जीवित रहने के अधिकार से ही वंचित कर दें। दूसरी ओर तर्कवादी स्वतंत्र विचारक लोग जिनके अन्दर किसी प्रकार की धार्मिक भावना का एक प्रकार से सर्वथा अभाव है। धार्मिक आत्माओं के विरुद्ध लड़ना ही वे अपने जीवन का मुख्य और पवित्र लक्ष्य समझते हैं, और उन्हें जीवित नहीं रहने देना चाहते। इसके परिणामस्वरूप मनुष्य के पक्ष में धर्म को बकायदा नष्ट करने का निरर्थक तमाशा होता है। वे यह नहीं देख पाते कि वे उस वस्तु पर आक्रमण कर रहे हैं, जिसे वे समझ नहीं पा रहे हैं।

स्वामी की आँखों के सामने गुरुदेव साकार हो कर सामने खड़े थे। वे अपने विशाल खुले नेत्रों से उन्हें निहार रहे थे–छोटा कद, गोरा रंग और छोटी सी दाढ़ी। उनकी सुंदर आँखें, विस्तृत काली आँखें जो प्रकाश से परिपूर्ण तनिक तिरछी और अर्धनिमीलित मुद्रा में थीं, जो शायद ही कभी पूरी खुलती थीं। परन्तु अर्धमुदित अवस्था में भी वह बाहर और भीतर दूर-दूर तक देख रही थीं। उनका मुख, उनकी शुभ्रदंतावली एक जादू भरी मुस्कान के साथ कितनी स्नेहिल और भावुक दिखायी पड़ रही थी।

स्वामी मुस्कुराए...कितना बड़भागी हूँ जो ऐसे गुरुदेव की दयादृष्टि प्राप्त हुई। कितनी व्यापक सोच थी गुरुदेव की...कितना मानव प्रेम...जीवेर दया सुनकर उन्होंने कैसे विह्वल हो कर भावाविष्ट में कहा था–जीवों पर दया कैसे कर सकते हैं? उनकी सेवा कर सकते हैं। जीवेर सेवा, जीव ही शिव है, उन पर दया प्रदर्शन कौन कर सकता है? दया नहीं, सेवा। मनुष्य की सेवा ही भगवान की सेवा।"

मेरी भगिनियों और बंधुओं, मैं उस समय वहीं उपस्थित था। मैं अपने गुरुदेव के मुखारविंद से निर्झरित इन शब्द पुष्पों को सुनने के बाद गुरुभ्राता शिवानन्द से कहा था–आज मैंने एक महान सत्य को सुना है। मैं इस जीवित सत्य की सारे संसार में घोषणा करूँगा और जन्म जन्मांतर तक इसी पर चलता रहूँगा। इस बात को समझने में कितना वक्त लग गया। यदि गुरुदेव का स्पर्श नहीं मिलता तो यह अनुभूति शायद ही प्राप्त होती...। यह सच है एक रामकृष्ण सैकड़ों विवेकानन्द गढ़ सकता है पर सैकड़ों विवेकानन्द मिलकर एक रामकृष्ण नहीं गढ़ सकते।

मंच पर प्रवेश करते वक्त वे सोच रहे थे क्या वे गुरुदेव पर व्याख्यान देते वक्त स्वयं पर संयम रख पाएँगे। गुरुदेव ही मेरे मुख से जो चाहेंगे...कहलाएँगे। शायद ऐसा ही हो रहा था।

स्वामी मंच पर एक छोर से दूसरे छोर तक भावावेग में घूमते हुए कह रहे थे–मेरे गुरुदेव! उनके जीवन में स्वसुख का कोई स्थान नहीं था। आज जिस समाधि की शिक्षा मैं आप लोगों को दे रहा हूँ, मैं उसी में लीन होना चाहता था, दीर्घ समाधि के आनन्द में अवगाहन करना चाहता था। उन्होंने मुझे ऐसा करने से यह कहकर निषेध कर दिया–यह एक ऐसा आनन्द है जिसका उपयोग उन उच्च आत्माओं के लिये निषिद्ध है, जिनका यह पुनीत कर्तव्य है, कि वे दूसरों की सेवा के लिये अपने सुखों का त्याग कर दें। जब मैंने उस आनन्द में अवगाहन करने की ज़िद की तो उन्होंने क्रुद्ध हो कर इनकार करते हुए कहा–मैं सोचता था, तुम वटवृक्ष हो जिसकी छाया में हजारों थकी हुई आत्माएँ विश्राम लेंगी, परन्तु तुम सिर्फ़ अपना भला चाहते हो। इन क्षुद्र वस्तुओं का ख़याल छोड़ दो। इस एक पाश्वीय आदर्श से तुम कैसे सन्तुष्ट हो सकते हो? तुम्हें सर्वदर्शी होना चाहिए, सब रूपों में भगवान का देखो। इन बातों से उनका अभिप्राय था कि कर्म और विचारों के द्वारा मैं अपने उत्कृष्टतम ज्ञान को मनुष्य जाति की उत्कृष्टतम सेवा में उपयोग कर सकूँ।

कुछ देर तक स्वामी मौन हो गये, उनका गला भर्रा गया, उनकी आँखें गीली हो रही थीं। उन्होंने भर्राए कंठ से कहा–आपको शायद नहीं पता–उस समय मैं त्याग के इस कठिन कर्तव्य से भग्नहृदय और अपमानित महसूस कर रुदन करने लगा था। परन्तु आज आपके समक्ष यह स्वीकार करते हुए मुझे ख़ुशी हो रही है कि गुरुदेव की ताड़ना जायज थी।

"अभी-अभी शिकागो में एक सर्वधर्म सम्मेलन का आयोजन हुआ था। मेरे गुरुदेव ने कब से इस सिद्धान्त को सिद्ध कर लिया था। दिसंबर 1866 की बात होगी, उन्होंने इस्लाम धर्म को समझने के लिये इस्लाम की दीक्षा ली...। उन्होंने काली की पूजा छोड़ दी। उन्हें पैगंबर का दर्शन शुभवस्त्रों में और गम्भीर मुद्रा में मिला। कुछ ही दिनों में इस्लाम की नदी ने उन्हें पुनः समुद्र तक पहुँचा कर यह बता दिया, सारे धर्म एक हैं।

इसी तरह एक बार उन पर ईसा की कृपा हुई। मरियम की गोद में ईसा की मूर्ति जाग्रत हो कर उन्हें आलिंगन बद्ध कर लिया। उन्होंने क्रंदन किया–माँ, ओ माँ तुम क्या कर रही हो? परन्तु यह व्यर्थ था। ज्वार की लहर जो कुछ भी उनके सम्मुख आया उसे बहा चुकी थी। हिन्दू की आत्मा परिवर्तित हो चुकी थी। ईसा के अतिरिक्त अन्य किसी के लिये वहाँ कोई स्थान नहीं था। कई दिनों तक वे इसाई चिंतन और प्रभु ईसा के प्रेम में ही निमग्न रहे।

एक दिन दक्षिणेश्वर के बगीचे में, उन्होंने देखा आयत लोचन, शान्तमूर्ति, गौरांग पुरुष उनकी ओर चला आ रहा है, वे मानो उनके वशीभूत हो गये। मेरे गुरुदेव की आत्मा की गहराई में किसी का समधुर कंठ सुनाई पड़ा–उस ईसा के दर्शन करो, जिसने विश्व की मुक्ति के लिये अपने हृदय का रक्त दिया है, जिसने असीमित वेदना को सहन किया है। यही है वह श्रेष्ठ योगी जो भगवान के शाश्वत रूप से संयुक्त है। यही ईसा हैं जो प्रेम के अवतार हैं।

मरियम पुत्र ईसा ने भारत के ऋषि, 'माँ' के पुत्र को आलिंगन बद्ध कर...यह बता दिया सब एक है। आप सब जब दक्षिणेश्वर जायेंगे तो मेरे गुरुदेव के कमरे में प्रभु ईसा की तस्वीर लगी देख सकते हैं, जिसे वे प्रतिदिन धूप दिखाते थे। शायद आपको विश्वास न हो या आप आश्चर्यचकित हो जायें यह जानकर कि उन्होंने कितनी पुस्तकों को पढ़ा था...नहीं, आप जैसा सोच रहे हैं वैसा बिलकुल नहीं है। किसी मनुष्य का ज्ञान इस बात पर निर्भर नहीं है कि उसने कितनी संख्या में पुस्तकें पढ़ी हैं। मेरे गुरुदेव ने अपने जीवन में सहस्त्रों साधुओं, तीर्थ यात्रियों, पण्डितों एवं धर्म सम्बन्धी नाना समस्याओं से संबद्ध और धर्मज्ञान के विश्वकोष तथा सभी प्रकार में मनुष्यों से ज्ञान प्राप्त किया था। उनके ज्ञान को देखकर हमारी आपकी तरह के सभी पढ़े-लिखे लोग विस्मित हो जाते थे। मैंने एक बार उनसे पूछा था–आपने इतना ज्ञान कहाँ प्राप्त किया? उन्होंने बड़ी सहजता से कहा–मैंने पढ़ा नहीं है केवल ज्ञानियों के मुख से सुना है। उनके ज्ञान की माला गूंथकर मैंने अपने गले में डाल ली है और उसे अर्घ्य के रूप में माँ के चरणों में समर्पित कर दिया है। वे अक्सर अपने शिष्यों से कहा करते थे–मैंने हिन्दू, मुसलमान, ईसाई सभी धर्मों का अनुशीलन किया है। हिन्दू धर्म के विभिन्न सम्प्रदायों के भिन्न-भिन्न पन्थों का भी अनुसरण किया है–मैंने देखा है कि उसी एक भगवान की तरफ़ ही सबके क़दम बढ़ रहे हैं यद्यपि उनके पथ भिन्न-भिन्न हैं। तुम्हें भी एक बार प्रत्येक विश्वास की परीक्षा तथा भिन्न-भिन्न पथों पर पयर्टन करना चाहिए। मैं जिधर भी दृष्टि डालता हूँ, उधर ही सभी सम्प्रदायवादियों को धर्म के नाम पर परस्पर लड़ते हुए देखता हूँ। परन्तु वे कभी इस बात पर विचार नहीं करते कि जिसे हम कृष्ण के नाम से पुकारते हैं, वही आद्याशक्ति है, वही ईसा है, वही अल्लाह है। सब उसी के नाम हैं।

स्वामी ने एक मिनट मौन रखकर बोलना प्रारम्भ किया। मेरे गुरुदेव अक्सर कहते थे–एक तालाब के अनेक घाट हैं। एक घाट पर हिन्दू अपने कलशों में पानी भरते हैं और उसे जल कहते हैं, दूसरे घाट पर मुसलमान अपनी मश्कों में पानी भरते

हैं, उसे पानी नाम देते हैं तीसरे घाट पर ईसाई लोग जल भरते हैं और उसे वाटर की संज्ञा देते हैं। क्या हम कभी यह कल्पना कर सकते हैं कि यह 'जल' नहीं है, केवल पानी है या केवल वाटर है या सिर्फ़ जल ही है। कितनी हास्यास्पद बातें हैं। भिन्न-नामों के आवरण के नीचे एक ही वस्तु है और प्रत्येक उसी वस्तु की खोज कर रहा है। प्रत्येक मनुष्य को अपने मार्ग पर चलने दो। यदि उसके अन्दर हार्दिक भाव से भगवान को जानने की उत्कट लालसा है तो उसे शान्ति पूर्वक चलने दो। वह अवश्य ही उसे पा लेगा।

सभी देशों में भेदभाव है, अमीरी-ग़रीबी का भेद, नस्ल का भेद, क्षेत्र का भेद, स्त्री-पुरुष भेद। भारत में एक अति महत्वपूर्ण भेद है–जाति भेद। इसमें कुछ जातियाँ उच्च मानी जाती हैं और कुछ निम्न, और कुछ जातियों को अस्पृश्य बना दिया गया है। यानी उनके स्पर्श मात्र से हम अपने स्थान से च्युत हो जाते हैं...

"ओह, दुखद...अफसोस जनक," भीड़ से आवाज़ आयी।

"सिर्फ़ अफसोस जनक ही नहीं, हिन्दू धर्म के नाम पर यह कलंक है। पर इस कुप्रथा और कुव्यवस्था में हम आज भी लिप्त हैं। पर मेरे गुरुदेव, जो जातीय व्यवस्था के सोपान में सबसे ऊँचे आरूढ़ थे–वे कुलीन ब्राह्मण थे।

"मैं आपको एक छोटी सी घटना सुनाना चाहता हूँ, ताकि आप लोग समझ सकें वे कितने क्रान्तिकारी थे। ब्राह्मण होते हुए भी उन्होंने एक अस्पृश्य भंगी के घर जाकर उनसे उनकी घर साफ़ करने की अनुमति माँगी। धर्मगुरु हिन्दुओं की दृष्टि में इस कर्म से दोनों समुदायों के घोरतम विपत्ति में पड़ जाने की संभावना थी। इस भय से उसने गुरुदेव को ऐसे कृत्य करने की अनुमति नहीं दी।"

रात्रि के समय जब सभी लोग सो गये, तब मेरे गुरुदेव उसके घर पहुँचे और अपने केशों से उनके घर को बुहारकर साफ़ किया और वहीं प्रार्थना करने लगे–"ओ मेरी माँ, मुझे अस्पृश्यों का सेवक बना दो।"

आप लोग शायद इसकी गम्भीरता को उतनी अच्छी तरह नहीं समझ पाएँ कि भारत में एक कुलीन ब्राह्मण एक भंगी के घर में सफाई करे और ससम्मानपूर्वक रह जाये। लेकिन वे रहे क्योंकि उन्हें सम्मान की परवाह नहीं थी। परवाह थी तो सिर्फ़ ग़रीबों, शोषितों, वंचितों और दलितों की...

भीड़ से एक स्त्री स्वर उभरा–"स्त्रियों की?"

"मैं आगे आपको यही बताने जा रहा हूँ। जैसा कि आप जानते हैं, मेरे गुरुदेव की आराध्या माँ थी। वे एक मूर्ति पूजक थे, किन्तु उनकी दृष्टि जहाँ भी पड़ती, सर्वत्र उन्हें ईश्वरीय अनुभूति होती थी।"

उनके घरवाले इसे उनकी भावुकता समझ कर उनके गाँव में उनका विवाह करा दिया। विवाह संपन्न होने पर वे वापस कलकत्ता लौट आए। वे पुनः माँ की सेवा अर्चना में डूब गये।

कुछ दिनों बाद उनकी धर्मपत्नी अपने पति के धर्मोन्माद की तरह-तरह की बातें सुनकर कलकत्ता आ गयी। वह आकर अपने पति के समक्ष खड़ी हो गयी।

मेरे गुरुदेव ने अपनी पत्नी से कहा–"आपका मुझ पर जीवन पर्यन्त अधिकार रहेगा," वे उनके चरणों पर गिर पड़े और कहने लगे–"जगन्माता ने मुझे यह दर्शा दिया है कि वह प्रत्येक स्त्री में निवास करती है और इसलिये मैं प्रत्येक स्त्री में उसे ही देखता हूँ।"

"यह आप क्या कह रहे हैं?" उनकी पत्नी ने आश्चर्यचकित हो कर कहा।

"सच कहता हूँ, यही एक दृष्टि है जिससे मैं तुम्हें देख सकता हूँ। परन्तु यदि तुम्हारी इच्छा मुझे संसार रूपी माया जाल में खींचने की हो, क्योंकि मेरा तुमसे विवाह हो चुका है, तो मैं तुम्हारी सेवा में उपस्थित हूँ।"

मेरी गुरु माता उस समय बहुत छोटी उम्र की थी, परन्तु अत्यन्त पवित्र तथा उदार हृदय की थी। उनका उत्तर था–"मेरी यह इच्छा बिलकुल नहीं है कि मैं आपको सांसारिक जीवन में घसीटूँ, परन्तु इतनी इच्छा अवश्य है कि मैं आपके समीप रहूँ, आपकी सेवा करूँ और आप से ही आध्यात्मिक मार्ग की शिक्षा ग्रहण करूँ।"

मेरे गुरुदेव ने आजीवन उन्हें जगन्माता समझ कर पूजा और मेरी गुरु माँ अपने पति को गुरु मानकर उस मार्ग पर चलकर एक महान साधिका बन गयीं। आज भी वे भारत देश में हैं, उनके सैकड़ों पुत्र-पुत्रियाँ हैं, जो उनकी ममतामयी छाँव में पल्लवित और पुष्पित हो रहे हैं।

आपने पूछा था स्त्रियों के प्रति उनकी धारणाओं के बारे में। उनकी कई साधनाओं में से एक साधना स्त्री-पुरुष के भेद-भाव को समूल नष्ट कर देने की थी। उनकी मान्यता थी–स्त्री और पुरुष का भेद केवल शरीर में ही है, आत्मा में नहीं और जो मनुष्य आत्मज्ञान प्राप्त करना चाहता है, वह भेदभाव कभी नहीं मान सकता।

अमेरीकी भगनियों, आप शायद विश्वास नहीं कर पाएँ कि कोई व्यक्ति इतना संवेदनशील हो सकता है कि वे स्त्रियों के दुख, उनकी दुर्दशा का चिंतन करते-करते इतने भावाविष्ट हो गये कि स्वयं को स्त्री समझने लगे। उनकी रहनी-सहनी, चाल-ढाल सभी स्त्रियों जैसी हो गयीं।

मैंने अपनी खुली आँखों से उन्हें स्त्रियों को जगन्माता मानकर पूजते देखा है। जिन स्त्रियों को समाज वेश्या कहकर तिरस्कृत करता है, उन स्त्रियों से भी वे रोते-रोते यही कहते थे–"हे जगन्माता! एक स्वरूप में तुम सड़कों पर घूमती हो और दूसरे स्वरूप में तुम जगदव्यापिनी हो। हे जगदम्बे, मैं तुम्हें प्रणाम करता हूँ।"

उन्होंने एक स्त्री को अपना गुरु भी बनाया, जबकि पुरुषवादी सोच पुरुषों को ऐसा करने से रोकती है। वे जगन्माता की तो पूजा करते हैं, पर गुरु पद पर एक स्त्री को विराजमान नहीं करते। पर मेरे गुरुदेव इन बातों से परे थे।

उनकी गुरु एक संन्यासिनी थीं, जो अद्वितीय विदुषी एवं सुंदरी महिला थीं। मेरे गुरु उन्हें विद्वता की साक्षात मूर्ति मानते थे। उनकी दृष्टि में जगन्माता ही उनके रूप में उन्हें सत्य की दीक्षा प्रदान करने आयी थी।

सच कहूँ तो मेरे गुरुदेव की यही साधना थी कि मनुष्य मात्र, मनुष्य को समझ सके, अन्य मनुष्य से प्रेम व सहानुभूति कर सके और समस्त मानव जाति के साथ अपने आपको एकाकार कर सके। चूँकि भगवान प्रत्येक मनुष्य के अन्दर विद्यमान है, इसीलिये प्रत्येक मनुष्य का जीवन ही उनके लिये धर्म था और वही सब मनुष्यों का धर्म होना चाहिए। मानव जाति में चाहे कितना भी पार्थक्य क्यों न हो, हम जितना अधिक उनसे प्रेम करेंगे उतना ही अधिक ईश्वर के निकट जायेंगे।

मेरे गुरुदेव, जिन्हें सब परमहंस कहते थे, अक्सर मुझसे कहा करते थे–"अगर तुम भगवान को ढूँढ़ते हो तो उसे मनुष्यों में ढूँढ़ो, अन्य पदार्थों की अपेक्षा मनुष्य के अन्दर ही उनका सबसे अधिक निवास है।"

स्वामी की वाणी निर्झर सरिता सी कल-कल प्रवाहित हो रही थी, श्रोता निःशब्द हो कर उसका पान कर रहे थे। कब सभा का विसर्जन हुआ, कब निःशब्द श्रोता उठकर चले गये किसी को पता नहीं चला...न वक्ता होश में था, न श्रोता।

स्वामी आज...अपने गुरुदेव का नरेन बन गया था...या शायद उससे भी छोटा। शिशुवत हो कर उनकी उँगली थामे-थामे सभागार से निकलकर कब कमरे में आ गया, उसे स्वयं कुछ पता नहीं चला। अपने गुरुदेव से वह कह रहा था–"गुरुदेव, आपने एक साधारण से लड़के को उठाकर कहाँ रख दिया?"

"नरेन, तू साधारण नहीं है, असाधारण है," जैसे गुरुदेव ने कहा।

"मैं यह सब नहीं जानता, गुरुदेव! बस इतना जानता हूँ, मैं आपके चरणों में बैठा नरेन हूँ और उस आनन्द से इतर कुछ नहीं चाहता। न पद, न प्रतिष्ठा और न धन...। आप मेरे हृदय की बात समझते हैं न, गुरुदेव।"

"नरेन, क्या मैं जानता नहीं। शायद तुम नहीं जानते, तुम सप्तऋषियों में से एक हो। मैंने तुम्हें देखते ही पहचान लिया था। एक दिन मैंने समाधि में देखा, मेरा मन एक आलोकित पथ पर ऊपर ही ऊपर उड़ा चला जा रहा है। वह जल्दी ही नक्षत्रलोक को पार करके विचारों के सूक्ष्मतर क्षेत्र में प्रविष्ट हो गया। वह जैसे-जैसे ऊँचे से ऊँचे चढ़ने लगा, मार्ग के दोनों तरफ़ मैंने देवी-देवताओं की भावात्मक मूर्तियाँ देखी...आगे बढ़ते-बढ़ते मैंने देखा, सात पूज्य ऋषिगण समाधि लगाये बैठे थे। उन्हीं में से एक ऋषि देवशिशु बनकर मुझसे कहा–"मैं नीचे जा रहा हूँ, आप भी आओगे न...नरेन, तुम वही हो।"

"गुरुदेव...आपका स्पर्श मिट्टी को स्वर्ण में परिणत कर सकता है...। आप मेरे जन्मजन्मांतर के गुरु हो। गुरुदेव, मेरे यौवन काल के प्रारंभ से ही प्रतिदिन जब मैं रात्रि में सो जाता था, तो मुझे दो स्वप्न आते थे।"

पहले स्वप्न में मैं अपने आपको पृथ्वी के उन श्रेष्ठतम मनुष्यों में, जिन्हें सब प्रकार के ऐश्वर्य, सम्मान, शक्ति और यश प्राप्त है, के साथ बैठा हुआ पाता था और मैं यह अनुभव करता था, मेरे अन्दर उन सब वस्तुओं को प्राप्त करने की शक्ति मौजूद है।

परन्तु अगले ही क्षण दूसरे स्वप्न में देखता था कि मैं सब सांसारिक ऐश्वर्यों का त्याग कर, एक कौपीन धारण कर भिक्षा वृत्ति द्वारा अपना पालन करता हूँ और एक वटवृक्ष के नीचे मेरी शय्या है। इन दोनों स्वप्नों में दूसरा विजयी होता था और मैं अनुभव करता था कि इसी के द्वारा मनुष्य को परमानन्द की प्राप्ति हो सकती है...और गुरुदेव, ईश्वर ने मुझे वटवृक्ष की छाया में आपके चरणों में डाल दिया।"

परमहंस ने मुस्कुराते हुए कहा–"क्या तुम्हारी स्मृतियों में है? जब तुम पहली बार दक्षिणेश्वर आए थे? तुमने पश्चिम की ओर से, यानी गंगा की तरफ़ वाले दरवाज़े से कमरे में प्रवेश किया था। मैंने गौरपूर्वक तुम्हारी ओर देखा–तुम्हें अपने शरीर का कुछ भी ध्यान नहीं था। सिर के केश और वेशभूषा पर भी कोई ध्यान नहीं था, न बाह्य पदार्थों पर साधारण मनुष्यों की तरह कोई ख़याल था।

नरेन, तुम्हारे नेत्रों को देखकर मैं समझ गया, तेरे जैसे अति सत्वगुणी व्यक्ति को विषयी लोगों के निवास स्थल, महानगर में रहना असंभव सा है।"

"गुरुदेव, इतनी प्रशंसा न करें, मैं उसका पात्र नहीं। मैं उस समय को स्मरण कर लज्जा में गड़ जाता हूँ। मैं अपने कुछ उदण्ड और छिछोरे मित्रों के एक दल के साथ आया था। आपने कितने स्नेह से पूछा था–'गीत गाओगे'?"

"और हाँ, तुमने ब्रह्मसमाज के प्रसिद्ध गीत 'मन चलो निज निकेतन' कितनी तन्मयतापूर्वक गाया था। जैसे सोलहो आने मन-प्राण अर्पित कर दिया हो। तुम ध्यानस्थ हो कर गा रहे थे, तुम्हें पता भी नहीं है नरेन, तुम्हारे गान को सुनकर मैं अपने आपको सँभाल न सका, भावाविष्ट हो गया था। तुम्हें याद है वह गीत?"

"याद है, गुरुदेव..."

"गाओ न..."

स्वामी नरेन्द्र बनकर गा रहे थे –

रे मन, चलो अपने घर,
इधर-उधर देश-विदेश में
वेश बनाकर वृथा
क्यों भटक रहे हो
शब्द, स्पर्श, रूप, रस, गंध
सभी पराये हैं
फिर पराये प्रेम से अवचेतन हो कर
क्यों अपने जन को भूल रहे हो?
रे मन, सत्यपथ पर आरोहण कर,
प्रेम का दीपक जलाकर सदा उस पथ पर
चलते रहो, जन्म जन्मांतर तक...

तुम इस गान को गाकर चले गये थे। तुम्हारे जाने के बाद तुम्हें पुनः देखने के लिये मेरा मन चौबीसों घंटे इतना व्याकुल रहता था, मैं व्यक्त नहीं कर सकता। कभी-कभी मन में ऐसी वेदना होती थी, मानो अंगोछा निचोड़ने की तरह कलेजे को कोई बहुत जोर से निचोड़ रहा है। उस समय मैं अपने को नहीं सँभाल पाता था, दौड़कर बगीचे के उत्तर की ओर के झाऊतला में जहाँ कोई नहीं जाता था, जाकर जोर से चिल्लाकर रोता था–'अरे, तू चला आ, तुझे देखे बिना मैं नहीं रह सकता।' कुछ देर रोने पर मन शान्त होता था। लगातार छह मास तक वैसा ही होता रहा...

स्वामी का मुखमंडल आँसूओं से तरबतर हो रहा था। उसने स्वयं को संयत करते हुए कहा–"याद है, गुरुदेव! सबकुछ जेहन में जस का तस है। बहुत शर्मिंदा हूँ। आपके निश्छल और पवित्र स्नेह को उस दिन क्यों नहीं समझ पाया था?"

भजन गाने के बाद, मेरे हाथों को थामे, आप अपने कमरे के उत्तर की ओर के बरामदे में मुझे खींच कर ले गये थे। उस समय शीतकाल था, उत्तरी हवा को रोकने

के लिये बरामदे के खम्भों के बीचों-बीच टाट के पर्दे लगे हुए थे। दरवाज़े बन्द कर देने पर कुछ दिखायी नहीं पड़ता था, इसी से आपने शायद बरामदे के दरवाज़े को बन्द कर लिया था। मैं सोच रहा था, आप मुझे उपदेश करेंगे। परन्तु आपने जो किया, वह कल्पनातीत था, गुरुदेव।

आपने मेरी हथेलियों को अपने करकमलों से पकड़कर कहा था, "तू इतने दिनों बाद क्यों आया? मैं तेरी किस प्रकार प्रतीक्षा कर रहा था, तू नहीं सोच सकता। विषयी मनुष्यों के व्यर्थ के प्रसंगों को सुनते-सुनते मेरे कान जले जा रहे हैं। मन की बात किसी से न कहने के कारण मेरा पेट फूलता जा रहा है।" दूसरे ही क्षण, आप मेरे सामने हाथ जोड़कर खड़े हो कर रोने लग गये थे।

तो मैं अवाक और स्तंभित हो गया था। मेरा मन आलतू-फालतू बातें सोचने लगा।

"क्या सोचने लगे थे, खुलकर बोलो," परमहंस ने मुस्कुराते हुए कहा।

"गुरुदेव, आपके समक्ष सत्य स्वीकार करने के साथ क्षमाप्रार्थी भी हूँ। गुरुदेव, सोचने लगा था मैं किसके दर्शन करने आया हूँ? ये तो कोई उन्मादी हैं, जो मन आए कहे जा रहे हैं। मैं विश्वनाथ दत्त का पुत्र हूँ, इतना भी नहीं सोचते। मैं मूर्ख...वहाँ से किसी तरह निकलना चाह रहा था।"

"हाँ, मुझे याद है नरेन, मैं जब अपने कमरे से मक्खन, मिश्री और मिठाइयाँ लेकर आया, तुम जा रहे थे। मैं तुम्हें अपने हाथों से प्रसाद खिलाना चाहता था।"

"मैं अपने सौभाग्य को नहीं समझ पा रहा था, गुरुदेव! आपसे कह बैठा, 'मुझे मिठाइयाँ दे दीजिए, साथियों के साथ खा लूँगा।'"

"पर मैंने भी कहाँ मानी थी तुम्हारी बात! तुम्हें खिलाकर ही माना। वे लोग भी खाएँगे, तुम तो खा लो। और हाँ, एक बात, तू जल्दी ही एक दिन मेरे पास अकेला आएगा, तो? मैंने तुझसे कहा था।"

"जी, गुरुदेव। मैंने कहा था, 'अवश्य आऊँगा,' पर सोच रहा था, अब कभी नहीं आऊँगा।"

"पर आया तो," परमहंस ने ठहाका लगाया।

"जी, गुरुदेव! घर गया तो, एक क्षण भी आपको विस्मरण नहीं कर पाया। आपकी स्नेहमयी नेत्रों में डूबता-उतरता रहा। सब कुछ विस्मरण हो गया। मैं किसका पुत्र हूँ, यह भी भूल गया, बस याद रह गया आपका अनन्त प्रेम! मुझे अपने आप पर लज्जा हो रही थी, भला मैंने ऐसा कैसे सोचा?"

"गुरुदेव, इस द्वंद में एक महीने निकल गये और एक दिन ऐसा हुआ कि मुझे महसूस हुआ, मुझे दक्षिणेश्वर की ओर कोई खींच रहा है। सुध-बुध खोकर घर से पैदल ही आपके पास पहुँच गया था।"

"उस समय आप सत्संग कर रहे थे, 'परमात्मा की उपलब्धि की जा सकती है। उसे उसी प्रकार देखा जा सकता है, उससे उसी तरह बातें भी की जा सकती हैं, जिस प्रकार मैं तुम्हें देख रहा हूँ और तुमसे बातें कर रहा हूँ। परन्तु कौन ऐसा करने का कष्ट उठाता है? मनुष्य, स्त्री, बच्चे और अन्य सांसारिक पदार्थों के लिये सभी आँसू बहाते हैं। परन्तु ईश्वर के प्रेम के लिये कौन रोता है? यदि कोई सचमुच ईश्वर प्रेम के लिये रोता है, तो वह अवश्य दर्शन देगा।'"

"हाँ, सुनने के बाद तुमने सवाल किया था, 'आप ईश्वर दर्शन की बात कर रहे हैं, क्या आपने भगवान के दर्शन किये हैं?' तुम्हारी आँखें स्फटिक मणि सी चमक रही थीं।"

"गुरुदेव, आज भी आपकी वह पंक्ति कानों में अमृत घोल रही है, 'वत्स, मैंने भगवान को देखा है। मैं उसे उसी प्रकार देखता हूँ, जैसे मैं तुम्हें अपने सम्मुख देख रहा हूँ। मैं भगवान को केवल एक तीव्रतर रूप में देखता हूँ और तुम्हें भी इसका दर्शन करा सकता हूँ।'"

गुरुदेव, उस समय आप अपनी छोटी सी शय्या पर अकेले ही बैठे थे। मेरा अहोभाग्य, मुझे देखकर आप कितने प्रसन्न हो गये थे, स्नेहपूर्वक मुझे अपने बिछौने पर बिठा लिया था। आपकी कृपामयी दृष्टि मुझ पर थी, आप अस्फुट स्वर में कुछ बुदबुदा रहे थे। मैं मूर्ख पता नहीं क्या सोच रहा था, तभी आपने अपना दायाँ पैर मेरे शरीर पर रख दिया। वह स्पर्श कितना अजीब था। मैं आँखें खोले-खोले देख रहा था–कमरे की दीवारें और उसके अन्दर की अन्य सब वस्तुएँ चक्कर लगा रही हैं और धीरे-धीरे शून्य में विलुप्त होती जा रही हैं। समस्त संसार और मेरा अपना व्यक्तित्व भी उस समय नामरहित शून्य में लीन हो गया। वह शून्यता मानो प्रत्येक वस्तु को अपना ग्रास बना रही थी। मैं डरकर चिल्ला उठा था, "आप क्या कर रहे हैं? घर पर मेरे माँ-बाप हैं।" तब हंसते हुए मेरी छाती पर हाथ फेरते हुए आप कहने लगे थे, "अच्छा ठीक है, आज यहीं तक रहने दो।" ठाकुर, उस घटना के बाद, मेरे हाथ में दक्षिणेश्वर जाना या नहीं जाना नहीं रहा। कब मेरे पैर स्वत: उधर चल देते थे और मैं वहाँ पहुँच जाता था, पता ही नहीं चलता।

"मुझे स्मरण है, नरेन, तू अपनी इच्छा से नहीं आया था। मेरी आर्त प्रार्थना से पसीजकर माँ ने तुझे मेरे पास भेजा था।"

"जी, गुरुदेव, उस दिन श्री केशवचन्द्र सेन और विजयकृष्ण गोस्वामी आपके सानिध्य में विराजमान थे।"

"स्मरण है, नरेन, तुम उस दिन भी नाराज हो गये थे, क्योंकि मैंने तुम्हारी तुलना केशवचन्द्र और विजयकृष्ण गोस्वामी से कर दी थी।"

"हाँ, पर मुझे आज भी लगता है कि जगतविख्यात केशव और साधक प्रवर विजयकृष्ण के साथ एक स्कूली लड़के, नरेन्द्र की तुलना उचित नहीं थी।"

"अच्छा, तुझे क्या लगता है, मैं तुम्हें प्रसन्न करने के लिये तुम्हारी प्रशंसा करता था? अरे भले मानस, मैंने देखा था कि केशव जिस प्रकार एक शक्ति के विकास द्वारा संसार में विख्यात हुआ है, तुम्हारे अन्दर उस प्रकार की अठारह शक्तियाँ पूर्ण मात्रा में विद्यमान हैं।"

"पर गुरुदेव, इससे आपकी जग हंसाई हो सकती थी। इस बात का भी मुझे भय था; आपको लोग पागल कह सकते थे।"

परमंहस ने ठहाका लगाया, "संसार में सभी लोग पागल हैं, कोई धन के लिये, कोई पद के लिये, कोई यश के लिये, कोई सुंदरी स्त्री के लिये, कोई संतान के लिये...उन्हें कोई पागल नहीं कहता। पर जो माँ की दिखायी बातों को कहता है, उसे ही पागल कहेंगे, तो कहें। माँ ने मुझे वैसा दिखाया था, इसी कारण कहा था। माँ मुझे सदैव सत्य ही दिखाती है। वह मिथ्या दिखा ही नहीं सकती। तुमने मुझसे कहा था, 'माँ दिखा देती हैं या आपके मस्तिष्क के ख़याल से वैसा दिखायी पड़ता है, यह कौन बता सकता है?'"

"जी," स्वामी का सिर झुक रहा था।

"तेरे ऐसा कहने के बाद मैं माँ के पास गया था। उन्होंने आश्वासन दिया था, 'नरेन्द्र की बात तू क्यों सुनता है? कुछ दिनों बाद वह सभी बातों को सत्य मान लेगा।' पर, तुम भी कम हठी और संदेही नहीं थे। हर बात पर तर्कबुद्धि लगाते थे, पर शायद तुम यह नहीं जानते यह भी जगन्माता का ही आशीर्वाद था। मैं माँ से अक्सर प्रार्थना करता था, 'माँ, मैंने जो कुछ उपलब्धियाँ प्राप्त की हैं, उसमें सन्देह करने वाले किसी व्यक्ति को मेरे पास भेज दो।'"

"गुरुदेव, मैं आपसे कितना वाद-विवाद और कुतर्क करता रहता था, पर आप कभी नाराज नहीं होते थे। आपका कहना सत्य है, शून्य पात्र में जल भरते हुए भक-

भक आवाज़ होती है, परन्तु जब पात्र भर जाता है, कोई आवाज़ सुनाई नहीं देती। जिस मनुष्य ने भगवान को नहीं पाया है, वह केवल भगवान की सत्ता और उसके प्रयोजन को लेकर निरर्थक तर्क करता रहता है, परन्तु जिसने पा लिया है, वह मौन रहकर ही दिव्य आनन्द का भोग करता है।"

नहीं रे नरेन, तुम्हारे बारे में, मैं ऐसा सोच भी नहीं सकता। तुम्हारी तीव्र आलोचना और तुम्हारे आवेगमय तर्क मुझे आनन्द से मग्न क़र देते थे। तुम्हारी अन्तर्भेदी दृष्टि एक प्रज्वलित अग्निशिखा की तरह मुझे प्रतीत होती थी जो समस्त अपवित्रताओं को भस्म कर सकती थी, परन्तु मैं चाहता था, तुम्हारे हृदय को ईश्वर का स्पर्श मिले।

मैं शुष्क हृदय, अज्ञानी मूर्खों की तरह आपसे कह बैठा था, मुझे ईश्वर नहीं चाहिए। मुझे शान्ति की इच्छा है...

परमहंस मुस्कुराए–तुम्हें पता है, नरेन तू अन्दर से भक्त है और ऊपर से ज्ञानी, और मैं...ऊपर से भक्त और अन्दर से शायद...ज्ञानी।

गुरुदेव, आपके संग किस प्रकार आनन्द से दिन बीतते थे, दूसरों को समझाना कठिन है। खेल, हँसी, विनोद आदि साधारण विषयों द्वारा किस तरह आपने निरंतर उच्च शिक्षा देकर अनजाने में हमारे आध्यात्मिक जीवन के गठन में सहायता दी थी, उसे आज सोचता हूँ तो आश्चर्यचकित रह जाता हूँ। गुरुदेव, मैं योग्य नहीं था, मेरे गुरु अनुपम और अद्वितीय थे। जैसे बालक को पहलवानी का गुर सिखाते समय शक्तिशाली पहलवान स्वयं को संयत रखकर बालक के अनुरूप शक्ति प्रकाशित कर उससे पराजित हो कर बच्चे में उत्साह का संचार करता है, उनमें आत्मविश्वास उत्पन्न करता है। हमारे साथ व्यवहार करते समय ठाकुर, आप भी वैसे ही भाव का अवलंबन करते थे।

नरेन, शायद अपने प्रति मेरे प्रेम को तू नहीं समझता...। मैं सिर्फ़ तुमसे बात करना चाहता था, जब तुम कहते थे, दूसरों से भी बातें करें, तब करता था, पर दृष्टि तुम पर ही टिकी रहती थी। तुम्हें नहीं देख पाने के दुख से मुझे रोते हुए देख भोलानाथ मुखर्जी ने एक दिन कहा था–एक कायस्थ के लड़के के लिये रोना शोभा नहीं देता। वह बहुत कम पढ़ा लिखा है। लोग भी कितने अजीब होते हैं, कितने हिसाबी-किताबी...जाति-पाति के जंजाल में ही उलझ कर प्रेम को अपने जीवन से विस्मृत कर देते हैं।

गुरुदेव! आपके अतिप्रेम के महासागर में मैंने आत्मिक गोते लगाने का जो आनन्द प्राप्त किया है, उसकी तुलना किसी दूसरे अलौकिक सुख से नहीं की जा

सकती है। गुरुदेव, पिता के अवसान के बाद जब दुनिया भर के सारे रिश्तेदार और मित्रों ने मुझसे अपना मुँह मोड़ लिया था, उस समय एक आपका ही निश्छल वात्सल्य प्रेम था, जो मेरे जीवन का अबलंब था। गुरुदेव, आपकी कृपा नहीं होती, तब मेरी सारी काबिलियतें, मेरी योग्यताएँ कहाँ थीं? छोटी सी नौकरी के लिये मारा-मारा फिर रहा था। घर में खाने के लिये अन्न के दाने तक नहीं थे। किसी तरह मास्टर महाशय के कहने पर विद्यासागर के एक नये स्कूल चौपातला में प्रधानाध्यापक के पद पर नियुक्ति तो हो गयी, परन्तु मात्र एक महीने तक ही रह पाया।

मुझे पता है नरेन। उस स्कूल में विद्यासागर के दामाद सेक्रेटरी थे। उन्होंने विद्यासागर के समक्ष आरोप लगवाया कि हेडमास्टर अच्छा नहीं पढ़ा पाते हैं। विद्यासागर हालाँकि मीठे जल का सागर हैं, फिर भी विद्यार्थियों की बात पर विश्वास करके कहलवा भेजा–ऐसी बात है तो नरेन्द्र से कहो कि वह विद्यालय नहीं आए...

पूज्य विद्यासागर जी के निर्णय पर प्रश्न चिन्ह लगाने का प्रश्न ही नहीं है, गुरुदेव। उस समय मेरी क्या स्थिति थी, गृहहीन, संबलहीन, मित्रहीन, अन्नहीन अवस्था में ईश्वर को मेरी कठिन परीक्षा लेनी थी। आपके हृदय को भी मार्मिक पीड़ा पहुँचाई थी।

ऐसा मत सोच नरेन, तुम्हारी पीड़ा से मैं बावला हो गया था।

जानता हूँ गुरुदेव...पितृहीन होने के पूर्व दुख को कभी महसूस नहीं किया था। मित्रों से घिरा बेफ़्रिकी का जीवन को ही ज़िन्दगी समझता था। मैं व्यवहारिकता और जीवन के कड़वे सत्य से बिलकुल अनजान था। स्वार्थ रहित सहानुभूति यहाँ, बहुत विरल है...का अनुभव कष्टदायक था। यहाँ दुर्बल और दुखी का कोई स्थान नहीं है। दो दिन पहले तक जो लोग मुझे कुछ भी सहायता देने के मौक़े मिलने पर अपने को धन्य समझते थे, अब इस विषय पर अपना मुख मोड़ लेते थे।

ऐसी बात नहीं नरेन, यह संसार है, इसमें सभी लोग एक ही तरह के नहीं होते।

आपका कहना पूर्णत: सत्य है। मेरे एक मित्र ने बिना मुझे बताए गुमनाम पत्र द्वारा मेरी माँ को समय पर आर्थिक मदद पहुँचाकर मुझे चिरऋणी बना दिया।

नरेन, ईश्वर का विधान क्या है, कोई नहीं जानता, इसी से उसके विधान पर प्रश्न उठाना उचित नहीं...

गुरुदेव, उस समय उचित अनुचित की समझ शेष नहीं रह गयी थी। माता-भ्राताओं की असहाय अवस्था से मन दुख, ग्लानि और निराशा से टूट सा गया था। फिर भी ईश्वर का नाम लेना नहीं छोड़ पाया था। एक दिन बिस्तर से उठते समय

आदतन भगवान का नाम ले रहा था। माँ के सामने उनके बच्चे अन्न के बिना भूखे थे, उन्होंने मुझे डांटते हुए कहा–चुप भी रह, बचपन से ही तो भगवान-भगवान करता है–यह सब दुख किसने दिये? उनकी बात से मेरा दुखित मन विह्वल हो कर सोचने लगा–क्या सचमुच भगवान हैं? हैं तो मनुष्य की करुण प्रार्थनाएँ क्यों नहीं सुनता? शिव के संसार में इतना अशिव कहाँ से आया? गुरुदेव विद्यासागर ने भी दूसरों के दुख से कातर हो कर कहा है–यदि भगवान दयामय और मंगलमय है तो दुर्भिक्ष के समय लाखों आदमी अन्न बिना क्यों मर जाते हैं? इस बात की प्रतिध्वनि मेरे हृदय में भी गूंजने लगी थी और ईश्वर के प्रति प्रचण्ड विद्वेष से हृदय पर संदेह ने अधिकार जमा लिया।

नरेन, वह तुम्हारी परीक्षा की घड़ी थी। लोगों ने कैसे-कैसे अफवाह फैलाए, तू नास्तिक हो गया है, तू मदिरा पान करता है, वेश्याओं के पास जाता है, हरि-हरि। लोगों का क्या है, वे आनन्द की खोज में ईर्ष्या के दलदल में फंस जाते हैं।

गुरुदेव, मैं अपनी झूठी निंदा सुनकर दुखी नहीं होता था, पर जैसे ही यह ध्यान आता कि अगर गुरुदेव ने विश्वास कर लिया तो क्या होगा? यह सोचकर मैं हताश हो जाता...

मेरी स्मृतियों में सब है। तुम्हें पता है, भवानाथ ने मुझसे रोते-रोते कहा था–महाराज! नरेन्द्र की ऐसी दुर्गति होगी, यह तो स्वप्न में भी नहीं सोचा था। मैंने उसे जोर से डांटा था–चुप रह मूर्ख, माँ ने कहा है–वह कभी वैसा नहीं हो सकता। यदि फिर कभी ऐसी बात मुझसे कही, तो तेरा मुँह नहीं देख सकूँगा।

गुरुदेव, आपका विश्वास, आपका प्रेम ही मेरा एकमात्र संबल था। आपके प्रेम और विश्वास ने मेरे हृदय में उज्ज्वल अक्षरों में अंकित कर दिया–ईश्वर अवश्य ही हैं, उन्हें प्राप्त करने का पथ भी अवश्य ही है, नहीं तो इस संसार में जीवित रहने का कोई प्रयोजन ही नहीं...।

नरेन, तुम्हारा जन्म साधारण मनुष्यों की तरह धनोपार्जन करके परिवार-पोषण और सुखभोग करने के लिये नहीं हुआ था। तू माँ के काम के लिये इस संसार में आया है।

गुरुदेव, हृदय विदारक दुख के अथाह सागर में जब व्यक्ति डूबने लगता है और कोई सहारा नहीं मिलता, तो टूट जाता है, पर मेरे पास तो साक्षात आप थे। मैं नादान, आपके चरणों पर गिर पड़ा था–माँ, भाइयों का कष्ट दूर करने के लिये आपको माँ जगदंबा से प्रार्थना करनी होगी।

पर मैंने कहाँ स्वीकार की थी तेरी बात। मना कर दिया था न, यह कहते हुए–मैं ऐसी प्रार्थना माँ से नहीं कर सकता। तू स्वयं क्यों नहीं कहता? माँ को तू नहीं मानता, इसलिये तुझे इतना कष्ट है।

जी, पर मैं माँ को नहीं जानता था, आप कहेंगे तो आपकी बात सुनेगी...मैं गिड़गिड़ाया था।

मेरी माँ चिन्मयी है, आज काली मन्दिर में जाकर माँ को प्रणाम करके जो माँगेगा, माँ तुझे वही देगी, मैंने कहा था न।

जी गुरुदेव, मुझे दृढ़ विश्वास था कि जब आपने ऐसा कहा है तो माँ आज अवश्य ही प्रार्थना सुनेंगी और आज ही दुख-दरिद्रता का अन्त हो जायेगा। परन्तु आपकी कृपा से मन्दिर जाते ही सारे दुख-दर्द, अभाव, दारिद्रय स्मृति लोप हो गये। भक्ति और प्रेम से हृदय उछलने लगा–साक्षात जगतजननी माँ सामने मुस्कुरा रही थी–मेरे मुख से अकस्मात निकला–माँ, मुझे विवेक दो, वैराग्य दो, ज्ञान दो, भक्ति दो।

तू सारा संसार प्रपंच भूल गया कि माँ से कुछ माँगना है, जब मैंने पूछा था तब जैसे तुम्हारी तंद्रा भंग हुई थी।

सच कहूँ, मेरी हालत सचमुच ऐसी ही थी, महाराज सब भूल गया था तभी तो आपने कहा था–जा, फिर जाकर प्रार्थना कर।

पर तू नहीं कर पाया था नरेन्द्र। मैंने तुझे तीन बार माँ के पास भेजा था, तीनों बार तुम अपने लिये संसारी माँग, माँ के सामने नहीं रख पाए थे।

गुरुदेव, आप ही तो कहते थे राजा की प्रसन्नता प्राप्त करके उनसे कद्दू, कोहड़ा माँगना कितनी बड़ी मूर्खता है तो मैं यह मूर्खता कैसे करता? माँ के सामने तुच्छ बातें कैसे कह पाता? मैंने आपसे अपने माँ और भाइयों के अभावों की समाप्ति की प्रार्थना की थी। आपने भी बहुत सोचने समझने के बाद कहा था–उन्हें मोटे अन्न-वस्त्र का अभाव नहीं रहेगा। आपके कहने मात्र से मैं निश्चित हो गया था।

नरेन, तू नहीं जानता तेरी प्रसन्नता के लिये मैं द्वार-द्वार भीख भी माँग सकता था...

गुरुदेव...! संन्यासी चिल्लाया...फिर धीरे से कहा–जानता हूँ, आपका अतिशय प्रेम मेरे जीवन की एकमात्र निधि है। जितना प्यार और स्नेह मुझे आपसे प्राप्त हुआ, उतना अपने पिता से भी नहीं हुआ...। ठाकुर, केवल आप ही हैं, जो प्रथम दिन की भेंट से लेकर अन्तकाल तक समान भाव से मेरे ऊपर विश्वास करते आए हैं, अन्य

कोई नहीं। अपने माँ-भाई भी नहीं। आपके विश्वास और प्यार ने मुझे जन्मजन्मातर का ऋणी बना दिया है। सिर्फ़ और सिर्फ़ आप ही प्रेम लुटाना जानते हैं, संसार के दूसरे लोग केवल अपने स्वार्थ साधन के लिये प्यार का बहाना मात्र करते हैं।

ठाकुर ने प्रेमिल नेत्रों से स्वामी की ओर देखा जिनसे स्नेह की स्निग्धधारा प्रवाहित हो रही थी। स्वामी ने डबडबाई नेत्रों से पूछा–गुरुदेव, फिर आप भी मुझे छोड़कर क्यों चले गये? मैं उस प्रेम के विराट शून्यता में डूब सा गया था। आपसे मैंने कितनी प्रार्थना की थी–आप माँ से प्रार्थना करें, वे आपको स्वस्थ कर दें। आपके जाने की कल्पना मात्र से मेरे सारे ज्ञान तिरोहित हो जाते थे।

"मैं कहाँ गया, नरेन? बस एक कमरे से दूसरे कमरे में चले जाना जैसा ही है...मेरा जाना...। क्या मैं हमेशा तुम्हारे साथ नहीं रहता...? जब तुम अमेरिका जा रहे थे, जहाज पर थे, मैं तुम्हारे साथ नहीं था...? क्या अभी भी तुम्हारे साथ नहीं हूँ...?" ठाकुर मुस्कुराए...और थोड़ी देर मौन रहने के बाद कहा–"अब तुमने अपने को सिद्ध कर लिया है, जो इच्छा होगी पूर्ण होगी। बस इतना याद रखना–तृणादपि सुनीचेन। हानि लाभ, जीवन-मरण, यश अपयश सब विधि हाथ...सब माँ की माया है...कभी इससे विचलित मत होना...। मैं सदा सर्वदा तुम्हारे पास ही हूँ।"

"आप हर पल, हर क्षण मेरे साथ हैं ठाकुर...," भावावेश में स्वामी की आँखें खुल गयीं। उनकी आँखों से अश्रुधारा बड़े वेग से प्रवाहित हो रही थी। वह बुदबुदा रहे थे–"आपके प्रेम का कोई प्रतिदान नहीं हो सकता।"

(19)

जब व्यक्ति श्रांत हो कर क्लांत संघर्षों के थपेड़े से थककर कुछ देर घनी छाँह में थोड़ा सुस्ताना चाहता है, पीछे मुड़कर देखने की जगह आगे देखने की कोशिश करता है, तो ज़माना उसे पीछे की ओर खींचता है। मगर प्रकृति अक्सर ऐसा होने नहीं देती...। इस द्वंद्व में फँसकर मनुष्य हाँफने लगता है और अपना दुर्भाग्य मानकर क्लांत हो कर थककर बैठ जाता है।

कभी-कभी भोले-भाले इन्सान, अवसाद ग्रस्त हो कर आत्महत्या करने की भी कोशिश करने लगते हैं। परन्तु वीर ऐसा नहीं करते। योद्धा संघर्ष करता है, विपरीत परिस्थितियों में भी डटकर खड़ा रहता है।

लेकिन इस बात से इनकार नहीं किया जा सकता कि योद्धा भी हाड़-मांस

का बना इन्सान ही होता है। उसके अन्दर भी हृदय का स्पंदन होता है, भावना आहत होती है और वह भी तब, जब वह न सिर्फ़ निर्दोष होता है बल्कि उसी समाज के उत्कर्ष के लिये अपना जीवन न्यौछावर कर देता है, जो समाज उसकी निंदा को ही अपना कर्तव्य समझता है।

बीस दिन पहले की बात है। संन्यासी अमेरिका की उस सभा में अपनी आत्मा उडेल आया था। जबकि उसने निश्चय कर लिया था, वह राजनीति पर बात नहीं करेगा...। पर सत्य को देखकर अनदेखी कर देना, उससे उदासीन हो कर अपने ही आँखों में गिरते हुए स्वयं को देखना भी कम हिम्मत का काम नहीं। उसने अपने को सभी बंधनों से मुक्त कर लिया।

संन्यासी ने अपने मित्रों की सभा में अपना हृदय कपाट खोल दिया, दर्द झलक आया–"जब मुख्य ध्येय ख़ून चूसना हो तो कोई कल्याण नहीं हो सकता। मोटे रूप से मैं यह कह सकता हूँ भारत के लिये अंग्रेज़ों से पहले का शासक अधिक अच्छा था, क्योंकि वह जनता से सब कुछ नहीं छीनता था, उसमें कुछ न्याय था, कुछ स्वतंत्रता थी।"

"कुछ सौ आधुनिकृत, अर्द्धशिक्षित एवं राष्ट्रीय चेतना शून्य पुरुष वर्तमान अंग्रेज़ी भारत का दिखावा है और कुछ नहीं।"

"भारत को जीतने के लिये अंग्रेज़ों के संघर्ष के मध्य शताब्दियों की अराजकता, अंग्रेज़ों द्वारा 1857-58 में किये भयानक जनवधों पर, उससे भी अधिक भयावह अकालों जो अंग्रेज़ी शासन के अनिवार्य परिणाम बन गये हैं। भारतीय श्रम एवं उत्पादन से भारत की वर्तमान आबादी की पाँच गुनी आबादी का भी आसानी से निर्वाह हो सकता है यदि भारतीयों की सारी वस्तु उनसे छीन न ली जाये। परन्तु आज की क्या स्थिति है?"

"शिक्षा को भी अधिक फैलने नहीं दिया जायेगा। प्रेस की स्वतंत्रता का गला घोंट दिया गया है। निरस्त तो हम पहले से कर दिये गये हैं। स्वशासन का थोड़ा अवसर हमें पहले दिया गया था। शीघ्रता से उसे भी छीना जा रहा है। हम इन्तज़ार कर रहे हैं कि अब आगे क्या होगा?"

"निर्दोष, आलोचना में लिखे गये, कुछ शब्दों के लिये लोगों को कालापानी की सजा दी जा रही है। अन्य लोग बिना कोई मुक़दमा चलाए जेलों में ठूँसे जा रहे हैं और किसी को पता नहीं, कब उनका सिर धड़ से अलग हो जायेगा।"

"कुछ वर्षों से भारत में आतंकपूर्ण शासन का दौर है। अंग्रेज़ सिपाही हमारे देशवासियों का ख़ून कर रहे हैं, हमारी बहनों को अपमानित कर रहे हैं।"

"हमारे पैसे से ही यात्रा का किराया और पेंशन लेकर अंग्रेज़ अधिकारी स्वदेश भेजे जाते हैं।"

"हम लोग घोर अंधकार में हैं। ईश्वर तुम कहाँ हो, मैं कैसे आशावादी बना रहूँ? अगर आप लोग इन बातों को अंग्रेज़ी हुकूमत की कानों तक पहुँचा देंगे तो कंपनी निरंकुश कानून का सहारा लेकर मुझे यहाँ से घसीटते हुए ले जा सकती है और मेरी हत्या तक कर सकती है। इन परिस्थितियों में मैं आशावादी बना नहीं रह सकता। क्या नीरो सबसे आशावादी पुरुष था?"

"समाचार पत्र इन भीषण बातों को प्रकाशित नहीं करना चाहते बल्कि अक्सर ऐसा होता है, ठीक उल्टा समाचार गढ़ लेते हैं। एक ईसाई के लिये ग़ैर ईसाई की हत्या भी एक वैधानिक मनोरंजन है।"

"वर्तमान सरकार शिक्षा पर बहुत कम खर्च करती है और शिक्षा भी कैसी? मौलिकता की किंचित अभिव्यक्ति भी दबा दी जाती है।"

"अगर वास्तव में ऐसा ईश्वर नहीं है जो सबका पिता है। जो निर्बल की रक्षा करने में सबल से भयभीत नहीं है और जिसे रिश्वत नहीं दिया जा सकता। क्या कोई इस प्रकार का ईश्वर है? समय बताएगा।"

स्वामी का गला भर्रा गया, आँखें नम हो गयीं मन विह्वल हो गया। वे उठकर हॉल के पीछे वाले बालकनी पर चले गये...जहाँ से दूर तक हरियाली दिखायी पड़ रही थी, घने जंगलों की तरह...तितलियों की गुनगुनाहट...इस निस्तब्ध नीखता में कर्णप्रिय प्रतीत हो रहे थे।

लैंडसवर्ग उल्टे पांव लौटने ही वाला था, वह स्वामी की ध्यान मग्नता में व्यवधान नहीं करना चाहता था। स्वामी ने उसे रोका–"लैंडसवर्ग, वापस क्यों जा रहे हो?"

"शायद आप चिंतन में थे...!"

"नहीं..., मैं विशाल जंगलों से आच्छादित पर्वत श्रेणियों के बीचों बीच जो वह झील है उसे निहार रहा था। कितना मनोरम निस्तब्ध और शान्ति है यहाँ।"

"ओह, मुझे लगा, आप परेशान हैं..."

"ओह, नहीं तुम कैसे हो? तुम्हें अमेरिकी नागरिकता मिलनी थी, मिल गयी?"

"जी"

"आज अमेरिका को रूस के एक यहूदी के सारे महान गुणों से विद्यमान व्यक्ति को नागरिक बनाने का सौभाग्य प्राप्त हुआ है..."

"स्वामी जी, आप मुझे बहुत ऊँचे नहीं ले जा रहे?" लैंडसवर्ग ने मुस्कुराते हुए कहा।

"तुम बहुत ऊँचे हो, लैंडसवर्ग। भावुकता, कल्पना, विद्योत्साह तथा प्रतिभा में तुम अद्वितीय हो। तुम्हारे अपने शरीर के प्रति तुम्हारी उदासीनता और निर्धनों के प्रति तुम्हारी सहानुभूति देखकर ही मैं तुम्हारी ओर आकृष्ट हुआ था। ओह मुझे याद है, उस दिन तुमने अपने जेब की अन्तिम पायी भी भिखारी को दे दी थी, यह भी चिंता नहीं थी कि अगले पल क्या होगा?"

"स्वामीजी, मुझे लगा, आज आप बहुत व्यथित, अपसेट हैं, क्या यह सच है?"

"शायद हूँ...बहुत, नहीं कहा जा सकता।"

"क्यों, स्वामी जी? अमेरिका में सर्वत्र आपकी विजय पताका फहरा रही है। सर्वत्र आपको इतनी बड़ी संख्या में योग्य मित्र मिले।"

"लैंडसवर्ग, प्रकृति सारे हिसाब किताब बराबर कर देती है...इस विजय पताका ने न जाने कितने लोगों को मेरा विद्वेषी बना दिया है। मिशनरी तो मुझसे काफ़ी नाराज हो गये हैं।"

"स्वामी जी, मिशनरी वालों की नाराजगी फिजूल नहीं है। अमेरिकी जनता के समक्ष भारतीय समाज की काल्पनिक बुराइयों का चित्रण कर इन अवनत विधर्मियों के उद्धार हेतु धन संग्रह का मिशनरियों ने अति सहज और निकृष्ट उपाय का अविष्कार किया था।"

"आपके आर्विभाव ने उस पर पानी फेर दिया है," मिसेज ओलिबुल ने बालकनी के अन्दर आते हुए कहा।

"धीरा माता–यह सब बहुत दिनों से चल रहा है। मेरे पास छनती-छनती ऐसी खबरें आ रही थीं, पर मैं विचलित नहीं हुआ था। परन्तु कुछ दिनों से परेशान हूँ कि अगर यह झूठा दुष्प्रचार विराट रूप धारण कर लेगा तो अमेरिका आने का पूरा उद्‌देश्य ही विफल हो जायेगा। और फिर मेरी माँ, जिन्होंने अपने सबसे प्यारे पुत्र को संन्यास पथ पर जाने के लिये अपनी ममता का बलिदान किया, उनकी क्या स्थिति होगी, जब यह मिथ्याप्रचार उनके कानों में पड़ेगा।"

"अमेरिका में चल रहे इस झूठ के पाँव इतने विराट नहीं होंगे कि वह भारत तक सुनाई दे।"

"मिसेज ओलिबुल, ब्रह्मसमाज तथा थियोसॉफिकल सोसाइटी के सदस्य को लगता है मेरे कारण अमेरिका में उनकी प्रसिद्धि में कमी आयी है। आपने मजूमदार की बातें तो सुनी ही हैं जो वह मेरे बारे में प्रचार कर रहा है कि मैं एक जालसाज और ठग हूँ। कोई साधु या संन्यासी नहीं हूँ। अब वे स्वदेश वापस चले गये हैं पर उनके हृदय में विद्वेषाग्नि जल ही रही है।"

"मुझे पता है, कलकत्ते में लौटकर यह प्रचार कर रहा है कि विवेकानन्द अमेरिका में दुनिया के सारे पाप कर रहा है–यहीं है अमेरिका का अद्भुत आध्यात्मिक पुरुष," मेरी हेल ने अपनी बात रखी।

"बेचारे मजूमदार! उसके इतने नीचे उतर जाने का मुझे दुख है। भगवान उस वृद्ध बालक पर कृपा करें," कहते हुए स्वामी लेगेट के घर चले गये। लैंडसवर्ग ने भी उनका अनुगमन किया।

मिसेज ओलिबुल और मेरी हेल भी उठने ही वाली थीं तभी क्रिस्टाइन ने कमरे में प्रवेश करते ही परेशानी भरे स्वर में कहा–"तुम्हें पता है, स्वामी जी के बारे में मिशनरियों में से कोई विक्षिप्त हो कर यह दुष्प्रचार कर रहा है कि विवेकानन्द के अनुचित आचरण से परेशान हो कर मिशीगन के भूतपूर्व गवर्नर की पत्नी श्रीमती बागले को अपनी एक अल्पवयस्क नौकरानी को विदा करनी पड़ी, विवेकानन्द अत्यन्त असंयमी हैं।"

"हाँ, मुझे पता है मिसेज बागले मेरी बहुत अच्छी मित्र हैं। उन्होंने मिशनरियों को आड़े हाथ लेते हुए एनिस्कवाम को लिखा है–आपने, मेरे प्रिय मित्र विवेकानन्द के बारे में सम्पूर्ण रूप से झूठी बातें लिखी हैं। उनके चरित्र के बारे में मेरी बड़ी उच्च धारणा है और उसे व्यक्त करने का सुयोग पाकर मैं अतीव आनन्दित हूँ। कोई उनके बारे में संदेह उठाए यह विचार ही मुझे क्रोध से परिपूर्ण कर देता है। मानव जीवन के सम्बन्ध में अमेरिका में हम लोगों के पास जो धारणाएँ थीं, उन्होंने उससे भी उच्चतर धारणाएँ हमें प्रदान की हैं।"

"डेट्रॉइट के समान एक रूढ़िवादी प्राचीन नगर में हर स्थान पर उन्हें इतना सम्मान मिला है, जितना अब तक किसी के भाग्य में नहीं जुटा। जो ऐसी बातें करते हैं, वे उनकी महानता एवं सूक्ष्म आध्यात्मिक अन्तदृष्टि के प्रति ईर्ष्यालु हैं, जबकि उन्होंने आज तक किसी का बुरा नहीं किया। उन्होंने मेरे घर में तीन सप्ताह से अधिक अतिथि के रूप में निवास किया है। मेरा पूरा परिवार उनके प्रति श्रद्धानवत है।"

"उन्हें जानकर तथा उनके साथ एक ही मकान में रहकर प्रत्येक मनुष्य का जीवन उत्कृष्ट स्तर का हो जायेगा। मैं चाहती हूँ अमेरिका का हर व्यक्ति विवेकानन्द को जाने और भारत के पास यदि उनके समान और भी लोग हैं तो उन्हें हमारे बीच भेजे।"

"ओफ्फो..., इस प्रकाशित पत्र से मिशनरियों को आग लग जायेगी," क्रिस्टाइन ने कहा।

"आग तो पहले ही लग चुकी है। उनकी नाराजगी का सबसे बड़ा कारण यह है, स्वामी जी के व्याख्यानों से भारत के बारे में यथार्थ जानकारी पाकर अमेरिकियों के धर्मान्तरण के लिये दिये जाने वाले चंदे में भारी कटौती कर दी है," मिसेज ओलिबुल ने कहा।

"हाँ, मैंने सुना है। स्वामी जी के धर्मसभा के भाषण के पश्चात् यानि एक वर्ष में दस लाख पाउँड की कमी आ गयी है," मेरी हेल ने अपनी आँखों को सिकोड़ते हुए कहा।

"मैंने भी सुना है, एक पादरी चर्च में कह रहा था—जहन्नुम भी जाना पड़े, मुझे वह भी मंजूर है परन्तु इस विवेकानन्द का सर्वनाश करना ही होगा," मिसेज ओलिबुल ने मुस्कुराते हुए कहा।

"एक ओर मजूमदार और दूसरी ओर ईसाई मिशनरी तथा तीसरी ओर रमाबाई के दल का विद्वेष चरम पर है। इसका अन्त क्या होगा, ईश्वर ही जानता है," कुमारी नर्सब ने कहा।

"यह रमाबाई का क्या मामला है? स्वामी जी महिलाओं के प्रति तो बहुत संवेदनशील हैं। रमाबाई है कौन?" कुमारी फिलिप्स ने अपने लिये जगह बनाकर बैठते हुए पूछा।

रमा बाई, भारत के महाराष्ट्र राज्य के एक ब्राह्मण की पुत्री हैं। उनके पिता ने उन्हें संस्कृत की शिक्षा दी। पति की अकाल मृत्यु के पश्चात् वह इंग्लैंड आ गयीं। वहाँ उन्होंने ईसाई धर्म स्वीकार करने के बाद अंग्रेज़ी शिक्षा भी प्राप्त की। उन्होंने भारत में विधवा सेवा प्रारम्भ किया है। वह भारत की विधवाओं का जो वीभत्स और कारुणिक चित्र प्रस्तुत करती हैं, उससे उन्हें अमेरिकियों द्वारा बहुत अधिक धन मिल रहा है।

इसमें ग़लत क्या है? स्वामी जी ने कई बार बातचीत में यह स्वीकार किया है

कि भारतीय विधवाओं की स्थिति कितनी कारुणिक और दारुणिक है।

ग़लत यह है कि रमाबाई दल का उद्‌देश्य ग़लत दिखता है।

पर यह भी हो सकता है कि रमाबाई ने अपने जीवन में जो अपार दुख एक विधवा होने के कारण झेला है, उसे दूसरे नहीं समझ पा रहे हों और ईसाई बनने के बाद उन्हें उस तरह की यंत्रणा से मुक्ति मिल गयी हो।

शायद तुम सही कह रही हो, पर स्वामी जी भी अतिरंजित आरोपों का ही खण्डन कर रहे हैं, ओलिबुल ने कहा।

रमाबाई दल का विशेष प्रभाव नहीं पड़ने वाला, परन्तु मजूमदार ने ब्रह्मसमाज के एक चर्चित समाचार पत्र में प्रकाशित किया है कि बाबू नरेन्द्रनाथ दत्त को वे लोग एक दार्शनिक के रूप में नहीं बल्कि नवविधान के थियेटर के एक अभिनेता के रूप में जानते थे, क्रिस्टाइन ने धीमे स्वर में कहा।

यह सब उतना महत्वपूर्ण नहीं है...धीरे-धीरे असत्य शान्त हो जायेगा। पर असली समस्या वर्तमान परिप्रेक्ष्य में अधिक महत्वपूर्ण है। स्वामी जी अपनी माता के लिये चिंतित हैं कि उन्हें इन बातों से कितनी तकलीफ़ पहुँचेगी, ओलिबुल ने कहा।

कट्टर पादरी उनके विरुद्ध हैं। स्वामी जी की निंदा करने के सिवा जैसे उनके पास दूसरा कोई काम ही नहीं हो, और मजूमदार तो मानो ईर्ष्या में पागल हो गया है। वह कलकत्ते में लोगों से घूम-घूमकर कह रहा है कि नरेन्द्र दत्त धोखेबाज और धूर्त है, वह अमेरिका में अत्यन्त पापमय और लंपट जीवन बिता रहा है। स्वामी जी ने मुझे स्वयं यह सब बताया। एक मजेदार बात यह है कि उन्होंने शिव-शिव करते हुए अन्त में यह कहा–ईश्वर इन सबका भला करे...मेरी हेल ने अपने पाँवों को मोड़ते हुए कहा।

सेवेरे जब स्वामी ने अपनी डाक देखी, सर्वप्रथम भट्टाचार्य का भावुकतापूर्ण और प्रेम में भीगा पत्र मिला–"स्वामी जी, सम्पूर्ण भारत देश आपका इन्तज़ार कर रहा है। प्रत्येक राज्य के गाँवों तक में ग्रामीणों के बीच आप लोकप्रिय हो गये हैं। आप पराए देश में क्यों हैं? मजूमदार अत्यन्त प्रमादपूर्ण वक्तव्य दे रहा है, आप लौट आएँगे।" स्वामी पत्र का उत्तर लिख रहे थे–

प्रिय भट्टाचार्य, मैं इस तरह सब कुछ छोड़-छाड़ कर कैसे चला आऊँ? यहाँ विस्तृत कार्यक्षेत्र सामने पड़ा है। धार्मिक मत-मंतातरों से मुझे क्या काम? मैं ईश्वर का दास हूँ। उच्च तत्वों के प्रचार हेतु इस देश से अच्छा क्षेत्र मुझे कहाँ मिलेगा? कोई भी व्यक्ति या राष्ट्र दूसरों से घृणा करके जीवित नहीं रह सकता। भारत के भाग्य का निपटारा उसी दिन हो गया जिस दिन उसने मलेच्छ शब्द का अविष्कार

किया और दूसरों से अपना नाता तोड़ लिया...। हमें पृथ्वी की समस्त जातियों से मिलना-जुलना होगा।

स्वामी ने दूसरा पत्र उठाया: प्रिय नरेन, भारत के बड़े लोगों की ओर से भी यह माँग उठ रही है कि आप वापस लौट आएँ। उन लोगों का भी कहना है, जिन्होंने आपकी अमेरिकी यात्रा में हर संभव मदद की थी।

स्वामी कुछ देर तक कर्तव्यविमूढ़ हो कर बैठे रहे...। वह समझ नहीं पा रहे थे कि वह क्या करें...? कर्मयोग के मैदान से पलायन कर जायें या संघर्ष करें और अन्तिम दम तक गुरुदेव के सामने खड़े हो कर कह सकें कि वह समस्याओं को देखकर भागे नहीं थे। स्वामी को माइग्रेन का अटैक हो रहा था। आजकल उनके आधे सिर में मर्मांतक पीड़ा होती है। ऐसा महसूस होता है जैसे सिर दो टुकड़ों में विखण्डित हो जायेगा।

अपनी हथेलियों से सिर को दबाते हुए कलम को स्याही में डुबोया: प्रिय राखाल दादा, आप लोगों का पत्र मिल रहा है। मेरी समझ में नहीं आ रहा है मैं क्या करूँ? मानो मैं दो पाटों में पिस रहा हूँ। एक ओर मैं अमेरिकियों और अंग्रेज़ों के सामने अपने देश का सिर नहीं झुकने देना चाहता पर क्या मेरे बोलने भर से यह संभव हो जायेगा? हमारे बंधुओं को सहज ब्रह्मज्ञान प्राप्त हुआ है कि पृथ्वी में हिन्दू श्रेष्ठ है और उनमें भी ब्राह्मण। ब्राह्मणों में भी हमारे बंधुगण। इन लोगों के अलावा दूसरे कोई धर्म लाभ नहीं ले सकते।

मेरे भाई! धर्म क्या अभी भारत में रह गया है? ज्ञान मार्ग, भक्ति मार्ग, योग मार्ग, सबका पलायन हो चुका है और अब बचा है केवल छुआछूत, मार्ग–मुझे मत छुओ, मुझे मत छुओ। सारा संसार अपवित्र है, मैं ही केवल शुद्ध हूँ। सहज ब्रह्मज्ञान! आजकल ब्रह्म गोलोक में नहीं और न सब जीवों में है, अब भात की हाँडी में है। पहले भारत का लक्षण था–त्रिभुवन-मुपकार श्रेणिभि: प्रायमाण:–सेवा के अनेक कामों से तीनों लोकों को प्रसन्न रखना। परन्तु अब–मैं पवित्र हूँ और सब संसार अपवित्र। रूपए लाओ और रखो, मेरे पैरों के नीचे। जिन महापुरुष ने मुझसे अपने कर्म कोलाहल बन्द करके घर लौटने के लिये लिखा, उनसे कहना कि कुत्ते की तरह किसी के पैर चाटना मेरा स्वभाव नहीं है। उनसे कहो कि अगर वह मर्द है तो मठ बनाकर फिर मुझे बुलाए। अन्यथा मैं किसके घर लौट जाऊँ? यह देश ही मेरा घर है।

भारत में क्या रखा है? वहाँ धर्म का आदर कौन करता है? विद्या का सम्मान

कौन करता है? घर वापस आओ! घर कहाँ है? मुझे मुक्ति और भक्ति की चाह नहीं। लाखों नरकों में जाना मुझे स्वीकार है, लोक का हित करते हुए। यही मेरा धर्म है। मैं आलसी, निष्ठुर, निर्दय और स्वार्थी मनुष्यों से कोई सम्बन्ध नहीं रखना चाहता। जिसके भाग्य में होगा, वही इस महाकार्य में सहायता करेगा...मेरे भाई पहले मनुष्य बनो। याद रखो, न धन का कोई मूल्य है न नाम, न यश न विद्या का, केवल चरित्र की कठिनाइयाँ ही दुर्मेध्य पत्थर की दीवारों में से गुजर सकती हैं। स्वामी ने कलम रोक दी। उनकी आँखें डबडबा गयीं। उन्होंने आगे लिखना जारी रखा : कभी-कभी मैं आप लोगों को चिट्ठी द्वारा डांट देता हूँ, इसके लिये बुरा मत मानना। आप सभी को मैं किस हद तक प्यार करता हूँ, यह आप सभी अच्छी तरह जानते हैं पर मैं क्या करूँ? मैं एक त्यागी संन्यासी हूँ और मैं उस भगवान या धर्म पर विश्वास नहीं करता जो न विधवाओं के आँसू पोंछ सकता है और न अनाथों को एक टुकड़ा रोटी ही पहुँचा सकता है।

(20)

स्वामी ने कलम बन्द कर ली। उनका सिर दर्द बढ़ता ही जा रहा था। आँखें जैसे बाहर निकलने को आतुर हो रही थीं। सारे शरीर में ऐंठन हो रही थी। शायद बुखार चढ़ रहा था। वह बुदबुदाए–हे माँ, कहीं फिर से टायफायड तो नहीं हो गया।

"ओ माई गॉड! मि. स्वामी, आप फिर बीमारी के चपेट में आने लगे हैं?" स्टर्डी ने कहा।

"यह मेरे वश की बात नहीं, माँ ही सब कुछ जानती है," स्वामी ने सहजता से कहा।

"पर स्वामी जी," श्रीमती जॉनसन के मतानुसार किसी धार्मिक व्यक्ति को रोग होना उचित नहीं है।

"हो सकता है और नहीं भी। उनकी सोच को मैं कैसे ग़लत कह सकता हूँ? शायद उन्हें मेरा सिगरेट आदि पीने में भी पाप की प्रतीति हो रही है।"

"हाँ, वे ऐसा मानती हैं और कहती भी हैं..."

"पर स्टर्डी, तुम्हें मालूम है कि भारत में अनेक व्यक्तियों ने मुझ पर यह दोषारोपण किया है कि मैं यूरोपियनों के साथ भोजन करता हूँ। तुम्हारी दृष्टि में यह त्याज्य है, ग़लत है? स्वाभाविक है, तुम इसे पागलपन मानोगे...। वैसे ही कोई

बीमार पड़ जाता है या सिगरेट पीता है तो वह पापी नहीं माना जा सकता।

स्वामी जी, कुमारी मूलर ने...

स्टर्डी, तुम कहना चाहते हो मेरी बीमारी के कारण कुमारी मूलर ने मुझे छोड़ दिया। मुझे और तुम्हें यह सोचना चाहिए कि संभवत: उनकी धारणा पूर्णतया ठीक है, किन्तु मैं जैसा था ठीक वैसा ही था।

स्वामी जी, सबकी बात सुनने की आवश्यकता नहीं है, लेकिन ख़ास लोगों की सुननी चाहिए।

वे ख़ास लोग कौन? जो धर्मांध हैं? यूरोपियनों के साथ मैं भोजन करता हूँ, इसलिये मुझे एक देव-मन्दिर से निकाल दिया गया था। क्या निष्कासित करने वाला वह व्यक्ति ख़ास नहीं था? वह भी कट्टर धार्मिक व्यक्ति रहा होगा।

क्या हमें बदलने का प्रयास नहीं करना चाहिए?

मैं चाहता हूँ कि मेरा गठन इस प्रकार का हो कि प्रत्येक व्यक्ति अपनी इच्छानुसार मुझे मोड़ सके, लेकिन दुर्भाग्य की बात है कि मुझे ऐसा व्यक्ति देखने को नहीं मिलता जिससे सभी सन्तुष्ट हों। ख़ासकर जिसे अनेक स्थलों में घूमना पड़ता है, उनके लिये सबको सन्तुष्ट करना संभव नहीं है।

स्वामी जी, आपने भी अपने में बदलाव लाया है; पहले आप चोगा पहनते थे, अब आप पतलून पहनने लगे हैं।

मैंने अमेरिका में बहुत कुछ झेला है। स्टर्डी, मेरे पतलून न पहनने के कारण अमेरिकी मेरे साथ दुर्व्यवहार करते थे। मजबूरन आस्तीन तथा कॉलर पहनने के लिये मुझे बाध्य होना पड़ा, अन्यथा वे मुझे स्पर्श नहीं कर सकते थे। उनकी दी हुई खाद्य सामग्री नहीं खाता था तो मुझे अत्यन्त व्यंग्यात्मक दृष्टि से देखते थे। और तुम्हें पता है, स्टर्डी, जब मैं भारत पहुँचूंगा, वहाँ के लोग मेरे शुद्धिकरण के लिये जाते के साथ ही मेरा मस्तक मुंडन कराकर मुझे कौपीन धारण करवाएँगे, और शायद मुझे करना पड़े।

ओह! स्टर्डी ने चीत्कार किया।

दुख की कोई बात नहीं है। मेरा ऐसा अनुभव है, जिसका ज़िक्र मैं हमेशा अपनी बातचीत में करता रहता हूँ। प्रत्येक आनन्द के बाद दुख उपस्थित होता है, अगर चक्रवृद्धि ब्याज के साथ नहीं, तो कम से कम मूलधन के रूप में ही। संसार में मुझे बहुत प्यार मिला है; इसलिये यथेष्ट घृणा प्राप्त करने के लिये भी मुझे प्रस्तुत रहना होगा।

स्वामी जी, मैं आपको खोना नहीं चाहता।

अपनी ओर से, मैं अपने स्वभाव तथा नीति पर अवलंबित हूँ। एक बार जिसे मैंने अपना मित्र माना है, वह सदा मेरा मित्र रहेगा। मैं यह जानता हूँ कि मुझ पर चाहे कितनी भी विद्वेष और घृणा की तरंगे उठें, उनके लिये मैं ज़िम्मेदार हूँ...दूसरा कोई नहीं। स्टर्डी, तुम दुखी मत हो। तुम या श्रीमती जॉनसन ने अन्तर्मुखी होने के लिये मुझे सावधान ही किया है।

स्टर्डी, सिर पर हैट रखकर चुपचाप निकल गया। स्वामी की दृष्टि शून्य पर टिकी थी...वह नहीं देख पाए कि स्टर्डी के मुखमंडल पर पश्चाताप के चिन्ह थे या नहीं।

स्वामी विचारों के सागर में गोते लगा रहे थे—दुनिया में कोई भी वस्तु यूँ ही नहीं मिलती है। हर एक कतरे की भी कीमत देनी पड़ती है। भारत में ही नहीं, पश्चिम में भी फांके की नौबत आयी है...पर समय परिवर्तनशील है, आराम भी पाया है और पौष्टिक पदार्थ भी खाया है...पर इसके लिये कितना सुना है? स्वामी की आँखें भर आयीं। आने वाली पीढ़ी क्या कभी जान पाएगी कि इस चमकती प्रसिद्धि के पीछे कितने अपमान अदृश्य रूप में विद्यमान हैं।

तभी निवेदिता (माग्रेट) ने कमरे में प्रवेश किया—स्वामी जी, आपकी आँखें नम हैं...आप परेशान हैं?

शायद हाँ और शायद नहीं भी...सब कुछ जब माँ की इच्छा है तो दुखी और सुखी होने का कोई मतलब नहीं, फिर भी मनुष्य हूँ...

स्वामी जी, कृपया स्पष्ट कहें। मैंने गौर किया है कि इंग्लैंड में आप पहले काफ़ी प्रसन्नचित्त थे, यहाँ तक कि अमेरिका से भी अधिक...अंग्रेज़ों की छवि को लेकर भी, आपके अन्दर एक अपार परिवर्तन दिखायी पड़ रहा था...पर कुछ दिनों से आप कुछ उदासीन से हैं—माग्रेट ने पूछा।

पिछले कुछ महीनों से मैं बराबर सुनता आ रहा हूँ कि पश्चिम वालों ने मेरे भोग के लिये न जाने कितने ऐशो आराम के साधन जुटाए हैं, और विशेष बात यह है कि ऐशो आराम के इन साधनों का मुझ जैसा पाखण्डी उपभोग भी करता रहा है। मजेदार बात यह है कि इस बीच मैं दूसरों को त्याग की शिक्षा देता रहा हूँ। माग्रेट, ये ऐशो आराम के साधन और इनका उपयोग ही कम से कम मेरे काम में सबसे बड़ा रोड़ा रहा है।

स्वामी जी, हमलोग अक्सर इस बात के लिये परेशान रहती हैं कि आप अपनी

सुविधा-असुविधा का कुछ भी ख़याल नहीं रखते। आपकी कड़ी मेहनत का प्रभाव सीधे आपके स्वास्थ्य पर पड़ रहा है। श्रीमती ओलिबुल ने कहा।

धीरामाता, आप कुमारी मैकिलकड, श्रीमती लेगटे, सेवियर दंपत्ति, माग्रेट, हेल परिवार का तो मैं सदा ऋणी रहूँगा। आपलोगों का स्नेह और कृपाभाव क्या मैं जानता नहीं। सेवियर दंपत्ति ने भीषण ठण्ड में गर्म कपड़े की व्यवस्था कर मेरी रक्षा की। मेरी अपनी माँ से बढ़कर मेरी सेवा की और मेरी परेशानियाँ तथा मेरी दुर्बलताओं के साथ-साथ मुझे झेला। उनके हृदय में मेरे प्रति आशीर्वाद के अतिरिक्त कुछ भी नहीं है। धीरामाता, आप मिसेज लिगेट, हेल परिवार ने मेरी हर बात का इतना ध्यान रखा है जैसे लोग अपने बच्चों का रखते हैं। न सिर्फ़ खाने का भोजन और तन ढकने के लिये वस्त्र दिये, मकान का किराया दिया, यही नहीं, धूमपान के पैसे तक दिये।

स्वामी जी, शर्मिंदा न करें। हमलोगों ने आपसे इतना परिश्रम कराया है...आपने हमलोगों को अनमोल वस्तु प्रदान की है।

माग्रेट, मैं बहुत ख़ुश था। मैं दिन में सैकड़ों बार उनकी कल्याणकामना करता था, जिन्होंने यह सब करने में मेरी सहायता की। पर तभी स्टर्डी ने आकर यह सब बताया। तब बिजली की कड़क की तरह, सारे स्वप्न उड़ने लग गये।

मैं स्टर्डी के आवास रीडिंग में कुछ दिन रहा था। दिनभर में तीन बार उबली हुई पत्तागोभी और आलू की सब्जी, भात और उबली हुई दाल खाता था। स्टर्डी की पत्नी एक प्रकार की चटनी भी खाने की टेबल पर पटक कर रख जाती थी–शायद स्टर्डी ने उससे बिना विचार विमर्श किये मुझे अपने घर ले आया हो। उसकी पत्नी के हिंसात्मक हाव-भाव को देखकर उसके घर में हर समय एक चोर की भाँति सदा कांपता रहता और प्रतिदिन कुछ न कुछ काम करता रहता था।

माग्रेट, शायद तुमने सेंट जॉर्ज रोड स्थित उस मकान को देखा हो जिसकी कुमारी मूलर और स्टर्डी दोनों मालिक थे। मेरा भाई बेचारा, बीमारी की हालत में मेरे पास आया और उसे वहाँ से खदेड़ दिया गया। वहाँ प्रायः पाँच-छह जनों की रसोई मैं ही बनाया करता था। अधिकांश रातों को मुझे रोटी के टुकड़े और मक्खन के सहारे गुजारनी पड़ती थी।

स्वामी जी...प्लीज, माग्रेट सुबकने लगी। मेरे गुरुदेव का इतना अपमान! आपने अपने देशवासियों के कारण कितना कुछ सहन किया है।

माग्रेट, इन बातों से मेरा हृदय दुखता है। मैं सब समझता हूँ। प्राचीन भारत के गौरव की गाथा स्टर्डी भी गाता था, वह भारत आज भी जीवित है, वह मरा नहीं है। वह जीवित भारत आज भी बिना किसी भय या अमीर की कृपा के बिना किसी के

मत की परवाह किये, चाहे वह अपने देश में हो, जहाँ उसके पैरों में जंजीर पड़ी हो...पर वह अपना सन्देश देने का साहस रखता है।

पर सच्चाई यही है कि मैं स्टर्डी हो या कुमारी मूलर या श्रीमती जॉनसन से बहुत प्रेम करता हूँ, कहते हुए स्वामी मकान से बाहर निकल गये।

वह लम्बे डग भरते हुए नदी की ओर बढ़ रहे थे जिसका किनारा पेड़ों से आच्छादित था। ओलिबुल और माग्रेट उनके चरण चिन्हों को मौन हो कर चुपचाप निहार रही थीं।

ड्रिट्राएट में रात के भोजन के अवसर पर शहर के सभी प्रबुद्ध आमन्त्रित थे। क्रिस्टीन ने स्वामी की ओर देखा। उसने माग्रेट की ओर राहत भरी आँखों से इशारा किया, सब कुछ सामान्य है।

मेज़बान ने स्वामी की ओर काफ़ी का प्याला मुस्कुराते हुए बढ़ाया। स्वामी ने शुक्रिया कहते हुए काफ़ी का कप उठा लिया। वे चुस्की लेने ही जा रहे थे कि अचानक रुक गये। उन्होंने चारों ओर दृष्टि दौड़ाई पर कोई नजर नहीं आया। तब यह आवाज़ किसकी थी, 'इसे मत पी, इसमें विष है'। क्या वह गुरुदेव थे? स्वामी इस तरह की बातों में विश्वास नहीं करते थे और ऐसी बातों की चर्चा करना भी पसन्द नहीं करते थे...वह चुपचाप होटल से निकलकर झील की रेलिंग पकड़े हुए बाहर की ओर निहारते हुए विचार कर रहे थे।

अगर यह कोई अलौकिक घटना नहीं है, तो क्या कोई भ्रम है या आस-पास का परिवेश इतना विषाक्त हो गया है कि प्राणनाश की संभावना का भय अवचेतन मन में प्रवेश कर गया है?

स्वामी बुदबुदा रहे थे–माँ, माँ यह क्या हो रहा है...मन में कलुषता का कोई बीज भी मत उपजने देना। सर्वत्र तो तू ही तू है। कौन किसकी निंदा कर सकता है और कौन किस पर आघात कर सकता है...? सभी रूपों में तो तू ही है माँ...कम से कम मेरे लिये तेरे सिवा कुछ भी नहीं। तेरी इच्छा ही सर्वोपरि है। मेरी इच्छा का कोई महत्व नहीं...पूर्ण शरणागति ही मेरे जीवन की एक मात्र अभिलाषा है। माँ की गोद में सिर रखकर सोने वाला बालक से निश्चिन्त व्यक्ति दुनिया में और दूसरा कौन हो सकता है? स्वामी भी निश्चित हो कर गहरी निद्रा में डूब गये। जिस ईश्वर ने एक साधारण इन्सान को असाधारण सम्मान दिलाया, आगे भी उसकी इच्छा ही सर्वोपरि है।

(21)

जीवन इसी का नाम है, उतार-चढ़ाव ही ज़िंदगी है। इसके बिना भला जीवन की

क्या कल्पना की जा सकती है? समुद्र से अगर उसकी लहरों को अलग कर दिया जाये...समुद्र का सौंदर्य क्या शेष रहेगा?

ज़िन्दगी के थपेड़े भी मनुष्य को क्या से क्या बना देते हैं, साधारण से असाधारण बना देते हैं। जीवन में हर क्षण का अपना महत्व है, कोई भी क्षण यूँ ही अकारण नहीं होता। स्वामी को इन बातों पर अत्यधिक यक़ीन था, उनका मन बेहद शान्त और प्रसन्नचित्त था। जैसे कोई बात ही नहीं हुई हो, जैसे सब पूर्वजन्म की बातें हों।

"शिव-शिव, क्या मान, क्या अपमान...क्या माँ ने मुझे योग्यता से बहुत अधिक सम्मान नहीं दिया?" माँ, मुझे सम्मान और यश नहीं चाहिए...बस तुम्हारी सृष्टि की सेवा कर सकूँ।

कुमारी डचर ने स्वामी के समान को कमरे में रखते हुए कहा–"मेरे गुरुदेव, सहस्त्रदीपोद्यान में आपका स्वागत है। यह मेरा छोटा सा कुटीर आपकी सेवा में रत है।"

"अद्भुत, यह द्वीप लगभग कितना बड़ा होगा?" स्वामी ने चारों ओर दृष्टि घुमाते हुए पूछा।

"स्वामी जी, इस द्वीप की लम्बाई नौ मील और चौड़ाई चार मील है। यहाँ पर आबादी भी अधिक नहीं है," कुमारी डचर ने उनके कमरे के गुलदस्ते में पुष्पों को रखते हुए कहा।

स्वामी ने कमरे से बाहर निकल कर बालकनी पर खड़े हो कर सामने देखा– वनों से आच्छादित और शिलाखण्डों से भरी पहाड़ी की ठालू भूमि पर यह कुटीर अवस्थित है। आधी कुटीर नयी और आधी पुरानी प्रतीत हो रही थी। कुटीर के ठीक सामने एक नदी प्रवाहित हो रही थी।

"स्वामी जी, यह जगह आपको कैसी लगी?" कुमारी डचर ने नम्रतापूर्वक पूछा।

"बेहद सुंदर। क्या आपने आधी कुटीर नयी बनवाई है?"

"जी गुरुदेव, यह आपके लिये बनाई गयी है।"

"क्यों, नये बनवाने की क्या ज़रूरत थी?"

"ज़रूरत थी, गुरुदेव। मैं चाहती थी आपका निवास ऐसी जगह हो जहाँ केवल पवित्र भाव ही स्पंदित होता हो। नये हिस्से की ओर यह लारेंस नदी झील की शक्ल में परिवर्तित हो कर बहुत ख़ूबसूरत दिखायी देती है।"

“ओह, तुमने इतनी जहमत उठाई...? क्या इस प्रेम के ऋण को चुकाना किसी के लिये संभव है?” स्वामी ने कहा।

“स्वामी, आप हमारे गुरु हैं, आप हमें शिक्षा और दीक्षा देने वाले हैं। ऋणी तो हम हैं। फिलहाल आप स्नान आदि से निवृत हो लें। हमारे बारह साथी अभी तक आ चुके हैं और अत्यन्त बेसब्री से आपका इन्तज़ार कर रहे हैं,” कुमारी डचर ने कहा।

यह कुटीर एक आलोक स्तंभ के सदृश दिखायी पड़ रहा था। संध्या काल में आकाश की लालिमा की भव्यता वातावरण को सुरमई बना रही थी। संध्या के झीने आलोक में निस्तब्ध बैठकर सभी लोग स्वामी की सारगर्भित वाणी का आनन्द ले रहे थे।

सचमुच एक दिव्य निकेतन सा प्रतीत हो रहा था। पहाड़ी के निचले भाग में हरे पत्रों से आवृत वृक्षों की चोटियाँ हरीत समुद्र के समान लहराती प्रतीत हो रही थीं। दरअसल, वह पूरा स्थान ही घने जंगलों से घिरा हुआ था। आस-पास एक भी मकान दिखायी नहीं पड़ रहा था। ऐसा लगता था मानो यह कुटीर एक सघन वन के भीतर समाया हो।

जनकोलाहल का तो सवाल ही नहीं था। कीट-पतंगों के अस्फुट रव, पक्षियों का मधुर गुंजन तथा पत्तियों के बीच से हो कर विचरण करने वाली वायु की मरमर की ध्वनि भी सुनाई पड़ रही थी।

स्निग्ध चांदनी से खुला परिसर आलोकित हो रहा था। लारेंस नदी की जलराशि की सतह पर दर्पण के समान चन्द्रमा का मुखमंडल प्रतिबिंबित हो रहा था।

सांध्य भोजन के बाद स्वामी ने मंथर गति से आकर आसन ग्रहण किया। वे सामने की ओर देख रहे थे...शायद वे अपनी बात प्रारंभ करने वाले थे तभी हड़बड़ाती हुई दो स्त्रियाँ अन्दर आ गयीं। स्वामी ने प्रश्नात्मक निगाहों से उन्हें देखा।

“स्वामी जी, मैं श्रीमती फंकी और यह मेरी दोस्त क्रिस्टिस ग्रीनस्टिल्ड है। आप मुझे व्यक्तिगत स्तर पर नहीं जानते पर मैंने आपके बारे में बहुत सुना है और उससे भी अधिक मनन करती रही हूँ और संकल्प किया था, किसी न किसी दिन आपके दर्शन अवश्य करूँगी, चाहे उसके लिये हमें पूरी पृथ्वी ही क्यों न छाननी पड़े।” स्वामी ने आश्चर्यचकित हो कर उनकी ओर देखा।

“स्वामी जी, डेढ़ वर्ष से हमें आपका कोई समाचार नहीं मिला। हमने समझा आप भारत लौट गये हैं। बस दो दिन पहले हमारे एक मित्र ने बताया कि आप सहस्त्र

द्वीपोद्यान में निवास कर रहे हैं। अगले ही दिन हम दोनों निकल पड़ीं। काफ़ी तलाश के बाद आपका पता मिला, आप जन-कोलाहल से दूर यहाँ निवास कर रहे हैं।"

"स्वामी जी, यहाँ पहुँचकर आपकी शान्ति भंग करने के दुस्साहस की कल्पना से ही भय लग रहा था, किन्तु आपने हमारे हृदय में एक ऐसी ज्योति प्रज्ज्वलित कर दी है जो बुझने वाली नहीं है। हम दोनों आपको गुरु रूप में वरण करने के दृढ़ संकल्प के साथ आपके पास आयी हैं," फंकी चुप हो गयी।

"बाहर इतनी तेज बारिश हो रही है, घनघोर अँधेरा सा छा गया है। ऐसे में तुम लोग यहाँ कैसे आ गयीं?...शायद लम्बी यात्रा से थक भी गयी होगीं। आज विश्राम करतीं..."

"गुरुदेव, आपसे मिले बिना हमारे मन की शान्ति असंभव थी। क्या आप हमें स्वीकार करेंगे? यदि नहीं करेंगे तो हमारा क्या होगा?" क्रिस्टीन ग्रीनस्टिल्ड ने पहली बार मुँह खोला।

"कुमारी डचर, देखो ये मेरी दो शिष्याएँ आयी हैं; सैकड़ों मील तय करके इस अंधकार और घनघोर बारिश में।"

"ओह...क्रिस्टिन विह्वल हो कर सिसकने लगी–यदि आज ईसा मसीह इस पृथ्वी पर होते तो हम जिस प्रकार उनके पास जाकर उपदेश की याचना करतीं, उसी प्रकार आपके पास उपस्थित हुई हैं।"

"अहा! अहा! काश मुझमें प्रभु ईसा के समान तुम्हें इसी क्षण मुक्त कर देने की क्षमता होती," स्वामी ने स्निग्ध दृष्टि से उनकी ओर देखते हुए कहा।

न क्रिस्टीन उठी और न फंकी। वे मन्त्रमुग्ध हो कर अपने गुरु को सुन रही थीं। स्वामी का मधुर कंठ गूंज रहा था–"संसार में सर्वदा दाता का आसन ग्रहण करो। सर्वस्व दे दो पर बदले में कुछ न चाहो। प्रेम दो, सहायता दो, सेवा दो; इनमें से जो कुछ तुम्हारे पास देने के लिये है, वह दे डालो, किन्तु सावधान रहो, उनके बदले में कुछ लेने की इच्छा कभी न करो। किसी तरह की कोई शर्त मत रखो। ऐसा करने पर तुम्हारे पास भी कोई किसी तरह की शर्त नहीं रखेगा। अपनी हार्दिक दानशीलता के कारण ही हम देते चलें। ठीक उसी प्रकार जिस प्रकार ईश्वर हमें देता है।"

"एकमात्र ईश्वर ही देने वाला है। संसार के अन्य सभी लोग दुकानदार मात्र हैं। ईश्वर के हस्ताक्षर वाले चेक को प्राप्त करने का यत्न करो। उसको लेकर जहाँ जाओगे, वहीं तुम्हारा स्वागत होगा।"

"स्वामी जी, वेदों की विशेषता किस बात में है?" एरियस सिर झुकाकर अपनी हथेलियों को बांधे प्रश्न कर रही थी।

"वेदों की एक विशेषता यह है कि सारे शास्त्र ग्रन्थों में एकमात्र वेद ही बारम्बार कहते हैं कि वेदों के भी अतीत जाना चाहिए। वेद कहते हैं कि वे केवल बाल-बुद्धि व्यक्तियों के लिये लिखे गये हैं। इसलिये विकास कर चुकने पर वेदों के परे जाना पड़ेगा।"

"स्वामी जी, प्रभु ईसा ने कहा है–स्वर्ग का राज्य इस संसार में नहीं है, उससे उनका क्या तात्पर्य था?" कुमारी वाल्डो के स्वर में अत्यन्त नम्रता थी।

"इसका तात्पर्य है कि स्वर्ग का राज्य हमारे अन्दर है। यहूदी लोगों का विश्वास था कि स्वर्ग का राज्य इसी पृथ्वी पर है, पर ईसा मसीह ऐसा नहीं मानते थे।"

"स्वामी जी, क्या आप मानते हैं कि मनुष्य का विकास पशु से हुआ है?" मि. वाइट ने पूछा।

"मैं यह मानता हूँ कि विकास के नियम के अनुसार ऊँचे स्तर के प्राणी अपेक्षाकृत निम्न स्तर से विकसित हुए हैं," स्वामी को उत्तर देने के लिये एक क्षण भी विचार करना नहीं पड़ा।

"स्वामी जी, क्या छाया शरीर का निर्माण करना सबसे बड़ा चमत्कार है?" मेरी लुई का चमत्कारों के प्रति अत्यन्त आकर्षण पूर्व से ही रहा था।

"चमत्कारपूर्ण कार्यों को मैं आध्यात्मिक मार्ग का सबसे बड़ा रोड़ा मानता हूँ। एक बार बुद्ध के शिष्यों ने उनसे एक ऐसे व्यक्ति की चर्चा की जो तथाकथित चमत्कार दिखाता था। वह एक कटोरे को बिना स्पर्श किये काफ़ी ऊँचाई पर रोके रखता था। उन्होंने बुद्ध को वह कटोरा दिखाया, तो उन्होंने अपने पैरों से कुचल दिया और कहा–'तुम कभी इन चमत्कारों पर अपनी आस्था मत आधारित करो।' बुद्ध ने उन्हें सच्चे आंतरिक प्रकाश की शिक्षा दी–वह प्रकाश जो आत्मा की देन है और जो एकमात्र ऐसा विश्वसनीय प्रकाश है, जिसके सहारे चला जा सकता है। चमत्कार तो केवल मार्ग के रोड़े हैं। उन्हें हमें रास्ते से अलग हटा देना चाहिए।"

श्रीमती फंकी ने हड़बड़ाते हुए पूछा–"स्वामी जी, अगर पुरोहित लोग नरक की ज्वाला के बारे में बातें करना छोड़ दें तो लोगों पर से क्या उनका प्रभाव नहीं उठ जायेगा?"

स्वामी ने हँसते हुए कहा–"उठ जाये तो अच्छा ही होगा। अगर आतंक से कोई किसी धर्म को मानता है तो, मनुष्य की उसकी पाशविक प्रकृति के बजाय

उसकी दैवी प्रकृति के बारे में उपदेश देना कहीं अच्छा है। और सबसे बड़ी बात, मैं ब्रह्म हूँ, मैं पूर्ण हूँ, इस बात को हमेशा याद रखो।"

सत्तर वर्षीय डॉ. वाइट ने उल्लसित स्वर में कहा–"तो फिर स्वामी जी, आख़िरी निष्कर्ष तो यही है न कि हम सब ब्रह्म हैं, पूर्ण ब्रह्म।"

स्वामी ने अपने कमरे में प्रवेश करने के पहले ठिठक कर मुस्कुराते हुए कहा–"हाँ डाकी, तुम अपने अस्तित्व के सच्चे सार के रूप में ब्रह्म हो, पूर्ण ब्रह्म हो।"

स्वामी के अपने कमरे में जाते ही क्रिस्टीन ने आनन्दित हो कर कहा–"ज़रा सोचकर तो देखो कि प्रातःकाल आहार के समय, सुबह की कक्षा में तथा रात को बरामदे में एकत्र हो कर जबकि आकाश चिरंतन नक्षत्र स्वर्ण बिंदुओं के समान झिलमिला रहे हों, स्वामी जी की बातें सुनते रहना कितने सौभाग्य की बात है।"

"तुम बिलकुल सही कह रही हो। हमें तृण से लेकर मनुष्य, यहाँ तक कि दुष्ट मनुष्य तक–हर वस्तु में ईश्वर को देखने की शिक्षा दी जा रही है," कहते वक्त कुमारी वाल्डो आनन्द-उत्साह में थी।

"तो हमें स्टेला का ख़याल भी रखना होगा। क्या उसने भोजन किया? वह दिखायी नहीं पड़ रही।" सुश्री फंकी का इरादा सिर्फ़ आमोद-प्रमोद का नहीं था, वह सचमुच स्टेला के लिये चिंतित थी।

"वह नीचे के कमरे में है। शायद वह अपनी साधनाओं में अत्यधिक निमग्न होने के कारण सत्संग में भी कम ही आ पाती है," मेरी लुई ने जैसा देखा था वैसा कहा।

"ओह! यह तो आश्चर्यजनक है, वह इतनी दूर से इस सत्संग में भाग लेनी आयी है और उससे ही उदासीनता! अविश्वसनीय लगता है," कुमारी वाल्डो ने आश्चर्यचकित हो कर कहा।

"आप लोग परेशान न हों। स्टेला अभिनेत्री रह चुकी हैं, वह इतनी तकलीफ़ उठाकर यहाँ इसलिये आयी हैं ताकि यहाँ कोई ऐसी चमत्कारिक जानकारी मिल जाये जिसके फलस्वरूप उन्हें अपना लुप्तमान सौंदर्य तथा खोया यौवन वापस मिल जाये," क्रिस्टिन ने धीमे स्वर में कहा।

"ओह...अविश्वसनीय लग रहा है।"

"क्यों, इसमें अविश्वसनीयता की क्या बात है...? इन दिनों अमेरिका में यौवन, सौंदर्य, स्वास्थ्य तथा समृद्धि का प्रदर्शन ही आध्यात्मिकता का मापदंड नहीं माना

जाता है?" कुमारी डचर ने प्रतिप्रश्न किया।

"ओहो, स्वामी जी क्या कभी इस बात को समझ पाएँगे कि कोई उनके उदात्त उपदेशों से ऐसी व्याख्याएँ भी निकाल सकता है..." श्रीमती फंकी बड़ी मासूमियत से कहती हुई अपना बिछावन पकड़ लिया।

"कल सात अगस्त है, स्वामी जी की विदाई का दिन, आप सभी लोग अपने गंतव्य चले जायेंगे...सहस्त्रदीपोद्यान में सिर्फ़ नीरवता ही बचेगी और स्वामी जी के उपदेश के ब्रह्मशब्द बचेंगे। आप सभी बहुत याद आएँगे," कुमारी डचर ने कहा।

"प्रिय डचर, आप के अतिथ्य प्रेम से हम सभी अभिभूत हैं, दो-ढाई महीने में कभी क्षणभर के लिये भी एहसास नहीं हुआ कि हम लोग अतिथि हैं। जैसे अपने ही घर में रह रहे हों," क्रिस्टिन ने गले लगते हुए कहा।

सुबह नौ इतनी जल्दी बज जायेंगे, स्वामी ने भी नहीं सोचा था। स्वामी आगे थे, क्रिस्टिन और फंकी उनके साथ-साथ थीं और कुछ लोग पीछे थे...वे लोग अभी पहाड़ियों पर चढ़ रहे थे, फिर नीचे उतरना था। चारों ओर वृक्षों तथा नीरवता का साम्राज्य बिखरा था।

सामने नदी में कल-कल करता हुआ जल प्रवाहित हो रहा था। स्वामी नदी में खड़े स्टीमर पर चढ़ गये...। स्वामी ने अपनी टोपी हिलाई। उनके मुखमंडल पर बालसुलभ आनन्द थिरक रहा था...। स्टीमर नदी के मोड़ पर घूमने लगा तो किनारे खड़ी चित्रलिखित शिष्याएँ चैतन्य हुईं–"ओह वे सचमुच चले गये।"

स्वामी का स्टीमर आगे बढ़ रहा था और वे अपनी स्वरचित पद गुनगुना रहे थे:

छोड़ो वह गान, अबध और आनन्दमय गान
विश्व ताप से शून्य हो...शुचि में जिनका जन्म हो
धन, जन, यश, कामना का न हो चाह
जहाँ प्रवाहित हो सिर्फ़ सत् चित की अभिलाषा
गाओ बढ़कर वह गान संन्यासी, गूँजे आकाश
ओम तत्सत, ओम।
तोड़ो सब श्रृंखला, उन्हें निज जीवन बंध जन।
प्रेम, घृणा, सद, असद सभी में द्वंद्वों के संधान।
बोओगे, पाओगे निश्चित कारण कार्य विधान।
अविचल अन्ततः रहो संन्यासी, गाओ निर्भयगान ओम तत्सत माँ
सत्य न आता पास जहाँ यश, लोभ, काम का वास

बंधन मुक्त करो आत्मा को,
जन्म मरण हो लीन
मैं सबमें, सब मुझमें–केवल मात्र परम आनन्द
कहो तत्वमसि संन्यासी, फिर गाओ गीत अभेद ओम तत्सत ओम।

(22)

कभी-कभी अजीब परिस्थितियाँ उत्पन्न हो जाती हैं जिनकी सेवा के लिये व्यक्ति अपनी ज़िंदगी दाँव पर लगा देता है। वे परिस्थितियाँ उन्हें समझ नहीं पातीं, बल्कि यहाँ तक होता है कि लोग उनकी निंदा करने लग जाते हैं। कभी-कभी तो, उस महामानव की हत्या तक कर दी जाती है।

एक ओर स्वामी का हृदय स्वदेश की ओर आकृष्ट हो रहा था, दूसरी ओर इंग्लैंड और अमेरिका में उनके घनघोर परिश्रम के फलस्वरूप फैले हुए स्थायी काम को समेटने का अन्तिम चरण पूरा करने की जूनूनी और बेमिसाल कार्य क्षमता थी। विदेश में इतनी नफरत, विद्वेष और अपमान के बीच उतना ही प्रेम, राग और सम्मान था, जितना शायद अब तक किसी भारतीय के भाग्य में नहीं आया था।

स्वामी की विराटता बढ़ती जा रही थी, वह अपने घनघोर परिश्रम और समयाविधि को देखकर आश्चर्यचकित हो रहे थे। क्या इतना मेहनत बिना ईश्वर की कृपा के किया जा सकता है? तभी उनकी दृष्टि भारत से आए डाक पर पड़ी।

स्वामी के इंग्लैंड पहुँचने से पहले ही उनकी डाक पहुँच चुकी थी। लिफाफे पर पता लिखा था–कुमारी हेनरियेटा, मूलर, जुआन ऑफ़िस, रिजेंट स्ट्रीट, कैंब्रिज, इंग्लैंड।

स्वामी अपने मन में काफ़ी समय से इंग्लैंड आने की इच्छा पाल रहे थे। वह संदेहशील भी थे, जो स्वाभाविक भी था। क्या शासक जाति एक धर्मप्रचारक को सद्भावपूर्वक स्वीकार कर पाएगी?

पर अब वह विश्वबंधुत्व का उदार अध्येता बन चुके थे, और उनका भाव शासक जाति को भी सम्मोहित कर रहा था।

पर जिनके मन में पूर्वाग्रह होता है या क्षुद्र स्वार्थ होता है, उनका कुभाव जल्दी नहीं जाता। वह पत्र की अन्तिम पंक्तियों को पढ़ रहे थे–विद्वेषपरायण देशवासी तथा मिशनरी गण अभी भी भारत में उनके निंदा प्रचार से विरत नहीं हुए हैं...।

स्वामी ने बिना एक क्षण गंवाए लिखना प्रारंभ कर दिया–"मुझे आश्चर्य होता है कि तुम लोग मिशनरियों को इतना महत्व क्यों दे रहे हो? हाँ, मैं सब कुछ खाता हूँ। यदि कलकत्ते के लोग चाहते हैं कि मैं हिन्दू भोजन के अतिरिक्त और कुछ भी न खाऊँ, तो उनसे एक रसोइया और उसे रखने के लिये पर्याप्त खर्च भेजने को कहो।

दूसरी ओर, अगर मिशनरी लोग कहते हैं कि मैंने संन्यासी के कामिनी, कांचन, त्यागरूप दोनों व्रत तोड़े हैं, तो उनसे कहना कि वे झूठ बोलते हैं। मेरे बारे में केवल इतना जान लो कि मैं किसी के कहने पर चलने वाला नहीं हूँ। अपने जीवन का व्रत मैं जानता हूँ और किसी राष्ट्र विशेष के प्रति न मेरा तीव्र अनुराग है और न घोर विद्वेष। मैं जैसे भारत का हूँ, वैसे ही समग्र जगत का भी हूँ। जितना हो सका मैंने तुम लोगों की सहायता की है, अब तुम लोग स्वयं ही अपने को सँभालो। किस देश का मुझ पर विशेष दावा हो सकता है? क्या मैं किसी राष्ट्रविशेष का क्रीतदास हूँ? मैं अपने पीछे एक ऐसी शक्ति देख रहा हूँ, जो मनुष्य, देवता या शैतान की शक्ति से भी अधिक गुणी और सामर्थ्यशाली है। मुझे किसी की सहायता नहीं चाहिए। क्या तुम यह कहना चाहते हो कि जिन्हें तुम शिक्षित हिन्दू कहा करते हो, उन्हीं जाति-भेद-जर्जरित अंधविश्वासयुक्त, दयाशून्य, कपटी, नास्तिक, कायरों में एक हो कर जीवन यापन करने और मरने के लिये मैंने जन्म लिया है? कायरों और मूर्खतापूर्ण राजनीतिक विश्वासों के साथ मैं कोई सम्बन्ध नहीं रखना चाहता। किसी प्रकार की राजनीति में मेरा विश्वास नहीं है। ईश्वर और सत्य ही जगत में एकमात्र राजनीति है, बाकी सब कूड़ा-कचरा है।"

स्वामी ने कलम बन्द कर दी। उनकी आँखें डबडवाई थीं और हृदय में ऐंठन हो रही थी। उन्होंने जो कुछ लिखा, क्या वह पूर्ण सत्य था? उन शब्दों को लिखते वक्त उन्होंने जो पीड़ा भोगी, उसे शायद कोई और महसूस नहीं कर सकता था। अपने देश की दुर्दशा और अपमान पर जीवन न्योछावर करने वाले के लिये इस तरह के अग्नि-भरे शब्द लिखना आसान नहीं था।

पर वह भी क्या करें...? देश, देशवासियों और रामकृष्ण की संतानों के लिये घनघोर परिश्रम करते-करते वह थक गये हैं, जैसे उनके शरीर से रक्त का एक-एक बूंद निचोड़ लिया गया हो..., शरीर ही नहीं मन भी थक रहा था।

उन्होंने अपने सामने रखे समाचार पत्र 'लंदन डेली क्रॉनिकल' को उठाया और मुख्यपृष्ठ पर अपनी तस्वीर देखकर भी उदासीन भाव से पढ़ते रहे–"लोकप्रिय हिन्दू संन्यासी विवेकानन्द, जिनकी मुखाकृति बुद्ध के चिर-परिचित चेहरे के साथ काफ़ी

साम्य रखती है। उन्होंने हमारी व्यावसायिक समृद्धि, हमारे रक्तरंजित युद्ध और हमारी धार्मिक असहिष्णुता की आलोचना करते हुए कहा कि ऐसी कीमत चुकाकर निरीह हिन्दू हमारी मिथ्याभिमानी सभ्यता को स्वीकार नहीं करेंगे।"

संन्यासी ने 'लंदन डेली क्रॉनिकल' को परे हटाकर 'स्टैंडर्ड' पत्र को उठाया– "प्रिंसेस हॉल में जिन हिन्दू युवकों का व्याख्यान हुआ–'केशवचन्द्र सेन को अपवाद मान लें तो राजा राममोहन राय के ही दिनों से उनके समान उत्कृष्ट भारतीय वक्ता अब तक इंग्लैंड के व्याख्यान मंच पर अवतीर्ण नहीं हुआ था।'

संन्यासी के मुखमंडल पर स्थित हास्य की रेखा उभरी। वह कितना शर्मिंदा हो जाता था जब उनके गुरुदेव केशवचन्द्र सेन से उसकी तुलना कर दी जाती थी। कितनी झेंप होती थी, लज्जित हो जाता था, गुरुदेव से भी भिड़ जाता था–"कृपया आप केशव चंद जैसे महान चिंतक और व्याख्याकार से मेरी तुलना इस तरह सार्वजनिक स्थलों पर न करें।"

आज जैसे गुरुदेव पूछ रहे हों, "क्या रे, नरेन। तुझे क्या लगता था, बूढ़ा कुछ भी बोलते रहता है..." शर्माना मत, आगे पढ़ो..., देखो न दूसरे समाचार पत्र में क्या लिखा है?

संन्यासी ने यंत्रवत 'बेस्ट मिनिस्टर गज़ेट' उठाया–"सिर पर पगड़ी धारण किये शान्त और सौम्य मुखमुद्रा से युक्त स्वामी विवेकानन्द एक भव्य व्यक्ति हैं। वे बड़े सरल, सहज और निस्कपट हैं और जब वे बोलते हैं तो उनका मुखमंडल एक शिशु के समान आलोकित हो उठता है।"

संन्यासी ने पत्र उठाकर एक ओर रख दिया। सचमुच वह शिशुवत ही है, तभी तो आज अपने ही प्रेमिल गुरुभाइयों को ऐसा पत्र लिखकर भेज दिया। पर वह भी क्या करें? इतनी दुर्भावना से भरे असत्य सुनने के बाद संयमित नहीं रह सका...। मानवीय कमजोरियाँ पीछा नहीं छोड़तीं...गुरुदेव ही परिष्कृत करेंगे मुझे।

तभी कमरे में डॉ. स्ट्रीट ने प्रवेश किया।

"ओह, तुम्हें पहचान ही नहीं पायी," मिस वाल्डो की आँखें आश्चर्य से विस्फारित हो गयीं।

"हाँ मैं..." स्ट्रीट अपने गैरिक चोगे को ठीक करते हुए मुस्कुराया।

"तुमने सोच समझकर संन्यासी जीवन स्वीकार किया है? यह अति ज़िम्मेदारी का रास्ता है," कुमारी वाल्डो ने कहा।

"आत्मा, पुरुष, प्रकृति, मोक्ष आदि शब्द स्वामी की कृपा से मेरे इतने आत्मीय हो गये हैं कि सहज रूप से मैं उनका हो गया हूँ, और सिर्फ़ मैं ही नहीं, तीन अन्य

जनों ने भी संन्यास दीक्षा लेने का संकल्प लिया है।"

"ब्रह्मचर्य के पालन का अर्थ समझते हो न?" कुमारी वाल्डो ने पूछा।

"स्वामी को देखकर भी नहीं समझूँगा..."

"पता है, सहस्त्रदीपोद्यान में स्वामी जी से श्रीमती फंकी ने अचानक एक प्रश्न कर दिया था–पाश्चात्य समाज की कुछ प्रतिष्ठित सुंदरी, रमणियाँ जो पुरुषों को लुभाने की कला में निपुण हैं, आपकी दृष्टि में कैसी प्रतीत होंगी? पता है, स्वामी जी ने क्या उत्तर दिया था?" मि. वाल्डो ने डॉ. स्ट्रीट की आँखों में झाँकते हुए पूछा।

"शायद हाँ–शायद हाँ और शायद नहीं भी, तुम ही बता दो।"

"उन्होंने धीरतापूर्वक इसका उत्तर दिया था–यदि विश्व की सर्वश्रेष्ठ सुंदरी भी निर्लज्जतापूर्वक और अनाड़ी सुलभ भाव से मेरी ओर देखे तो वह उसी क्षण मेरी दृष्टि में एक वीमत्स हरी मेढ़की के रूप में बदल जायेगी और जैसा कि तुम जानती हो, मेढ़की के सौंदर्य का कोई भी प्रशंसक नहीं होता।"

"सचमुच आश्चर्यजनक उत्तर है, मैंने इसकी कल्पना नहीं की थी..."

"तुमने क्या सोचा था?"

"यही, कि विश्व की सारी स्त्रियाँ मेरे लिये जगन्माता सदृश हैं..." डॉ. स्ट्रीट ने कहा।

तभी कमरे में कृपानन्द ने प्रवेश किया–"अरे बाबा, अब अमेरिकन लोग स्वामी जी को कितना अधिक समझने लगे हैं। मुझे लगता है भारत को चाहिए, वह स्वामी जी पर अपने स्वामित्व का दावा अभी ही स्पष्ट कर ले। ये लोग अब संयुक्त राज्य अमेरिका के राष्ट्रीय विश्वकोष के लिये उनकी जीवनी लिखकर उन्हें अमेरिकी नागरिक बना ही डालेंगे।"

"आपको डरने की ज़रूरत नहीं, ऐसा कुछ नहीं होगा। स्वामी जी सिर्फ़ अमेरिका या भारत के नहीं, विश्व के हैं," डॉ. स्ट्रीट ने कहा।

"होने के लिये कुछ भी हो सकता है। होमर का जन्मस्थान पाने के लिये सात नगरों के बीच विवाद उत्पन्न नहीं हुआ था? वैसे ही संभव है हमारे स्वामी जी पर सात देश अपनी संतान होने का दावा ठोक दें।" कृपानन्द ने जोर से ठहाका लगाया।

बहुत देर से श्रीमती एला व्हीलर चुपचाप कृपानन्द की बातें सुन रही थीं। परन्तु अब मौन रहा नहीं गया, उन्होंने गम्भीरता पूर्वक कहा–"क्या यह सच नहीं है कि स्वामी हृदय से पूर्ण अमेरिकी हैं, तभी तो अमेरिकनों की आत्मा की तार उनसे इस कदर जुड़ गयी है।"

"मैडम, मैं तो विनोद कर रहा था," कृपानन्द ने हाथ जोड़ते हुए कहा।

"मैं समझ रही हूँ, आपके विनोद को, पर मैंने जो कुछ कहा वह विनोद में बिलकुल नहीं कहा।"

"हुम्म! बहन, क्या आप अपना परिचय देंगी और आपके जीवन पर स्वामी जी के प्रभाव के बारे में कुछ बताएँगी?" कृपानन्द ने सहजता से पूछा।

"ये अमेरिका की सुप्रसिद्ध साहित्यकार और कवियत्रि श्रीमती एला व्हीलर विलकाक्स हैं," मिस वाल्डो ने परिचय देते हुए कहा।

"तीन वर्ष पूर्व एक शाम मैंने सुना कि मेरे आवास से मात्र एक ब्लॉक की दूरी पर भारत से आए दर्शन के प्रचारक विवेकानन्द नामक व्यक्ति का भाषण होगा। कौतूहलवश मैं और मेरे पति भी वहाँ गये और श्रोताओं के बीच बैठकर भाषण सुनने लगे। भाषण सुने दस मिनट भी नहीं हुए होंगे कि हम अपने आपको एक अत्यन्त सूक्ष्म, सजीव और अद्‌भुत जगत में अनुभव करने लगे। व्याख्यान के अन्त तक प्राय: सांस रोककर मन्त्रमुग्ध हो बैठे रहे।

मेरे पति को तो मानों कोई खजाना मिल गया था। उन्होंने अह्लादित हो कर कहा–"यही धर्म, यही दर्शन और ईश्वर के बारे में यही धारणा, तो मैं ढूँढ़ रहा था।" आप विश्वास नहीं करेंगे। उस साल कुछ महीने हम लोग सिर्फ़ एक ही काम करते रहे–स्वामी के मुख से प्राचीन धर्म की व्याख्या सुनने की। उनके अद्‌भुत मन से निष्कलंक सत्य के रत्न और आशाप्रद तथा शक्तिदायी विचारों से अपने आप को सींचते रहे।

आप अभी-अभी भारत से आए हैं, आपको शायद नहीं पता, हमारा देश महान आर्थिक संकट से गुजर रहा था। भयंकर सर्दी पड़ रही थी। जब बैंक फेल हो चुके थे, कंपनियों के शेयर फूटे गुब्बारे के समान नीचे उतर रहे थे। व्यापारी निराशा की अँधेरी घाटी से हो कर गुजर रहे थे और पूरी दुनिया उलट-पुलट सी हो गयी थी।"

श्रीमती एला व्हीलर थोड़ी देर मौन रहीं और कृपानन्द को गौर से देखा, फिर कहना शुरू किया–"कृपानन्द जी, कभी-कभी चिंता और अनिद्रा में कई रातें गुजारने के बाद पतिदेव मुझे साथ लेकर स्वामी जी का व्याख्यान सुनने जाते और फिर बाहर निकलकर अँधेरी रात में सड़क पर चलते हुए हँसकर कहते–'सब ठीक है, चिंतित होने का कोई कारण नहीं।'

"क्या, आपने अपना धर्म परिवर्तन भी कर लिया है?" कृपानन्द ने जानना चाहा।

"नहीं, मैं ऐसा चाहती थी, पर स्वामी जी ने मुझसे कहा–'मैं तुम्हें किसी नये विश्वास में रूपांतरित करने नहीं आया हूँ। मैं चाहता हूँ तुम लोग अपने ही विश्वास में प्रतिष्ठित रहो। मैं एक ईसाई को एक बेहतर ईसाई, एक मुस्लिम को बेहतर मुस्लिम और एक हिन्दू को बेहतर हिन्दू बनाना चाहता हूँ।' श्रीमती एला व्हीलर की आवाज़ निर्झर झरने की तरह कल्लोल कर रही थी और उनके शब्द सुगंधित पुष्पों की तरह खूशबू बिखेर रहे थे।

"अद्‌भुत बातें हैं, मैं मानता हूँ स्वामी जी का सम्पूर्ण विश्व से एक अलौकिक रिश्ता है परन्तु अमेरिका से एक विशेष रिश्ता है। यह देश उनका दूसरा घर ही है।"

"जी बिलकुल, पर स्वामी जी इंग्लैंड को इतना पसन्द करेंगे और इंग्लैंडवासी उन्हें इतना सम्मान देंगे, शायद किसी ने नहीं सोचा था। न स्वामी जी और न मैं स्वयं," निवेदिता ने पुष्पों की माला पिरोते हुए कहा।

"स्वामी जी स्वयं मानते हैं कि अमेरिका के सभ्यता के केंद्र स्थान न्यूयॉर्क को जगाने में उन्हें सफलता मिली है, परन्तु इसके लिये उन्हें भयानक कठिनाइयाँ झेलनी पड़ी हैं। तुम्हें तो मालूम ही है निवेदिता, पिछले दो वर्षों से कुछ पैसे नहीं आए। हाथ में जो कुछ था, अधिकांश भाग न्यूयॉर्क और इंग्लैंड में खर्च हो गया..." मिसेज ओलिबुल ने कहा।

"हाँ, यह सही है, पर स्वामी जी का मानना है कि इन दोनों के कार्य अब ऐसी अवस्था में पहुँच गये हैं कि वह सुचारू रूप से चलते रहेंगे," निवेदिता ने कहा।

"पर एक बात है जो मुझे चिंतित करती है। तुम्हें नहीं लगता कि उनका शरीर इतना परिश्रम सहन नहीं कर पा रहा है, पर वे कर्तव्य से विरत नहीं होते। शायद इसी कारण वे व्यक्तिगत सुख-स्वच्छंदता की परवाह न करते हुए दैवी निर्देशानुसार लोककल्याण में जुटे हुए हैं।"

"मुझे लगता है कुछ दिनों के लिये सारे काम रोककर उन्हें आराम करना चाहिए और खुले और हास्यपूर्ण वातावरण में रहना चाहिए। हमें इसकी तैयारी शुरू कर देनी चाहिए," निवेदिता उठ कर खड़ी हो गयी, जैसे आज से नहीं, अभी से इस पर काम शुरू करना है।

(23)

प्रात: काल की वेला! स्वामी का शरीर ऐंठ रहा था। बहुत कोशिश के बाद भी बिछावन त्याग नहीं हुआ, तो धीमी स्वर में आवाज़ दी–"कृपानन्द..."

"ओह, आपको बुखार है। मैंने सोचा आप ध्यानस्थ हो," कृपानन्द के स्वर में घबराहट थी।

"हरारत है, शरीर भी एक मशीन के समान है। अधिक काम करो तो कलपुर्जे सभी ढीले हो जाते हैं।" कृपानन्द चुप रहा, पर श्रीमती ब्रीड नहीं रह पायीं–"स्वामी जी, जब आप सर्वज्ञानी हैं, सबकुछ जानते हैं, तो जानबूझ कर अपने शरीर को क्यों तकलीफ़ दे रहे हैं?"

"शरीर आराम करना चाह रहा है और आपसे कहानी सुनना चाह रहा है। एक कहानी सुनाईए न," स्वामी ने मुस्कराकर कहा।

श्रीमती ब्रीड ने स्वामी का धर्माचार्य, वक्ता, लेखक तथा दार्शनिक रूप तो देखा था, परन्तु उनके अन्दर एक सामान्य मानव सुलभ पक्ष भी है, यह उन्हें नहीं पता था। उन्हें एक बच्चे की तरह बातें करते देख, श्रीमती ब्रीड ने कहा–"मैं आपको एक धर्म प्रचारक की कहानी सुनाऊँ, पर वह आपकी तरह का धर्म प्रचारक नहीं था।"

"धर्म प्रचारक मेरी तरह का हो, तो भी चलेगा," स्वामी ने हँसते हुए कहा।

"मिशनरी में धर्म प्रचारक को बहुत दूर-दूर तक भेजा जाता है। एक तो ईश्वर के राज्य में प्रवेश, दूसरा पैसे और भोजन भी अच्छे मिल जाते हैं, तो कुछ अश्वेत पादरी सूदूर तक जाने के लिये राजी हो जाते हैं। एक बार एक अश्वेत पादरी एक कबीले में गया और प्रचारकों की तरह तेज आवाज़ में श्रोताओं को इकट्ठा करने की कोशिश करने लगा। प्रचारक तेज आवाज़ में कहे जा रहा था–'जानते हो सबसे पहले ईश्वर ने किसे बनाया?' भीड़ चुपचाप सुनती रही। किसी ने कोई उत्तर नहीं दिया, तो पादरी ने सहानुभूति पूर्वक उन बेचारों पर दया का भाव रखते हुए कहा–'यह दुख की बात है कि तुम यह भी नहीं जानते हो कि गॉड ने सबसे पहले आदम बनाया। कैसे बनाया, यह तो तुम हर्गिज नहीं जानते होगे, पर अब तुम्हें दुखी होने की ज़रूरत नहीं है। गॉड ने मुझे आपके पास इन्हीं बातों को बताने भेजा है।' भीड़ पादरी की बातों में रस ले रही थी। पादरी ख़ुश हो कर भावविभोर हो प्रवचन कर रहा था। उसने कहानी आगे बतानी शुरू की–'गॉड, आदम को मिट्टी के लौंद से बना रहे थे। गॉड ने उसे बना लिया और एक बाड़ के सहारे उसे सूखने के लिये रख दिया...' वह आगे अपनी बात रख ही रहा था कि भीड़ से एक व्यक्ति चिल्लाया–'पादरी जी, थोड़ा ठहरिए। आपने अभी जो बाड़ की बात कही, लेकिन सृष्टि के पहले वह बाड़ आयी कहाँ से? उसे किसने बनाया?' पादरी नाराज हो गया। उसने तीखे स्वर

में कहा, 'अरे सैम जोन्स, सुनो सुनो! ऐसे उल्टे-सीधे प्रश्न मत करो, नहीं तो पूरा धर्मतत्व बर्बाद हो जायेगा।'"

कहानी पूरी होते ही स्वामी इतनी जोर से हँसे कि उनकी आँखों से जल बिंदु छलकने लगे। स्वामी को इतना खिलखिलाकर हँसते देख, निवेदिता की आँखें भी छलछला उठीं–"मिलेन ब्रीड, आज से स्वामी जी को एक कहानी प्रतिदिन सुनाने का सिलसिला क्यों न प्रारंभ किया जाये। यह सप्ताह विश्राम का है।"

"क्यों नहीं, मैं तैयार हूँ। कल एक चित्रकार मेरा चित्र बनाने वाला है। एक सत्र में ही बना देगा, फिर कहानी अवश्य सुनूँगा," स्वामी ने कहा।

चित्र बनाने में तीन दिन निकल गये, कहानी की बात कौन करता। पर स्वामी को शायद याद था।

"अमेरिका आए सालों हो गये, पहली बार जीवन में बिना मजदूरी किये खा रहा हूँ। मैं सोच भी नहीं पाया था कि ऐसे पल मेरी ज़िन्दगी में नसीब होंगे।" फ़ोटो सेशन के बाद स्वामी ने कहा।

"स्वामीजी, आपको याद है, आपने मुझे एक पत्र लिखा था। मेरे पास एक नोटबुक है, जो मेरे साथ पूरी दुनिया घूम आयी है। अब एक ऐसा निर्जन स्थान मिले, जहाँ मैं मृत्यु की प्रतीक्षा में पड़ा रह सकूँ..." कहते-कहते मिसेज ओलिबुल भावुक हो गयीं।

"धीरा माता, वह समय भी अब बीत गया। बच्चों के समान जो मैं स्वप्न देख रहा था, कि मुझे यह करना है, वह करना है–यह सब अब मुझे माया का खेल प्रतीत होने लगा। मैं उन सब से मुक्त होता जा रहा हूँ। मुझे इस देश में खींच लाने के लिये संभवत: इन सनकपूर्ण सपनों की आवश्यकता थी, और अपने इन अनुभवों के लिये मैं प्रभु के प्रति कृतज्ञ हूँ।" स्वामी गम्भीर थे, पर अगले ही पल हँसते हुए कहा–"कहानी सुननी अभी बाकी है।"

श्रीमती ब्रीड ने स्वामी की ओर देखा और सोचा, आम लोगों की धारणा चाहे जो हो, पर सच्चाई तो यही है कि महापुरुष सदैव गम्भीर नहीं रह सकते। अब कहानी तो सुनानी ही पड़ेगी।

"तीन दिन से यह कहानी मेरे पेट में बुलबुला रही थी, आज निकलने का मौक़ा मिला है। मैंने कनाडा के रेड इण्डियनों के लिये संरक्षित स्थान में तीन वर्ष बिताए हैं। वहीं की यह घटना है। बेचारे एक आदमी की पत्नी की मृत्यु हो गयी। वह व्यक्ति अपनी पत्नी से बेहद प्यार करता था। वह बहुत जार-जार हो कर रो रहा था–'अब मैं पत्नी के बिना कैसे जीवित रह पाऊँगा?' पड़ोसी ने उसे शान्त किया–'मेरे भाई,

यही जीवन है। ज़िन्दगी रुकती नहीं है, अभी सामने देखो, कितने काम बचे हुए हैं।' तभी ताबूत बनाने वाले ने आवाज़ दी–'सर, ताबूत बनाने के कुछ कीलें कम पड़ रही हैं। सामने वाले पादरी के घर में कुछ कीलें पड़ी हैं, आप वहाँ से लाकर कृपया दे दें।' बेचारा पति आँसुओं को पोछते हुए पादरी के घर चला। रास्ते में मेरा घर पड़ता था। मेरी रसोइदारिन बरामदे में बैठी मेरे घर लौटने की प्रतीक्षा कर रही थी। उसे अकेले देखकर बेचारे दुखी पति ने उससे पूछा–'क्या वह उसके साथ विवाह करेगी?' रसोइदारिन की प्रतिक्रिया स्वाभाविक थी, वह आपे से बाहर हो गयी–'तुम्हें शर्म नहीं आती। तुम अपनी पत्नी की ताबूत की कील लेने जा रहे हो और शादी का स्वप्न देख रहे हो।'"

"भला मानुष पति गम्भीर हो गया। उसने गम्भीरता के साथ कहा–'दो दिन बाद देखेंगे।' जैसे वह मेरी रसोईदारिन को समझा रहा हो। दो दिन बाद रविवार था। वह सचमुच मेरे गेट के खम्भे के ऊपर बैठा दिखा, तो मेरे मन में उसे देखने का कौतूहल हुआ। मैंने झांक कर देखा, उसने एक बड़ी सी टोपी थोड़ी टेढ़ीकर पहन रखी थी। उसमें एक पंख खोंस रखा था। उसने अपने बालों में इतना तेल लगा रखा था कि वह गालों तक बह रहा था। उसने दूसरी बार दूल्हा बनने की कल्पना से जैसा रूप बनाया था और जैसी हरकतें कर रहा था, उसे देखकर क्रोध आने की जगह हँसी आ रही थी। संयोगवश कहानी समाप्त होते ही चित्रकार कमरे के अन्दर प्रवेश किया–'चित्र लगभग तैयार है, एक बार आप देख लें ताकि उसे अन्तिम टच दे सकूँ।'

"हाँ, चलते हैं," कहकर स्वामी जब चले, मिसेज ब्रीड, श्रीमती वागले, सिस्टर निवेदिता भी साथ हो गयीं। चित्रकार के कमरे में घुसते ही सबसे पहले श्रीमती ब्रीड की नजर तस्वीर पर पड़ी–थोड़ा सा तेल चित्र के गाल पर न जाने कैसे लग गया था। चित्र बहुत सुंदर बना था, पर तेल दिखकर मिसेज बागले और निवेदिता का चेहरा उतर गया। स्वामी की दृष्टि जैसे ही तस्वीर पर पड़ी, उन्होंने हँसते हुए कहा– "आपलोग उदास न हो, यहाँ भी रसोईदारिन से विवाह की तैयारी चल रही है।"

बहुत दिनों बाद हँसी के इतने फव्वारे फूटे, पर यह फव्वारे स्थायी नहीं थे। वैसे भी सुख या प्रसन्नता की अल्पावधि बहुत छोटी होती है।

चित्रकार ने उदास स्वर में कहा–"दरअसल मेरी बहन बहुत बीमार है। मैं चित्र बनाते हुए उसका भी ख़याल रख रहा था। उसके सिर में मालिश करने के बाद तेल की कटोरी लेकर मैं चित्र के पास चला गया था। अचानक मेरे हाथ से तेल की कटोरी छिटक कर गिर गयी और तेल की कुछ बूँदें उड़कर चित्र पर पड़ गयीं। मुझे क्षमा करें, पर मैं बहुत ही मानसिक तनाव से गुजर रहा हूँ। उसे हाई फीवर हो गया

है। मेरी प्यारी बहन बहुत सुकुमार है। शायद वह इस भयंकर क़िस्म के बुखार से निजात नहीं ले पाएगी।" चित्रकार चुप हो, उदास, खड़ा हो गया।

"क्या मैं तुम्हारी बहन से मिल सकता हूँ? शायद कुछ काम आ सकूँ," स्वामी ने कहा।

"जी, अवश्य। यह तो मेरा सौभाग्य होगा।" निराश भाई की आँखें एक मिनट के लिये चमकीं, मगर अगले ही पल बुझ गयीं। उसने मकान के पिछले हिस्से में जाकर दरवाज़े को खटखटाया। दरवाज़े पर एक छोटी कद की आया खड़ी थी। चित्रकार ने घबड़ाकर पूछा–"एलियस कैसी है?"

"बहुत कष्ट में है, मर्मान्तक पीड़ा हो रही है।"

"अपने मालिक के पीछे आगुन्तकों को देखकर, वह दरवाज़े से परे हो कर खड़ी हो गयी।"

"आइए स्वामी जी," चित्रकार ने स्वामी को बहन के पलंग के पास खड़े हो कर अन्दर आने का इशारा किया। उसकी बहन पीड़ा से छटपटा रही थी।

"एलियस, क्या मैं तुम्हारी बीमारी दूर कर दूँ?" स्वामी ने मुस्कुराते हुए पूछा।

"चित्रकार आश्चर्यचकित रह गया, जब एलियस ने बड़ी शान्त मुद्रा में कहा– "यदि ऐसा कर सके, तो यह मेरे लिये अतिआनन्द की बात होगी।'"

स्वामी एलिस के सामने बैठ गये। उसने अपनी दोनों हथेलियों पर एलियस को अपनी हथेलियों को रखने कहा। एलियस ने ऐसा ही किया। स्वामी उसकी दोनों हथेलियों को पकड़कर अपनी आँखें बन्द कर बहुत देर तक उसकी हथेलियों को पकड़े रहे।

थोड़ी देर बाद, एलियस के हाथ ठण्डे हो रहे थे और स्वामी के हाथ लकड़ी के समान कठोर लग रहे थे। एलियस ने अपने हाथ नीचे किया और स्वामी तेज़ी से कमरे के बाहर निकल गये।

चित्रकार ने आगे बढ़कर बहन का हाथ स्पर्श किया। उसने विस्मित हो कर बहन को देखा, ज्वर बिलकुल उतर चुका था। चित्रकार बाहर की ओर दौड़ा। स्वामी अपनी शिष्यों के साथ तेज़ी से आगे बढ़ रहे थे। चित्रकार चिल्लाया–"स्वामीजी! चमत्कार हो गया, जादू हो गया, यह सब कैसे हो गया?"

"सभी कुछ ईश्वर की इच्छा से हो रहा है। तुम वापस जाओ, एलियस को तुम्हारी ज़रूरत है," स्वामी ने इतनी सहजता से कहा, जैसे कुछ हुआ ही न हो।

निवेदिता ने आश्चर्यचकित हो कर कहा–"स्वामी जी, क्या यह संभव है?"

"यह आश्चर्यजनक लगता है, पर है नहीं। तुम इसे आजमा के देख सकती हो।"

"कैसे?" निवेदिता ने प्रश्नमुद्रा में अपनी आँखें सिकोड़ीं।

"जब कभी तुमलोगों में से कोई बीमार हो जाये, तो वह स्वयं अथवा तुममें से कोई उसकी मूर्ति का मन ही मन अच्छी तरह ध्यान करे और साथ ही साथ सोचे, 'वह नीरोग है, उसे कोई बीमारी नहीं है।'"

"इससे क्या होगा, स्वामी जी?" मिसेज बागले ने पूछा।

"देखोगे कि वह शीघ्र ही आरोग्य लाभ करेगा और हाँ, एक बात और, अस्वस्थ व्यक्ति को बिना बताए भी तुम ऐसा कर सकते हो और हजार कोस दूर से भी यह किया जा सकता है।" मिसेज ब्रीड गौरवपूर्वक उन्हें देख रही थी–"क्या इस क्रिया को करने के बाद स्वामी जी कमजोर दिखायी पड़ने लगे हैं," पर वह चुप रही, उसे पता था इस तरह की बातें स्वामी को पसन्द नहीं। दरवाज़े पर श्रीमती ओलिबुल प्रतीक्षा करती खड़ी थी–"काफ़ी देर हो गयी?"

"हाँ, स्वामी जी, एक अमेरिकन लड़की का बुखार ठीक कर रहे थे," निवेदिता ने बताया।

"ओह! स्वामी जी अमेरिकनों को पीड़ा से मुक्ति दे रहे हैं और दूसरी ओर कुछ अमेरिकन नाराज हो रहे हैं कि स्वामी जी अमेरिकी सभ्यता पर प्रहार कर रहे हैं।"

अचानक स्वामी का मुखमंडल गम्भीर हो गया–"धीरा माता! वे अमेरिकन ग़लत नहीं कह रहे। मैंने अपनी बातों से उनके ऊपर हृदयाघात किया है। मैं उनके दोषों को अत्यन्त कठोरता पूर्वक गिना रहा था। मेरे गुरुदेव लोगों के दोष नहीं देखते थे। अपने सबसे बड़े निंदक के प्रति भी वे प्रेमभाव का ही पोषण करते थे। अपने गुरुदेव के बारे में बोलते समय दूसरों की निंदा कर और उनके मन पर आघात पहुँचाकर मैंने गुरुद्रोह का अपराध किया है। सच कहूँ तो मैं रामकृष्ण को समझ नहीं सका हूँ और उनके बारे में बोलने के अयोग्य हूँ। बात समाप्त करते वक्त स्वामी अपने अश्रुबिंदुओं को पोंछ रहे थे। वह कल के लिखे अपने पत्र के लिये दुखी हो रहे थे। वह पश्चाताप में डूब रहे थे–"इतने प्यार करने वाले गुरु भाइयों को इतने कठोर शब्द कैसे लिख दिया। वे कितने आहत हो गये होंगे, क्या वे जानते नहीं कि मैं उनसे इतना प्रेम करता हूँ...? जानने से क्या होता है? मेरे शब्द पीड़ादायक हैं, तो उन्हें पीड़ा ही पहुँचाएँगे।"

स्वामी ने काग़ज़ और कलम निकालकर लिखना प्रारंभ किया–"मेरे प्राणों से भी अधिक प्यारे मेरे गुरु भाइयों, आप सब जानते हैं, मैं आप लोगों से कितना प्रेम करता हूँ। आप को चिंतित देख, कठोर शब्द का प्रयोग कर बैठा। बस, इतना याद रखें, मैं अपने गुरु के बताए मार्ग का अक्षरशः पालन कर रहा हूँ और मरते दम तक करता रहूँगा।"

आप लोगों को याद है न, गुरुदेव हमेशा कहा करते थे–"जहाँ जैसा हो, वहाँ वैसे ही रहो।' वह मैं वैसा ही कर रहा हूँ। अमेरिकावासियों के साथ हार्दिक सम्बन्ध स्थापित करने के लिये, उनके रीति-रिवाजों, आचार-विचारों को भली-भांति पर्यवेक्षण कर सीख लेता हूँ। जिस देश में हूँ, उसके प्रथानुसार आचरण भी करने की कोशिश करता हूँ, इसी कारण पोशाक आदि पर भी ध्यान देता हूँ।

परन्तु मेरे भाई, सत्य यही है कि मेरे हृदय में अपने देश और देशवासियों से मिलने के लिये एँठन हो रही है। शायद मैं बहुत जल्द आप लोगों के पास रहूँगा। आप लोग सोच रहे होंगे, मैं अब भारत नहीं आऊँगा। यह आप लोगों की भूल है। मैं जल्दी ही भारत लौटूँगा। असफल हो कर किसी विषय को त्याग देना मेरी आदत नहीं है। यहाँ पर जो बीज लगाया है, उसे वृक्ष के रूप में परिणत होते देखने के लिये मैं दिन-रात एक कर परिश्रम कर रहा था। अब वृक्ष लहलहा रहे हैं और मेरे आने का मार्ग प्रशस्त हो रहा है। लगातार काम करने के कारण मेरा स्वास्थ्य गड़बड़ रह रहा है और टूट गया है। परन्तु अभी भी मेरा काम मेरा इन्तज़ार कर रहा है। मुझे यह झेलना ही पड़ेगा और तब मैं आशा करता हूँ कि भारत पहुँचकर विश्राम करूँगा। जीवनभर मैंने संसार की भलाई के लिये शक्ति अनुसार चेष्टा की है–फल भगवान के हाथों में है।

पता है, मैं कितना चाहता हूँ, कई वर्षों तक गूंगा हो जाऊँ और एक शब्द भी न बोलूँ। पता है, मेरे भाई, मैं संसार के इन झमेले और संघर्षों के लिये नहीं बना था। वास्तव में मैं जन्मजात आदर्शवादी हूँ, सिर्फ़ सपनों की दुनिया में रह सकता हूँ। इसी से कभी-कभार आप लोगों को भी कुछ कह बैठता हूँ।

(26)

जहाज शनैः शनैः जाफना से आगे बढ़ रहा था। स्वामी जहाज के डेक पर खड़े थे, उन्होंने घड़ी की ओर देखा; 26 जनवरी 1897 अपराह्न के तीन बजने वाले थे। वायु

के अनुकूल और समुद्र शान्त रहने के कारण जलयान दोलायमान नहीं हो रहा था।

उनके मुखमंडल पर दीप्तिमान आभा चमक रही थी। वह आनन्दमग्न थे और धीरे-धीरे गुनगुनाए जा रहे थे–"प्रभु! तुमने महान उत्तरदायित्वों से मुक्त किया। उपयुक्त लोगों को मेरे पास भेजा...ताकि वे भार उठा सकें...जो तुमने ही मुझे निमित्त बनाकर कराया।"

मि. सेवियर धीमी गति से चलकर उनके पास आकर खड़े हो गये। स्वामी का गुनगुनाना बन्द हो गया था, वह मौन हो कर क्षितिज की ओर देखने लगे।

"स्वामी जी, विचारमग्न हो कर क्या मनन कर रहे हैं?" मि. सेवियर ने पूछा।

"अब मेरे मन में एक ही विचार है और वह है भारत। अब मैं भारत की ओर देख रहा हूँ, केवल भारत की ओर।"

"स्वामी जी, विलासमय, ऐश्वर्यशाली तथा शक्तिमान पाश्चात्य देशों में चार-पाँच वर्षों के अनुभव के बाद, अब आपको अपनी मातृभूमि कैसी लगेगी?"

"मि. सेवियर, स्वदेश छोड़कर आने के पूर्व मैं भारत से केवल प्रेम करता था, परन्तु अब भारत की धूलिकण तक मेरे लिये पवित्र है, वहाँ की वायु तक मेरे लिये पावन है। अब तो भारत मेरे लिये पुण्यभूमि है–तीर्थस्थान है।" स्वामी की मुखमुद्रा गम्भीर थी। स्वामी को मौन देखकर मि. सेवियर ने चुप रहना श्रेयस्कर समझा। शायद अब पाम्बन बन्दरगाह आने वाला था। सामने तट दिखायी पड़ रहा था। वह अपने गुरुदेव को मातृभूमि के प्रेम के सागर में अवगाहन की अनुभूति को आत्मसात कर रहा था।

स्वामी का चेहरा प्रफुल्लित और प्रमुदित हो रहा था, बड़े-बड़े नेत्र डबडबाए हुए थे, मन विह्वल हो रहा था।

लंगर डालते-डालते और स्वामी के जहाज से उतरते-उतरते पाँच बज गये। स्वामी ने घड़ी की ओर देखा। वह भारत की धरती को स्पर्श करने के समय को साक्षी बनाना चाह रहे थे।

स्वामी को जहाज से उतरते देख कैप्टन भागता हुआ आया–"स्वामी जी, क्षमा करेंगे, आपको उतरने में थोड़ा विलंब हुआ...लंगर डालने में समय अधिक लग गया।"

स्वामी ने मुस्कुराकर उसकी ओर देखा–"मुझे तो पता भी नहीं चला। दरअसल, स्वामी अपनी जननी जन्मभूमि को निहारने में इतने डूब गये थे कि बाहरी जगत की परिस्थितियों से कोई अन्तर पड़ ही नहीं रहा है, समय का कुछ पता ही नहीं चला।"

"अब हमें यहाँ से रामेश्वरम जाना है," स्वामी ने गुडविन से पूछा ।

घाट पर जोर-जोर से ढोल, नगाड़े, मृदंग की थाप गूंज रही थी। स्वामी जब बाहर आए, सामने रामनाद नरेश खड़े थे। वह उनकी ओर देखकर मुस्कुराए, पर यह क्या–रामनाद नरेश धरती पर लोट गये। उन्हें साष्टांग प्रणाम करते देख स्वामी हड़बड़ाकर आगे बढ़े–"राजा साहब, आपने अमेरिका भेजने में जिस उत्साह के साथ सहायता की थी, वह उम्र भर याद रहेगा।"

"स्वामी जी, आपने न सिर्फ़ हिन्दू धर्म की विजय पताका फहराई है बल्कि सम्पूर्ण राष्ट्र को गौरवान्वित किया है।" रामनाद नरेश के ललाट पर सागर के बालू कण चमक रहे थे।

"यह मेरा कर्तव्य था, जिसे आप लोगों की सहायता से कर पाया।"

"स्वामी जी, आप इस राजकीय नौका पर विराजमान होइए, हमलोग इसी से पाम्बन नगर के प्रवेश द्वार तक चलेंगे।"

स्वामी चुपचाप राजकीय नौका में जाकर बैठ गये। नगर तट पर तुमुल जयघोष के बीच जब राजकीय नौका पहुँची, तो स्वामी ने असहज हो कर चारों ओर देखा। अपार भीड़ स्वामी की एक झलक पाने के लिये बेताब हो रही थी।

"आप लोग शान्त हो जायें, सर्वप्रथम स्वामी जी को मंडल में विराजमान होने दें," नागलिंगम पिल्लै माइक से घोषणा कर रहा था।

मंडप बहुत विशाल, सुसज्जित और ख़ूबसूरत था। फूलों और हरे पत्तों से आच्छादित उस मंडप में मीठी सुगंध प्रसारित हो रही थी।

मंडप के बीचों-बीच एक राजकीय सिंहासननुमा टीक की ऊँची कुर्सी रखी हुई थी। रामनाद नरेश ने स्वामी जी के करकमलों को पकड़कर श्रद्धा में आकंठ डूबकर उस पर बैठाया।

नागलिंगम पिल्लै के अभिनन्दन और स्वागत भाषण की आवाज़ गूंज रही थी–"पाश्चात्य देशों में आपके द्वारा हिन्दू धर्म के प्रचार का काफ़ी अच्छा फल हुआ है। अब आप से आग्रहपूर्वक निवेदन है कि इस निद्रित भारत को उसकी सुदीर्घ निद्रा से जगाने के प्रयास में कृपया लग जायें। प्रिय श्रोताओं! अभी स्वामी जी कुछ दिनों तक पाम्बन नगर को कृतार्थ करेंगे...अभी वे लम्बी यात्रा से लौटे हैं और थकान भी होगी, इसी कारण अब इन्हें राजकीय अतिथिशाला में ले जाना होगा।"

तुमुल कोलाहल बढ़ रहा था। राजकीय रथ पर स्वामी को विराजमान किया गया, जिसमें चार सफेद घोड़े जुते थे। रथ धीरे-धीरे सरक रहा था। रामनाद नरेश स्वयं जुड़ी हुई हाथों में रथ के पीछे-पीछे चल रहे थे। उनके साथ उनके राज अधिकारी, कर्मचारी, पीछे-पीछे पैदल चल रहे थे।

अचानक रामनाद नरेश ने रथ को रोक दिया। हिनहिनाते हुए घोड़े रास खींचते ही अपने दोनों पैरों को ऊपर उठाकर स्थिर हो गये। अधिरथ ने आश्चर्यपूर्वक राजा रामनाद की ओर देखा और कहा–"आज्ञा?"

राजा रामनाद ने इशारा किया–"घोड़े खोल दिये जायें।"

"फिर...?" वह आगे की आज्ञा के लिये मुखापेक्षी हो कर खड़ा रहा।

"घोड़े के स्थान पर हम लोग स्वयं स्वामी जी की गाड़ी खींचेंगे।" इतना सुनते ही जनता मानों पागल हो गयी। जय ध्वनि से आकाश गूंज रहा था। राजा ने जैसे ही रस्सी पकड़ी, सैकड़ों नौजवान कूद पड़े। वे सभी रस्सी पकड़ कर रथ को खींच रहे थे।

स्वामी जी ने आलासिंगा की ओर देखा और मुस्कुराकर कहा–"क्या तुमने इन्हें इतना बदल दिया?"

"मैंने नहीं स्वामी जी, आपकी कृपा से यह चमत्कार हुआ है। आपने मुझे लिखा था, रामनाद के राजा से मिलो, तो मैं मिलता रहता था। आपने कहा था उनसे आग्रह करो कि वे भारत के साधारण लोगों के प्रति सहानुभूति रखें। मैंने आपका यह सन्देश उन तक पहुँचाया। उन्होंने बहुत ध्यानपूर्वक उस सन्देश को सुना।"

"स्वामी जी, आपने हमें कहा था कि उन्हें बतलाएँ कि वे किस प्रकार ग़रीबों की गर्दनों पर सवार हैं। और साथ ही यह भी कहा था कि अगर वे प्रजा की उन्नति के लिये प्रयत्न न करें, तो वे मनुष्य कहलाने योग्य नहीं। स्वामी जी, आपने उसके आगे लिखा था–'निर्भय हो जाओ, प्रभु तुम्हारे साथ हैं और वे भारत के करोड़ों भूखों और अशिक्षितों का उद्धार करेंगे।' आपने कहा, स्वामी जी, तो मैं निर्भय हो गया।"

"राजनाद नरेश पिघलने लगे...आपके बारे में समाचार पत्र में प्रकाशित चित्र या आलेख की छोटी से छोटी कतरनों को भी उन्होंने सँभाल कर रखा है।"

"और प्रजा के प्रति...?"

"स्वामी जी, गजब की वत्सलता के भाव उत्पन्न हुए हैं।"

"मेरे बच्चे आलासिंगा, साहस रखो और इस बात पर पूर्ण विश्वास रखो कि प्रभु ने बड़े-बड़े कार्य करने के लिये हमें चुना है और हम उन्हें करके रहेंगे...बस इसके लिये तैयार रहो, अर्थात् पवित्र, विशुद्ध एवं निःस्वार्थ प्रेम संपन्न बनो। प्रभु तुम्हारा कल्याण करेंगे।"

"स्वामी जी! आज तो नहीं, कल रामेश्वर मन्दिर के दर्शन का कार्यक्रम बनाया है...ठीक है न?" आलासिंगा ने पूछा।

"आलासिंगा, कभी-कभी मैं अमेरिका से खीझकर तुम्हें पत्र में कठोर बातें लिख दिया करता था। मेरे बच्चे...तुम्हें तकलीफ़ तो नहीं होती थी...? तुम जानते हो न, मैं तुम लोगों से कितना प्रेम करता हूँ। विदेश में कभी-कभी वहाँ के झंझावतों का सामना और यहाँ के निंदकों की चर्चा से मन विचलित हो जाता था।"

"ओह स्वामी जी, आपका प्रेम ही मेरे जीवन का एकमात्र संबल है, कृपया आप ऐसा न कहें।"

"अच्छी बात है, कल रामेश्वरम दर्शन करते हैं।"

आज रामेश्वरम में बेमिसाल दृश्य उपस्थित था। इतनी हलचल, इतना कोलाहल, इतना धूम-धाम।

स्वामी की गाड़ी जैसे ही मन्दिर के निकट पहुँची, हाथी, ऊँटों और घोड़ों की सलामी द्वारा सम्मान प्रदर्शित किया गया। तमिल संगीत की कर्णप्रिय धुनों के साथ माँगलिक गीत गाते हुए सिर पर मन्दिर का चँवर स्पर्श कराया जा रहा था। पुजारी हर्षध्वनि कर रहा था। उसने सेवक को इशारा किया–"शीघ्रातिशीघ्र माँगलिक वस्तुओं को लेकर आओ।" पुजारी ने जब स्वामी के ललाट पर तिलक लगाया, विशाल जनसमूह जयघोष कर रही थी।

स्वामी जयघोष सुनकर मुस्कुराए, आनन्दित हो कर नहीं, विस्मित हो कर। मात्र चार साल पहले, जब वह एक संन्यासी की वेशभूषा में अमेरिका जा रहे थे, ठीक यात्रा प्रारंभ करने के पूर्व यहाँ दर्शन करने आए थे। तब कोई हलचल नहीं थी, धूम-धाम का तो सवाल ही नहीं था...व्यक्ति तो वही था, साधक तो उस समय भी उतना ही बड़ा था और अगर सिद्ध भी है तो उस समय से ही होगा। स्वामी बुदबुदा रहे थे–"जब वह अपने गुरुदेव के साथ था, सत्वगुण की पराकाष्ठा पर आरूढ़ था...इतनी आध्यात्मिक उन्नति थी...फिर भी किसी ने एक रत्ती ध्यान तक नहीं दिया।" स्वामी ने आँखें बन्द कर लीं–"शिव, शिव, सब तुम्हारी माया है, जहाँ तुम्हारा प्रवेश है, वहीं मंगल है। सभी मनुष्य चाँद की तरह हैं, जैसे चाँद की अपनी कोई रोशनी नहीं, वह सूरज की रोशनी से देदीप्यमान होता है, वैसे ही मनुष्य है। जब तक शिव की कृपा रहती है, तभी तक वह चमक सकता है, अन्यथा...व्यक्ति कुछ भी नहीं।"

तभी मन्दिर के गोस्वामीजी ने स्वामी से बायीं ओर आने के लिये अपने हाथों से इशारा करते हुए कहा–"स्वामी जी! एक बार हमारे मन्दिर के रत्नकोष पर भी अपनी विहंगम दृष्टि डाल दें।" सामने मणि, माणिक्य, हीरे-मोती के ढेर लगे हुए थे। मन्दिरों में इतना धन देखकर स्वामी आश्चर्यचकित थे–"क्या यह धर्म है?"

तभी कैप्टन सेवियर ने बीच में ही टोका–"स्वामी जी! यह मन्दिर अद्‌भुत स्थापत्य कला का नमूना है।"

"हाँ, पर शायद आपको यह पता नहीं चला होगा कि सामने का गलियारा एक हजार स्तम्भों पर टिका हुआ है।" स्वामी भारतीय स्थापत्य कला से प्रभावित हो रहे थे, तभी गोस्वामी ने पूछा–

"स्वामी जी, अपनी ओर से इस प्रांगण के दर्शकों के लिये दो शब्द सन्देश देना चाहेंगे?"

स्वामी ने इनकार नहीं किया। दो शब्द क्या, सरस्वती उनकी जिह्वा पर नृत्य कर रही थी–"धर्म प्रेम में ही है, बाहरी अनुष्ठानों में नहीं। सभी उपासनाओं का सार है, शुद्धचित होना तथा दूसरों का कल्याण करना। जो व्यक्ति निर्धन, दुर्बल तथा रोगी में शिव का दर्शन करता है, वही शिव की सच्ची उपासना करता है।"

"स्वामी जी, कल आपके आगमन की स्मृति स्वरूप हजारों निर्धन लोगों को अन्न वस्त्र वितरित किये जायेंगे।" रामनाद नरेश की घोषणा करते ही तोपों की आवाज़ गूंजने लगी। तोपों के शान्त होते ही आकाश में तारों के रूप में अद्‌भुत आतिशबाज़ियों के नजारे दिखायी देने लगे।

क्या ईश्वर उसके मेहनत का यही यश और प्रतिष्ठा रूपी फल देकर उसे संसार के मायाजाल के भँवर में डूबने छोड़ देंगे। स्वामी ने मन ही मन कहा–"दयालु प्रभु ऐसा नहीं कर सकते। 'प्रतिष्ठा शूकरे विष्ठा', स्मृति कोश में सुरक्षित है।"

स्वामी को राजा के किले से निकलकर रेलगाड़ी में बैठे हुए कई घंटे हो चुके थे। रेलगाड़ी में बैठे-बैठे स्वामी अपने मस्तिष्क में खाका खींच रहे थे–आगे कब, कैसे और क्या करना है। रेलगाड़ी धीरे-धीरे मद्रास जंक्शन की ओर सरक रही थी... स्वामी चिंतनमग्न थे, अगर वह मद्रास नहीं आते तो क्या अमेरिका जा पाते? मद्रास ही वह स्थान है जिसने स्वामी की प्रतिभा को न सिर्फ़ पहचाना था बल्कि शिकागो भेजने की व्यवस्था भी की थी। स्वामी मद्रास की कृतज्ञता के सागर में डूब उतर रहे थे।

(28)

सूर्योदय की लाली के पूर्व ही मद्रास के सेंट थोम अंचल के इलाके में इतनी हलचल हो रही थी, जैसे प्रभात वेला में कोई महोत्सव होने वाला हो।

शिवराजन ने आवाज़ दी, "अभिराम, तुमने पाँच वर्ष पूर्व ही यह भविष्यवाणी कैसे कर दी थी कि स्वामी जी के अन्दर कोई ऐसी शक्ति है जो इन्हें अन्य लोगों से ऊपर उठाएगी?"

अभिराम ने उत्तर दिया, "मैंने क्या? तुमने भी तो कहा था कि एक दिन यह संन्यासी जननायक बनेगा...आज वह भविष्यवाणी सत्य साबित हो गयी।"

तभी वृद्ध वेंकटरमण ने हाथ जोड़ते हुए युवा शिवराजन से कहा, "बेटे, माफ करना, यह ज़रूरी नहीं कि बड़े हमेशा सही साबित हों। बड़े भी अपने अड़ियल रवैये और इस सोच के कारण कि जो वे सोचते हैं वही सही है, बहुत गड़बड़ कर देते हैं। नयी विचारधारा को अपनाना उनके लिये मुश्किल होता है। स्वामी जी को लेकर मैंने तुम्हें बहुत कुछ कह सुनाया था।"

"आहो, छोड़ो अक्का! अब तो हमारे स्वामी जी यूरोप और अमेरिका से महान कीर्ति अर्जित कर हमारे बीच लौट रहे हैं, पुरानी बेकार बातें स्मृति पटल से विस्मृत हो गयी हैं।"

"रेलवे स्टेशन नहीं चलना है? कितने लोग कब का निकल चुके हैं," अभिराम ने टोका।

"मैं भी चलूँ बेटे," वेंकटरमण ने धीमे स्वर में कहा।

"अवश्य चलें, अक्का...पूरा मद्रास जा रहा है।"

जहाँ तक दिखायी पड़ रहा था, सिर्फ़ नरमुंड ही नरमुंड...जैसे पूरा शहर ब्रह्ममूहर्त में जागकर आनन्दोत्सव मनाने के लिये मतवाला हो रहा हो। हजारों लोग पुष्प और पताकाएँ लेकर रेलवे स्टेशन की ओर ऐसे बढ़ रहे थे जैसे कोई पवित्र तीर्थ स्थान जा रहे हों। सभी के चेहरे पर उल्लास झलक रहा था।

रेलगाड़ी दूर से दिखायी पड़ रही थी। लोग मतवाले हो कर जयध्वनि और आनन्दध्वनि कर रहे थे। वृद्ध वेंकटरमण ने भी जयध्वनि की–"स्वामी विवेकानन्द की जय हो..." उसने ठण्डी और निश्चिंतता की सांस ली–"प्रायश्चित पूरी हुई।"

स्वामी ने खिड़की से प्लेटफार्म की ओर देखा–इतनी अपार भीड़!

"स्वामी जी, आपके आने की खबर समाचार पत्र में प्रसारित हो गयी थी," आलासिंगा ने कहा। स्वामी ने दूर तक देखा–प्राथमिक विद्यालयों के छात्र-छात्राओं से लेकर महाविद्यालयों के युवा छात्र और यहाँ तक कि इतनी महिलाएँ भी। स्वामी भावुक हो गये।

प्लेटफार्म जन सागर में परिणत हो गया था। स्टेशन की घड़ी में साढ़े सात बज रहे थे। स्वामी ने रेल के डिब्बे के दरवाज़े से अपना पहला पैर निकाला–वह मद्रास

का दक्षिणी प्लेटफार्म था–जिस पर उन्होंने जब अपना दूसरा पैर रखा, तो तालियों की गड़गड़ाहट और हर्षध्वनि से पूरा प्लेटफार्म गुंजायमान हो रहा था।

स्वामी ने नीचे की ओर देखा। वह एक लाल कालीन पर खड़े थे। पूरे प्लेटफार्म पर लाल कालीन बिछे हुए थे। स्वामी सकुचा गये...देश उनसे इतना प्रेम करता है, यह तो सोचा भी नहीं था।

पुष्पों की बारिश हो रही थी। माला पहनाने वालों का वश चलता तो स्वामी उसमें डूब ही जाते। न्यायधीश सुब्रह्मण्य अय्यर ने लोगों को रोका। रथ पर स्वामी के साथियों निरंजानन्द और शिवानन्द को बैठाने के बाद, वह स्वयं भी बैठ गये।

"मिसेज और मिस्टर सेवियर, और मिस्टर गुडविन, आप लोग मेरे साथ इस कार में आइए। शोभायात्रा धीरे-धीरे गुजरेगी," आलासिंगा ने कार का दरवाज़ा खोलते हुए कहा।

"हम लोग कहाँ जा रहे हैं?" गुडविन ने पूछा।

"स्वामी जी और आप लोगों के निवास की व्यवस्था कैसल कर्नन नामक भवन में की गयी है," आलासिंगा ने बताया।

"लोगों के हाथों में नारियल फल आदि क्यों हैं?" मिसेज सेवियर के मन में अनेक सवाल थे।

"हिन्दू लोग सामान्यत: फल, नारियल आदि जो कुछ मन्दिरों में चढ़ाया करते हैं, अधिकांश स्वामी जी के लिये भी वही ले कर आए हैं।"

"नेपसिर पार्क, माउँट रोड, वाल्लजा रोड!" मिस्टर सेवियर सड़क के किनारे बोर्ड को पढ़ रहे थे।

"आप सड़कों के नाम पढ़ते रहेंगे, सामने देखें कितने सुंदर विजय तोरणों से मार्ग को सुसज्जित किया गया है। पुष्पों की बारिश अविराम हो रही है। स्वामी जी का स्वागत किसी राजकीय अभ्यर्थना से कम नहीं लग रहा," मिसेज सेवियर ने कहा।

"ओह सचमुच, देखो तो सही, स्वामी जी कभी बैठे-बैठे तो कभी खड़े हो कर लोगों के स्वागत के उत्तर में कितने प्रेम से अभिवादन कर रहे हैं," मिस्टर सेवियर ने मुस्कुराकर कहा।

"स्वामी बिलकुल वैसे नहीं लग रहे, जैसे कोई विजयी सेनानायक महासमारोह के साथ स्वदेश लौट रहा हो," मिसेज सेवियर के नेत्रों में अश्रुविन्दु छलछला गये।

"स्वामी जी भी अपनी मातृभूमि की कीर्तिपताका लहराने के बाद ही आए हैं।

यह सत्य है, उनकी विजय युद्ध स्थल में नहीं बल्कि जनमानस के मर्मस्थल में अर्जित हुई है," आलासिंगा के स्वर में उल्लास था।

"सामने देखो, एक वृद्ध महिला भीड़ को ठेलते हुए किस तरह स्वामी जी की गाड़ी की ओर तेज़ी से बढ़ रही है। क्या बात हो सकती है?" मिस्टर सेवियर ने अपनी पत्नी से कहा।

"कोई कैसे जान सकता है? शायद वह स्वामी जी के रथ को स्पर्श करने की कोशिश कर रही है, देखो, स्वामी जी रथ पर खड़े हो गये हैं–वृद्ध महिला उन्हें अपने समीप आने का संकेत दे रही है।"

"क्या चाहती हो माँ?" स्वामी ने शायद पूछा।

"कुछ नहीं, बस आपका दर्शन...मैं जानती हूँ आप सम्बन्धमूर्ति शिव के अवतार हैं। आपके दर्शन करते ही मैं समस्त पापों से मुक्त हो जाऊँगी..." उसकी आँखों से अश्रुधारा प्रवाहित हो रही थी।

रथ को खड़ा देखकर स्त्रियों ने मौक़े का तुरंत लाभ उठाया। जैसे देवमूर्तियों की पूजा आराधना की जाती है, बिलकुल वैसे ही पूजा अर्चना प्रारंभ कर दी। पुष्प, धूप तथा दीप प्रज्जवलित करने के बाद कर्पूर आरती करती हुई, आरती पदों को मधुर कंठ से झूमती हुई गाना प्रारंभ कर दिया।

"कृपया रथ को आगे बढ़ने दें...यह बहुत ही मंथर गति से चल रही है," सारथि ने हाथ जोड़ते हुए कहा।

सड़क की बायीं ओर समुद्र गर्जन कर रहा था। तभी नवयुवकों की टोली जय घोष करती हुई पास आयी। जब तक बात कुछ समझ आती, तब तक उन लोगों ने घोड़े हटा दिये थे और स्वयं उत्साहपूर्वक रथ को खींचना प्रारंभ कर दिया था।

घोड़े हटाने के बाद रथ की मंथर गति में और भी शिथिलता आ गयी थी।

कैसल कर्नन भवन पहुँचने में अति विलंब हो रहा था।

"कृपया आप लोग अभी लौट जायें। स्वामी जी लम्बी सामुन्द्रिक यात्रा से अभी-अभी आ रहे हैं। वे काफ़ी थक गये हैं। आपके जाने के बाद ही वे विश्राम करने जा सकेंगे," न्यायधीश सुब्रह्मण्य अय्यर ने हाथ जोड़ते हुए कहा।

(29)

दो घंटे विश्राम के बाद जब स्वामी की नींद टूटी, वह तरोताजा महसूस कर रहे थे।

उन्होंने पहली बार कमरे पर दृष्टिपात किया। कैसल कर्नन के ऊपरी मंज़िल पर स्थित यह एक विशाल और भव्य कक्ष था।

सांध्यकाल की बेला में कक्ष की भव्यता और भी बढ़ गयी थी। प्रोफेसर रंगाचार्य और सुंदरराम अय्यर इन्तज़ार की मुद्रा में बैठे थे। स्वामी को देखते ही उठ खड़े हुए।

"स्वामी जी, चमत्कार हो गया। आपने जो देश की प्रतिष्ठा दिलायी है, प्रत्येक देशवासी आपका ऋणी बन गया है," प्रोफेसर रंगाचार्य ने अपना आसन ग्रहण करते हुए कहा।

"स्वामी जी, प्रारंभिक काल से लेकर अब तक मद्रास ने किसी भी यूरोपीय अथवा भारतीय को ऐसा उत्साहपूर्ण स्वागत पाते हुए नहीं देखा था। मद्रास के वृद्धतम लोगों की स्मृति में भी किसी ऐसे भव्य स्वागत को देखने की बात नहीं है, और हम साहसपूर्वक कह सकते हैं कि आज का यह दृश्य वर्तमान पीढ़ी के स्मृति पटल पर सदा-सर्वदा अंकित रहेगा," सुंदरराम अय्यर ने कहा।

"और यह सब कुछ स्वत: और सहज रूप में हुआ है। इसके लिये कोई विशेष प्रयास नहीं करने पड़े," जस्टिस अय्यर ने मुस्कुराते हुए कहा।

"यह आप सबों के महती प्रेम का योगदान है। आप सभी का आभार। परन्तु सत्य तो यही है, जो चैतन्य देव ने कहा है–"प्रतिष्ठा शुकरे विष्ठा...।'"

"स्वामी जी, आज से लगभग पाँच साल पहले जब आप मद्रास पधारे थे और ईश्वर ने मुझे आपके आतिथ्य करने का सौभाग्य प्रदान किया था। उस समय आपके द्वारा गाए भजन की मधुर आवाज़ कानों में आज भी मिश्री घोल रही है।"

"मुझे स्मरण है, आपकी इच्छा शिरोधार्य," स्वामी ने हँसते हुए कहा।

स्वामी के मधुर कंठ से निसृत होती लहरियाँ, राग-रागनियाँ सांध्यवेला को जादूई बना रही थीं। आज कोई बाह्य कार्यक्रम की व्यस्तता नहीं थी। स्वामी मधुर संगीतमय शाम का आनन्द ले रहे थे। परन्तु यह आनन्द सिर्फ़ एक दिन ही रहने वाली थी । प्रात:काल से ही कार्यक्रम स्थल पर जाने की तैयारी प्रारंभ होनी थी।

"इतना विशाल पण्डाल...शिवानन्द के मुख खुले रह गये।"

"इसमें पूरा मद्रास समा जायेगा," हँसते हुए निरंजनानन्द ने कहा।

"सारे मद्रासवासी तो नहीं आ सकते...टिकट भी तो हैं," एक तमिल नवयुवक ने कहा।

"आपका परिचय?" भाई, शिवानन्द ने पूछा।

"जी, मैं मेसर्स श्री निवास वरदाचारी एँड कम्पनी से हूँ। मेरी कंपनी के ज़िम्मे इस पूरे पण्डाल की ज़िम्मेदारी है।"

"टिकट कितने की है?"

"पण्डाल में बैठने के लिये प्रति व्यक्ति एक रूपया रखा गया है।"

"इससे प्राप्त धन स्वामी जी के भारतीय कार्यों में व्यय किये जायेंगे," रंगाधारी ने बताया।

तभी कोलाहल सुनाई पड़ा–"स्वामी जी आ गये–स्वामी जी आ गये।" भीड़ उनकी ओर भागने लगी।

"कृपया आप लोग अपने स्थान पर बैठे रहें," स्वयंसेवक माइक पर चिल्ला रहे थे। पर भगदड़ शान्त होने का नाम नहीं ले रही थी।

स्वामी को फुर्ती से मंच पर विराजमान होते देख, आश्चर्यजनक रूप से श्रोता शान्त हो कर बैठ गयी।

स्वामी की आवाज़ पूरे पण्डाल में गूँज रही थी–"भगवान की सेवा तथा उपासना का सर्वोत्तम तरीका है, अभावग्रस्तों की सेवा करना, भूखों को भोजन कराना, पीड़ितों के प्रति सहानुभूति दिखाना, पतित एवं मित्रहीन की सहायता करना, रूग्ण तथा दुर्बलों की शुश्रूषा करना।"

श्रोता मन्त्रमुग्ध थी, असंख्य नर-नारी चित्रलिखित से शान्त हो कर व्याख्यान सुन रहे थे।

स्वामी भागवत का श्लोक गा रहे थे–"सूरतवर्धनं शोक नाशनं स्वरित वेणुना सुष्ठु चुम्बितम्। इतरराग विस्मारणं नृणां वितर वीर नस्तेऽधरामृतम्।"

व्याख्यान समाप्त होते ही एक सज्जन को लेकर आलासिंगा तेज़ी से आगे बढ़ा–"स्वामी जी, ये महाशय तिरुपति से सिर्फ़ आपके दर्शन के लिये आए हैं।"

"स्वामी जी, मैं वैश्वानस संप्रदाय का अनुयायी हूँ। जीवन भर विष्णु का उपासक रहा हूँ। कर्मयोग विचारधारा में जन्म और लालन-पालन हुआ है, पर आज आपका दर्शन कर, सुनकर यही अनुभूति हो रही है–आप ही विश्वानस हो, आप ही विष्णु के अवतार हो, आप ही कर्मयोगी हो," वृद्ध सज्जन ने स्वामी के गले में माला डालते हुए कहा।

अश्रुपूरित नयनों और गदगद कंठ को सँभालने की कोशिश में उस वृद्ध को स्वामी ने गले से लगा लिया।

तभी शिवराजन ने स्वामी से पत्रकारों के इन्तज़ार करने की बात कही।

"स्वामी जी, क्या आप एक नये धर्म की स्थापना करने जा रहे हैं?" पत्रकारों ने प्रश्न किया।

"मैं भारत में ऐसा धार्मिक सुधार और पुनर्जागरण लाना चाहता हूँ, जो हिन्दू, मुसलमान, ईसाई, बौद्ध तथा अन्य सभी मतावलंबियों को भ्रातृभाव के एक समान ध्वजा के नीचे संगठित करेगा।"

"राष्ट्र की समस्याएँ क्या हैं और उनका समाधान क्या है?"

"संसार के सभी राष्ट्र दो महान समस्याओं के समाधानों में लगे हुए हैं। इन दोनों में कौन सा विजयी होगा? जीवन संग्राम में प्रेम की जीत होगी या घृणा की, भोग की विजय होगी या त्याग की, जड़ की विजय होगी या चैतन्य की? यह महान राष्ट्र जिसे अनेक दुर्भाग्यों, खतरों तथा उथल-पुथल की समस्याओं में उलझना पड़ा है, जैसा कि संसार के किसी अन्य राष्ट्र को नहीं करना पड़ा है, इसके बावजूद यह जीवित है, टिका हुआ है, क्योंकि इस राष्ट्र ने त्याग के पथ का अवलंबन किया है और त्याग के बिना धर्म भला कैसे रह सकता है?"

"स्वामी जी, भविष्य के भारत के लिये आपका क्या सन्देश है और क्या दिशा-निर्देश देना चाहेंगे?"

"कुछ वर्षों के लिये हमारी जननी जन्मभूमि ही हमारी एकमात्र आराध्य बन जाये। कुछ काल के लिये हमारे मस्तिष्क से अन्य देवी-देवताओं के निकल जाने से भी कोई हानि नहीं होगी। समझ लो कि दूसरे सभी देवी-देवता सो रहे हैं। तुम्हारे स्वदेशवासी ही एकमात्र जाग्रत देवता हैं। सर्वत्र उनके हाथ हैं, सर्वत्र उनके कान हैं और वे सबमें व्याप्त हो कर विद्यमान हैं। अपने सम्मुख एवं अपने चारों ओर विराट देवता की उपासना छोड़कर किन निरर्थक देवताओं की खोज में भटक रहे हो?

सर्वाधिक आवश्यकता चित्तशुद्धि की है। कैसे होगी यह चित्तशुद्धि? इसके लिये सर्वप्रथम तुम्हारे सम्मुख तथा तुम्हारे चारों ओर जो लोग हैं, उन्हीं की पूजा करनी होगी। सेवा शब्द से मेरा तात्पर्य ठीक-ठीक व्यक्त नहीं होता, पूजा शब्द ही इस भाव को यथार्थ रूप से व्यक्त करता है।"

"स्वामी जी, भारत में दो स्थानों पर रामकृष्ण मिशन आश्रम बनाने की योजना की चर्चा सुनाई पड़ रही है।"

"जी! एक मद्रास और दूसरा कलकत्ता, जहाँ के लिये मैं कल ही, पंद्रह फरवरी को प्रस्थान करने वाला हूँ।"

(30)

मद्रास से कलकत्ता जाने वाला जहाज हरे-हरे, कच्चे नारियलों से पटा हुआ था। श्रीमती सेवियर घबरा गयीं, क्या इस जहाज से यात्रा करना सही होगा! वह ख़ुद को नहीं रोक पाई और पूछ ही बैठीं, "स्वामी जी, क्या यह मालवाहक जहाज है, जिस पर लोग नारियल लाद रहे हैं?"

स्वामी अपनी हंसी नहीं रोक पाए और ठहाका लगाते हुए बोले, "नहीं, नहीं, ऐसा भला क्यों होगा? ये सभी नारियल मेरे लिये हैं। एक डॉक्टर ने मुझे पानी के स्थान पर केवल नारियल पानी पीने कहा है।"

"इतने सारे नारियलों का पानी आप अकेले पी सकेंगे?" जहाज पर की सबसे छोटी यात्री ने पलके झपकाते हुए आश्चर्यचकित हो कर पूछा।

"नहीं, नहीं, मैं अकेला ऐसा कैसे कर सकता हूँ...फिर आप हैं न मेरे साथ देने के लिये?" स्वामी ने हंसते हुए कहा।

"मेरी माँ और बाबा भी आपका साथ दे सकते हैं," बच्ची ने स्वामी की समस्या के समाधान में सहयोग किया।

"हाँ-हाँ, क्यों नहीं, और भी तो इतने सारे यात्री हैं, वे सब भी साथ देंगे न?" स्वामी की थकान उतर रही थी।

गुडविन, मिसेज और मि. सेवियर डेक पर खड़े थे। तभी दो-तीन अमेरिकी मिशनरी उनके पास आकर खड़े हो गये। थोड़ी देर खड़े रहने के बाद उनमें से एक ने गुडविन को घूरते हुए पूछा, "क्या आपने अपने महान धर्म का त्याग कर दिया?"

"आपसे किसने कहा?" गुडविन ने पूछा।

"कहना क्या है, क्या आपने ईसाई धर्म का त्याग कर हिन्दू धर्म नहीं अपनाया, जो एक निम्न श्रेणी का धर्म है?" मिशनरी ने हिकारत भरे भाव से कहा।

"आपको ग़लतफहमी हुई है। न मैंने किसी धर्म को अपनाया है और न किसी धर्म का त्याग किया है। दरअसल, धर्म त्यागने की नहीं, समझने की चीज़ है। मेरे गुरुदेव कहते हैं, अगर तुम एक ईसाई हो तो और बेहतर ईसाई बनो, ठीक वैसे ही जैसे एक हिन्दू भी और बेहतर हिन्दू बनने की कोशिश करे..." मिसेज सेवियर ने कहा।

"परन्तु हम लोग एक उच्च धर्म में लोगों को प्रतिष्ठित कर, उन्हें बेहतर इन्सान बनाने का काम करते हैं। वृक्षों, सांपों, गायों और मूर्तियों को पूजने वाले धर्म में क्या है?" मिशनरी ने तिक्तता भरे भाव से कहा।

"मि. जान, सामने जो स्वामी बैठे हैं, वे भी हिन्दू धर्म से हैं और उन्हें देखने-सुनने और गुनने के बाद हम लोगों ने यही समझा है कि भारत में धर्मोपदेशक की ज़रूरत नहीं है, ग़रीबों की सेवा की आवश्यकता है," मि. सेवियर ने कहा।

"अब ईश्वर ही आप लोगों को सद्बुद्धि देगा," कहकर मिशनरी प्रार्थना करने लगा, "हे ईश्वर, अब तुम ही कुछ ऐसा करो जिससे इनका मन परिवर्तित हो जाये, और तीनों पतन के गर्त में गिरने से बच जायें।"

स्वामी ने मुस्कुराते हुए कहा, "फादर! आप अपने धर्म को श्रेष्ठ मानें, यह अच्छी बात है, पर आप दूसरों के धर्म को निकृष्ट न मानें...इसका तात्पर्य है कि आपने धर्म के स्वरूप को नहीं समझा है।"

शिवानन्द को लगा कि कहीं गर्मागर्म बहस न छिड़ जाये, तर्क-वितर्क के कुचक्र में स्वामी जी घिर न जायें। जहाज का डेक सभामंच के रूप में परिणत हो चुका था। सहयात्री ही नहीं, जहाज के कर्मचारी भी अपने काम-धंधे को छोड़कर आनन्द ले रहे थे। मिशनरियों के पास भी अपने पक्ष के तरकश में कम तीर नहीं थे। स्वामी भी हार मानने वालों में नहीं थे, बहस लम्बी खिंचती जा रही थी। मिशनरी फादर की वाणी में शिथिलता बढ़ रही थी। श्रोताओं की तालियों की गड़गड़ाहट स्वामी की दलील पर अधिक देर तक गूंजती देख मिशनरियों के मुखमंडल कुम्हला रहे थे।

उसने चर्चा को विराम करते हुए कहा, "ईश्वर न्यायप्रिय है। और वह अवश्य न्याय करेगा," कहते हुए सफेद चोगे वाला फादर उठ खड़ा हुआ। उसके एक हाथ में बाइबिल थी और सीने पर क्रॉस लटक रहा था।

"ईसा और बाइबिल का एकमात्र सन्देश है, प्रेम करो...किससे? सभी से..." अगले ही पल स्वामी ने कहा, "वे धर्मांतरण की बात नहीं करते, ईसा सिर्फ़ प्रेम और प्रेम की बात करते हैं। प्रेम, प्रेम...अहा, यह अद्भुत है।" अमेरिकी मिशनरी चुपचाप खिसक गये।

"मिशनरी वाले प्राय: आक्रामक हो जाते हैं, पर इस बार ऐसा नहीं किया," शिवानन्द आश्चर्यचकित था।

"ईसा ने जीवमात्र से प्रेम का सन्देश दिया है–उन्होंने प्रेम की महत्ता की स्थापना की पर मिशनरी वाले उस मर्म को स्थान नहीं देते। पर यह भी नहीं कह सकते कि सभी ऐसे ही होते हैं।"

"स्वामी जी, आपके परिवार में ईसाई धर्म को लेकर क्या सोच थी?" मिसेज सेवियर ने पूछा।

"मेरी नानी, माँ सब वैष्णव धर्म को मानती थीं। मेरी दादी दुर्गा को पूजती थीं, और मेरे दादा अल्पायु में ही संन्यासी हो गये थे।"

"पिता थोड़े से अलग थे, कट्टर धर्म उन्हें नापसन्द था। उन्हें बाइबिल तथा फारसी कवि हाफिज की कविताएँ पढ़कर बहुत अधिक प्रसन्नता होती थी।"

"अच्छा," गुडविन ने आश्चर्यचकित हो कर कहा।

"हाँ, एक दिन उन्होंने बाइबिल की एक प्रति देते हुए मुझसे कहा था, 'धर्म-कर्म यदि कुछ है तो केवल मात्र इसी ग्रन्थ के भीतर है।'"

"आश्चर्यजनक..." मिसेज सेवियर ने कहा।

"पर एक बात उनमें अद्‌भुत थी, वह थी उनकी दानशीलता! हमारे मुहल्ले में सभी उन्हें दाता विश्वनाथ कहते थे। आप ऐसा भी कह सकते हैं कि दीन-दुखियों को दान देना जैसे उनका एक रोग था। वे अक्सर कहा करते थे, 'मुझे बाल-बच्चों के लिये सोचना नहीं होगा। वे स्वयं कुछ न कुछ कर लेंगे, किंतु इन लोगों को वैसी शक्ति नहीं है, इसलिये इन ग़रीबों को देना आवश्यक है।'"

"यह बहुत बड़ी बात है, असाधारण गुण है..." शिवानन्द ने कहा।

"हाँ, एक बार जिस विपन्न व्यक्ति की वह मदद कर रहे थे, तो मैंने उन्हें टोका था, 'आप जिनकी मदद कर रहे हैं, क्या उन्हें जानते हैं? हो सकता है उन पैसों से वह नशाखोरी करे।' मेरे पिता ने मुझसे कहा, 'नरेन, मनुष्य जीवन कितना दुखपूर्ण है, तू अभी क्या समझेगा? जब समझेगा तब उस दुख से कुछ समय के लिये छुटकारा पाने के लिये जो लोग नशा करते हैं, उन्हें तू दया की दृष्टि से देखने लगेगा।'"

"गुडविन, आज सोचता हूँ तो लगता है पिताजी की कही बातें कितनी उच्चस्तरीय थीं।"

"स्वामी जी, मुझे लगता है कि आपके पिता ईसाई धर्म से अत्यधिक प्रभावित थे...शायद हिन्दू धर्म से कुछ विकर्षण भी रहा होगा। मैं ग़लत होऊँ परन्तु अगर सही हूँ तो इसका कारण बचपन में ही पिता का गृहत्याग रहा होगा। पितृविहीन जीवन के दुख और दर्द का आधार वह धर्म रहा होगा, जिसके कारण उनका पूरा बचपन अभावों में बीता।"

"मिसेज सेवियर, हो सकता है आपकी सोच सत्य हो और हो सकता है नहीं भी, परन्तु प्रत्येक मनुष्य को अपनी समीक्षा करने की स्वतंत्रता होनी चाहिए।"

तभी शिवानन्द चिल्लाया, "स्वामी जी, जलयान बंगाल की खाड़ी को पार कर गंगा के मुहाने में प्रवेश कर चुका है।"

स्वामी ने देखा, जहाज उत्तर की ओर से कलकत्ता में प्रवेश कर रहा था। सिर्फ़ जहाज ही प्रवेश नहीं कर रहा था, स्वामी के मन-मस्तिष्क पर बचपन से लेकर यौवन की स्मृतियाँ हिलोरें मार रही थीं। जहाज बज-बज में लंगर डाल रहा था।

"स्वामी जी, बज-बज से स्पेशल ट्रेन से सियालदाह जाना है," निरंजादेव ने बताया।

"स्पेशल ट्रेन क्यों?" स्वामी ने टोका।

"मुझे नहीं पता, अभी-अभी किसी ने बताया कि यह आयोजकों ने तय किया है।"

"हम्म," स्वामी गम्भीर हो गये।

ट्रेन जब सियालदह स्टेशन पहुँची...कम से कम बीस हजार लोग तो अवश्य होंगे। स्वामी हाथ जोड़े दरवाज़े पर खड़े दिखे—भीड़ बेकाबू हो गयी। "परमहंस रामकृष्ण देव की जय! स्वामी विवेकानन्द की जय!" की जयघोष चारों दिशाओं में गूँज रही थी।

पुष्प वर्षा इतनी अधिक हो रही थी कि स्वामी का पूरा शरीर ढंका हुआ था। ब्रह्मानन्द ने पास आने की कोशिश की, स्वामी ने आवाज़ दी, "दादा।" पर आवाज़ गुम हो गयी। पास आकर गले भी नहीं मिल पाए। स्वामी इस विपुल स्वागत से विह्वल हो रहे थे...उनके क़दम रथ की ओर धीमी गति से बढ़ रहे थे।

अश्वयान में स्वामी के सवार होते ही सेवियर दंपत्ति को भी उसी पर बैठने के लिये शिवानन्द ने कहा। तभी छात्रों के एक समूह ने घोड़े की रास खोलकर गाड़ी को खींचना शुरू कर दिया। गाड़ी के आगे-आगे बैंड-पार्टी, पीछे संकीर्तन दल खोलकर ताल बजाते हुए चल रहे थे। लोगों की संख्या का अनुमान लगाना मुश्किल था—असंख्य लोग थे।

मिसेज सेवियर आश्चर्यचकित हो कर सड़क के दोनों ओर निहार रही थीं—जहाँ विचित्र रंगों की पताकाओं, मालाओं, फूलों और पत्तों से सजावट की गयी थी। शोभायात्रा सम्मेलन स्थल की ओर बढ़ रही थी। स्वामी ने घड़ी देखी, सांय के चार बज रहे थे, इतनी देर हो गयी है फिर भी सभा स्थल पर भीड़ घटने की बजाय बढ़ती जा रही थी।

स्वागत समिति के अध्यक्ष, दरभंगा महाराज आगे बढ़कर स्वामी का स्वागत कर रहे थे। शोभाबाजार के राजा विनयकृष्ण देव, बहादुर श्रोताओं की कर्णभेदी

हर्षध्वनि के बीच स्वामी को मंचासीन कर रहे थे।

माइक पर राजा विनयकृष्ण देव की आवाज़ गूंज रही थी, "इन नर केसरी ने भारत के राष्ट्रीय जीवन में अतुलनीय कीर्ति स्थापित की है। ऐसे महापुरुष लाखों में कोई एक होता है।"

स्वामी के मुख से पहली पंक्ति ही प्रेम में भींगी हुई निकली–उनकी वाणी नम्रता के भार से झुक रही थी–

"मैं संन्यासी के रूप में नहीं, धर्मप्रचारक के रूप में भी नहीं, बल्कि पूर्व के समान ही कलकत्ते के उस बालक के रूप में आप लोगों से बातचीत करने आया हूँ। यदि मनसा-वाचा-कर्मणा मैंने कोई सत्कर्म किया हो, यदि मेरे मुख से कोई ऐसी बात निकली हो, जिससे संसार के किसी भी मनुष्य का कोई उपकार हुआ हो तो उसमें मेरा कुछ भी गौरव नहीं, सब मेरे गुरुदेव का है। परन्तु मेरी जिव्हा से यदि कभी अभिशाप की वर्षा हुई हो, यदि मुख से कभी किसी के प्रति घृणा के भाव निकले हों, तो वे मेरे हैं, उनके नहीं। जो कुछ दुर्बल है, दोषयुक्त है, वह सब मेरा है और जो कुछ जीवन प्रद है, बलप्रद है, पवित्र है, वह सब उनकी शक्ति है, उन्हीं का सन्देश है और वे स्वयं हैं।"

स्वामी की आवाज़ भर्राई किन्तु स्वयं पर संयत रखकर आगे बढ़े–"यही नहीं, भारत के पुनर्जागरण हेतु जिस नवीन शक्ति का प्रादुर्भाव हुआ है, यह किसकी शक्ति है? यह तुम्हारी शक्ति है या मेरी?"

भीड़ से आवाज़ आयी, "आपकी।"

"नहीं, यह मेरी या किसी और की शक्ति नहीं है, बल्कि जो शक्ति यहाँ श्री रामकृष्ण परमहंस के रूप में आविर्भूत हुई थी, यह वही शक्ति है...। इस समय हम उसी महाशक्ति की लीला का प्रारंभ मात्र देख रहे हैं।" स्वामी का मौन दृष्टि नवयुवकों को अपलक निहार रही थी। नवयुवकों ने पूरी शक्ति लगाकर जयघोष किया, "परमहंस रामकृष्ण की जय!"

स्वामी की ओजपूर्ण वाणी गूंज उठी, "कलकत्ता के युवकों! उठो जागो! शुभ मुहूर्त आ गया है, उठो जागो! तुम्हारी मातृभूमि को इस महाबलि की आवश्यकता है। युवकों के द्वारा ही यह कार्य सिद्ध होगा।"

स्वामी के मुखमंडल से थकान टपक रही थी परन्तु नवयुवकों का उत्साह उनकी आँखों की चमक को बढ़ा रहा था।

(31)

रात्रि के नौ बज रहे थे। थकान से स्वामी के शरीर का पोर-पोर टूट रहा था। परन्तु ओलिबुल को पत्र लिखना ज़रूरी था–धीरा माता! जैसा कि लोग कहते हैं, मुझे मरने तक की फुर्सत नहीं है; जुलूस, गाजे-बाजे तथा स्वागत समारोहों के मारे अब मैं मृतप्राय हो चुका हूँ। मैं इतना अधिक थक चुका हूँ कि यदि मुझे विश्राम नहीं मिला, तो मुझे संदेह है कि मैं अगले छह महीने भी जीवित रह सकूँगा या नहीं...

इस समय मुझे दो केन्द्र खोलने हैं–एक कलकत्ते में तथा दूसरा मद्रास में। मद्रासियों में गम्भीरता अधिक है और वे लोग ईमानदार भी हैं। मेरा विश्वास है कि मद्रास से ही वे लोग धन एकत्र कर लेंगे।

कलकत्ते के लोग, ख़ासकर आमिजत्य वर्ग के लोग, अधिकांशत: देशभक्ति के क्षेत्र में ही उत्साही हैं और उनकी सहानुभूति कभी कार्य में परिणत नहीं होगी। दूसरी ओर, इस देश में ईष्यालु तथा निष्ठुर प्रकृति के लोगों की संख्या अत्यन्त अधिक है, जो मेरे तमाम कार्यों को तहस-नहस कर धूल में मिलाने में कोई कसर नहीं छोड़ेंगे।

आप तो अच्छी तरह जानती हैं, बाधा जितनी अधिक होती है, मेरे अन्दर की भावना भी उतनी ही बलवती हो उठती है। संन्यासियों तथा महिलाओं के लिये पृथक-पृथक केन्द्र स्थापित करने के पूर्व यदि मेरी मृत्यु हो जाये, तो मेरे जीवन का व्रत अधूरा रह जायेगा।

मुझे इंग्लैंड से पाँच सौ पौंड तथा स्टर्डी से भी पाँच सौ पौंड प्राप्त हुए हैं। इसके अलावा, आपसे प्राप्त धन मिलाकर दोनों केन्द्रों का काम प्रारंभ कर सकूँगा। मेरा और आपका संयुक्त खाता होगा। यदि रुपए निकालने के पूर्व मेरी मृत्यु हो जाये, तो सारे रुपए निकालकर आप मेरी अभिलाषा के अनुसार व्यय कर सकेंगी तथा मेरे बंधु-बांधवों में से कोई उस धन को लेकर गड़बड़ी नहीं कर सकेगा।

स्वामी ने निश्चिंतता से पांव पसारे। जीवित रखें या मृत–सभी उसकी मर्जी। अपने माथे का सारा भार उठाकर माँ की चरणों में रखकर एक शिशु की भाँति गहरी निद्रा में सो गये।

प्रात:कालीन बेला। आलमबाजार मठ में पूर्ण शान्ति पसरी थी...चिड़ियों की चहचहाट और पत्तों की सरसराहट के अलावा कुछ भी सुनाई नहीं दे रहा था। बहुत दिनों बाद आज स्वामी के पास भव्य कार्यक्रम नहीं थे। आजकल भव्य कार्यक्रमों

से उनका हृदय बोझिल होता जा रहा था। स्वामी कमरे में बैठकर तानपूरा लेकर आलाप कर रहे थे।

एक व्यक्ति गेरूए रंग की पगड़ी बांधे, काफ़ी हद तक उसकी वेशभूषा साधु संन्यासियों की सी थी, वह मठ के बरामदे में इन्तज़ार की मुद्रा में, बहुत देर से बैठा हुआ था।

स्वामी की दृष्टि जैसे ही उस पर पड़ी, वह उठ खड़ा हुआ।

"अभी आया," कहते हुए स्वामी कमरे से निकलकर बरामदे में आ गये।

"स्वामी जी, मैं गौ माताओं की कसाईयों के हाथों रक्षा करता हूँ। इसके लिये हमने पिंजर पोलों की स्थापना की है।"

"अच्छी बात है, श्रीमान्। मध्यभारत में इस समय भयानक अकाल पड़ा हुआ है। भारत सरकार ने अनाहार के फलस्वरूप नौ लाख लोगों के मरने की सूचना दी है। क्या आपकी सभा ने इस दुर्भिक्ष में कोई सहायता देने का कार्य किया है?" स्वामी के स्वर में गहरी चिंता थी।

"स्वामी जी, हमलोग दुर्भिक्ष आदि में सहायता नहीं करते। केवल गौ माताओं की रक्षा के लिये ही यह सभा स्थापित हुई है।" उसके स्वर में दंभ था।

"हम्म..."

"स्वामी जी, मैं यह मानता हूँ कि लोगों के कर्मफल के पाप से यह अकाल पड़ा था। जैसा कर्म, वैसा फल।" स्वामी ने गौरपूर्वक उसे देखा, "अरे बाप, यह तो स्वर्ग के चन्द्रगुप्त की तरह पापियों को पाप के फल बांट रहा है।"

अचानक स्वामी के मुखमंडल पर रक्तितम आभा बिखर गयी। विशाल नेत्रों से मानो अग्नि के स्फुलिंग निकल रहे थे। फिर भी स्वामी ने हर कोशिश की, अपने को संयत रखकर बोलने की–

"जो सभा समिति मनुष्य के प्रति सहानुभूति का भाव नहीं रखती, अपने ही भाइयों को निराहार मरते देखकर भी उनकी प्राणरक्षा के लिये एक मुट्ठी अन्न न देकर, पशु-पक्षियों के रक्षणार्थ ढेर के ढेर अन्न वितरित करती है, ऐसी सभा समिति के साथ मुझे लेशमात्र भी सहानुभूति नहीं है।"

"पर स्वामी जी, शास्त्र कहते हैं, गाय हमारी माता है।"

"जी हाँ, आपकी मंशा समझ गया, नहीं तो ऐसे सुयोग्य संतान और कौन प्रसव कर सकती है?" स्वामी के स्वर में व्यंग्य था।

"स्वामी जी, कृपया कुछ राशि गौ माता की सेवा हेतु प्रदान करें।" वह भी आसानी से हार मानकर जाने वाला नहीं था।

"मैं ठहरा फकीर आदमी, रुपए मेरे पास कहाँ है कि मैं आपकी सहायता करूँ? परन्तु यदि कभी मेरे हाथ में धन आया, तो मैं पहले मानव सेवा में व्यय करूँगा। सर्वप्रथम मनुष्य की रक्षा आवश्यक है–उन्हें अन्नदान, विद्यादान आदि देना है। इन सबके बाद कुछ शेष बचा, तभी कुछ देना संभव है।" स्वामी के कहते ही गौ भक्त चला गया, परन्तु स्वामी सोचते रह गये–क्या भारत यूँ ही अज्ञानता और पाखण्ड में डूबा रहेगा?

स्वामी ने अपना सिर झटक दिया। लगभग पाँच साल बाद उन्हें यह अवसर प्राप्त हुआ है जिसका चिंतन वह अक्सर किया करते थे। इस क्षण को कितनी शिद्दत से याद करते थे–कभी-कभी यह भी लगता था–बस सब कुछ छोड़-छाड़कर भाग जायें, उनके बीच–जो रामकृष्ण की संताने हैं। वे अपना भला नहीं चाहेंगे। प्राण देकर भी दूसरों की भलाई करेंगे। इनमें ऐसा कोई नहीं था जिनकी स्मृतियाँ उन्हें कलकत्ता की सामीप्यता नहीं प्रदान करती थीं।

अहा! रामकृष्ण की लगभग पचीसों संताने स्वामी से कितना प्रेम करती थीं। परमहंस का चहेता जो था, नरेन...गुरुभाईयों का दुलारा बनना तो स्वाभाविक था। आज रामकृष्ण की पचीसों संताने, जो चिरप्रतीक्षित प्रतीक्षा में रत न जाने कब से अपने उस नरेन का इन्तज़ार कर रही थीं; जो अब स्वामी विवेकानन्द बन विश्व विजयी बनकर लौटा है।

कितने वर्षों बाद सब एक साथ इस तरह एकत्रित हुए हैं–स्वामी ने अपने गुरु की संतानों की ओर देखा, उसकी आँखें भरी पर संयम कर लिया।

"आज हमलोग बलराम बोस के घर में इकट्ठे हैं, पर वे नहीं हैं। होते तो कितने प्रसन्न होते," मास्टर महाशय ने कहा।

"मुझे भी उनकी याद आ रही है। हमलोग सभी बलराम दादा पर ही निर्भर थे। उनके घर का दरवाज़ा सदैव हमलोगों के लिये खुला रहता था। कोई बीमार पड़े तो कलकत्ते में बलराम बोस हैं न," कहते हुए न बीमारी की फिक्र होती थी और न बीमार की...स्वामी भावुक हो गये।

"आपको याद है, एक बार जब वे वराह नगर मठ आए थे, तब हमलोगों के पास भोजन के नाम पर सिर्फ़ शाक और चावल था; इसके अतिरिक्त कुछ भी नहीं।

वे कितने दुखी हो गये थे। उस दिन उनका हृदय विह्वल हो गया था। तभी तो घर जाकर अपनी पत्नी से कहा था–वे आज से केवल शाक और भात खाएँगे। उस दिन से उन्होंने हमलोगों की भोजन सामग्री भेजना जारी ही रखा।" ब्रह्मानन्द की स्मृतियाँ बाहर निकल आयीं।

"राखाल दादा! वे सचमुच ऐसे ही थे। हमलोगों के लिये इतने उदार, परन्तु अपने लिये अत्यन्त कृपण...। मैंने उन्हें पत्र भी लिखा था, यदि जलवायु परिवर्तन नितान्त अभीष्ट है, तो कृपया कंजूसी के कारण आगा-पीछा न कीजिए। ऐसा करना आत्मघात होगा और आत्मघाती की रक्षा ईश्वर भी नहीं कर सकता।"

"पर एक बात है, गुरुदेव उन पर बहुत विश्वास करते थे। उनके यहाँ ही वे अन्न-जल ग्रहण करते थे...यही हाल माता जी का भी था।"

"आज वेद का भाष्य सहित पाठ होगा।" रामकृष्णानन्द ने, विषय बदलने की चेष्टा की।

"अवश्य होगा, पर जी.सी. को शायद रास नहीं आए।" स्वामी ने गिरीश चन्द्र घोष की ओर देखते हुए कहा।

"अब क्या पढ़ूँगा भाई, इतनी फुर्सत भी नहीं और न इतनी बुद्धि कि यह सब समझ सकूँ।"

"समझ तो जाते पर कृष्ण, विष्णु को लेकर ही जीवन बिता दिया," स्वामी को बहुत दिनों बाद विनोद में रस मिल रहा था।

"ऐसा है नरेन, मुझे विश्वास है, गुरुदेव की कृपा से वेद-वेदांत को नमस्कार कर इसी जन्म में पार उतर जाऊँगा–" गिरीश घोष के मुखमंडल पर आत्मविश्वास चमक रहा था। स्वामी अन्ययनस्क हो कर शायद कुछ सोच रहे थे, भृकुटि थोड़ी तनी हुई थी।

स्वामी को मौन देखकर गिरीश घोष चुप नहीं रह पाए–"अच्छा नरेन, एक बात कहता हूँ, वेद वेदांत तो तुमने बहुत पढ़ लिये, परन्तु देश में जो घोर हाहाकार, अन्नाभाव, व्यभिचार, भ्रूणहत्या आदि महापातक रात-दिन आँखों के सामने हो रहे हैं, इन्हें दूर करने का कोई उपाय भी क्या तुम्हारे वेद में लिखा है?"

स्वामी ने निस्तब्ध हो कर जी.सी. की ओर देखा...कुछ देर देखते रहे। उनके नेत्रों से आँसू छलकने ही वाले थे, अपने आँसूओं को छिपाने बाहर निकल गये।

गिरीश घोष ने अपनी आँखों को पोछते हुए कहा–"देखा तुम लोगों ने, कितना विशाल हृदय है, मेरे भाई का। मैं इसका आदर केवल वेदज्ञ पण्डित होने के कारण

नहीं करता, बल्कि यह जो जीवों के दुख से रोते हुए चले गये, इसी महाप्राणता के लिये मानता हूँ। आप सब ने अपनी आँखों से देख लिया कि मनुष्य के दुख-कष्ट की बातें सुन नरेन का हृदय करूणा से अभिभूत हो गया और वेद वेदांत आदि न जाने कहाँ लुप्त हो गया।"

स्वामी थोड़ी देर बाद ही कमरे में लौट आए–"तुम ठीक करते हो जी.सी., अधिक पढ़ना-लिखना अनावश्यक है। गुरु भक्ति रहे तो सारे सिद्धान्त प्रत्यक्ष हो जाते हैं, फिर पढ़ने-लिखने की कोई ज़रूरत नहीं रह जाती...। परन्तु एक बात है, तुम्हारी जैसी भक्ति और विश्वास अत्यन्त दुर्लभ है, उसका अनुकरण नहीं हो सकता।"

"तो क्या करना चाहिए, स्वामी जी?" सदानन्द ने हाथ जोड़कर गुरु से पूछा।

"सदानन्द, जी.सी. के मुख से देश की दुर्दशा का हाल देख-सुनकर मेरे प्राण व्याकुल हो रहे हैं। देश के लिये तुम कुछ कर सकते हो?"

"महाराज, हुक्म करें, बन्दा हाजिर है।"

स्वामी की आँखों की चमक बढ़ गयी, शिशुवत चेहरा खिल रहा था–"पहले एक छोटा-सा सेवाश्रम स्थापित करे, जहाँ दीन-दुखियों को सहायता मिल सके, रोगियों की सेवा हो और जाति-भेद निरपेक्ष असहाय लोगों की भी सेवा हो। जीव सेवा से बढ़कर दूसरा कोई धर्म नहीं।"

गिरीश घोष को अपनी ओर मुस्कुराते देख स्वामी को जोश आ गया–"देखो, गिरीश बाबू, मन में आता है, इस जाति के दुख दूर करने के लिये यदि हजार बार जन्म लेना पड़े तो वह भी लूँगा। इससे यदि किसी का दुख तनिक भी दूर हो, तो मैं वह करूँगा। केवल अपनी मुक्ति लेकर क्या होगा? जी.सी., मेरे मन में ऐसे भाव क्यों उठ रहे हैं?"

गिरीश घोष ने हँसते हुए कहा–"यदि ऐसा न होता तो गुरुदेव तुम्हें सबसे उच्च आधार क्यों कहते?"

निराशा के बादल छंट रहे थे, आशा के दीप झिलमिला रहे थे। ब्रह्मानन्द ने कहा–"कल ज़मीन आश्रम और संगठन की पूरी रूपरेखा रखनी और समझनी है।"

"अपराह्न दो बजे एक बैठक रखी गयी है, सभी इकट्ठे हो जायें। राखाल दा, माताजी के लिये ज़मीन सबसे पहली प्राथमिकता है" स्वामी ने उठते हुए कहा।

"हाँ, आपने पाँच हजार रुपए भी भेज दिये थे, वह काम लगभग हो गया है..." ब्रह्मानन्द ने गम्भीरता पूर्वक कहा।

(32)

मकान का पता: बलराम बसु, 57, रमाकांत बसु स्ट्रीट, बाग बाजार। एक मई।

स्वामी ने घड़ी देखी–घड़ी की सूई तीन की ओर बढ़ रही थी। मकान की दूसरी मंज़िल के हाल में धीरे-धीरे लगभग सभी एकत्रित हो गये थे।

आज हम सब की मन की मुराद पूरी होने का श्री गणेश हो रहा है। स्वामी विवेकानन्द अपनी बात आपलोगों के समक्ष रखेंगे–मास्टर महाशय ने कहा।

विभिन्न देशों में भ्रमण करने के बाद, मेरे मन में ऐसी धारणा बनी है कि संघ के बिना कोई बड़ा कार्य नहीं हो सकता। परन्तु हमारे जैसे देश में प्रारंभ से ही जनतांत्रिक आधार पर संगठन तैयार करना या मतदान द्वारा जनमत लेकर कार्य करना विशेष सुविधाजनक होगा, ऐसा नहीं लगता। पश्चिमी देशों के नर-नारी अधिक शिक्षित हैं। हमारे समान द्वेष परायण नहीं हैं। उन्होंने गुण का सम्मान करना सीख लिया है। इस देश में भी शिक्षा फैलने के साथ-साथ जब सामान्य जन और भी सहृदय हो जायेंगे, जब वे अपने मत आदि के बाहर भी अपने विचारों का विस्तार करना सीखेंगे, तब जनतांत्रिक पद्धति से संघ को चलाया जा सकेगा। इसी कारण इस संघ के लिये एक प्रधान संचालक होना चाहिए।

हमलोग जिनके नाम पर संन्यासी हुए हैं, आप लोग जिन्हें अपने जीवन का आदर्श बनाकर गृहस्थाश्रम रूपी कर्मक्षेत्र में स्थित हैं या संन्याश्रम में आरूढ़ हैं। उनके देहावसान के बारह वर्ष के भीतर ही प्राच्य एवं पाश्चात्य जगत में जिनके पवित्र नाम तथा अद्‌भुत जीवन का आश्रयजनक रूप से प्रसार हुआ है, यह संघ उन्हीं के नाम पर स्थापित होगा–रामकृष्ण मिशन।

हम सब प्रभु के दास हैं, आपलोग इस कार्य में सहायक हो।

गिरीश चन्द्र ने जयघोष किया–जय हो...। ओहो...रामकृष्ण की संताने एक-दूसरे से गले मिलकर अपनी प्रसन्नता को नियंत्रित करने की कोशिश कर रहे थे।

परन्तु स्वामी को स्पष्ट दिखायी पड़ रहा था कि किसी को इसमें सफलता नहीं मिल रही थी, आँसू संक्रामकता फैलाते हुए स्वामी की आँखों को भी आच्छादित कर रहे थे।

रामचन्द्र दत्त ने टोका–"मेरे भाई! अब आगे की कार्यवाही का भी ख़याल रखा जाये।"

अवश्य! संघ की कार्यकारिणी बनाने और बैठक प्रारंभ करने के पहले हमें यह भी सीखना होगा कि संगठन को किस तरह से चलाना होगा–स्वामी ने समझाने

की मुद्रा में कहा।

"नरेन, सही बोल रहा है...गुरुदेव भी हमेशा ऐसे ही कहते थे" लाटू ने कहा।

"लाटू की बात हमेशा सत्य होती है, इन्होंने सेवा के बल पर गुरुदेव की कृपा से भक्ति और ज्ञान दोनों की प्राप्ति की है, इन्हें शास्त्र पढ़ने की भी ज़रूरत नहीं पड़ी" योगानन्द ने कहा।

सब पर गुरुदेव की अलग-अलग कृपा बरसी है–सबकी अलग-अलग समस्या थी और सबकी पात्रता भी अलग थी। और गुरुदेव! जिसको जैसी बीमारी, उसका वैसा इलाज और कृपा की। मुझको ही देखिए–प्रेतों पर कैसा विश्वास था। ठाकुर ने एक झाड़ लगाई–यदि तुम हमेशा भूतों के बारे में सोचते रहोगे तो स्वयं भी भूत हो जाओगे और यदि भगवान को स्मरण करोगे तो भगवान बन जाओगे...बस मेरा भूत उतर गया–निरंजन देव ने हँसते हुए कहा।

"नरेन, अब अपनी बात रखेंगे" शशि ने कहा, अब वह रामकृष्णानन्द हो गया है।

हाँ, मैं यह कहना चाहता था–पक्षपात ही सब अनर्थों का मूल है, यह न भूलना। अर्थात यदि तुम किसी के प्रति अन्य की अपेक्षा अधिक प्रीति प्रदर्शन करते हो तो याद रखो कि उसी से भविष्य में कलह का बीजारोपण होगा।

दूसरी बात, तुम्हारे समीप कोई भी अन्य किसी की निंदा करना चाहे तो तुम उस ओर बिलकुल ध्यान न दो। इन बातों को सुनना भी पाप है। इससे भविष्य में विवाद का सूत्रपात होगा।

तीसरी और सबसे महत्वपूर्ण बात–दूसरों के दोषों को सर्वदा सहन करना। लाख अपराध होने पर भी उन्हें क्षमा करना। यदि नि:स्वार्थभाव से सबसे प्रेम करोगे तो उसका फल यह होगा कि सब कोई आपस में प्रीति करने लगेंगे।

स्वामी ने अपने गुरुभाईयों की ओर देखा, सभी बड़े गौर से सुन रहे थे। स्वामी एक मिनट मौन रहने के बाद कहा–सच कहूँ, मैं तुमलोगों में किसी को छोटा नहीं देख पाता हूँ। मैं यह अनुभव करता हूँ कि आवश्यकता पड़ने पर प्रत्येक एक महान शक्ति का परिचय दे सकता है।

शशि का कितना सुंदर व्यक्तित्व है, उसकी दृढ़ निष्ठा अपूर्व है। काली तथा योगेन ने कितनी अच्छी तरह टाउन हॉल की मीटिंग को सफल बनाया। निरंजन ने लंका में कितने काम किये। शारदा ने विदेशों में महान कार्यों का बीजारोपण किया। सच कहूँ, तो हरि के अद्‌भुत त्याग और तितिक्षा से मुझे नवीन प्रेरणा मिलती रहती है।

तुलसी गुप्त, बाबूराम, शरत आदि सभी के अन्दर एक विशाल शक्ति विद्यमान है। मास्टर महाशय, जी.सी. राखाल दादा तो अद्भुत हैं। सभी मिलकर पूरी दुनिया को हिला देने की सामर्थ्य रखते हैं।

मुझे अब इसमें कोई संशय नहीं रहा कि श्री रामकृष्ण जौहरी थे। इस बारे में यदि किसी को संदेह हो तो उसमें और एक पागल में क्या अन्तर है?

रामकृष्ण मिशन की कार्यप्रणाली क्या होगी? प्रेमानन्द ने जिज्ञासा की।

सबसे पहले तो इसका उद्देश्य क्या है? पूर्णचन्द्र घोष ने जाननी चाही।

उद्देश्य तो यही है कि मानव मात्र के कल्याणार्थ श्री रामकृष्ण ने जिन समस्त तत्वों की व्याख्या की है और उनके जीवन द्वारा व्यवहार में जो कुछ प्रतिपादित हुआ है–उनका प्रचार-प्रसार। तथा जिस उपाय से मनुष्य के शारीरिक, मानसिक तथा पारमार्थिक उन्नति में सहायक हो सकें, उसमें सहायता करना, इस मिशन का उद्देश्य होगा।

व्रत होगा–सभी धर्मावलंबियों के बीच आत्मीयता स्थापित करना जो परमहंस ने ही प्रारंभ किया था।

यह तो बहुत ज़रूरी बातें हैं, सभी धर्मों के प्रति हमारे गुरुदेव के मन में कितना समभाव था। आज भी जल, पानी है या वाटर वाला उदाहरण मन में घुमड़ता रहता है। गजब के समन्वयवादी महापुरुष थे–वृद्ध देवेन्द्र मजूमदार ने अपनी बात रखी।

अनमोल बातें हैं...गुरुदेव की कभी समाप्त न होने वाली सारगर्मित बातें।

हाँ, तो नरेन, आगे इसकी क्या रूपरेखा होगी? ब्रह्मानन्द ने स्वामी की ओर देखते हुए पूछा।

इसकी कार्यप्रणाली मानव मात्र की सांसारिक एवं आध्यात्मिक उन्नति के लिये विद्यादान के उपयुक्त लोगों को शिक्षित करना, शिल्पियों एवं श्रमजीवियों को प्रोत्साहित करना और रामकृष्ण के जीवन द्वारा वेदांत तथा अन्य तत्वों का जनसमाज में प्रचार करना।

दादा, एक बात और–भारत वर्ष के हर नगर में आश्रम स्थापित करना जहाँ गृहस्थ और संन्यासी को प्रशिक्षण दिया जाये ताकि वे जनता को शिक्षित कर सकें।

मिशन के सदस्य कौन बन सकते हैं? काली ने पूछा।

जिन्हें इसके उद्देश्यों से साम्यता है और श्री रामकृष्ण के प्रति श्रद्धा है।

एक बात और जाननी है, राजनीति से यह सरोकार रखेगी या नहीं? गिरीश घोष ने पूछा।

चूँकि मिशन का लक्ष्य एवं आदर्श आध्यात्मिक तथा सेवापरक है, अत: राजनीति के साथ इसका कोई सम्बन्ध नहीं रहेगा।

एक बात कहूँ, नरेन, तुम्हारा यह सब काम विदेशी ढंग पर हो रहा है। गुरुदेव का उपदेश क्या इसी प्रकार का था? योगानन्द ने एक सांस में अपनी शंका प्रकट की।

तुम्हें कैसे मालूम हुआ यह ठाकुर का भाव नहीं है। ठाकुर ने मुझे कभी पूजा-पाठ करने का आदेश नहीं दिया, बल्कि सेवा का उपदेश दिया। मेरा जन्म एक नया संप्रदाय बनाने के लिये नहीं हुआ है।

नरेन, सभी को पता है, ठाकुर का तुम्हारे प्रति प्रेम! तुम जैसा चाहोगे वही होगा, ठाकुर तुम्हारे माध्यम से ही सब कुछ कर रहे हैं–योगानन्द ने हथियार डालते हुए कहा। अब तुम स्वामी विवेकानन्द भी तो हो गये हो।

स्वामी विवेकानन्द नाम पर कम बखेड़ा नहीं उठाना पड़ा। तुम्हें पता है, नरेन, जब हमलोगों ने कलकत्ते में एक सभा आयोजन करने की सोची, ताकि मजूमदार की बातों का जवाब भी मिल जाये और एक अभिनन्दन पत्र कलकत्ता के मूर्धन्य लोगों से सभा में ही लेकर अमेरिका भेज दिया जाये कि स्वामी विवेकानन्द हिन्दू धर्म के भारत से प्रतिनिधि हैं।

अच्छा! तुम सभी की मेहनत तो रंग लाई थी, तुमने ऐसे कई पत्रों को भेजा भी था–स्वामी ने कहा।

ओहो, वह तो बहुत मशक्कत के बाद! तुम ठीक कहते हो, नरेन, हमारे देशवासियों की आपस में ईर्ष्या बहुत होती है, भले ही इसका कारण तुम अशिक्षा बताते हो, परन्तु यह बात कितना नुक़सान करती है, इसे समझ भी नहीं पाते।

तुम्हें पता नहीं होगा, मनोमोहन मिश्र, नगेन्द्रनाथ मिश्र, भूपेन्द्र कुमार बसु, चारू बसु आदि माननीय सर गुरुदास बन्दोपाध्याय के पास उस सभा की अध्यक्षता करने हेतु निवेदन करने गये थे।

पहले तो उन्होंने उदासीनता प्रकट की, परन्तु अधिक आग्रह करने पर उन्होंने अपने मन की बात प्रकट की–मुझे किसी महामहोपाध्याय पण्डित ने बताया है कि स्वामी विवेकानन्द नाम गुरु प्रदत्त नहीं है। अगर वह संन्यासी हैं तो एक संन्यासी को मलेच्छ देश में जाना अति अनुचित है। उनके नाम पर अनेक तरह की बातें सुन रहा हूँ, इसी से जिन कार्यों में सामाजिक तथा धार्मिक मतभेद हैं, उनमें मैं अब इस उम्र

में नहीं फंसना चाहता, कहकर उन्होंने अपने हाथ खड़े कर दिये। ब्रह्मानन्द ने जाति वाली बातें नहीं बतायी कि गुरुदास बाबू ने स्वामी को शूद्र कहा था, उसकी इच्छा स्वामी को दुखी करने की नहीं थी।

मेरे भाई, इसके बाद भी तुम लोग लगे रहे–स्वामी के मुखमंडल पर उदासी थी।

हाँ, गुरुदास बाबू के मना कर देने पर उत्तरपाड़ा के जमींदार राजा प्यारे मोहन मुखोपाध्याय से इसके लिये अनुरोध किया गया। वे मान तो गये, स्वामी विवेकानन्द की जगह ब्रदर विवेकानन्द कहकर संबोधित किया। उनकी सोच थी कि एक कायस्थ संन्यासी कैसे हो सकता है? शशि की वाणी में नैराश्य था।

"इन बातों को छोड़ो, आज हमलोगों ने दक्षिणेश्वर चलने का कार्यक्रम बनाया है, खेतरी नरेश और दो विदेशी महिलाएँ भी दर्शन करना चाहती हैं" स्वामी ने शान्त भाव में कहा।

(33)

दक्षिणेश्वर का वह प्रांगण जहाँ ठाकुर नरेन को देखकर कितने प्रसन्नचित्त हो जाते थे, बावले से बन जाते थे। "नरेन आया है, नरेन आया है" कहकर बच्चों की तरह नृत्य करने लगते थे। स्वामी के कानों में वही शब्द गूँज रहे थे, आँखों के सामने वही दृश्य चलायमान थे। जैसे ठाकुर पुकार रहे हों–"नरेन, तू आ गया, आ और पास आ, कब से मैं तुम्हारी बाट जोह रहा था।"

नरेन्द्र आगे बढ़े–"ठाकुर...!"

"आओ नरेन, राधाकांत और माँ को पहले प्रणाम कर।"

स्वामी को ज़मीन पर लुंठित होते देख अंग्रेज़ महिला की मुखाकृति बदल गयी–स्वामी जी ने अपने शरीर को धूल-घूसरित कर लिया!

"इसी प्रांगण में मुझे सर्वस्व मिला है, यहाँ के धूलकण मेरे लिये स्वर्ग के पुष्प से भी अधिक पूज्य हैं," स्वामी ने कहा।

तभी मास्टर महाशय ने याद दिलाया–"मन्दिर के स्वत्वाधिकारी त्रैलोक्यनाथ विश्वास को बुलाने के लिये हैरिसन साहब और योगानन्द गये थे, उन्होंने आने की बात कही थी। वे लोग भी आ गये हैं।"

"आए, आएँ, स्वागत है," मन्दिर के खजांची भोलानाथ बाबू ने झुककर प्रणाम करते हुए कहा।

"त्रैलोक्य बाबू नहीं आए?" मास्टर महाशय ने पूछा।

"उनके दोनों पुत्र आए हैं, उनकी तबीयत बिगड़ गयी है," मन्दिर के कर्मचारी ने विनम्रता पूर्वक कहा।

"जी, बाबा अस्वस्थता की वजह से नहीं आ पाए। मुझे मन्दिर दर्शन कराने का दायित्व दिया है। आप जयपुर के महाराज हैं न?" दोनों पुत्रों ने खेतरी नरेश को सामने देख झुककर अभिवादन करते हुए कहा।

ब्रह्मानन्द का मन उदास हो गया। जिस स्थान पर नरेन के लिये ठाकुर पलकें बिछा देते थे, वहाँ त्रैलोक्य बाबू ने जानबूझकर उसका अनादर तो नहीं किया। मन नहीं माना, पैर स्वतः त्रैलोक्य विश्वास के घर की ओर मुड़ गये। सामने ही लॉन में कुर्सी पर महाशय विराजमान थे।

"आपकी तबियत की जानकारी के लिये आ गया, सब ठीक है न?" ब्रह्मानन्द ने अन्दर आते हुए कहा।

"हाँ, अब ठीक है," त्रैलोक्य बाबू ने झुंझलाकर कहा, जैसे चोरी पकड़ी गयी हो।

"आपने जानबूझकर दक्षिणेश्वर नहीं आने का बहाना किया न?"

"जो व्यक्ति विदेश जाने के बाद भी अपने को हिन्दू कह सकता है, ऐसे किसी व्यक्ति के साथ मैं थोड़ा सा भी संपर्क रखना उचित नहीं समझता," त्रैलोक्य बाबू ने आवरण उतार दिया।

"त्रैलोक्य बाबू, ठाकुर तो केशवचन्द्र सेन के घर जाते रहते थे, वहाँ पूरी मिठाई सभी ग्रहण करते थे। उस समय आप लोगों के श्रेष्ठता की मूर्खता कहाँ गयी थी?" ब्रह्मानन्द उठ खड़े हुए।

इन बातों से बेखबर आज स्वामी प्रसन्नचित्त थे। रामकृष्ण मिशन कार्यकारिणी बनने के बाद यह पहली बैठक थी। परन्तु ब्रह्मानन्द के मुखमंडल पर तनाव प्रकट हो रहा था। स्वामी ने एक बार उनकी ओर देखा, भृकुटि थोड़ी सी तनी, मन किया पूछे, "क्या बात है?" पर स्वयं को रोक लिया। दूसरी बात करने लगे।

"हमारे देशवासी स्नान, खान-पान, सम्बन्धी आदि स्थानीय अंधविश्वासों के पुंज को ही अपना धर्म समझते हैं और यही उनका धर्म है।"

ब्रह्मानन्द ने आश्चर्यचकित हो स्वामी की ओर देखकर बुदबुदाया–"मैंने तो कुछ कहा भी नहीं।"

स्वामी ने कहना जारी रखा–"राखाल दा, आपको नहीं लगता, हमारे देशवासियों को नीच और धूर्त पुरोहित वेदों और हिन्दू धर्म के नाम पर निरर्थक हास्यपूर्ण कुरीतियाँ एवं मूर्खताएँ सिखा रहे हैं। और एक बात आप सभी लोग स्मरण रखें कि इन बदमाश पुरोहितों और इनके पूर्वजों ने भी चार सौ पुश्तों से वेदों की

एक प्रति का दर्शन तक नहीं किया है। हम लोग उन्हीं का अनुगमन कर अपने को पतित बना लेते हैं। कलियुग के ब्राह्मण रूपी राक्षसों से भगवान देशवासियों की रक्षा करें।"

ब्रह्मानन्द का चेहरा अब भी मुर्झाया था। स्वामी ने टोका–"राखाल दादा, किस सोच में डूबे हो? आपको ज्ञात ही है, गुरुदेव हमेशा कहा करते थे कि हम सदैव किसी एक साधारण सिद्धान्त को लेकर बाल की खाल निकालने की प्रवृत्ति पाते हैं, फिर चाहे वह सिद्धान्त पूर्णतया भ्रमात्मक एवं बालकोचित ही क्यों न हो। इन साधारण सिद्धान्तों में कहाँ तक तथ्य है इस बात को खोजने और जानने की उत्कंठा किसी में नहीं है। स्वतंत्र विचार का हमारे यहाँ अभाव सा हो गया है।" स्वामी मौन हो गये।

"ऐसा क्यों हो गया है, नरेन?"

"बिलकुल स्पष्ट है, राखाल दा। एक तो भयंकर गर्मी और दूसरा समुद्र यात्रा न करना। पुरोहितों के अत्याचारों से यात्रा में अवनति हुई। जिस कारण मानवीय ज्ञान का विस्तार नहीं हो पाया, उल्टे उसकी अवनति हुई। इसलिये हमें यात्रा करनी चाहिए और विदेशों में जाना चाहिए।"

"नरेन, तुम तो अन्तर्ज्ञानी हो गये हो, मेरे मन की बात भी जान गये," ब्रह्मानन्द के मुखमंडल पर पसरी उदासी दूर हो गयी थी।

"क्या बात हुई, हमलोग भी तो जानें ," लाटू ने कहा।

"कुछ नहीं," त्रैलोक्य बाबू ने कहा–"जो व्यक्ति समुद्र पार गया, वह हिन्दू कैसे रहा?"

"शिव-शिव!" स्वामी ने जोरदार ठहाका लगाया। "यदि हम वास्तव में एक सुसंगठित राष्ट्र होना चाहते हैं तो हमें दूसरे देशों की सामाजिक व्यवस्था और मनोभावों को उन्मुक्त हृदय से विचार-विनिमय करनी चाहिए," स्वामी ने कहा।

"जाति-पाति को तुम अब कैसे देखते हो, नरेन?" योगानन्द के मस्तिष्क में बन्दोपध्याय की स्वामी पर जातीय टिप्पणी घुमड़ रही थी।

"मैं तो एक ही बात जानता हूँ, योगेन्द्र, जो हमारे गुरुदेव ने बताया। सबसे बड़ी बात हमें ग़रीबों पर अत्याचार करना एक़दम बन्द कर देना चाहिए। किस हास्यास्पद स्थिति में हम पहुँच गये हैं–यदि कोई भंगी हमारे पास भंगी के रूप में आता है तो छूत की बीमारी की तरह हम उसके स्पर्श से दूर भागते हैं।

राखाल दा, सच कहूँ तो मेरी प्रबल इच्छा है कि हमारे देश के नौजवान विदेशों में जाकर देखें कि दुनिया में क्या कुछ हो रहा है। पर हाय रे हमारी सठियाई बुद्धिवालों! तुम्हारी तो देश से बाहर निकलते ही जाति चली जाती है।"

"नरेन, फिलहाल मठ के भवन निर्माण के लिये ज़मीन देखनी है। अपनी बैठक स्थगित करते हैं।"

(34)

"ज़मीन तो अच्छी बड़ी है, कितनी है?" कुमारी मैक्लाउड ने पूछा।

"उन्नीस बीघा है," ज़मीन दिलाने वाले बिचौलिए ने कहा।

"लेकिन ज़मीन बहुत उबड़-खाबड़ है," स्वामी ने कहा।

"ज़मीन पर कब्जा लेने के बाद इसे समतल बनाना होगा," विज्ञानानन्द ने कहा।

"हाँ, तुम अच्छी तरह समझ सकते हो। अद्वैतानन्द इसमें तुम्हारी मदद करेगा, पर निर्णय तुम्हें ही लेने होंगे। इंजीनियर तुम हो, सही फ़ैसले तुम्हारे ही होंगे।"

"जी, इस उत्तरदायित्व को मैं सहर्ष स्वीकार करता हूँ। ज़मीन को समतल कराने तथा उसमें निवास योग्य भवनों के निर्माण का भी दायित्व मैं निभाऊँगा," विज्ञानानन्द ने विनीत स्वर में कहा।

"ज़मीन पसन्द हो तो पेमेंट कर दो?" कुमारी हेनरिएटा मूलर ने ज़मीन ख़रीदने के लिये उनचालीस हजार रुपए दिये हैं," स्वामी ने पूछा।

"जी, सभी को पसन्द है। इस ज़मीन के उत्तरी हिस्से में दो कमरे हैं और दोनों कमरों को जोड़ते हुए एक लम्बा सा कमरा भी है। इसके पूर्व में गंगा की ओर उत्तर से दक्षिण की ओर फैला एक बरामदा भी है," श्रीमती आलिबुल ने उस जीर्ण-शीर्ण मकान से निकलते हुए कहा।

"मेमसाहब, इसके अतिरिक्त मकान के उत्तर-पश्चिम की ओर नौकरों के निवास हेतु एक छोटा सा घर भी है," ज़मीन के मालिक ने कहा।

"सौदा तय हो गया, कल रजिस्ट्री करा दें," अखण्डानन्द ज़मीन वाले से बात करते हुए पीछे की ओर चले गए।

"धीरा माता, ज़मीन की रजिस्ट्री तो कुमारी हेरिएटा मूलर द्वारा प्रदत्त पैसों से हो जायेगी। भवन निर्माण के लिये पैसों का इन्तज़ाम करना होगा।"

"स्वामी जी, आप चिंता न करें। सब जगत जननी माँ करेगी। इस पर भवन निर्माण में जो भी राशि खर्च होगी, उसकी ज़िम्मेदारी हमारी होगी।" श्रीमती ओलिबुल ने उत्साहित हो कर कहा।

स्वामी के मुखमंडल पर एक निश्छल शिशु सी मुस्कान थी। "माँ को सब कुछ पता है, अपने बच्चों का कितना ध्यान रखती है," कहते हुए स्वामी ज़मीन के पास

ही किराए पर ली गयी नीलांबर मुखर्जी के उद्यान भवन की ओर बढ़ गये। ओलिबुल ने पीछे मुड़कर विज्ञानानन्द से कहा, "स्वामी जी ने कहा है कि आप इंजीनियर हैं। क्या मैं यहाँ के भवन निर्माण के बारे में कुछ बात कर सकती हूँ? स्वामी जी ने भवन कैसा होना चाहिए, इसका एक खाका खींचा है।"

"जी, अवश्य, कृपया दिखायें," विज्ञानानन्द ने काग़ज़ लेने के लिये हाथ बढ़ाया।

"क्या यह जीर्ण-शीर्ण सा दिखने वाला मकान मरम्मत हो कर ठीक-ठाक हो जायेगा?"

"जी, ठीक-ठाक नहीं, बेजोड़ हो जायेगा। यह इतना जीर्ण-शीर्ण नहीं है, जितना प्लास्टर झड़ने की वजह से दिखता है।"

"ओह, यह तो बहुत अच्छी बात है। मैं चाहती हूँ कि पुराने मुख्य भवन के दक्षिण-पश्चिम कोने पर एक कमरा बनाया जाये और मकान के सभी भाग को दो मंज़िला कर दिया जाये," आलिबुल काफ़ी उत्साहित थी।

"हो जायेगा, पर मकान के उत्तरी हिस्से के थोड़े से हिस्से पर दो मंज़िला नहीं हो सकता," विज्ञानानन्द ने बताया।

"ठीक है, मैं समझ गयी। ज़मीन की उत्तरी सीमा पर नौकरों के घर के पश्चिम में नये दो मंज़िला भवन का अगर निर्माण कराया जाये तो...कैसा रहेगा?" श्रीमती ओलिबुल ने पूछा।

"बहुत अच्छा होगा, पर आपकी परिकल्पना क्या है? नीचे की मंज़िल में क्या रहेगा?"

"नीचे की मंज़िल में रसोईघर, भंडार घर, भोजनालय, मन्दिर का भंडार इत्यादि और ऊपर की मंज़िल पर ठाकुर, स्वामी जी के कमरे...बस अभी इतना ही। हाँ, एक बात और, इतने निर्माण कार्य में कितना समय लगेगा?"

"लगभग एक साल तो अवश्य ही लगेगा, वह भी पैसे के कारण रुकावट न हो तो।"

"विज्ञानानन्द जी, आप ज़मीन के समतलीकरण से लेकर भवन निर्माण का कार्य स्वामी जी की आज्ञा लेकर प्रारंभ कर दें। पैसे के लिये काम नहीं रुकेगा।" ओलिबुल आत्मविश्वास भरे क़दमों से लौट गयी। विज्ञानानन्द मन ही मन बेलूड़ मठ भवन का खाका स्वामी के अनुसार खींचने में लग गया।

खाका स्वामी की लिखावट में खींचा हुआ था। विज्ञानानन्द पढ़ रहा था, "मठ

के लिये बड़ा सा मकान हो। सभी संन्यासियों के लिये अलग-अलग कमरे हों। एक विशाल कमरा हो जिसे लाइब्रेरी बनाया जा सके।" आर्किटेक्ट के मन मस्तिष्क में आड़े-तिरछे रेखाएँ खींच रही थीं।

आगे लिखा था, 'एक छोटा सा कमरा आगंतुकों से भेंट के लिये भी हो।'

आर्किटेक्ट के दिमाग़ में रिसेप्शन हॉल का डिज़ाइन अपना रूप आकार ले रहा था।

(35)

सब कुछ इतना भयावह हो जायेगा, किसी ने सोचा नहीं था। ओह, ऐसा क्रंदन, विलाप और चीत्कार...औरतें पछाड़ खा गिर रही थीं, पुरुष क्रंदन कर रहे थे। छोटे-छोटे बच्चों को काल कलवित होते देख पाषाण भी पसीज रहा था।

स्वामी का स्वास्थ्य भी गिरता जा रहा था। अखण्डानन्द ने किसी तरह यह बातें उनसे छिपा रखी थीं। पर कब तक! इतनी प्रचंड और भयावह सत्य को छिपाना कोई आसान काम नहीं था।

ब्रह्मानन्द की उदास आँखों को देख स्वामी समझ गये–कुछ तो गड़बड़ है। ब्रह्मानन्द के कमरे से बाहर निकलते ही स्वामी विछावन पर उठकर बैठ गये–"अखण्डानन्द, मुझसे क्या छिपा रहे हो?"

"छिपा नहीं रहा, आपकी तबियत अच्छी नहीं है। परेशान हो जायेंगे तो बीमारी ठीक होने में अधिक समय लग जायेगा। कलकत्ते की हालत ठीक नहीं। शहर प्लेग महामारी की चपेट में आ गया है," अखण्डानन्द की आवाज़ कुएँ से निकल रही थी।

"क्या...?" स्वामी का मुख खुला रह गया, "इतनी बड़ी बात...हम लोग क्या कर रहे हैं, अखण्डानन्द?"

"हम लोग क्या कर सकते हैं? सरकार भी कुछ नहीं कर पा रही है," विवशता भरे शब्दों में अखण्डानन्द ने कहा।

सारी रात स्वामी को नींद नहीं आयी। रात्रि भोजन भी नहीं किया था। किसी से कुछ नहीं कहा। मौन हो कर सोचते रहे...चिंता करने से क्या निदान निकल पाएगा... पर कुछ किये बिना हाथ पर हाथ धरे कैसे रहा जा सकता है?

प्रात:काल होते ही स्वामी ने घोषणा कर दी कि जिस नगर में जन्म लिया है, उसमें यदि प्लेग महामारी फैल गयी है तो उसके प्रतिकार के लिये मैंने आत्मोसर्ग करने का निश्चय किया है।

आश्रम वासियों ने अवाक हो कर उनकी ओर देखा।

"प्लेग के विकराल रूप धारण करने की संभावना है, हमें तत्काल जुटना होगा।" स्वामी की तबियत अब ठीक लग रही थी या वह जोश में थे, यह बात किसी की समझ में नहीं आ रही थी। स्वामी आश्रम से बाहर खड़े थे।

लोग सड़कों पर इधर से उधर भाग रहे थे। पुलिस उन्हें पकड़ रही थी।

"यह सब क्या हो रहा है?" स्वामी ने पूछा।

"कुछ भी नहीं, प्लेग में लोगों को मरते देख जनता भयभीत हो गयी है और नगर छोड़ जाने के लिये उद्यत हो रही है," पुलिस पदाधिकारी ने कहा।

"अगर नगर छोड़कर ये लोग जाना चाह रहे हैं, तो इसमें क्या हर्ज है?" निवेदिता ने पूछा।

अंग्रेज़ स्त्री को साथ देखकर पुलिस अधिकारी ने हिचकते हुए कहा–"मेमसाहब, जनता नगर छोड़कर जाने को उद्यत है और सरकार द्वारा रोकने के लिये कठोरता का अवलंबन लिया जा रहा है–परिणाम उल्टा निकल रहा है।"

जनता रात में घरों से निकलकर खेत-खलिहानों, रेलवे लाइनों पर चलकर भागने को तत्पर है। सड़क मार्ग पर सरकार ने पुलिस की पहरेदारी बैठा दी है।

"ओह! यह तो अत्यन्त अमानवीय है। जनता में अतिभय व्याप्त है। सरकार का तरीका ग़लत है। हमें कुछ करना होगा," स्वामी ने कहा।

"स्वामी जी, नागरिक जीवन इस समय विशृंखलित तथा अस्तव्यस्त हो गया है। हस्पतालों की व्यवस्था सरकार द्वारा की गयी है, पर लोगों के मन के भय को कैसे दूर किया जाये...सरकार को भी कोई उपाय नजर नहीं आ रहा," पुलिस पदाधिकारी ने विवशता बतायी।

स्वामी ने मठ लौटते ही कहा–"भय दूर करने के उपाय मिल गये हैं, कलम काग़ज़ लाओ।"

निवेदिता काग़ज़ और कलम लेकर सामने बैठ गयी।

"एक घोषणा-पत्र तैयार करो, उसे हिन्दी और बंगला में भी अनुवाद करवाओ। उसमें यह लिखना–'रामकृष्ण मिशन जनगण के साथ खड़ा हो कर उनकी सेवा में खुले दिल से अपने धन तथा सामर्थ्य का उपयोग करेगा।' इसके अलावा स्थान-स्थान पर सेवा केंद्र खोलने का भी मिशन संकल्प लें।"

निवेदिता घोषणा पत्र बनाने में जुट गयी।

योगानन्द के पल्ले कुछ नहीं पड़ा, उसने गुरु भाइयों की ओर प्रश्नात्मक दृष्टि

से देखा। वह समझ गया, शायद सभी की हालत कुछ हद तक उसकी जैसी है। उसने पूछ लिया--

"इसके लिये धन कहाँ से आएगा?"

"क्यों?" स्वामी की भृकुटि ऊपर चढ़ी हुई थी, "आवश्यकता हुई तो मठ की नयी ज़मीन बेच दूँगा।"

"क्या..." रामकृष्णानन्द ने कहा।

"हाँ, सही ही तो कह रहा हूँ। हम लोग तो ठहरे संन्यासी, फकीर। मुट्ठी भर भिक्षा से पेट भर जायेगा और पेड़ों के नीचे सो जायेंगे।"

श्रीमती ओलिबुल, निवेदिता, मैक्लाउड और मूलर की आँखें एक साथ डबडबा गयीं...

"यदि ज़मीन बेचकर हजारों लोगों के प्राण बचाए जा सकें, तो कैसी जगह और कैसी ज़मीन...जगह और ज़मीन का क्या महत्व है?" स्वामी के एक-एक शब्द से प्रेम निर्झरित हो रहा था।

ब्रह्मानन्द ने अश्रूपूरित नयनों से अपने नरेन को देखा–"यही महाप्राण महापुरुष की समुचित वाणी है। इस मठ की स्थापना का स्वप्न नरेन कितने काल से देखते आ रहे हैं। इसके लिये इन्होंने कैसा प्राणान्तक परिश्रम किया है। भिक्षा माँगकर तथा व्याख्यान देकर जो कुछ भी मिला, एक-एक पाई ज़मीन ख़रीदने में लगा दिया है–अपने लिये भी एक धेला नहीं रखा है।"

ब्रह्मानन्द अपने को नहीं रोक पाए–"नरेन, नरेन। तुम दुखी जनों की व्यथा से इतने विचलित हो गये, तुम्हारा हृदय इतना बिंध गया कि तुम अपने परमप्रिय बेलूड़मठ बेचने को प्रस्तुत हो गये..." स्वामी के गले से लगकर फफक पड़े।

"मेरे भाई, गुरुदेव ने हमें यही तो सिखाया है। जो धर्म ग़रीबों का दुख नहीं मिटाता, मनुष्य को देवता नहीं बनाता, क्या वह धर्म है? क्या हमारा धर्म, धर्म कहलाने योग्य है? हमारा धर्म तो छूत मार्ग है। मेरे भाई, जिस देश के बड़े-बड़े शीर्ष स्थानीय धार्मिक नेता आज दो हजार वर्षों से सिर्फ़ यह विचार कर रहे हैं कि दाहिने हाथ से खाएँ या बाएँ हाथ से, पानी दाहिनी ओर से पीएँ या बायीं ओर से। जिस देश में करोड़ों मनुष्य महुआ खा कर दिन गुजारते हैं और दस बीस लाख साधु और दस बारह करोड़ ब्राह्मण उन ग़रीबों का ख़ून चूसकर पीते हैं और उनकी उन्नति के लिये कोई चेष्टा नहीं करते, यह देश रहेगा या नरक? क्या यह धर्म है या पिशाच का नृत्य?"

"सभी शास्त्रों का सार है–परोपकार से पुण्य होता है और परपीड़ा से पाप। क्या यह सच नहीं? भाई, यह सब देखकर, ख़ासकर देश के दारिद्रय और अज्ञानता को देखकर मुझे नींद नहीं आती। भाई, एक बात कहूँ? पहले भी इस सम्बन्ध में पत्र में थोड़ा बहुत लिखा था। कन्याकुमारी की उस शिला पर बैठकर मैंने कितनी योजनाएँ आप लोगों के साथ मिलकर पूरा करने के लिये बनाई थीं।"

"क्या योजनाएँ हैं, नरेन? तुम्हारी सारी योजनाएँ ठाकुर की कृपा से पूर्ण होंगी," तुरियानन्द ने कहा।

"मेरे मन को अक्सर यह विचार आलोड़ित करता रहता है कि हम जो इतने संन्यासी घूमते फिरते हैं और लोगों को शास्त्रों की शिक्षा दे रहे हैं, यह निरा पागलपन है।"

"क्यों, इसमें क्या ग़लत है?" निरंजनानन्द ने आश्चर्यचकित हो कर पूछा।

"क्यों? हमारे गुरुदेव नहीं कहते थे, ख़ाली पेट में धर्म नहीं होता? वे ग़रीब लोग जो जानवरों सा जीवन बिता रहे हैं, उसका कारण अज्ञान है। निरंजन, पाज़ियों ने चार युगों में इनका ख़ून चूस-चूस कर पीया है और उन्हें पैरों तले कुचला है।"

"तो क्या करना चाहिए?" सदानन्द ने पहली बार मुँह खोला।

"तुम लोग भी सोचो, गाँव-गाँव में कितने संन्यासी घूमते फिरते हैं; यदि कोई नि:स्वार्थ परोपकारी संन्यासी गाँव-गाँव विद्यादान करता फिरे और भाँति-भाँति के उपायों से मानचित्र, कैमरा, भू-गोलक आदि के सहारे चाण्डाल तक की उन्नति के लिये शिक्षा का अलख जगाता रहे तो इससे सबका मंगल नहीं होगा?" स्वामी ने चारों ओर दृष्टि घुमाते हुए कहा।

"पर स्वामी जी, इसके लिये तो धन की आवश्यकता होगी...भारत के लोग इन सब के लिये पैसे देंगे?"

"नहीं देंगे। वे लोग अभी मूर्ख, मतिभ्रष्ट और स्वार्थपरता की मूर्ति बने हुए हैं। भला वे क्यों देंगे? यही सब कुछ सोचकर मैं अमेरिका चला गया कि अपना जीवन मैं इन्हीं कामों को करने के लिये न्यौछावर कर दूँ।"

"इतनी मेहनत करके शरीर का क्या हाल बना लिया?" गिरीश घोष ने कहा।

"जी. सी., जब मृत्यु निश्चित है तो किसी सत्कार्य के लिये मरना श्रेयस्कर है।"

"नरेन, भारत हमेशा से धर्मपरायण देश रहा है। हम आर्य संतानें हैं, लाटू से भी चुप नहीं रहा गया।"

"अच्छा, अजी, हमारे जैसे ऊँचे ख़ानदान वाले दुनिया में और हैं ही नहीं। हम आर्यवंशी जो ठहरे। वंश कहाँ है, यह नहीं मालूम," स्वामी के स्वर में व्यंग्य स्पष्ट झलक रहा था।

"एक बात और कहना चाहता हूँ, भारतवर्ष में सभी अनर्थों की जड़ है ग़रीबों की दुर्दशा। पाश्चात्य देशों के ग़रीब तो निरे दानव हैं। उनकी तुलना में हमारे यहाँ के ग़रीब देवता हैं। इसलिये हमारे ग़रीबों की उन्नति सहज है।"

"स्वामी जी, मैं इस काम को करने को तैयार हूँ। गाँव-गाँव जाकर धर्म शिक्षा के साथ भौतिक शिक्षा भी दिया करूँगा। मैं आपके कहे अनुसार अपने साथ एक मैजिक लैंप, एक ग्लोब और कुछ नक्शे लेकर गाँव में जाऊँगा और बच्चों को शिक्षित बनाऊँगा।"

"क्या, अभी तक हम लोगों ने जो कुछ किया, वह व्यर्थ है? ईश्वर की आरती, भोग या सेवा सब पागलपन है?" योगदानन्द ने थोड़े असंतोष से कहा, उसके अन्दर कुछ चटक रहा था।

स्वामी ने योगदानन्द की ओर देखा, कुछ कहने ही जा रहे थे कि शशि ने उत्साहित हो कर कहा–"जब तुम अमेरिका में थे, हम लोगों ने ठाकुर के वार्षिकोत्सव में बीस हजार लोगों को भोजन करवाया था..."

"मैं यह नहीं कहता कि यह ग़लत था, पर इतना अवश्य कहना चाहता हूँ–हमारी जाति से कोई भी आशा नहीं की जा सकती। किसी के मस्तिष्क में कोई मौलिक विचार जागृत नहीं होता। उसी एक चिथड़े से सभी चिपके हुए हैं। तुम लोग भी कुछ ऐसा कर दिखाओ कि लगे तुम लोगों में कुछ अवधारणा है। अन्यथा आज घंटा आया तो कल बिगुल और परसों चँवर। आज खाट मिली, कल उसके पाँवों को चाँदी से मढ़ा गया। आज खाने के लिये खिचड़ी दी गयी और हम लोगों ने दो हजार लंबी-चौड़ी कहानी गढ़ी। घंटा दाईं ओर बजना चाहिए अथवा बायीं ओर, चंदन माथे पर लगाना चाहिए या अन्यत्र कहीं। आरती दो बार उतारनी चाहिए या चार बार। इन प्रश्नों पर माथा पच्ची किया करते हैं, उन्हीं का नाम भाग्यहीन है... आलस्य तथा वैराग्य में आकाश-पाताल का अन्तर है।"

"आप तो क्रान्तिकारियों की तरह बातें करने लगे हैं? आप ही बताइए, हम लोग क्या करें?" मास्टर महाशय ने कहा।

"मेरी बात मानेंगे आप लोग? मेरी दृष्टि में यदि भलाई चाहते हो तो घंटा आदि को गंगाजी में सौंपकर साक्षात नारायण के विराट स्वरूप, देहधारी प्रत्येक मनुष्य

की पूजा में तत्पर हो। यह जगत भगवान का विराट रूप है। उसकी पूजा का अर्थ है–उसकी सेवा। वास्तव में कर्म इसी का नाम है, निरर्थक विधि उपासना के प्रपंच का नहीं। घंटा के बाद चँवर लेने का, अथवा भात की थाली भगवान के सामने रखकर दस मिनट बैठना चाहिए या आधा घंटा, इस प्रकार के विचार-विमर्श का नाम कर्म नहीं है, यह तो पागलपन है।"

"तो क्या मन्दिरों में भोग नहीं लगे? घंटे, चँवर नहीं डुलाए जायें? यही तो पूजा के तरीके हैं," ब्रह्मानन्द ने कहा।

"यह सब तो हो ही रहे हैं। लाखों रुपए खर्च कर काशी तथा वृंदावन के मन्दिरों के कपाट खुलते और बन्द होते हैं। कहीं ठाकुर जी वस्त्र बदल रहे हैं तो कहीं भोजन अथवा और कुछ कर रहे हैं, जिसका ठीक-ठीक तात्पर्य हम नहीं समझ पाते, किन्तु दूसरी ओर जीवित ठाकुर भोजन तथा विद्या के बिना मरे जा रहे हैं। एक बात याद रखना, दादा, हम लोग संन्यासी हैं; भक्ति तथा मुक्ति, सब हमारे लिये त्याज्य है। जगत का कल्याण करना, प्राणिमात्र का कल्याण करना हमारा व्रत है, चाहे उससे मुक्ति मिले अथवा नरक स्वीकार करो..." स्वामी लम्बे-लम्बे डग भरते हुए अपने कमरे में चले गये।

(36)

प्रातः काल की वेला! सुबह के चार बज रहे थे। तुरियानन्द, निरंजनानन्द, सदानन्द, स्वरूपानन्द, श्रीमती ओलिबुल, भगिनी निवेदिता, कुमारी जोसेफिन...अलग-अलग कैंप बनाकर काम में जुट गये थे। स्वामी के मुखमंडल की आभा देदीप्यमान हो रही थी...आँखों से शहद टपक रहा था...उन्होंने मुस्कुराकर कहा–"तुम लोग रामकृष्ण की वीर संतानें हो।"

"स्वामी जी, हमने आठ अलग-अलग कैम्प बनाए हैं। किराए पर भवन और ज़मीनें ले ली गयी हैं, जिनमें टेंट हाउस लगाये गये हैं–जहाँ मरीजों के रहने और उनकी परिचर्चा की व्यवस्था की जायेगी," स्वरूपानन्द ने सारी जानकारी दी।

"कुछ लोगों ने स्वेच्छा से मिशन के सेवाकार्य में जुड़ने की इच्छा जताई है, वे लोग आपसे मिलना चाहते हैं।"

"हमारा देश जाग रहा है," स्वामी ने झूमते हुए आगंतुकों से कहा–"सबसे पहले जनसाधारण के बीच स्वास्थ्य रक्षा के नियमों का प्रचार करें। दूसरी बात, केवल मुख से कुछ कह देने भर से लोगों पर उतना प्रभाव नहीं पड़ता, जितना

आचरण से। इसी से अपने हाथ से नगर के गली-कूचों तथा घर-द्वार की सफाई में जुट जायें।"

"स्वामी जी, रोगियों की सेवा-शुश्रुषा के लिये हम लोग तत्पर हैं," निवेदिता अपने गुरु को निश्चिंत करना चाह रही थी।

स्वामी बुदबुदा रहे थे–"माँ काली के अस्तित्व के विषय में बहुत से लोग व्यंग्य किया करते हैं, परन्तु देखो, आज माँ अपनी प्रजा के बीच आविर्भूत हुई हैं। कोई कूल किनारा नहीं देख पा रहा, भयभीत और मृत्यु के दंडदाता की पुकार हो रही है। कौन कह सकता है कि भगवान शुभ के समान अशुभ के रूप में भी अपने को अभिव्यक्त नहीं करते। परन्तु केवल हिन्दू ही उन्हें अशुभ रूप में भी पूजने का साहस करते हैं।"

गर्मी की प्रचंडता बढ़ती ही जा रही थी। सूरज आग का प्रचंड गोला सदृश आकाश में चमक रहा था और धरती को तपती रेत बना रहा था। संतोष की बात यह थी कि प्लेग की समस्या का समाधान हो गया था। ब्रह्मानन्द ने प्रसन्नता पूर्वक कहा–"नरेन, मिशन के द्वारा प्लेग में जो स्वच्छता सम्बन्धी काम हुए और रोगियों की जो सेवा-शुश्रुषा हुई, जनता में असीम आस्था का संचार हो रहा है। ख़ासकर स्वामी विवेकानन्द पर जन-साधारण की आस्था एवं श्रद्धा पहले की अपेक्षा सैकड़ों गुना बढ़ गयी है।"

"शिव-शिव, मैंने क्या किया...जो कुछ किया, आप सभी ने किया।" स्वामी शरमा गये।

"जनता को जितना मूर्ख नेता समझते हैं, दरअसल उतनी होती नहीं, सच्चाई जान ही जाती है," हँसते हुए गिरीश घोष ने कहा।

"सही कहते हो, जी.सी.। हमने अपने देशवासियों के लिये क्या किया है, कुछ भी नहीं और अगर वह श्रेय देती है, तो उनकी महानता है।" स्वामी ने कहा।

"आगे क्या करना चाहते हो?"

"और पाठशालाएँ खोलने की कोशिश करो। सदा याद रखो कि श्री रामकृष्ण संसार के कल्याण के लिये आए हैं–नाम और यश के लिये नहीं। वे जो कुछ सिखाने आए हैं, केवल उसी का प्रसार करो। उनके नाम की चिंता मत करो।"

एक बात कहूँ, लोग कहते हैं, उस पर विश्वास करो, इस पर विश्वास करो, मैं कहता हूँ, अपने आप पर विश्वास करो। मैंने आलासिंगा को अपने मन की बात लिखी थी, आज आप सबसे भी कहता हूँ। मैं एक संन्यासी हूँ और मैं उस भगवान

या धर्म पर विश्वास नहीं करता जो न विधवाओं के आँसू पोंछ सकता है और न अनाथों के मुँह में एक रोटी का टुकड़ा पहुँचा सकता है। धर्म के सिद्धान्त कितने ही उदात्त और उसका दर्शन कितना ही सुगठित क्यों न हो, जब तक वह कुछ ग्रन्थों और मतों तक ही सीमित है, मैं उसे नहीं मानता। स्वामी मौन हो गये।

"कभी-कभी लगता है, नरेन क्या-क्या बोलता है, लेकिन कभी-कभी लगता है एक़दम सही बोलता है। ठाकुर भी तो यही कहते थे पर वे मधुर शब्दों में और हँसते हुए कहते थे और नरेन गम्भीर हो कर कहता है तो थोड़ा अलग लगता है।"

लाटू की बात सुनकर स्वामी मुस्कुराए। फिर हँसते हुए कहा–"लाटू महाराज, जो कहें वही सही।"

तभी स्वामी की नजर बाहर पड़ी। उन्होंने पैरों में खड़ाऊँ डाली और यह कहते बाहर निकल आए–"आप लोग मेरे पीछे आकर समय मत नष्ट करें...मैं थोड़ी देर में आता हूँ।"

स्वामी के पग जल्दी-जल्दी उठ रहे थे, देखकर ऐसा लग रहा था कि कोई अति महत्वपूर्ण व्यक्ति दिखायी पड़ गया है, वह निकल न जाये या कोई अति महत्वपूर्ण बात ही याद आ गयी हो। तेज चाल से चलने के कारण वे हाँफने लगे...पर रुके नहीं, रुके तो वहीं जाकर जहाँ रुकना था।

सामने संथालियों के गुट सफाई कर रहे थे, स्वामी वहीं पेड़ के पास वाली पत्थर पर बैठ कर पुकारा–"केष्टा।"

"जी, स्वामी बाप! आपका स्वास्थ्य अच्छा तो है, कल मैं आपसे मिलने गया था, बूढ़ा बाबा ने कहा–"अभी जाओ, स्वामी जी की तबियत ठीक नहीं है।'"

"मुझे पता नहीं चला, पता चलता तो मैं तुमसे अवश्य मिलता। तुम तो मेरे प्रिय हो।"

"हाँ, पर देखो न कितना काम बचा हुआ है, मिट्टी भी काटनी है, सफाई भी करनी है..." केष्टा ने सरलता से कहा।

"अच्छा, काम तो करना, पर पहले यह बताओ तुम्हारे घर-देश का क्या हाल है?"

"क्या हाल रहेगा, बाप...! महुआ खा कर सब जी रहे हैं...बेटी कभी-कभी बाल में लगाने वाला रिबन लाने कहती थी, जब देश जाता था..." केष्टा स्वामी से बातें करते वक्त अपने देश में डूबता जा रहा था तभी उससे बाहर निकलकर बोला–"अरे स्वामी बाप, आप हमारे काम के समय यहाँ न आया करें। बातों में

हमारा काम बन्द हो जाता है और बाद में बूढ़ा बाबा आकर डाँटता है।"

स्वामी की आँखें भर आयीं–"नहीं-नहीं, बूढ़ा बाबा नहीं डांटेगा। तुम बताओ, बेटी के लिये रिबन ले गये या नहीं?"

"कहाँ ले पाया? पैसे ही नहीं बचते थे। फिर वह बड़ी हो गयी...बारह-तेरह साल की तब किसी तरह उसकी शादी कर दी...पिछले साल एक नातिन हुई है।"

"हे भगवान, तेरह-चौदह साल की उम्र में बच्चा!" स्वामी का मन बुझ गया, पर कुछ कहा नहीं। उन्होंने केष्टा को देखा, आज वह भी बहुत कमजोर दिखायी दे रहा था। उन्होंने केष्टा से कहा–"आज तुम सभी हमारे यहाँ खाना खाओगे।"

"ना रे बाप। तुम्हारा छुआ नमक खाने से हमारी जात चली जायेगी..." केष्टा ने स्वामी को अस्पृश्य बना दिया।

"क्यों भला?" स्वामी ने आश्चर्यचकित हो कर पूछा।

"बाप, अब हम तुमलोगों का छुआ नहीं खा सकते, हम सभी का ब्याह हो चुका है। हम लोगों में ब्याह के बाद दूसरी जाति का नमक नहीं खाया जाता," केष्टा स्वामी को समझा रहा था।

"ठीक है, नमक नहीं खाना। बिना नमक के तरकारी बनवा देंगे तब तो खाओगे," स्वामी ने उसे मनाने की कोशिश की।

"हाँ, तब खा लेंगे, पर नमक एक़दम नहीं हो," केष्टा का भी अपना कठोर नियम था, उसे कैसे छोड़ देता?

मठ में चहल-पहल बढ़ गयी। स्वामी ने रसोईघर जाकर स्वयं झाँका–"अब कितनी देर है?"

"पूरी, तरकारी, मिठाई, दही, सब तैयार है, बस चटनी बननी है," शारदानन्द ने कहा।

"चटनी मीठी बनवाना, वरना उसकी जाति चली जायेगी," स्वामी ने इस पंक्ति पर विशेष जोर देते हुए कहा।

"आप चिंता न करें, हम लोग ध्यान रख रहे हैं, उसे जाति से च्युत नहीं होना पड़ेगा। खाना लगवा रहे हैं।" शारदानन्द ने हँसते हुए कहा।

"हाँ-हाँ जल्दी करो, कहीं उसकी भूख न मर जाये," कहते हुए स्वामी पत्तल लगाने लगे।

केष्टा अपने पत्तल पर पड़ी पूरी, तरकारी, दही, मिठाई, चटनी को आश्चर्यचकित हो कर देख रहा था। कभी मिठाई खाता, कभी पूरी, कभी तरकारी, कभी चटनी।

उसके मुखमंडल पर प्रसन्नता की किरणें छिटक रही थीं, उसकी चमक सूर्य की किरणों से कम चमकदार नहीं थी।

"केष्टा, कुछ और लोगे?" स्वामी ने प्रेमिल स्वर में पूछा।

"बाद में लूँगा बाप, पर यह तो बता दो कि ऐसी-ऐसी चीज़ें तुमने कहाँ पायी? हमने तो कभी ऐसा नहीं खाया," केष्टा ने पत्तल को चाटते हुए कहा।

स्वामी की आँखें झुक गयीं, उनकी आँखें केष्टा की आँखों का सामना करने में शर्मिंदगी महसूस कर रही थीं। उन्होंने धीरे से कहा, "तुम लोग नारायण हो। आज मेरा नारायण को भोग देना पूरा हुआ।"

केष्टा और उसके साथी शायद कुछ नहीं समझे, परन्तु उनके मुखमंडल पर तृप्ति के भाव कितना कुछ कह रहे थे। स्वामी उनके चेहरे की तृप्ति देखकर खिल उठे। सामने खड़े शरत से कहा, "इन्हें देखो, मानो साक्षात नारायण हैं–ऐसा सरलचित्त, ऐसा निष्कपट, सहज प्रेम पहले कभी नहीं देखा।" शरत अपने गुरु को अपलक निहार रहा था।

तभी स्वामी की नजर मठ के संन्यासियों पर पड़ी। स्वामी उनकी ओर मुड़ते हुए बोले, "देखो, वे लोग कैसे सरल हैं। इनके दुख थोड़े दूर कर सकोगे? नहीं तो गेरूए वस्त्र पहनने से क्या लाभ हुआ? परहिताय सर्वस्व अर्पण–इसी को सच्चा संन्यास कहते हैं। इन बेचारों को कभी खाने के लिये स्वादिष्ट चीज़ें मिली ही नहीं हैं। जी में आता है कि मठ वठ सब बेचकर इन्हीं ग़रीब-दुखी दरिद्रनारायणों में बाँट दूँ।"

"नरेन, तुम इतना विह्वल क्यों हो जाते हो?" ब्रह्मानन्द ने टोका।

"तो क्या करूँ, देश के लोगों के पास खाने-पहनने को नहीं है, फिर हम अपने मुख में कैसे अन्न डालते हैं? दादा, देश के ग़रीब-दुखियों के लिये कोई नहीं सोचता।"

"नरेन बिलकुल सही कह रहा है," रामकृष्णानन्द ने कहा।

"जो लोग राष्ट्र के मेरूदंड हैं, जिनके परिश्रम से अन्न उपजता है, जिन सफाई कर्मियों के एक दिन कार्य बन्द कर देने से नगर में हाहाकार मच जाता है, परन्तु हाय रे! उन्हें सहानुभूति दिखानेवाला, उनके दुख-शोक में सांत्वना देने वाला देश में कोई नहीं है।"

"स्वामी जी, जातीय व्यवस्था की जड़ें इतनी गहरी और प्राचीन हैं, इसे समाप्त करना कैसे संभव है?" शरत ने कहा।

"कुछ भी कहो शरत, इसे जाना तो होगा। पुरोहित गण चाहे कुछ भी बकें, हो सकता है पूर्व में वर्ण व्यवस्था का सामाजिक विधान रहा हो, परन्तु उसका काम समाप्त हो चुका है, अब वह भारतीय वायुमंडल में दुर्गंध फैलाने के सिवा कुछ नहीं कर रहा।" स्वामी के चेहरे पर जातीय व्यवस्था के दुष्चक्र समाप्त होने का विश्वास छलक रहा था।

"स्वामी जी, एक बात समझ नहीं आयी, केष्टा ने ऐसा क्यों कहा कि हमारे नमक खाने से उसकी जाति चली जायेगी? यह भी तो एक तरह की अस्पृश्यता हुई न?" युवा संन्यासी ने पूछा।

"मेरे बच्चे, उनके समाज में भी इस अस्पृश्यता के कारण विरोध के स्वर उठे होंगे, उनका स्वरूप बदल दिया...नमक को ढाल बनाया। आज हमारे देश में कोई निम्न जाति में जन्म लेता है तो वह हमेशा के लिये गया-बीता समझा जाता है। उसके लिये कोई आशा-भरोसा नहीं है। यह क्या कम अत्याचार है? भारत के लाखों अनाथों के लिये कौन रोता है? हे भगवान! क्या हम मनुष्य हैं? तुमलोगों के घरों के चारों तरफ़ जो पशुवत जी रहे भंगी डोम हैं, उनके लिये क्या कर रहे हो?" स्वामी ने एक मिनट तक युवा संयासियों की ओर देखा, कोई उत्तर नहीं पाकर कहने लगे–

"बताओ न, उन्हें छूते भी नहीं और उन्हें दूर-दूर करके भगा देते हो। क्या हम मनुष्य हैं? वे हजारों साधु, ब्राह्मण भारत की दलित-दरिद्र जनता के लिये क्या कर रहे हैं? 'मत छू, मत छू' यही रट लगाते रहते हैं।"

"स्वामी जी, यह सारा विधान ईश्वर का रचा हुआ है...इसी तरह संसार चलता रहता है–ऐसा शास्त्र भी कहते हैं।"

"कौन सा शास्त्र कहता है? गीता कहती है–'कर्म करो'...आसुरी सम्पदा नहीं, दैवी सम्पदा युक्त मानव बनो। कौन हैं दैवीय सम्पदा युक्त मनुष्य?"

"जिनके हृदय में करुणा हो, क्षमा हो, दया और सेवा की भावना हो।"

"यह बात तो समझ में आती है, जिनके पास बहुत सा धन और मान है, वे संसार को अपनी गति से ज्यों का त्यों चलने देना चाहते हैं। जिनका ऐशो-आराम में लालन-पोषण हो रहा है। लाखों पद दलित परिश्रमी ग़रीबों के हृदय के रक्त से जिनकी शिक्षा हो रही है, फिर भी उनकी ओर ध्यान नहीं देने को मैं विश्वासघात मानता हूँ। मेरे बच्चों, इतिहास में कहाँ और किस काल में आपके धनवान पुरुषों ने, कुलीन पुरुषों ने, पुरोहितों ने और राजाओं ने ग़रीबों की ओर ध्यान दिया? वे ग़रीब जिन्हें कोल्हू के बैल की तरह पेलने से उनकी शक्ति संचित हुई है।"

"स्वामी जी, आप का कहना सही है, ग़रीब लोग बड़ी संख्या में मुस्लिम बन रहे हैं। पहले तलवार के बल पर बनाए जाते थे, पर यह सिलसिला अभी भी थम नहीं रहा।"

"तुम्हारा कहना सही है। भारतीय ग़रीबों में इतने मुसलमानों की संख्या इन्हीं वजहों से है। यह मिथ्या बकवाद है कि तलवार की धार पर उन्होंने धर्म बदला। जमींदारों और पुरोहितों से अपना पिंड छुड़ाने के लिये बेचारे ग़रीबों ने ऐसा किया। तुम लोग इन बातों को गौर पूर्वक देखो और विचार करोगे तो पाओगे कि बंगाल में जहाँ जमींदार अधिक हैं, वहाँ हिन्दुओं से अधिक मुसलमान किसान हैं। लाखों पद दलित और पतितों को ऊपर उठाने की चिंता किसे है? विश्वविद्यालय की उपाधि लेने वाले कुछ हजार व्यक्तियों से राष्ट्र का निर्माण नहीं हो सकता। कुछ धनवानों से राष्ट्र नहीं बनता, मेरे बच्चों। मेरी समझ में भारत वर्ष के पतन और अवनति का एक प्रधान कारण जाति के चारों ओर रीति-रिवाजों की एक दीवार खड़ी कर देनी थी, जिसकी भित्ति दूसरों की घृणा पर स्थापित थी।"

स्वामी की आँखें भर आयीं। डबडबाई आँखों से उन्होंने कहा, "मुझे चिंता नहीं कि लोग क्या कहते हैं। जो दरिद्र हैं, अशिक्षित हैं, दलित हैं, उनसे मैं प्रेम करता हूँ। उनके लिये मेरा हृदय कितना द्रवित होता है, उसे सिर्फ़ भगवान जानते हैं।"

"फिर हम लोग क्या करें, स्वामी जी, आप मार्गदर्शन करें।" आगंतुकों में से किसी ने जिज्ञासा की।

"जो दारिद्रय, पुरोहित प्रपंच तथा प्रबलों के अत्याचारों से पीड़ित हैं, उन भारत के करोड़ों पद दलितों के लिये प्रत्येक आदमी दिन-रात प्रार्थना करें। बीस करोड़ नर-नारी जो सदा ग़रीबी और मूर्खता के दल-दल में फंसे हैं, उनके लिये जिनका हृदय रोता है, वही धन्य है। ये ही तुम्हारे ईश्वर हैं, उन्हें कैसे शिक्षा मिले, इसके लिये सोचो। निरंतर इन्हीं के लिये सोचो।"

"स्वामी जी, आप तो महात्मा हैं...फिर भी आप ईश्वर की सेवा छोड़कर, जप, तप, ध्यान मन्दिर जाने की बात नहीं कर रहे, अलग तरह की बातें नहीं बता रहे?"

"मैं उसी को महात्मा कहता हूँ, जिसका हृदय ग़रीबों के लिये द्रवीभूत होता है, अन्यथा वह दुरात्मा है," स्वामी ने कहा।

"स्वामी जी, सिर्फ़ प्रार्थना करने और उनके बारे में सोचने से क्या कल्याण हो जायेगा? आगे के लिये क्या निर्देश है?"

"तुम्हें एक नयी युक्ति बताऊँ। अगर इसे कार्यान्वित कर सको तो समझूँगा

कि तुम सब आदमी हो और काम के योग्य हो। सभी मिलकर एक संगठित योजना बनाओ। कुछ कैमरे, कुछ नक्शे, ग्लोब, कुछ रासायनिक पदार्थ आदि की आवश्यकता है। इतने के बाद एक बड़े घर की आवश्यकता पड़ेगी, जहाँ कुछ ग़रीब बच्चों को इकट्ठा करके उन्हें भूगोल-विज्ञान आदि पढ़ाओ। किस देश में क्या हो रहा है, यह दुनिया क्या है? यह बताओ। उनकी आँखें खोलने की कोशिश करो। पहले एक केन्द्र बनाओ...फिर दूसरा...और तीसरा। जाओ, तन-मन से काम में लग जाओ। गप्पे लड़ाने और घंटी हिलाने का ज़माना गया, मेरे बच्चों। काम करना होगा।"

(37)

प्रात:कालीन वेला थी, सूर्योदय होने के लिये प्रकृति तत्पर थी, फिर भी सूरज बादलों की ओट से बाहर नहीं आ पा रहा था। ठण्डी बयार प्रवाहित हो रही थी। स्वामी का मन मयूर बादलों को देखकर नृत्य कर रहा था।

ब्रह्मानन्द ही नहीं, छोटे से बड़े सभी गुरुभ्राता अपने नरेन को स्वस्थ देखकर मन ही मन माँ को शीश झुका रहे थे।

बलराम बसु के ऊपरी मंज़िल का यह हाल स्वामी को हमेशा से प्रिय रहा है। कितनी स्मृतियाँ यहाँ से जुड़ी हुई हैं। ठाकुर और उनकी संताने...जिनसे बढ़कर शायद स्वामी के लिये कोई नहीं था।

"आज की कार्यकारिणी का प्रारंभ करें?" मास्टर महाशय ने कलम निकालते हुए पूछा।

"हाँ...मठ की व्यवस्था कैसी हो, यह तो हम सभी जानते हैं और मठ उसी प्रकार चल भी रहा है परन्तु लिखित रूप में होना नितान्त आवश्यक है," पूर्ण चन्द्र घोष ने कहा।

"इस मठ में रहने वाले संन्यासियों के लिये पृथक-पृथक कमरे रहेंगे। सभी अपने-अपने कमरे में रहेंगे।" स्वामी ने प्रथम बिंदु रखा। "प्रत्येक के लिये खाट, गद्दा और निर्मल जल की व्यवस्था करनी होगी। अपने कमरे की सफाई सभी को स्वयं करनी होगी। रिसेप्शन रूप में ही अभ्यागतों से भेंट करना है, कोई अभ्यागत किसी के कमरे में नहीं जायेगा। अगर मठ के अन्दर आएँ, तो इस बात का ख़याल रखें कि दूसरों को कष्ट न हो...। आप लोग सहमत हैं?" स्वामी ने पूछा।

"सहमत," प्रेमानन्द ने कहा।

"प्रतिदिन बारी-बारी से कुछ घंटों के लिये तुममें से एक-एक को हॉल में उपस्थित रहना पड़ेगा, ताकि आगंतुकों के प्रश्नों का सही उत्तर दिया जा सके। यह आपस में तय करना होगा कि किस दिन कौन बैठेगा। कोई परेशानी?" स्वामी ने पूछा।

"इसमें भला क्या परेशानी? इसी बहाने ठाकुर की चर्चा करने का अवसर मिलेगा," योगानन्द ने कहा।

"ठाकुर की बात कोई नहीं माने या उनका तुम्हारी तरह आदर-सत्कार नहीं करें, फिर भी किसी व्यक्ति से वाद-विवाद नहीं करना है। सदा शान्त भाव अपनानी है," स्वामी ने स्पष्ट किया।

"वाद-विवाद से कभी लाभ नहीं होता, इससे तो बचना ही चाहिए। इससे समाधान कभी नहीं निकलता," मास्टर महाशय ने गम्भीर स्वर में कहा।

"सभी को अपने कमरे में रहना चाहिए और किसी विशेष कार्य के अतिरिक्त दूसरे के कमरे में नहीं जाना चाहिए। एक कमरे में भीड़ करके दिनभर बात-चीत में समय गंवाना और अनेक व्यक्तियों का बाहर से आकर उस कोलाहल में समय गंवाना आदि का निषेध होना चाहिए। लाइब्रेरी का और भी विस्तार किया जाये। वहाँ दुनिया भर की अच्छी किताबें हों। सभी को कुछ देर पुस्तकालय में जाकर अध्ययन की आदत डालनी चाहिए। पढ़ने की आदत सभी में विकसित हो। हाँ, एक बात और वहाँ कोई किसी से बातचीत नहीं करे, इसका विशेष ध्यान रखा जाना चाहिए।"

"हम क्या करेंगे? मुझे भी लाइब्रेरी जानी होगी? वहाँ जाकर करूँगा क्या? ठाकुर ने तो मुझे यह सब सिखाया ही नहीं," लाटू उदास स्वर में कहा।

"लाटू महाराज, ठाकुर ने आपकी झोली में अपनी समस्त कृपा डाल दी है, आपको बिना पढ़े-लिखे...भाव साम्राज्य दे दिया है," स्वामी ने कहा।

"नरेन के इस बात से हम सभी पूर्ण सहमत हैं," गिरीश घोष ने कहा।

"तंबाकू सेवन भी निषेध हो। कम से कम पुस्तकालय में..." कहते हुए स्वामी ने अपने गुरु भाइयों की ओर देखा, उनकी नजरें झुक गयीं। बीमारी की वजह से आज सिगार हाथ नहीं लगाया था। धीरे से कहा, "ऐसा कर सकते हैं, धूम्रपान के लिये एक कमरा अलग से रखा जाये।"

मठ के तीन विभाग होंगे:

1. अध्ययन
2. प्रचार

3. धार्मिक साधना

"थोड़ी संयत वाणी में कहा–चुगलखोरी, गुट बनाना, दूसरों की निंदा करना, इसका पूर्ण त्याग करना होगा।" स्वामी की बात शायद समाप्त हो गयी थी। तभी तारकनाथ ने पूछा, "अगर किसी को क्रोध आ गया तो...? तो क्या, उसे भी कोई कमरा दिया जायेगा?"

"नहीं , मठ की सीमा के बाहर जाकर एकांत में अपना क्रोध निकाल सकता है," ब्रह्मानन्द ने कहा।

"अध्यक्ष और मन्त्री के चुनाव की तो बात ही नहीं हुई," रामकृष्णानन्द ने कहा।

"मेरा विचार है कि प्रतिवर्ष अध्यक्ष ब्रह्मानन्द बनें। वे अपने कार्यालय के लिये मन्त्री का चुनाव स्वयं कर लें। एक बात और, अध्यक्ष और मन्त्री का एक-एक कार्यालय अलग से रहे। मन्त्री का एक महत्वपूर्ण काम सभी के स्वास्थ्य पर ध्यान देना होगा।"

"बाप रे, इतना नियम-कानून से अब मठ चलेगा? मुझसे तो इतना झंझट नहीं होगा," लाटू ऐतराज जताते हुए निकल गये।

स्वामी ने आगे बढ़कर उसे रोका, "लाटू महाराज, संन्यासी के कमरे में स्त्री को जाना है या नहीं? इसका नियम बनाना चाहिए या नहीं...?"

"बनाना चाहिए, स्त्री को संन्यासी के कमरे में नहीं जाना चाहिए," लाटू ने जोर देकर कहा।

"यही तो नियम है जो आपने बनाए। वैसे ही स्त्रियों के मठ में संन्यासी को रहने की अनुमति नहीं होगी। इन बातों के उल्लंघन करने वालों के तत्काल निष्कासन की व्यवस्था हो," ब्रह्मानन्द ने कहा।

"दुष्ट चरित्रवाले मनुष्यों का पूर्ण निषेध। इनकी छाया भी हमारे कमरे की देहली पार न करें। अगर हम में भी कोई दुराचारी हो जाये तो तुरंत निकाल दो," कहते हुए स्वामी अपनी कमर सीधी करते हुए उठ खड़े हुए और शशि के कंधे पर हाथ रखते हुए कहा, "तुम सब रामकृष्ण की संताने हो। सबमें महान शक्ति है। ठाकुर जौहरी थे, तुम लोग कमर कसकर खड़े हो जाओ। हुंकार मात्र से दुनिया पलट सकते हो।"

"मेरे गुरु के शिष्य मेरी संतानों के समान हैं।" ब्रह्मानन्द ने अपने नरेन की ओर देखा, जो देखते-देखते एक विशाल पटल पर विराट रूप धारण कर रहा था। ब्रह्मानन्द ने कहा, "नरेन, तुम्हारा विश्वास एक दिन अवश्य फलीभूत होगा। तुम्हारे

क्रान्तिकारी विचार एक दिन बंगाल से जाति-पाति जैसी संकीर्णताओं को समाप्त कर देंगे।"

"दादा, मेरे हृदय, मन, और मस्तिष्क में एक बात समा गयी है कि जाति पर आधारित हमारा बंटा हुआ समाज और स्त्री शक्ति का इस तरह अपमान देश को सुखी नहीं रहने दे सकता। मेरे प्राणों से भी अधिक प्यारे गुरु भाइयों–तुम ही सोचो, जो ग़रीबों को रोटी का एक टुकड़ा नहीं दे सकते, वे क्या मुक्ति दे सकते हैं? दूसरों के श्वांस-प्रश्वांस से अपवित्र होने वाले लोग दूसरों को क्या पवित्र बना सकते हैं? हम रामकृष्ण की संतानें हैं, न हमें नाम चाहिए, न यश, न भक्ति, न मुक्ति, बस प्राण देकर भी दूसरों की भलाई करें।"

गिरीश घोष ने जय घोष दिया–'जय रामकृष्ण!'

(38)

स्वामी भले ही विश्वविजयी बनकर स्वदेश लौटा है और गुरु ऋण से मुक्त हो गया है, पर एक व्यक्ति है जिसके सामने जाने से वह घबड़ा रहा है। एक छोटे शिशु की तरह वह माँ से नज़रें मिलाने में डर रहा है।

ईश्वर साक्षी है–हर पल हर क्षण यह महसूस करता रहता है कि वह माँ का अपराधी है–कैसे अपनी दुखिनी माँ, वृद्धा नानी और अपने भाई-बहनों को बेसहारा छोड़कर सर्वशक्तिमान रूपणि माँ काली के पुजारी के सन्देश को लेकर चल पड़ा था।

स्वामी की आँखों से नींद कोसो दूर है। कल उसे माँ से मिलने जाना है। आज 24 फरवरी 1897 हो गया, तीन दिन हो गये...मान लेते-लेते। इस मान में कोई आनन्द नहीं था...बस एक बात की आशा थी कि अपने पुत्र के इस मान को देखकर माँ की आत्मा इस पुत्र को माफ कर दे...उसने करवट बदली, मुद्रा बदली। कुछ समझ नहीं आया। कैसे करेगा उनका सामना। उसकी तबियत ठीक नहीं लग रही, सिर में भयंकर दर्द है, शायद माइग्रेन हो गया है। शरीर भी गरम लग रहा है। माथे पर हाथ डाला, तेज ज्वर जैसे चढ़ रहा हो।

उस दिन सन 1887 का अप्रैल महीना रहा होगा।दस साल पूर्व इसी तरह उस दिन भी नव संन्यासी बना स्वामी वराह नगर मठ में बीमार था। बुखार में शरीर तप रहा था–माँ कैसे दौड़ी-भागी चली आयी थी।

संन्यासी की आँखें खुली थीं तो सामने दरवाज़े से माँ अन्दर आते दिखी थी। साथ में महेन्द्र, अपने मंझले बेटे के साथ! सामने शय्या पर सबसे प्यारे और योग्य

पुत्र को देखकर माँ ने महेन्द्र दत्त को पीछे छोड़कर उसके सिर पर हाथ रखकर रूँआसे स्वर में कहा था–नरेन।

नरेन की खुली आँखें बन्द हो गयी थीं। इसी सप्ताह तो उसने ही मठ के लिये एक नियम बनाया था–स्त्रियों का प्रवेश मठ के अन्दर निषेध रहेगा। और आज ही मात्र एक सप्ताह में नियम ध्वस्त हो कर मठ में इधर-उधर बिखर गये थे। माँ के सामने पुत्र की इतनी हिम्मत कहाँ कि वह अपना नियम चला सके। परन्तु आज माँ नहीं आएगी, स्वामी को भली भाँति मालूम है। बीमार बेटे को देखने माँ नंगे पाँव भागी आ सकती है, पर विश्व विजयी पुत्र के दर्शन के लिये नहीं आ सकती, भले ही इसके लिये उसे अपने कलेजे पर मन भर पत्थर ही क्यों न रखना पड़े।

उस पर से कितना बड़ा अपराध भी तो किया है; स्वामी ने। कच्ची उम्र में भले ही संन्यासी बन जाये...पर परिपक्वता कहाँ से आ जायेगी। हालाँकि ऐसा नहीं था कि संन्यासी बनते ही वह पत्थर बन गया; सच्चाई तो यही है कि जैसे-जैसे दिन बीतते जा रहे हैं, वह और अधिक संवेदनशील होता जा रहा है...पर उसकी करनी तो वैसी ही रही थी जैसे पाषाण हृदय का होता है।

हालाँकि स्वामी उस समय कलकत्ते में नहीं था, अलमोड़ा में था। गर्मी से परेशान, अमेरिका जाने की मशक्कत अभी शुरू भी नहीं हुई थी। 1891 अप्रैल की बात होगी, अमेरिका तो 1892 दिसम्बर में गया था। उसकी माँ...जिन्होंने विश्वनाथ से कितनी मिन्नतें करके उसे अपने गर्भ में धारण किया था। न जाने कितने दिनों तक लगातार उपवास कर-करके शरीर को सुखाया और गलाया था, इस पुत्र की प्राप्ति के लिये। वही पुत्र माँ के शोक की घड़ी में आकर खड़ा भी नहीं हो पाया था।

माँ को जब खबर मिली कि उसकी प्यारी पुत्री योगीन्द्रबाला नहीं रही..., पचीस साल की बेटी इस दुनिया से मुँह मोड़कर चली गयी...उसने आत्महत्या कर लिया तो किसी भी माँ की क्या हालत हुई होगी...? पथरा सी गयी थी भुवनेश्वरी देवी...। तभी ध्यान आया उसे अपने बिलू का जो उसके लिये वीरेश्वर है, जो होनी को भी अनहोनी में बदल सकता है। महेन्द्रनाथ दौड़ता हुआ जब वराह नगर मठ पहुँचा, सामने ही जोगेन-बाबूराम और गिरीश घोष खड़े मिले।

ओफ्फ, गिरीश घोष ने सिर पकड़ लिया। हे ठाकुर! माँ को सम्हालो...

तुम घर पहुँचो, हमलोग भी आते हैं। नरेन को खबर करने के लिये शरत को तार भेजते हैं, कहते हुए योगेन, बाबूराम और गिरीश घोष भी चल पड़े। राखाल माँ के पास दौड़ पड़े थे।

उस समय माँ शोक की मूर्ति बनी बैठी थी, मन-मस्तिष्क कुछ भी काम नहीं कर रहा था। योगीन्द्र बाला की दोनों बच्चियों की उभरती आकृति उसके हृदय को मथ रही थी।

योगीन्द्र बाला! यह तूने क्या किया? न अपनी बेटियों के बारे में सोचा न अपनी माँ के बारे में। इन अनाथ बच्चियों का क्या होगा? अनाथ ही तो हो गयी हैं, कौन है? माँ ने शरीर तज दिया पिता तो पहले से तजा हुआ है..., पुत्र की आस में पत्नी और पुत्रियों को दुत्कारने वाला प्राणी निकृष्ट जीव, भला मातृहीना पुत्रियों के साथ कैसा व्यवहार करेगा?

माँ, सँभालो–अपने को, जोगेन किसी तरह कह पाया पर बाबूराम के मुख से इतना भी नहीं निकल पाया। माँ की हालत देख उसकी आँखों से अश्रुप्रवाह रूक नहीं पा रहे थे।

तुमलोग मेरे बिल्लू को बुला दो...माँ ने पहली बार मुख खोला।

पर बिलू बेचारा क्या करता? वह तो विवेकानन्द बन गया था। जब सारदानन्द ने इस दुखद खबर की सूचना दी–उसके आँखों के सामने योगीन्द्र बाला दीदी खड़ी हो गयी,उनके स्नेह, प्यार...स्मृति पटल पर उथल-पुथल मचाने लगे। योगीन्द्र बाला बेथुन कालेज में पढ़ने जाती थी–उसकी प्रिंसिपल मिस कामिनी शील! स्वामी की आँखों में सभी दृश्य चलचित्र की भाँति घूम रहे थे। योगीन्द्र बाला की प्राइवेट ट्यूटर मिसेज सेकडोना मेक्डोनाल्ड। योगीन्द्र बाला को जब कालेज शील्ड मिली थी, कितने प्रसन्न थे माता-पिता। नरेन को भी कितनी प्रसन्नता हुई थी। कौन जानता था विवाह के बाद उनकी हालत इतनी दयनीय हो जायेगी कि वह हार मानकर आत्महत्या कर लेगी। जीवन इतना भार लगने लगेगा और मृत्यु हल्की।

माँ को कैसे बताए, जब यह खबर मिली थी तो वह कैसा शोकातुर हो गया था। जिस प्रकार के वैराग्य की सलाह प्रेमदा आदि देते हैं, वह उससे कोसों दूर था। उसे प्राप्त करने के लिये पृथ्वी पर मारा-मारा फिरता रहा पर कभी नहीं पा पाया। वह असंवेदनशील नहीं हो पाया।

माँ को नहीं पता, उस समय अपनी बहन को दुनिया से यूँ चले जाने के कारण, अत्याचारों से तंग आकर अपने को समाप्त कर लेने की दारूण पीड़ा में बहन को क्या-क्या झेलना पड़ा होगा, इस कल्पना से स्वामी किस तरह बिलबिला उठा था। उसने अवश्य ही संन्यास धर्म की दीक्षा ली थी, परन्तु वह पाषाण नहीं बन पाया था।

उस समय वह उस प्रभु को याद कर उन्हीं से प्रार्थना कर रहा था–'हे प्रभु, तुमने अपने समस्त परिवार को अपनी आँखों के सामने नष्ट होते देखा और उन्हें बचाने के लिये हाथ न उठाया। ऐसे प्रभु, तुम हमें बल दो।' आओ पार्थ सारथी आओ, मुझे भी सारथी उपदेश दे जाओ, जो अर्जुन को दिया था कि तुम्हारे प्रति जीवन अर्पित करना ही मनुष्य जीवन का सार और परम धर्म है।

स्वामी के सीने में रस्सा-कस्सी चल रही थी। संसार से अपने सारे रिश्ते-नाते तोड़ने के लिये वह मर्मान्तक संग्राम लड़ रहा था। उस संग्राम में उस समय पुत्र हार गया था, संन्यासी जीत गया था। वह नहीं आ पाया था पर सच्चाई यही है, पुत्र और भाई तिल-तिल जलता रहा था।

माँ को नहीं पता उसका बिलू भले ही संन्यासी बन गया पर हमेशा अपराधबोध से ग्रसित हो कर परेशान होता रहा है। परिवार के बड़े पुत्र को दायित्व ठीक से निर्वाह नहीं करने की टीस उसे परेशान करती रहती है।

तभी तो स्वामी परेशान हो कर कभी-कभी कह बैठता था–मैं अति नाकारा संतान हूँ, अपनी माँ के लिये कुछ नहीं कर पाया। उनलोगों को जाने कहाँ तो बहाकर चला आया...माँ मुझे माफ करेगी?

माँ का मुखमंडल स्वामी की बड़ी-बड़ी नीली आँखों में तैर रहे थे। माँ, उसकी माँ असाधारण सुंदरी..., सुगायिका...कितना मधुर गाती थी। एक बार भी कुछ सुन लेती थी तो वह उसकी स्मृतियों में कैद हो जाती थी। स्वामी ने कृतज्ञता पूर्वक माँ को नमन किया–तेरे कारण ही तो मेरी स्मरण शक्ति इतनी अच्छी है, माँ। जो कुछ अच्छा है सभी तुम्हारे कारण है, जो बुरा है, वह मेरे प्रारब्धों का खेल।

स्वामी के नेत्रों में एक चेहरा और भी झांक रहा था। स्वामी कांप गया; उसके दोषों की सचमुच कोई इंतहा नहीं। उसकी नानी, रघुमणि देवी, पचासी साल की उम्र में कितनी सौंदर्य शालिनी थी। उनकी जान अपने बड़े नाती बिलू में अटकी रहती थी और बिलू बचपन से ही नानी की गोद में जाकर सुकून पाता था। उसके गृहस्थ जीवन का आधा समय तो नानी के पास गुजरता था। पर हाय रे संन्यास धर्म, आँखों पर वैराग्य की पट्टी बांध देता है, कुछ दिखायी ही नहीं पड़ता है।

स्वामी नानी के बारे में जितना अधिक सोचता, उतना ही अधिक कृतज्ञता से उसकी गर्दन झुकते जा रही थी। नानी ने माँ को कितना सँभाला, पिता को तो ईश्वर ने बुला लिया। घर के रिश्तेदार माँ को सड़क पर लाने के उपक्रम में लग गये। आमदनी का कोई ज़रिया नहीं और उसका बिलू जिस पर सबसे अधिक एतबार था, संन्यासी बन गया और मंझला बेटा आज भी कहाँ है, कुछ पता नहीं।

स्वामी बुदबुदाया, क्या करूँ? महेन्द्र एक़दम स्वार्थी है, कुछ नहीं सोचता। परन्तु क्या वह भी स्वार्थी है, वह भी कुछ नहीं सोचता, माँ की चिंता नहीं करता! ऐसा सम्पूर्ण सत्य नहीं है, ईश्वर जानता है, तभी तो दीवान हरिदास देसाई को पत्र में लिखा था–आप मेरी दुखिनी माँ एवं भाईयों से मिलने गये थे यह जानकर मुझे अति प्रसन्नता हुई। आपने मेरे हृदय के एकमात्र कोमल स्थान को स्पर्श किया है। दीवान जी, मैं आपको बताना चाहता हूँ कि मैं पाषाण हृदय पशु नहीं हूँ। यदि सारे संसार में मैं किसी से प्रेम करता हूँ तो वह मेरी माँ है।

इतना ही नहीं जननी का नि:स्वार्थ स्नेह और पूत चरित्र उन्हें उत्तराधिकार में मिला है इसलिये वह संन्यासी जीवन के अधिकारी हुए और जीवन में जो कुछ भी सुकर्म कर पाए, सब अपनी जननी की कृपा से।

भले ही योगीन्द्र बाला की आत्महत्या के शोक को न सँभालने के बाद वह कंटकाकीर्ण संन्यास मार्ग पर सब कुछ छोड़-छाड़ कर आगे बढ़ गया था। पर क्या यह पूरा सत्य था? यदि पूर्ण सत्य होता तो एक स्वप्न उसे इतना विचलित कर पाता? मद्रास में मन्मथ बाबू के घर में संन्यासी ने स्वप्न देखा–उसकी माँ की मृत्यु हो गयी है, उसके हृदय के तार मानो टूट गये, वह उदासी में डूब गया।

मन्मथबाबू ने उसे ढाढ़स दिया। कलकत्ता तार भेजा। उस समय मद्रास के लोगों की बस एक ही चिंता थी, कैसे भी करके संन्यासी अमेरिका चला जाये। वे लोग हड़बड़ी मचा रहे थे और संन्यासी अपनी माँ के कुशल समाचार जाने बिना यात्रा के लिये तैयार नहीं हो पा रहा था। कुछ भी हो गया, संन्यासी टस से मस नहीं हुआ जब तक माँ की कुशलता की खबर नहीं मिल गयी।

स्वामी की बन्द आँखों के सामने उसकी दोनों दीदियाँ उसकी शरारतों से परेशान हो उसे पकड़ने के लिये दौड़ रही थीं। कभी स्वर्णमयी दीदी कभी योगीन्द्र बाला दी, अब पकड़ ली कि तब, वह भाग रहा है...भागता-भागता चिढ़ा भी रहा है, आजा...आजा पकड़ दीदी मणि। वह उठ बैठा...घड़ी में अभी तीन बजे थे। सबेरे माँ और नानी के दर्शन करने जाना है। अब उसे डर नहीं लग रहा था।

पता नहीं अभी माँ कहाँ होंगी, शायद नानी के पास...? स्वामी ने आवाज़ लगाई–

योगेन्द्र, आज माँ और नानी के दर्शन करने जाना है।

आप कहें तो खबर दे आऊँ...योगेन्द्र ने पूछा।

अपने आने की सूचना दूँ क्या? मैं इतना बड़ा हो गया हूँ, तुम्हें पता नहीं, भय

से मेरी हालत ख़राब हो रही है।

जानता हूँ, इसी से तो कह रहा हूँ कि माँ भी थोड़ी सहज हो जायेगी।

योगेन्द्र, मैं जानता हूँ, मैं माँ का अपराधी हूँ। मैं यह समझता हूँ कि जो माँ की पूजा नहीं करता, वह कभी भी बड़ा या महान नहीं हो सकता।

स्वामी के क़दम धीरे-धीरे मठ की ओर बढ़ रहे थे। सामने रामकृष्ण का विग्रह मुस्कुरा रहा था, जैसे पूछ रहे हों–

माँ के पास जा रहे हो?

श्री माँ का दर्शन कल ही कर आया हूँ, ठाकुर।

जानता हूँ, तुम अपने कर्तव्य से च्युत नहीं हो सकते। तुमने अपनी कोखजायी जननी के रहने की स्थायी व्यवस्था करने के पहले श्री माँ की व्यवस्था की है, प्रथम दृष्टया उनका दर्शन पहले किया है।

श्री माँ का आशीर्वाद भी है, ठाकुर। हमारी घोर आर्थिक दरिद्रता देखकर श्री माँ ने आँसू बहाकर आपसे प्रार्थना नहीं की थी कि ठाकुर की संतानों को रहने और खाने का कष्ट न हो? आज अपनी संतानों को इस दुष्चक्र से निकलते देख माँ बहुत प्रसन्न हैं।

हाँ, हाँ, यह सब ठीक है पर अभी तुम पहले अपनी माँ और नानी के पास जाओ। एक तरह से मैं भी उनका अपराधी हूँ और शायद तुम्हें पता भी होगा...। स्वामी ने उत्तर देने के लिये सिर उठाया तो ठाकुर को ध्यान मग्न देखा।

स्वामी मुस्कुराए, यही तो आपकी कला है, गुरुदेव, क्षण भर में बदल जाते हो। माँ ने मुझसे कहा था, "तुम्हारे गुरुदेव, ठाकुर ने मुझसे स्वयं कहा है–मैंने नरेन को संन्यास लेने से रोक दिया है।" माँ की बात सुनकर मैं ख़ूब हँसा था, तब तक आपको थोड़ा बहुत समझने लगा था। माँ ने पूछा था–पागलों की तरह क्यों हँस रहा है?

माँ, ठाकुर ऐसे ही हैं; चोर से कहते हैं, चोरी करो और घरवालों से कहते हैं, जागते रहो। उस समय माँ ने शब्दों पर ध्यान नहीं दिया था, परन्तु अब वह भी समझ गयी है...आपके लिये सम्पूर्ण जगत ही ब्रह्म है, चोर में भी ब्रह्म देखते हो और घरवालों में भी।

स्वामी मठ से बाहर निकलकर कलकत्ता जाने वाली सड़क की ओर बढ़ गये।

स्वामी जब दरवाज़े पर पहुँचे, तो उसके हृदय की धड़कन तेज हो गयी। स्वामी, संन्यासी विश्वविजयी वक्ता का तालू सूख रहा था। माँ सामने वाली कुर्सी पर

विराजमान थी। उसने अपनी आँखों की पलकों को ऊपर उठाया। उसका बिलू गैरिक वस्त्रों में...सुंदर तो बहुत लग रहा था, पर माँ की आँखों में इस रूप को निहारने की हिम्मत नहीं थी...। आँखें डबडबा गयीं। उनके होंठ काँप रहे थे...उसने बिलू कहा या नरेन...किसी को स्पष्ट कुछ भी सुनाई नहीं पड़ा। स्वामी अब नरेन भी नहीं रह गया था। बिलू बनकर माँ के चरणों पर गिर पड़ा।

बिलू , माँ की आँखों से प्रवाहित आँसू स्वामी के मस्तक का सिंचन कर रहे थे। माँ की गोद में सिर रखा हुआ वह संन्यासी शिशुवत पड़ा था। बीच-बीच में माँ की उँगलियाँ बालों को सहला रही थीं। कुछ क्षण निस्तब्ध नीखता के बाद अचानक हलचल मच गयी...पास खड़े लोग खिल गये। उस बुढ़ापे में भी अन्दर से दौड़ती हुई आती नानी को देख, नरेन हड़बड़ाकर आगे बढ़ा। नानी ने अपने चरणों पर झुकने नहीं दिया–मेरा नरेन इतना निष्ठुर हो गया...चार साल में एक बार भी दुखियारी बुढ़िया की याद नहीं आयी। नरेन के अंक में लिपटी रघुमणि देवी की सिसकियाँ तेज हो गयीं।

नानी...आप और माँ अपने हाथों से सजा देकर मुझे पाषाण से मनुष्य बना दो... स्वामी के मुख से पहली बार शब्द निकले।

तुम्हें पता है, माँ हो या नानी...सबके प्राण तुम्हीं में बसते हैं, सजा पाने से तो तुम रहे–स्वर्णमयी दीदी ने हँसते हुए कहा, स्वामी का ध्यान उधर गया।

तुम्हारा भी अपराधी हूँ। एक तुम हो, मेरे एक जन्मदिन को नहीं भूलती–वराह नगर मठ के संन्यासियों के लिये मिठाई के लिये पैसे भेजने से...

उन बातों को छोड़ो, तुम्हें पता है नानी ने आज अपने हाथों से शुक्तों और मोचे का (केले फूल) मसालेदार भजिया बनाया है–स्वर्णमयी दीदी ने बात बदलने की कोशिश की।

राखाल, नरेन और योगेन्द्र के लिये एक और चटाई बिछा दो–माँ ने कहा।

देखा, माँ ने राखाल दा का नाम नरेन के पहले लिया–योगेन्द्र ने ताली बजाई।

राखाल ही हमारे ज्येष्ठ पुत्र के सारे कर्तव्य का निर्वाह नहीं करता? भुवनेश्वरी देवी के कथन में कितना सत्य था और कितना तंज यह पता नहीं चला। पर नरेन ने सहमति जताते हुए कहा–माँ का कथन पूर्ण सत्य है। राखाल दा के जितना माँ का ख़याल कौन रखता है? मैं तो नकारा ही हूँ और महेन्द्र और भूपेन्द्र...दोनों में से भी कोई नहीं...। योगेन्द्र, मैं अक्सर सोचा करता हूँ, अगर मैं नहीं रहूँगा तो राखाल दा माँ को अच्छी तरह सँभाल लेंगे, नरेन भावुक हो गया।

मुझ तीनों का ही क्यों, सभी के लिये पत्तल लगा लो। सब एक साथ बैठकर खाएँगे–राखाल ने कहा।

वर्षों बाद इस घर में ख़ुशी की इतनी प्यारी बयार प्रवाहित हो रही थी। नानी ने लाड़ लाड़ाते हुए कहा–सुना है, अपना नरेन बहुत बड़ा आदमी बन गया है। अब सब कुछ इसे प्राप्त हो गया है, सिर्फ़ एक विवाह करना शेष रह गया है। बेटा, अब नानी की बात मानकर ब्याह कर ले...महेन्द्र भी मारा-मारा फिरता है...भुवनेश्वरी का वंश कैसे चलेगा? नानी अपनी बेटी के मुखमंडल के दर्द की राजदार थी।

नानी, अगर आज से दस साल छोटा होता, तो तेरी बात अवश्य मानकर माँ के दुख को दूर करने की कोशिश करता।

नरेन की आँखें माँ के मुखमंडल को ही निहार रही थीं। माँ ने आश्चर्यचकित हो कर संन्यासी पुत्र की ओर देखा–तुमने...ऐसा कहा...उसकी दग्ध आत्मा शीतल हो रही थी।

माँ, आपके अपार कष्ट को दूर करने के लिये मैं कुछ भी करने को तैयार हूँ।

मेरे कष्ट को छोड़, जिसे सत्य समझा है उसका साथ किसी हाल में मत छोड़ना, माँ ने सहजन के डंठल को चूस कर एक ओर रखते हुए कहा।

अचानक नरेन उठा और माँ के पत्तल से सहजन के डंठल को उठाकर चूसने लगा–आज मन तृप्त हो गया। कहते वक्त उसके मुखमंडल पर सचमुच तृप्ति के भाव नृत्य कर रहे थे।

नरेन, माँ ने रोका।

आज उसे मत रोक माँ, बहुत बोझ है उसके सिर पर, उतार लेने दो...। वह मठ की फिक्र को भी अपने गर्दन से उतारकर कुछ दिनों के लिये आपके पास लौट आना चाहता है...

वह वापस लौटकर ख़ुश रह सकेगा...? माँ ने गम्भीरता पूर्वक पूछा।

यह तो नहीं जानता, पर यह सोच-सोचकर परेशान रहता है कि इसके कारण आपने अपार दुख झेला है...उस दारूण पीड़ा को वह आनन्दायक बनाना चाहता है।

बेटा, मेरे दुख मेरे प्रारब्धों के फल हैं, बस दुखियारी की नजरों के सामने रहना। शंकराचार्य और चैतन्य देव को याद रखना। संन्यासी होने के बाद भी वे दोनों माँ को नहीं भूले। बस और एक इच्छा है, तुम्हारे और माँ को साथ लेकर तीर्थाटन करने जाऊँ।

माँ, यह मेरा कर्तव्य है। इस पुनीत अवसर प्रदान कर आपने मुझे वरदान दे दिया। माँ, आपने मुझे हृदय से सिर्फ़ क्षमा नहीं किया है बल्कि प्रेमिल आशीर्वाद से साराबोर कर दिया है।

फिर कब आएगा बिलू? नरेन को खड़े होते देख नानी ने पूछा।

जब तुम कहोगी। माँ के साथ तुम भी बेलूड़ आना, नानी...आओगी ना माँ? आकर देखना मठ में कितने फल-फूल, साग-सब्जियाँ लगी हुई हैं। नरेन ने खड़ाऊँ पहनते हुए कहा।

अब वह स्वामी दिखायी पड़ रहा था। ब्रह्मानन्द ने कहा—कभी आप लोग आएं, कभी हम लोग, आनन्द बना रहेगा।

(40)

भुवनेश्वरी देवी की दृष्टि अपने पुत्र की मद्धिम होती आकृति पर टिकी थी। आकृति लघुतर से लघुतर होती जा रही थी, पर आज मन में उसकी विशाल आकृति उभर रही थी। सचमुच नरेन मेरी भावनाओं का ख़याल कर संन्यास का त्याग कर विवाह कर सकता है? उसके सिर पर अपराध बोध क्यों है? उसने कब मेरी अवहेलना की? मैंने ही उसे यह सीख दी थी—परिणाम चाहे जो भी हो, हमेशा वही करना जो सच लगे, वही करते रहना। बहुत बार इसके लिये तुम्हें ग़लत और अप्रिय नतीजे झेलने पड़ेंगे, लेकिन सच का दामन कभी मत छोड़ना।

आज माँ के शोक और उसके दुख ने उसके सबसे योग्य पुत्र की दृढ़ता को छिन्न-भिन्न कर दिया है। खरे सोने जैसा उसका पुत्र क्या भ्रमजाल में फंस गया है? माँ की जर्जर आर्थिक स्थिति ने क्या इसकी मनस्थिति को इस कदर प्रभावित किया है? नरेन ने अपनी माँ को घर खर्च के लिये एक हजार मासिक खर्च करते देखा है। उसी माँ को तीस वर्षीय युवा पुत्र तीस रुपए में मासिक खर्च का हिसाब किताब करती हुई देखकर इतना कमजोर हो गया है?

माँ बुदबुदाई, “नरेन, अपने मन पर इतना बोझ मत ले बेटा, तेरा सुकोमल शरीर इसे सहन नहीं कर पाएगा।” मुझे सारदानन्द ने सब कुछ बता दिया था। अल्मोड़ा में जब तुम्हें योगेन्द्रवाला की मृत्यु की खबर मिली थी, तुम बिलखने लगे थे। तुम्हें किसी ने समझाने की कोशिश भी की थी कि संन्यासी के लिये किसी की मृत्यु पर शोक प्रकट करना अनुचित है। पर तुमने उनसे असहमत होते हुए कहा था,

"यह आप कैसी बात कर रहे हैं? संन्यासी हूँ, इसलिये क्या मैं अपने हृदय का विसर्जन दे दूँ? सच्चे संन्यासी का हृदय तो आप लोगों के हृदय के मुकाबले और अधिक कोमल होना चाहिए। हजार संन्यासी हों, हम सब आखिर इन्सान हैं। जो संन्यास दिल को पत्थर कर लेने का उपदेश देता है, मैं उस संन्यास को नहीं मानता।"

माँ का बुदबुदाना चालू था। "बिलू, तू बीच में बेकार पीस रहा है। मैं तेरी माँ हूँ, क्या तुझे नहीं समझती? तुमने संन्यास की वेदी पर मातृभक्ति का बलिदान नहीं किया है। तुम तो माँ की खातिर अपना सब कुछ विसर्जन करने को तैयार हो।" भुवनेश्वरी देवी ने आंचल से अपनी आँखों को पोंछा। "बचपन से ही कितने स्वाभिमानी थे तुम, लेकिन अपनी माँ के लिये अपने उस स्वाभिमान की भी तिलांजलि दे दी, क्या मैं इससे अनजान हूँ?"

"खेतड़ी महाराज ने जब पहली बार पैसे भेजे थे, तब उनके सचिव मुंशी जगमोहन लाल का एक पत्र मिला था–मैं महामहिम खेतड़ी महाराज का एक अधीनस्थ कर्मचारी हूँ। उन्होंने आप लोगों के परिवार के विभिन्न विषयों के बारे में मुझे भरोसेमंद समझ कर गुप्त रूप से जानकारी दी है। महाराज की इच्छानुसार मैं VE416274 नंबर के सौ रुपए करंसी नोट का अर्धांश आप लोगों की गृहस्थी खर्च के लिये भेज रहा हूँ। आपका पत्र मिलने पर द्वितीयाँश भेजूँगा।"

महेन्द्रनाथ ने जब मुझे वह पत्र दिखाया था, तो कितनी देर तक जड़वत बनी बैठी रही थी। इन पैसों के लिये जब तुमने हाथ फैलाए होंगे, तुम्हारा स्वाभिमान क्षत-विक्षत हो रहा होगा। महेन्द्रनाथ प्रसन्न था, उसने पत्रोत्तर मुझे दिखाया था। वह सशंकित भी था, कहीं इस तरह पैसे आने में कोई अड़चन न आ जाये। उसने लिख भेजा था–सौ रुपए के करंसी नोट का अर्धांश मुझे मिल गया है, पर आगे से कृपया रजिस्ट्री द्वारा इसे भेजें। कहीं बन्द लिफाफा खोलकर कोई रुपए हजम न कर ले।

परन्तु बिलू, ऐसा कोई महीना नहीं था जिसमें रुपए नहीं आए। सौ रुपए मासिक का नियमित प्रबन्ध हो जाना छोटी-मोटी बात नहीं थी। उन पैसों के कारण जीवन यापन बहुत आसान हो गया था। महेन्द्रनाथ और भूपेन्द्रनाथ की पढ़ाई-लिखाई इतनी आसानी से हो पायी थी, इतना ही नहीं, योगेन्द्रवाला की बच्चियों के साथ नानी का फर्ज निर्वाह भी आसानी से इन्हीं राशि के कारण संभव हो पाया था। तुम कब अपने कर्तव्य से मुक्त थे? तुम सदा हमारे साथ थे। हमारे हर दुख-सुख और छोटी-बड़ी आवश्यकताओं की पूर्ति के भागीदार थे। हाँ, एक बात से इनकार नहीं कर सकती, पिछले चार साल से हर पल, हर क्षण तुम दूर होते जा रहे थे। अमरीका, इतनी दूर

चले गये थे कि विश्वास नहीं होता था कि तुम्हें कभी देख पाऊँगी। पर अब निश्चिंत हूँ, बिलू, मेरा वीरेश्वर लौट आया है।

पर क्या सचमुच भुवनेश्वरी देवी निश्चिंत महसूस कर रही थी? शायद हाँ और नहीं भी। कितने दिनों से महेन्द्रनाथ की कोई खबर नहीं थी, कहाँ है, किस हालत में है? कोई जानकारी उपलब्ध नहीं। ईश्वर उसकी रक्षा करेगा, शायद बैरिस्ट्री पढ़ने इंग्लैंड चला गया हो। वह अपने बिछावन पर लेटी नींद का इन्तज़ार कर रही थी।

स्वामी की आँखों से भी नींद कोसों दूर थी। महेन्द्रनाथ ऐसा क्यों निकल गया? उसने माँ की कोई परवाह नहीं की...लंदन चला आया। भला थर्ड डिवीजन पास ग्रेजुएट बैरिस्ट्री की क्या पढ़ाई कर पाता? उस समय स्वामी लंदन में आकंठ संघर्षरत था। स्वयं रहने का ठिकाना नहीं पर अचानक वर्षों बाद सामने महेन्द्रनाथ, अपने प्यारे भाई महम को देखकर प्रेम के अतिरेक से खिल उठा था। उस समय पास में जो सबसे कीमती वस्तु थी, सोने की एक कलम! उसके हाथों में रखते वक्त स्वामी भींग गया था।

"महेन्द्रनाथ की उँगलियों को पकड़कर प्रेम और आनन्द में डूबकर कहा था–मेरे भाई महिम, अपनी अंगुलियाँ हमेशा साफ़ रखा कर, नाख़ून मैले न हों। नाख़ून अगर मैले हो जायें तो काट लिया करो। जेब से नेल-कटर निकालकर देते हुए कहा–इसे अपने पास रखा कर। हमेशा फिटफाट रहना, वरना यहाँ के लोग नफरत करने लगते हैं।"

स्वामी ने करवट बदली, महेन्द्रनाथ कुछ समझने को तैयार नहीं था। स्वामी की इच्छा थी वह इलेक्ट्रिशियन बने। अमेरिका जाकर किसी अच्छी संस्था में काम सीखे। उसने अपने पास से तीन सौ पाउँड निकालकर भाई के हाथ में रखते हुए कहा था–तू पैसों की चिंता मत करना, बस मन लगाकर पढ़...अमेरिका में सारी व्यवस्था हो जायेगी। पर न जाने उसे क्या बात लग गई? अचानक कहाँ चल दिया...? आज तक कुछ पता नहीं। माँ से महिम के बारे में क्या बात करता...माँ के नसीब में सुख नहीं लिखा है...तभी तो आज भी मन ही मन महिम की चिंता में घुल रही है।

स्वामी के सीने में भारीपन महसूस हो रहा था। उसने बाएँ हाथ से सीने को दबाया और दाहिने हाथ से काग़ज़-कलम निकालकर टेबल पर बैठ गया। उसकी कलम चल रही थी–1898 बेलूर मठ, माननीय महाराज, मेरे सीने में एक पाप हर पल मुझे डंक मार-मारकर यंत्रणा देता रहता है। मैंने अपनी माँ के प्रति बेहद अन्याय किया है। मेरे मंझले भाई महेन्द्रनाथ के बाहर चले जाने के बाद मेरी माँ मरणासन्न

हो गयी हैं। मेरी अन्तिम इच्छा है कि कम से कम कुछ दिनों तक अपनी माँ के पास रहकर, उनकी सेवा करके अपने पाप धो सकूँ। अब मैं अपनी माँ के पास रहना चाहता हूँ। मेरा वंश कहीं लुप्त न हो जाये, इसलिये अपने छोटे भाई का विवाह कर देना चाहता हूँ। इससे मेरे और मेरी माँ के बाकी कुछ दिन शान्ति से गुजर जायें।

मैं अपनी माँ के लिये एक अच्छा सा घर लेना चाहता हूँ। मुझे लगता है, मेरा छोटा भाई भी कुछ ख़ास कमाई नहीं कर पाएगा। क्या आपके लिये गृह बनाने में मदद करना मुश्किल होगा? मुझे नहीं लगता, मैं अब दो वर्ष से अधिक जीवित रहूँगा। इसी से आपसे एक भीख माँग रहा हूँ। मेरी माँ के लिये जो आप हर महीने सौ रुपए भेजते हैं, अगर हो सके तो इसे स्थायी रखें। मेरी मौत के बाद भी यह मदद उनके पास पहुँचती रहे। अगर किसी कारणवश इस दान में विराम लगाना पड़े तो एक अकिंचन साधु के प्रति प्रेम-प्रीति को याद कर इस साधु की दुखियारी माँ पर यह करुणा बरसाते रहें।

स्वामी ने अपनी कलम बन्द कर दी–आज उसे कोई स्वाभिमान परेशान नहीं कर रहा था–बहुत दिनों बाद इतनी गहरी नींद आयी।

(41)

प्रातःकाल की वेला में शीतल बयार प्रवाहित हो रही थी। कोयल के कूकने की आवाज़ कानों में मिश्री घोल रही थी। मन्दिर की मंगला आरती की कर्णप्रिय घंटियों की आवाज़ कोयल की ध्वनि से मधुरता में होड़ ले रही थी। इस रसमय बेला में बहुत दिनों बाद स्वामी ने मधुर राग छेड़ा–

"जागो फिर एक बार।
यह तो केवल निद्रा थी,
मृत्यु नहीं थी,
नवजीवन पाने के लिये,
उन्मुक्त साक्षात्कार के लिये
एक बार फिर जागो,
आकुल विश्व तुम्हें निहार रहा है,
हे सत्य! तुम अमर हो..."

"अहा, आज यह पुण्यधरा अमृतमयी हो रही है...इसी आशा में जी रहा था,

आज ठाकुर की आत्मा महामहोत्सव मना रही होगी," रामदयाल बाबू ने झूमते हुए कहा।

"रामदयाल बाबू, दुनिया के सारे कार्य तथा उपकार आदि कार्य भी चित्त शुद्धि के साधन मात्र हैं। चित्त शुद्धि हो गयी..., समझिए जीवन सफल हो गया," स्वामी ने वीणा को एक तरफ़ रखते हुए कहा।

"स्वामी जी, चित्त शुद्धि के लिये साधना मायने रखती है न?"

"अवश्य, साधना भी क्यों, चित्त शुद्धि के लिये ही..."

"जी, मैं सहमत हूँ। इसी से मैंने आपको एक पत्र भी लिखा था। ठाकुर के जन्मोत्सव में बहुत सारी वेश्याएँ आ गयी थीं। इसीलिये बहुत सारे लोगों को आने की इच्छा रहते हुए भी मन मारना पड़ा। मुझे लगता है, स्त्री और पुरुष के आने का दिन अलग-अलग रखना श्रेयस्कर होगा," रामदयाल बाबू अपनी दृष्टि चारों ओर घुमाकर चुप हो गये।

स्वामी कुछ देर तक मौन रहे। थोड़ी देर बाद गला खंखारते हुए कहा–

"रामदयाल बाबू, बीस वर्ष की अवस्था में मैं अत्यन्त असहिष्णु और कट्टर था। कलकत्ते में सड़क के जिस किनारे पर थियेटर है, मैं उस ओर के पैदल मार्ग पर भी नहीं चलता था। अब पैंतीस वर्ष की उम्र में वेश्याओं के साथ एक ही मकान में ठहर सकता हूँ और उनके प्रति तिरस्कार के एक शब्द भी कहने का विचार मेरे मन में नहीं आएगा।"

"क्या यह आपके दृष्टिकोण में अधोगति है?" या मेरा हृदय विस्तृत होता हुआ मुझे उस विश्वव्यापी प्रेम की ओर ले जा रहा है, जो साक्षात भगवान है?"

रामदयाल बाबू की गर्दन झुक रही थी। स्वामी उनके कंधे पर हाथ रखते हुए खड़े हो गये। "यह दुनिया बड़े मजे की जगह है और सबसे मजेदार है–वह असीम प्रियतम! किसकी तारीफ करूँ और किसे बुरा कहूँ? सब तो उसी का खेल है, मैंने बस दो बातें सीखी हैं! प्रेम और प्रियतम।"

रामदयाल बाबू ने चरणों पर झुकने की कोशिश की, पर स्वामी ने बीच में ही रोक लिया।

"फिर हमें ऐसी परिस्थितियों में क्या करना चाहिए...क्योंकि मुझे लगता है आने वाले वर्षों में इस तरह की घटनाओं की वृद्धि ही होगी," रामाकृष्णानन्द ने कहा।

"अगर मेरा मत पूछते हो तो यही कहूँगा, यदि वेश्याओं के लिये दक्षिणेश्वर जैसे महान तीर्थ में आने की अनुमति नहीं हो, तब वे और कहाँ जायें? लिंग, जाति, धन, विद्या और इनके समान और भी बहुत सी बातों के भेद-भावों के जो नरक के

द्वार हैं, संसार में ही सीमाबद्ध रहने दो। यदि इन पवित्र स्थानों में भी ये भेद-भाव बने रहेंगे तो उनमें और नरक में क्या अन्तर रह जायेगा?"

"पर बहुत सारे लोगों की सोच है...वेश्याएँ नीच होती हैं..." रामाकृष्णानन्द ने कहा।

"जो लोग पवित्र स्थानों में आकर भी ऐसा सोचते हैं कि वह वेश्या है, वह मनुष्य ही नीच, दरिद्र तथा मामूली आदमी है और उल्टी रीति से उन्हें ही तुम सज्जन समझ रहे हो। शशि, ऐसे लोगों की संख्या जितनी कम हो, उतना ही अच्छा। तुम्हीं बताओ, क्या वे लोग जो भक्तों की जाति, लिंग या व्यवसाय देखते हैं, हमारे प्रभु को समझ सकते हैं?"

"मैं, नरेन से पूर्ण रूपेण सहमत हूँ," ब्रह्मानन्द ने सहमति जताई।

"राखाल दादा, मैं प्रभु से प्रार्थना करता हूँ कि सैकड़ों वेश्याएँ आएँ और उनके चरणों में अपना सिर नवाएँ और यदि एक भी सज्जन नहीं आएँ तो कोई हानि नहीं।"

स्वामी खड़े हो कर अपनी भुजा उठाकर कहने लगे, "आओ वेश्याओं, शराबियों और चोरों, सभी आओ..."

"नरेन तो भावाशिष्ट हो गया, पर पवित्र स्थानों की मर्यादा की रक्षा के लिये कुछ तो करना पड़ेगा," लाटू महाराज बहुत देर से चुप थे।

"उद्यान में कोई स्त्री और पुरुष आचारण, बातचीत में अशिष्ट व्यवहार में पाए जायें तो भले ही दोनों निकाल दिये जायें। जब तक जिनका व्यवहार शिष्ट है, तब तक वे आदरणीय और भक्त हैं। क्या मैं सही हूँ?" स्वामी ने सरल शिशु की तरह पूछा।

"तुम हमेशा सही होते हो, तभी तो ठाकुर हमलोगों को तुम्हें सौंप गये। मैं भी तो एक अधम और पापी ही था," गिरीश घोष ने कहा।

"जी, गुरु देव हमेशा यही कहते थे–तुम पवित्र तथा सर्वोपरि निष्ठावान बनो। एक मुहूर्त के लिये भी भगवान के प्रति अपनी आस्था न खोओ, इसी से तुम्हें प्रकाश दिखायी देगा। जो कुछ सत्य है, वही चिरस्थायी रहेगा, किंतु जो सत्य नहीं है, उसकी कोई भी रक्षा नहीं कर सकता। सभी प्रकार की गुप्त संस्थाओं से सावधान रहना।"

"नरेन्द्र, स्त्रियों के प्रति तू हमेशा से संवेदनशील रहा है, परन्तु आजकल अति संवेदनशील हो गया है, क्या मैं सही दिशा में सोच रहा हूँ?"

"गिरीश, हो सकता है, इसमें कुछ अंश में सच्चाई हो। परन्तु 1889 में ही नरेन ने हम सभी गुरु भाइयों को एक स्त्री से क्षमा याचना करने कहा था, जिसके चरित्र पर कभी हम सभी ने शक किया था। नरेन ने स्वयं उस स्त्री से क्षमा भी माँग ली थी।

एक लम्बी चिट्ठी लिखकर हमलोगों को भी कम नहीं लताड़ा था। बलराम बसु भी नरेन की बातों से पूर्ण सहमत थे," ब्रह्मानन्द ने कहा।

"मेरे भाई, मैंने अपने घर-समाज, देश में स्त्रियों के प्रति अन्याय होते देखा है और महसूस किया है। हमारा समाज स्त्रियों के प्रति अत्यन्त असंवेदनशील है। कभी-कभी मुझे भय लगने लगता है, अगर हमारा देश स्त्रियों के प्रति यही मानसिकता रखेगा तो यह देश हमेशा अवनति के गर्त में पड़ा रहेगा, इसे नाश होने से कोई नहीं बचा सकता। मैंने अपनी नानी को पूरी जवानी वैधव्य की मार सहते देखा है। मैंने अपनी माँ को तिल-तिल कर घुटते देखा है, जबकि उनके अन्तस में वीरत्व था। मैंने अपनी दीदी को भी वैधव्य की आग में जलते देखा है। मेरी अपनी बहन को पितृसत्तात्मक व्यवस्था की बलिवेदी पर अपनी आहुति देते देखा है...। बचपन से ही मैंने इन सभी का अत्यन्त प्रेम और स्नेह पाया है पर बदले में क्या दे पाया...?"

"अमेरिका जाकर दृष्टिकोण में और भी फर्क पड़ा है," मास्टर महाशय ने कहा।

"आपने ग़लत नहीं कहा है, मास्टर महोदय। जिस शिक्षा की हमारे देश की ललनाएँ कल्पना भी नहीं कर सकतीं, उससे अधिक अमेरिका की प्रत्येक महिला को प्राप्त है। सच कहूँ, मेरे भाइयों, मैंने अमेरिकी महिलाओं जैसी स्त्रियाँ कहीं नहीं देखी। अहा! वे कैसी स्वतंत्र होती हैं। सामाजिक और नागरिक कार्यों को पूरी तरह से ही वे नियंत्रित रखती हैं। सारे विद्यालय और महाविद्यालय महिलाओं से भरे पड़े हैं और हमारे अपने देश में महिलाओं के लिये राह चलना भी निरापद नहीं है।

जहाँ एक मेरा सवाल है, अगर अमेरिका की महिलाएँ मुझे सहारा नहीं देतीं तो मैं उस विश्वधर्म सभा तक पहुँच भी नहीं पाता। मैं कितनी बुरी स्थिति में था... मेरे पास एक परिचय पत्र तक नहीं था...कोई ठौर-ठिकाना नहीं था। परन्तु उन्हीं अमेरिकी महिलाओं ने मुझे अपने घरों में स्थान दिया; मेरे भोजन से लेकर मेरे व्याख्यानों का प्रबन्ध किया। मुझे बाजार ले गयीं, मेरे लिये ऐसे कपड़े ख़रीदे, जिन्हें पहनकर मैं व्याख्यान दे सकूं। मेरे भाई, मेरे आराम और सुविधा के लिये वे क्या-क्या नहीं करतीं, बता नहीं सकता। उतना वर्णन करना संभव नहीं। बस इतना समझ लो, हजारों जन्म लेकर उनकी सेवा करने पर भी उनके ऋण से मुक्त नहीं हो सकता।"

"वहाँ की स्त्रियों की स्वेच्छाचारिता की हजार बातें सुनता रहा हूँ, क्या सब कोरा बकवास है?" गिरीश घोष ने पूछा।

"मुझे भी वहाँ जाने के पहले अमेरिका के पारिवारिक जीवन के सम्बन्ध में अनेक निरर्थक कहानियाँ सुनने को मिली थीं। सब एक बकवास के सिवा और कुछ नहीं था। चार साल में मैंने यही अनुभव किया कि सारी धारणाएँ भ्रांत और निर्मूल हैं। मेरे भाइयों, मैं फिर से कहता हूँ, अमेरिकी महिलाओं से मैं सौ जन्मों में भी उऋण नहीं हो पाऊँगा। मेरे पास उनके प्रति कृतज्ञता को प्रकट करने की भाषा के अलावा कुछ भी नहीं है। मैं अक्सर सोचता हूँ, यदि समुद्र स्याही हो, हिमालय कलम, सम्पूर्ण पृथ्वी काग़ज़ और महाकाल लेखक हो, फिर भी उनके प्रति कृतज्ञता प्रकट करने की सामर्थ्य मुझमें नहीं है।"

"सुनी-सुनाई बातों पर विश्वास करना कितनी मूर्खता पूर्ण होती है–पूरी दुनिया और ख़ासकर हमारा देश! यहाँ अफवाहों पर और भी सहजता से लोग विश्वास करते हैं," जोगेन ने कहा।

"शशि से मैंने पहले भी कहा था–हम लोग महापापी हैं, दस वर्ष की उम्र में बच्चियों को जन्म देने वाली माँ बनाकर गौरान्वित होते हैं, धर्म और मन्दिर के नाम पर देवदासियों का शारीरिक शोषण करते हैं। स्त्रियों को घृणित, कीट, नरक के द्वार आदि कहकर हम लोग अधपतित हो गये हैं," कहकर स्वामी ने एक लम्बी साँस ली। थोड़ी देर बाद फिर कहा, "अमेरिका और इंग्लैंड से हमारी महिला मित्र, बहन, माँ, शिष्या जो भी आयी हैं, आप लोगों ने स्वयं देखा है। वहाँ की स्त्रियों जैसी महिलाएँ दुनिया भर में कहीं नहीं हैं। कितनी स्वतंत्र, कितनी स्वावलंबिनी, दयावती...।"

स्वामी की आँखें अभी भी कृतज्ञता के मोती से भरी चमक रही थीं। स्वामी के लिये अब वहाँ रहना सहज नहीं रहा, उनके पैर उद्यान की ओर बढ़ गये।

गिरीश घोष, ब्रह्मानन्द, मास्टर महाशय वैसे ही बैठे रहे...स्वामी को जाते हुए चुप-चाप देखते रहे। कुछ देर बाद गिरीश घोष ने मौन तोड़ा, "कृतज्ञता महान गुण है। जिस व्यक्ति में यह जितना अधिक होता है, वह व्यक्ति उतना ही महान होता है। अपने नरेन के अन्दर कितनी अधिक कृतज्ञता के भाव हैं...। पूरी दुनिया एक दिन इसे पूजेगी। यही कारण था कि जब मोम्बासा नामक जलयान से माग्रेट नोबल भारत आ रही थी, नरेन स्वयं ही बन्दरगाह पर उसका स्वागत करने गये थे," मास्टर महोदय ने कहा।

"नरेन की हार्दिक इच्छा थी कि निवेदिता भारतवर्ष आकर भारतीय नारियों की सेवा में रत हो। परन्तु वे नोबेल की स्वाधीन इच्छा में हस्तक्षेप नहीं करना चाहते थे।"

"क्यों?" मास्टर महाशय ने पूछा।

"क्योंकि नरेन जानते थे कि भारतीय जीवनधारा इंग्लैंड की तुलना में कितना भिन्न है। हमारे देश की आर्थिक स्थिति कितनी ख़राब है। हो सकता है वे सोचते होंगे, निवेदिता इन विपरीत परिस्थितियों में सामंजस्य नहीं बैठा पाएँगी।"

"मैंने सुना है, माग्रेट नोबल ने स्वयं भारत आने की इच्छा व्यक्त की थी," निरंजनादेव ने कहा।

यह सच है, निवेदिता स्वेच्छा से ही भारत आयी हैं। नरेन ने उन्हें इस सम्बन्ध में पत्र भी लिखा था।

स्वामी उद्यान की ओर बढ़ते हुए यही सोच रहे थे। पत्र में आमन्त्रण भी था और सच्चाई भी, परिस्थितियों का सही चित्रण करना आवश्यक भी था। इसी से लिखा था–नोबेल, मैं तुम्हें स्पष्ट रूप से कहता हूँ, अब मुझे दृढ़ विश्वास हो गया है कि भारत के कार्य में तुम्हारा भविष्य बड़ा उज्जवल है। भारत के लिये विशेषत: भारत के नारी समाज के लिये एक सच्ची शेरनी की आवश्यकता है। भारतवर्ष अब भी महीयसी नारियों को जन्म नहीं दे पा रहा है। इसलिये उसे अन्य राष्ट्रों से उधार लेना पड़ेगा। तुम्हारी शिक्षा, निष्ठा, पवित्रता, असीम प्रेम, दृढ़ता और सर्वोपरि तुम्हारी धमनियों में प्रवाहित होने वाला केल्टिक रक्त के कारण तुम ठीक वैसी ही नारी हो, जिसकी आज आवश्यकता है। परन्तु कठिनाइयाँ भी अनेक हैं। यहाँ पर दुख, अंधविश्वास तथा दासत्व का जो साम्राज्य है, उसकी तुम कल्पना नहीं कर सकती। इस देश में आने से तुम्हें अर्धनग्न नर-नारियों के ऐसे समूह के बीच निवास करना होगा, जिनमें जाति और स्पर्श विषयक अद्‌भुत विचार हैं। जो भय अथवा घृणा के कारण गोरों से दूर ही रहना चाहते हैं और गोरे लोग भी उनसे अत्यन्त घृणा करते हैं।"

स्वामी मुस्कुराए, "इतना ही नहीं, गोरी नस्ल भी नोबेल को सनकी समझेगी, या समझ रही होगी, फिर भी वह नहीं मानी, आयी...। भारत के प्रति उसका प्रेम स्पष्ट दिखायी पड़ता है।"

स्वामी के क़दम उद्यान में आगे बढ़ रहे थे और मन सिर्फ़ नोबेल ही नहीं, श्री ओलिबुल और मैक्लाउड के प्रति भी कृतज्ञता से झुका जा रहा था। मैक्लाउड के सामने भी स्वामी ने कम भयावह तस्वीर नहीं खींची थी–"यदि तुम गन्दगी, अवनति एवं निर्धनता देखना चाहो और कौपीन पहने लोगों के मुख से धर्मचर्चा सुनना चाहती हो तो आ सकती हो। इनके अतिरिक्त अगर कोई आशा हो, तो मत आना।" और श्रीमती ओलिबुल वह तो स्वामी की धीरा माता ही बन गयीं...। मैक्लाउड के साथ

मुंबई तक समुद्री जहाज से, और वहाँ से हावड़ा...। चौदह फरवरी को शाम चार बजे हावड़ा स्टेशन पर हाजिर हो गयीं...। अब स्वामी ऐसे कृतघ्न कैसे हो सकते थे कि उनके स्वागत में हावड़ा जंक्शन पर खड़े नहीं मिलते...वह भी अकेले नहीं, अपने गुरु-भाईयों के साथ—दल-बल सहित...

स्वामी ने पीछे मुड़कर देखा गुरु भाइयों का सत्संग चल रहा था। वे मुस्कुराए, "ये रामकृष्ण की संतानें ही नहीं, मेरी भी संतानें हैं। इनके बिना विवेकानन्द कुछ भी नहीं है। ये लोग नहीं होते तो क्या वह कुछ भी अकेले कर पाता? कितनी विद्वता, कितनी मेहनत और दिल के खरे हीरे...और कितने प्रेमिल हैं अपने नरेन के प्रति...।"

जब अमेरिकी महिला मित्र भारत आयीं थीं, किसी ने कोई सवाल नहीं उठाया। न कोई संशय, न कोई शक, न कोई आशंका।

राखाल दा ने सिर्फ़ इतना पूछा था—स्त्री-पुरुष का भेद किस स्तर तक रहेगा? स्वामी ने भी छूटते ही कहा था, "दादा, स्त्री-पुरुष की जड़ भेद नहीं रखूँगा। अरे आत्मा में भी कहीं लिंग का भेद है? स्त्री-पुरुष का भाव दूर करो, सब आत्मा है। शरीराभिमान छोड़कर खड़े हो जाओ। अस्ति-अस्ति कहो। नास्ति-नस्ति करके तो देश गया...। कैसा उत्पात! हरेक आत्मा अनंत शक्ति है।"

उस समय भी स्वामी यही सोच रहे थे, जो आज सोच रहे हैं। काश अमेरिकन स्त्रियों जैसी एक हजार माँ जगदम्बा तैयार कर सकूँ तो निश्चिंत हो कर मर सकूँगा और हमारे देश के आदमी मनुष्य कहलाने योग्य हो सकेंगे।

(42)

अचानक सूरज को बादलों ने ढंक लिया। गुनगुनी धूप के स्थान पर ठण्डी बयार बहने लगी और शरीर में कंपकंपी सी होने लगी। स्वामी ने अपने कमरे की ओर रुख किया ही था कि सामने से धर्मपाल आते दिखायी पड़े। स्वामी ठिठक कर वहीं खड़े हो गये। धर्मपाल के पैरों में लड़खड़ाहट थी।

"क्या हुआ, सब ठीक तो है? इस बारिश में फिसलन भरे रास्ते पर क्यों निकले? कई दिनों की बारिश से रास्तों में कीचड़ भर गया है। आपके पैरों में भी तकलीफ़ है।" स्वामी ने धर्मपाल की ओर आते-आते कहा।

"दरअसल, आज मैं श्रीमती ओलिबुल से मिलने आया हूँ। मैं यहाँ आने के पहले वाणिज्य दूत के आवास पर गया था। श्रीमती ओलिबुल ने मुझे सूचना दी थी कि वे उनके आवास पर ही रहेंगी। वाणिज्य दूत की पत्नी उनकी मित्र हैं। आज

जब मैं वहाँ पहुँचा तो पता चला कि वे अपने साजो-समान के साथ मठ चली गयी हैं। मैं वापस अपने निवास पर जाकर आपके दर्शन से वंचित नहीं होना चाहता था। अपना लोभ संवरण नहीं कर पाया, इसी से फिसलन भरे रास्ते नजर नहीं आए..." धर्मपाल ने मुस्कुराते हुए कहा।

तभी बारिश तेज हो गयी और जोरों से आँधी चलने लगी। आंधी ऐसी कि मनुष्य की क्या बिसात, पेड़ों को भी अपने साथ उड़ा ले जाये।

"अन्दर आकर इन्तज़ार करें। बारिश थमती है तो हम आपको धीरा माता से मिलवाने ले चलेंगे," स्वामी ने कहा।

धर्मपाल ने कालीन पर बैठते हुए कहा, "आपने सम्पूर्ण पृथ्वी का भ्रमण करके लाखों लोगों के प्राणों में आध्यात्मिक चेतना जगाई है। कृपया मुझे बताएँ, भारत की मुक्ति किस पथ से होगी?"

"आपने ठाकुर से जो कुछ सुना है, उसके अतिरिक्त मेरे पास कहने को कुछ नहीं है और सभी प्रकार के सुधारों को जनसाधारण के लिये धर्म के माध्यम से आना होगा..."

"कांग्रेस जो कुछ कर रही है, उसमें आपकी आस्था है या नहीं?"

"बहुत नहीं कर पा रही है, पर हाँ, बिलकुल नहीं से थोड़ा अच्छा है। फिर सुप्त राष्ट्र को जगाने के लिये उसे हर तरफ़ से धक्के देना अच्छा है। आप लोग क्या सोचते हैं, दो-चार प्रस्ताव पास करा लेने से स्वाधीनता मिल जायेगी? मेरी राय है, पहले जनसाधारण को जगाना होगा। उन्हें भरपेट भोजन मिले तो वे स्वयं ही मुक्ति का मार्ग ढूँढ़ लेंगे। अगर कांग्रेस जनसाधारण को जगाने की कोशिश करती है तो मैं उनके साथ हूँ..."

"धर्म से आपको आशय किसी मत विशेष से है?"

"मेरे लिये चरित्र निर्माण ही धर्म है। जहाँ कहीं शोरपूर्ण कीर्तन आदि हो रहे हों, वहाँ दाएँ-बाएँ चाबूक चलाएँ। पूरा राष्ट्र सड़कर ध्वस्त हो रहा है। ज़रा सा भी आत्मसंयम नहीं, सभी मतवाले हो रहे हैं। अछूत, मोची, मेहतर सभी लोगों के पास जाकर कहिए–'तुम्ही लोग तो राष्ट्र के प्राण हो। तुम्हारे भीतर ऐसी असीम शक्ति विद्यमान है जो दुनिया को उलट सकती है। उठो, बंधन को तोड़ फेंको, सारा संसार तुम्हें देखकर विस्मित रह जायेगा।' उनके बीच जाकर स्कूल खोलिये, उनके गले में यज्ञोपवीत डालिये..."

तभी बाहर दृष्टि पड़ी–बारिश थम सी गयी है, हम लोग चलें नहीं तो ये बातें कभी समाप्त ही नहीं होंगी। स्वामी खड़े हो गये।

"रास्ता तो सचमुच बहुत ही फिसलनदार है और इतना उबड़-खाबड़ भी... कीचड़ में पैर धंसते जा रहे हैं," धर्मपाल को परेशानी हो रही थी।

"कंपकंपी भी हो रही है," गिरीश घोष ने कहा।

"मुझे तो कोई परेशानी नहीं हो रही, गर्मी मुझे सहन नहीं होती, अभी तो मुझे आनन्द आ रहा है," स्वामी के स्वर में उल्लास था।

"ओह, मेरे जूते कीचड़ से भर गये," धर्मपाल चिल्लाए।

"श्रीमान, इसी से तो आपको विवेकानन्द ने जूते पहनने से निषेध किया था, पर आपने ध्यान नहीं दिया," योगेन्द्र महाराज ने कहा।

स्वामी ने देखा धर्मपाल को कठिनाई हो रही है, उनके पैरों में पहले से ही थोड़ी सी विकलांगता थी। उनके पैर जूतों सहित कीचड़ में धंस गये थे। उनकी कोशिशें नाकाम हो रही थीं।

"आप वहीं रुकें, मैं आपके पास आ रहा हूँ।" स्वामी दौड़े। "आप मेरे कंधे को कसकर पकड़ लें।" जैसे ही उसने हाथ बढ़ाया, स्वामी ने उन्हें बाहर की ओर खींच लिया। "अब सब ठीक है," स्वामी ने हँसते हुए कहा।

"अहा, इतना जीर्ण-शीर्ण मकान इतने सुंदर रूप में परिवर्तित हो गया है, मेरी कल्पना से परे है। इसे मैंने पहले भी देखा था," धर्मपाल को अपनी आँखों पर विश्वास नहीं हो रहा था।

"धीरामाता का यह घर आपको स्वर्ग की प्रतीति कराएगा, क्योंकि वह प्रारंभ से अन्त तक प्रेम से परिपूर्ण है।"

"ओह, वास्तव में एक अविच्छिन्न सामंजस्य का भाव और हर चीज़ समान रूप से इतनी सुंदर!" गिरीश घोष ने कहा।

"दूर तक फैली धान की हरियाली, लम्बे-लम्बे नारियल के पेड़ों के बीच छोटा बादामी रंग का प्राचीन भवन, सब कुछ कितना नयनाभिराम है। वाणिज्य दूत का भवन भले ही ऐश्वर्यशाली था, किंतु इतनी सात्विकता और सादगीपूर्ण सुंदरता दुर्लभतम है," धर्मपाल सचमुच मुग्धावस्था में थे।

सामने कलश में जल रखा था, पैर धोने के लिये। धर्मपाल ने जैसे ही कलश उठाया, स्वामी ने बच्चों की चपलता के साथ उनके हाथों से कलश छीनते हुए कहा, "आप मेरे अतिथि हैं, अतिथि सेवा का अधिकार मेरा है।"

धर्मपाल अपने पैरों को छुपा रहे थे, "यह जघन्य अपराध अपने सिर नहीं चढ़ने दूँगा, कृपया मेरे पैर धोने की ज़िद न करें..."

"ओह, यह क्या हो रहा है? आप लोग कब आए?" मैकलाउड सबसे आगे थी, उसके पीछे निवेदिता और उसके पीछे श्रीमती ओलिबुल थीं।

"नमस्कार श्रीमती बुल, वाणिज्य दूत के आवास पर आपको नहीं पाकर मैं चिंतित हो रहा था कि मठ की नयी ज़मीन पर जो जीर्ण-शीर्ण भवन है, वह रहने योग्य तो बिलकुल नहीं है। जीर्ण-शीर्ण भवन की कल्पना कर मैं परेशान हो रहा था। उस पर से फिसलन भरे रास्ते, सच कहूँ, मैं आपके लिये चिंतित हो गया था।" धर्मपाल ने बैठक खाने के सोफे पर बैठते हुए कहा।

"अब चिंता दूर हुई या नहीं?" श्रीमती ओलिबुल ने हँसते हुए पूछा।

"पूर्ण रूपेण, कल्पना से भी परे, सुंदर..." धर्मपाल की आँखों में अति प्रशंसा झलक रही थी।

"पर, आप लोगों ने इसे इतना व्यवस्थित कैसे बना लिया?" गिरीश घोष ने पूछा।

"कुछ नहीं, पहले भवन की मरम्मत करवाई, टूटे-फूटे स्थानों को भरवा दिया। इसके बाद नयी चूना-कली कराई गयी। फिर हम तीनों मिलकर बाजार जाकर महोगनी के पुराने फर्नीचर ले आए और इस बैठक खाने को सजा लिया। आप लोग देख ही रहे हैं, इसके आधे हिस्से को पाश्चात्य पद्धति का रखा है और आधा भारतीय पद्धति का। सामने वाला हॉल हमारा भोजन कक्ष है, जहाँ हम थोड़ी देर में जायेंगे। हम तीनों के अलग-अलग शयन-कक्ष बन गये हैं। विश्वास करें, हम यहाँ बेहद आनन्दित हैं।" मैकलाउड ने चंद पक्तियों में सब कुछ बता दिया।

"सबसे बड़ी बात, यहाँ हमें अपने गुरुदेव का सत्संग मिल रहा है," निवेदिता ने स्वामी के पीठ के पीछे कुशन रखते हुए कहा।

स्वामी उठ खड़े हुए, "कल प्रात:काल निवेदिता के ब्रह्मचर्य व्रत के दीक्षा कार्यक्रम भी हैं।"

(43)

सवेरे थोड़ी हलचल थी, बाहरी और आंतरिक दोनों स्तर पर। मैकलाउड और ओलिबुल बाहरी तैयारियों में व्यस्त थीं। निवेदिता अपनी मन:स्थिति की समीक्षा कर रही थी और उसे सुधारने में लगी हुई थी।

स्वामी ने उसके सामने दोनों मार्ग खुले रखे थे–उनकी ओर से कोई दबाव नहीं था। उसने पूर्ण सत्य को स्पष्ट कर दिया था–नगरों के बाहर विलायती आराम की

कोई सामग्री नहीं मिल सकती। फिर भी, यदि तुम काम करने का साहस दिखाओगी, तो हम तुम्हारा स्वागत करेंगे। हालाँकि मैं स्वयं कुछ नहीं हूँ, फिर भी अपनी पूरी सामर्थ्य से तुम्हारी सेवा करूँगा।

निवेदिता अपने कमरे में चक्कर लगा रही थी, अगर वह असफल हो जाती है तो क्या होगा...? उसका दिल कांप उठा। तभी उसे स्वामी की बात याद आयी–इस कार्यक्षेत्र में प्रवेश करने से पहले अच्छी तरह विचार कर लेना चाहिए। इसके बाद भी अगर तुम असफल होती हो, तो मैं अपनी ओर से यह प्रतिज्ञा करता हूँ कि चाहे तुम भारत के लिये काम करो या नहीं, तुम वेदांत त्याग दो या उसमें स्थित रहो, मैं हमेशा तुम्हारे साथ रहूँगा।

निवेदिता का मन शान्त हो रहा था। इतनी उदार और वरद छाया के रहते उसे कोई चिंता नहीं थी। अब काषाय रंग के अपने गाउन के फीते बांधते हुए उसका मन उदात्त हो रहा था।

तभी श्रीमती ओलिबुल ने कमरे में प्रवेश किया। कुछ देर तक अपलक निवेदिता को निहारने के बाद उल्लसित हो उठीं। "निवेदिता, आज तुम बेहद ख़ूबसूरत लग रही हो। इसके पहले आज तक तुम इतनी तेजमयी कभी नहीं लगी थी।"

"अहा, महीयसी...माग्रेट, तुम निवेदिता बनकर अपूर्व लग रही हो। स्वामी जी और अतिथि आ गये हैं, सभी तुम्हारा इन्तज़ार कर रहे हैं," मैकलाउड उछलते हुए बोली।

"तुम जाओ, मैं निवेदिता के साथ आ रही हूँ," श्रीमती ओलिबुल ने कहा।

"जो-जो, सारी तैयारियाँ हो गयी हैं। दीक्षा प्रारंभ होने में कुछ देर हो, तो तुम यहाँ उपस्थित लोगों के सामने यहाँ का अनुभव रख सकती हो," स्वामी ने मैकलाउड से कहा, जिसे वे जो-जो कहा करते थे।

"यदि आपकी आज्ञा हो और उपस्थित जनों की दिलचस्पी हो, तो अवश्य," मैकलाउड ने सहजता से कहा।

"अवश्य, हमलोग उत्सुक हैं," समूह से आवाज़ आयी।

"जैसा कि आपलोग जानते हैं, इस विशाल भूखण्ड पर अवस्थित इस जीर्ण-शीर्ण भवन में हमलोग रह रहे हैं। इसे ख़रीदने की राशि कमारी मूलर ने दी है और भवन निर्माण का खर्च श्रीमती ओलिबुल कर रही हैं। हम सभी रामकृष्ण के परिवार, इन दोनों के शुक्रगुज़ार हैं और आभार प्रकट करते हैं।"

बहुत देर तक तालियों की गड़गड़ाहट गूंजती रही। मैकलाउड ने थोड़ी देर

रुककर कहना प्रारंभ किया–"हमलोग जबसे यहाँ आए हैं, एक दूसरे ही लोक में विचरण कर रहे हैं। जिनके मन में अतीत की स्मृतियाँ जाग्रत हैं, ऐसे अनेक लोग यहाँ बीच-बीच में आते थे। उनसे हमें स्वामी जी के आठ वर्ष तक चलने वाले परिव्राजक जीवन की बहुत सारी बातें जानने-सुनने का मौक़ा मिला।

सबसे महत्वपूर्ण बात, स्वामीजी का सान्निध्य मिला। सुबह और शाम दोनों समय उनसे भारतीय पुराणों-उपनिषदों की कथाएँ सुनने का सौभाग्य प्राप्त हुआ।

पर ऐसा भी नहीं है कि वे केवल धर्मविषयक उपदेश ही हमें देते थे। कभी इतिहास, कभी लौकिक उपकथाएँ, तो कभी विभिन्न समाजों, जाति विभागों तथा लोकाचार के विचित्र विरोधाभासों और असंगतियों पर ढेरों चर्चा होती थीं।

चर्चा का विषय चाहे जो भी हो, उसका हमेशा अद्वय अनंतभाव में जाकर समापन होता था। स्वामी जी की दृष्टि में कोई भी वस्तु धर्म की सीमा के बाहर नहीं है।

मुझे याद है एक दिन हमलोगों ने कई यूरोपीय सज्जनों को आमन्त्रित किया था, आपमें से भी कुछ लोग थे। स्वामी जी फारसी कविता पर चर्चा कर रहे थे–'अपने प्रियतम के मुखमंडल के एक तिल के बदले मैं समरकंद का सारा ऐश्वर्य देने को प्रस्तुत हूँ'। पद की आवृत्ति करते हुए वे उत्साहपूर्वक कह रहे थे–देखो, जो व्यक्ति एक प्रेमगीत की मधुरता नहीं समझ सकता, उसे मैं कानी-कौड़ी भी नहीं दूँगा।

विश्वास करें, मैं आश्चर्यचकित थी और शायद हवा में भी, कि मैंने एक सम्पूर्ण मनुष्य को अपना गुरु बनाया है, जो किसी प्रकार की ग्रन्थियों का दास नहीं, जिसके लिये प्रेम ही ईश्वर है।

सिर्फ़ उनकी आध्यात्मिक स्तर ही उन्नत नहीं है, उनकी राजनीतिक समझ भी बहुत उच्च स्तर की है। तभी तो उन्होंने निवेदिता को समझाया था कि एक राष्ट्र के गठन के लिये हमें सामान्य प्रीति के समान ही एक सामान्य घृणा की भी आवश्यकता होती है, जबकि घृणा हमेशा विनाशकारी होती है।

अब सिस्टर निवेदिता दीक्षा के लिये पधार चुकी हैं, इसी से अपनी वाणी को विराम देती हूँ और रामकृष्ण के चरणों में सादर नमन करती हूँ। मैकलाउड के स्वर थमते ही कई मिनट तक तालियाँ बजती रहीं। सभी की निगाहें सिस्टर निवेदिता पर टिक गयीं।

स्वामी ने निवेदिता की ओर देखा, उसकी आँखें पनीली हो रही थीं। वाणी थोड़ी

सी विह्वल थी। आज 25 मार्च है, शुक्रवार का दिन। आज ही देवदूत ने आकर ईसा जननी मेरी को पुत्र जन्म की बात सूचित की थी और आज ही मेरी की एक संतान ब्रह्मचर्य व्रत में दीक्षा ले रही है।

"मैं गुरु दक्षिणा में आपको क्या प्रदान कर सकती हूँ?" निवेदिता भी भावुक हो रही थी।

"अगर मुझे गुरु दक्षिणा देना चाहती हो, तो बस एक चीज़ दो–भारत से ख़ूब प्रेम करना, हृदय की गहराइयों से। इससे बढ़कर मेरे लिये कुछ और नहीं हो सकता।"

निवेदिता आगे बढ़ी और स्वामी के चरणों पर झुक गयी।

"आओ, पहले शिवपूजा करो...फिर अपनी अंजलि के पुष्प बुद्ध के चरणों में समर्पित कर दो, मन में यह भाव जागृत कर कि जिन्होंने दूसरों के निमित्त जन्म लिया था और बुद्धत्व प्राप्ति के पूर्व पाँच सौ बार अपना जीवन दूसरों के लिये उत्सर्ग किया था। तुम्हारी यह यात्रा उन्हीं बुद्ध के अनुसरणार्थ हो।"

शाम हो गयी थी, आकाश सुरमई हो रहा था। न अधिक ठण्ड थी और न उष्णता। निवेदिता की मनोदशा को समझना दूसरों के लिये कैसे संभव हो सकता था। कितने प्रश्न गुरुदेव से पूछने के लिये उसके हृदय में उछल रहे थे।

सामने कल-कल प्रवाहित गंगा की ओर निवेदिता ने देखा–जैसे उसे माँ निमन्त्रण दे रही हो।

"स्वामी जी, क्या हम तीनों आपके साथ गंगा की गोद के मध्य अपने मन में उठती तरंगों पर चर्चा कर सकते हैं? मैं अपना हृदय आपके सामने खोलकर रखना चाहती हूँ। गंगा माँ के साथ मैकलाउड और धीरा माता भी इसकी साक्षी रहें।"

कुछ ही देर बाद नौका गंगा में अठखेलियाँ कर रही थी। आज उसमें इतना अधिक प्रवाह था, जैसे समुद्रावतार ही ले लिया हो।

"स्वामी जी, मैंने एक महान कार्य के लिये अपना जीवन समर्पित कर दिया है, लेकिन विभिन्न समस्याओं को देखकर चिंतित हो रही हूँ।"

"निवेदिता, तुम्हारा एकमात्र कर्तव्य है भारतीय नारी समाज की सेवा करने के लिये सेवक और सेव्य के बीच भाव एकता को क़ायम रखना। मेरा अनुभव यही है कि शिक्षा और भावों के आदान-प्रदान के क्षेत्र में चाहे जिन भी माध्यमों की आवश्यकता हो, प्रेम उनमें सर्वोत्तम है। यहाँ तक कि कभी-कभी मुझे लगता है प्रेम ही एकमात्र अनिवार्य माध्यम है।"

"स्वामी जी, क्या मुझे भारतीय नारी अपनाएँगी? क्या मुझे माँ शारदा अपनाएगी...?"

"मैं तुम्हारी चिंता समझता हूँ। माताजी गोलाप माँ आदि माताएँ अभी थोड़ी देर में मठ में आने वाली हैं। राखाल दा उन्हें लेने गये हैं। मुझे ठाकुर पर भरोसा है, उन्होंने तुम्हें अपनी संतान के रूप में अंगीकार किया है।"

नाव किनारे लग रही थी। स्वामी नाव से कूदते हुए मठ की ओर तेज़ी से भागे। सामने से श्री माँ शारदा आ रही थीं, उनके साथ गोपाल माँ भी धीरे-धीरे मठ की ओर बढ़ रही थीं।

स्वामी के चेहरे पर पसीने की बूँदें चुनचुना रही थीं। वह एक छोटे बच्चे की तरह भयभीत थे–माताजी गौरांगी महिलाएँ को स्वीकार कर पाएँगी? उन्होंने विनम्रता पूर्वक कहा–"माता जी, आज आपकी पुत्री निवेदिता की ब्रह्मचर्य दीक्षा हुई। दीक्षा की पूर्णता आपके आशीर्वाद से संपन्न होगी।"

"ओह, अवश्य। रामकृष्ण का परिवार बढ़ रहा है, इससे बढ़कर मेरे लिये और क्या ख़ुशी हो सकती है?" शारदा माँ ने मुस्कुराते हुए कहा–"निवेदिता है कहाँ?" तब तक निवेदिता ही नहीं, श्रीमती ओलिबुल और मैकलाउड भी उनके चरणों में झुक चुकी थीं–"मेरी मदर, मेरी...मेरी श्री माँ..." उन तीनों के मुखमंडल पर आनन्द नृत्य कर रहा था। माँ शारदा के खुले बाँहों में तीनों छोटी बच्चियों की तरह चिपकी हुई थीं।

"आओ, मेरी पुत्रियों, हमलोग चलकर प्रसाद पाएँ।"

स्वामी को अपनी आँखों पर विश्वास नहीं हो रहा था। माँ के बग़ल में बैठकर निवेदिता वैसे ही भोजन कर रही थी, जैसे माँ के साथ उनकी बेटियाँ। मैकलाउड के बग़ल में गोपाल माँ बैठी थीं, जो नारियल और मुरमुरे मिलाकर बड़े प्यार से उनकी पत्तलों पर रख रही थीं।

स्वामी आश्चर्यचकित हो कर रामकृष्णानन्द से कह रहे थे–"शशि, क्या तुम ऐसा सोच सकते थे कि माँ इनके साथ बैठकर भोजन करेंगी? क्या यह अद्भुत घटना नहीं है?"

स्वामी की आनन्दित मुखाकृति देखकर रामकृष्णानन्द बहुत सुखद अनुभव कर रहा था ।

शारदा माँ के जाने के बाद निवेदिता स्वामी की ओर वापस लौटी–"मुझे क्या करना चाहिए? मैं सोच रही हूँ, कुछ दिनों के लिये कुमारी मूलर के साथ रह जाऊँ। उन्होंने किराए का एक बड़ा मकान लिया है, जहाँ वे वेदांत का स्वाध्याय कर रही हैं।"

"निवेदिता, तुम स्वयं समझदार हो, फिर भी तुमने मुझसे राय माँगी है, तो मुझे लगता है, तुम्हें कुमारी मूलर आदि के आश्रित नहीं रहना चाहिए।"

निवेदिता ने आश्चर्यचकित हो कर पूछा–"भला क्यों?"

"क्योंकि वे जन्म से नेता हैं और वे समझती हैं कि संसार को हिलाने के लिये धन के अतिरिक्त किसी अन्य गुण की आवश्यकता नहीं पड़ती।"

सिस्टर निवेदिता थोड़ी सी मुस्कुराई। स्वामी कहते रहे–"उनका विचार शुभ है। परन्तु उनके संकल्प दो कारणों से सफल नहीं होंगे–उसका क्रोधी स्वभाव और अहंकारयुक्त व्यवहार, तथा उससे भी अधिक, उसका अत्यन्त अस्थिर मन।"

"निवेदिता, मेरी तो यही सलाह होगी कि जो मनुष्य अपने पैरों पर खड़ा होता है, उसका हमेशा भला होता है।"

"मैं कुछ-कुछ समझ रही हूँ। श्रीमती सेवियर ने भी मुझे कुछ दिनों के लिये पहाड़ पर अतिथि के रूप में बुलाया है।"

"अहा, श्रीमती सेवियर! वह तो नारियों में एक रत्न हैं–गुणवती और दयालु। जो मैंने अनुभव किया है, केवल सेवियर दंपति ही ऐसे अंग्रेज़ हैं जो भारतीयों से घृणा नहीं, प्रेम करते हैं।"

"आपका कहना सत्य है, गुरुदेव! परन्तु मुझे लगता है श्रीमती ओलिबुल भी बेमिसाल हैं," निवेदिता ने अपनी बात रखी।

"ओह, वह तो मेरी धीरा माता हैं। उनसे अधिक मुझे न कोई जानता है और न समझता है। अपनी मृत्यु के पहले मैं अपना सब कुछ धीरा माता और राखाल दादा को सौंप देना चाहता हूँ।

हालाँकि मैंने उन्हें यह लिखकर भारत आने से पहले हतोत्साहित ही किया था–'आप लोगों को भारत में देखकर मुझे जो ख़ुशी होगी, उसका उल्लेख अनावश्यक है, किंतु पहले से यह जान लेना आवश्यक है कि यह देश समग्र पृथ्वी में सबसे अधिक गन्दा और अस्वास्थ्यकर है। इस देश में पुरुष समाज में नारियों का कोई स्थान नहीं है।' पर धीरा माता नहीं मानी, जीर्ण-शीर्ण भवन को स्वर्ग से भी सुंदर बना लिया। उनके बिना, मठ के भवन निर्माण की कल्पना तक नहीं कर सकता था।"

"मैं आपके कार्य में सबसे अधिक सहायता किस प्रकार कर सकती हूँ?"

"मेरा फिर वही उत्तर है–भारत से प्रेम करो।"

मई का महीना था और सूरज इतना तपने लगा था कि सिर के ऊपर आग के गोले की तरह उल्टा लटका प्रतीत होता। स्वामी को माइग्रेन के अटैक्स आ रहे थे। अल्मोड़ा से श्रीमती सेवियर के पत्र बार-बार आ रहे थे; आश्रम बनाने के लिये कैप्टन सेवियर ने दलालों के साथ न जाने कितनी ज़मीनें देखी थीं।

18 मई 1898 को अल्मोड़ा आ रहा हूँ, स्वामी ने तार करने के लिये कह दिया। हमारे पास नौ लोगों के टिकट हैं: अमेरिकन कौंसल की पत्नी श्रीमती पैटर्सन, सिस्टर निवेदिता, श्रीमती ओलिबुल, मैक्लाउड, तुरियानन्द, निरंजनानन्द, सदानन्द, स्वरूपानन्द और स्वामी विवेकानन्द। तुरियानन्द टीटी से बात कर रहा था।

रेलगाड़ी छुक-छुक करती और भाप छोड़ती मद्धिम गति से आगे बढ़ रही थी।

अभी गाड़ी पाटिलीपुत्र पटना में खड़ी है। कभी यह स्थान विश्व में अपनी अलग पहचान रखता था। नालंदा विश्वविद्यालय विश्व का प्राचीनतम विश्वविद्यालय है, जो यहीं था। स्वामी बता रहे थे। गाड़ी काशी की ओर बढ़ रही थी।

ओह, शायद यह काशीघाट है। विश्व के सर्वोत्तम दृश्यों में से एक, श्रीमती बुल ने काशी रेलवे स्टेशन का नाम पढ़ लिया था।

काशी से रेलगाड़ी आगे बढ़ रही थी, सुविस्तृत खेतों, खलिहानों और ग्रामों से परिपूर्ण मैदानी अंचलों को पीछे छोड़ती हुई रेलगाड़ी भागती जा रही थी।

मुझे पता नहीं था महाराज, नैनीताल में हमलोगों को आपसे मिलने का मौक़ा मिलेगा, मैक्लाउड ने खेतड़ी नरेश को सामने देखकर चहकते हुए कहा।

स्वामी जी, यहाँ पास में दो नर्तकियाँ रहती हैं। जब से आपके यहाँ आने की खबर मिली है, वे भी आपके दर्शन के लिये बहुत उत्सुक हैं। उनके आवास से एक भाई आए थे, प्रेमानन्द ने बताया। वह बहुत उत्सुकता से स्वामी का इन्तज़ार कर रहा था।

क्या हमलोग उनसे मिलने जा सकती हैं? भारतीय नर्तकियों को देखना समझना चाहती हूँ, निवेदिता ने उत्तेजित हो कर पूछा।

अवश्य जाओ, वह भी माँ की ही छाया है, स्वामी के इस उत्तर की आशा किसी को नहीं थी।

अगर वह आपके दर्शन के लिये हमलोग के साथ आने की इच्छा व्यक्त करे तो...श्रीमती बुल ने पूछा।

तुरियानन्द ने स्वामी की ओर विश्वास से देखा, वे नहीं मानेंगे।

ओह, अवश्य, धीरामाता, वह भी माँ है। एक पुत्र को भला माँ से मिलने में कैसी बन्दिशें? उनका स्वागत है, सदानन्द अवाक था; इससे घनघोर आश्चर्य और क्या हो सकता था?

पहले नैनी सरोवर पर स्थित मन्दिरों के दर्शन करने के बाद कहीं जाना अधिक अच्छा रहेगा, प्रेमानन्द को मन्दिर के पट बन्द होने का भी भय था।

संयोग भी कभी-कभी अजीब होते हैं–दोनों नर्तकियाँ मन्दिर में पूजा में तल्लीन थीं। पूजा समाप्त होते ही सिस्टर निवेदिता से टूटी-फूटी भाषा में पूछा–स्वामीजी आ गये?

निवेदिता के सिर हिलाते ही दोनों गिड़गिड़ाईं–मैं भी आप लोगों के साथ उनके दर्शन के लिये चलूँ...

अवश्य, हमारे साथ चल सकती हैं, श्रीमती ओलिबुल ने सधिकार कहा।

पर सदानन्द ही नहीं, तुरियानन्द और निरंजनानन्द सभी को आपत्ति थी। स्वामी जी संन्यासी हो कर किसी नर्तकी से कैसे मिल सकते हैं? इससे उनकी बदनामी भी हो सकती है। एक संन्यासी का भला एक नर्तकी से कैसा मेल?

तुम लोगों को परेशान होने की आवश्यकता नहीं है। आज से पाँच साल पूर्व मैं भी ऐसा ही सोचा करता था जैसा तुम लोग सोच रहे हो। शायद तुम्हारे मन में बवंडर चल रहे हैं। परन्तु आज ईश्वर ने मुझे प्रायश्चित करने का एक मौक़ा प्रदान किया है। तुम लोगों को नहीं पता, पाँच साल पहले की घटना है, अमेरिका जाने से पूर्व खेतड़ी राज की। वहाँ की नर्तकी मुझे एक गीत सुनाना चाहती थी। मैं मूर्ख, संन्यासी होने के अहंकार से भरा हुआ था–कहाँ श्रेष्ठ संन्यासी और कहाँ नीच नर्तकी...राम-राम! यही उपनिषद समझा था, यही ठाकुर को समझा था।

बचपन से ही अपने चरित्र को लेकर एक गौरव था, कलकत्ता की सड़क के उस ओर से नहीं गुजरता था जिधर वेश्याएँ रहती थीं। हाय रे मेरी दुर्बुद्धि। उनमें माँ नजर क्यों नहीं आती थी? यही आद्य शक्ति तो वहाँ भी हैं।

संन्यासी सर्वश्रेष्ठ होता है, इस अहंकार में डूबा भला किसी नर्तकी की प्रार्थना पर कैसे विचार कर सकता है? जैसे ही उसने गीत गाने की तैयारी प्रारंभ की, मैं शीघ्रता पूर्वक उठकर अपने कमरे में भाग आया। कमरे में पहुँचकर ऐसा लगा, जैसे मैंने कोई किला फतह कर लिया हो। नर्तकी के गाने की आवाज़ कानों तक आ रही थी:

"प्रभु मेरे अवगुण चित्त न धरो,

समदर्शी प्रभु नाम तिहारो, चाहो तो पार करो।
एक लोहा पूजा में राखत, एक घर बधिक परा,
सो दुविधा पारस नहीं देखत, कंचत करत खरो,
प्रभु मेरे अवगुण चित्त न धरो।
एक नदिया एक नाल कहावत, मैलो नीर मरो।
जब मिलि के दोऊ, एक बरन भयें, सुरसरी नाम परो।
प्रभु मेरे...
एक माया एक ब्रह्म कहावत,
सुर श्याम झगरौ अब की बेर मुझे पार उतारों, नहीं पन जात तरों।
भु मेरे अवगुण चित्त न धरो।"

उस गीत के एक-एक बोल मुझे शर्मिंदगी के गर्त में डूबो रहे थे। कहाँ उसके शुद्ध विचार और कहाँ मेरा अहंकार...मैं समझ गया, यह स्वयं आद्यशक्ति माँ है, जो मेरा परिमार्जन करने आयी हैं, मुझे परिस्कृत करने आयी हैं। मैं दौड़ा–माँ, मुझे क्षमा करना। उसके वात्सल्यमयी नेत्रों में आशीर्वाद के आँसू झिलमिला रहे थे।

मेरे भाइयों, आज मैं माँ की परीक्षा में उत्तीर्ण होना चाहता हूँ, किसी भी कीमत पर माँ को निराश कर अनुतीर्ण नहीं हो सकता–स्वामी ने अपना निर्णय दो टूक शब्दों में सुना दिया।

स्वामी जी, मैं सर्वदा आपके प्रति अपार आदर रखता रहा हूँ, परन्तु आज की घटना ने मुझे आपकी विशालता का दिग्दर्शन कराया है। मैं अपने हृदय के अन्तर्मन से उठती आवाज़ को व्यक्त करना चाहता हूँ–यदि भविष्य में कोई आपको अवतार के रूप में दावा करे तो स्मरण रहे कि मैं एक मुसलमान उनमें से प्रथम रहूँगा-- मुहम्मद सरफराज हुसैन ने सिर झुकाते हुए कहा।

सरफराज, मैं भी यहाँ एक गूढ़ बात बताता हूँ–वेदांत के सिद्धान्त चाहे जितने भी सूक्ष्म तथा विलक्षण क्यों न हों, व्यवहारिक इस्लाम की सहायता के बिना अधिकांश जनसमुदाय के लिये वे पूर्णत: निरर्थक हैं। हमारी अपनी मातृभूमि के लिये हिन्दुत्व और इस्लाम इन दो विशाल मतों का वेदांती मस्तिष्क और इस्लामी शरीर का समन्वय ही एकमात्र आशा है। मैं अपने मनस्वक्षुओं से भावी भारत की उस पूर्णावस्था को देख रहा हूँ, जिसका इस विवाद और संघर्ष को भेदकर महिमामय एवं अजेय रूप से वेदांती बुद्धि तथा इस्लामी शरीर के साथ उत्थान होगा।

यदि कुछ धन एकत्र कर इस देश के स्नातकों को इंग्लैंड भेजकर सिविल

सर्विस में सफल होने के लिये पढ़ाई करवाई जाये तो इससे क्या लाभ हो सकता है? क्या वे वापस लौटकर स्वदेश की उन्नति में सहायक हो सकते हैं? योगेशचन्द्र दत्त ने पूछा। वे भी कलकत्ता से ही नैनीताल आए थे।

मुझे लगता है, इससे कोई लाभ नहीं होगा। इससे लड़के केवल साहबी ढंग सीखेंगे और इस देश में लौटकर साहबों से ही मेलजोल रखेंगे। इस बात की गांठ बांध लो कि वे लोग केवल अपनी उन्नति का प्रयास करेंगे। साहबों के समाज के खान-पान तथा आचरण करेंगे और देश के बारे में भूलकर भी नहीं सोचेंगे।

तब आखिर क्या उपाय है?

एक ही उपाय है, उद्योग को विकसित किया जाये। तकनीकी शिक्षा को बढ़ावा दिया जाये; उद्यम और विज्ञान ही बदलाव ला सकते हैं...कहते-कहते पता नहीं क्यों स्वामी की आँखें छलछला गयीं, वह अन्दर चले गये।

निवेदिता ने उठने की कोशिश की, श्रीमती बुल ने इशारे से मना किया।

ओह, यह दृश्य मैं जीवन भर नहीं भूल सकूँगा। नरेंद्र, अब संसार त्यागी संन्यासी बन गये हैं, परन्तु भारत वर्ष का दर्द इनके हृदय में हमेशा जागृत रहता है। भारत ही इनका प्राण है, भारत ही इनका ध्यान है। वे भारत के बारे में ही सोचते हैं और भारत के लिये ही रोते हैं। भारत के लिये ही उन्होंने अपना जीवन उत्सर्ग कर दिया है। उनके नेत्रों के प्रत्येक स्पंदन में, उनकी धमनियों के प्रत्येक रक्त बिंदु में भारत के चिन्तन के अतिरिक्त और कोई विचार नहीं है–योगेश दत्त ने स्वामी को अन्दर की ओर जाते देख कहा।

उस समय, सिस्टर निवेदिता अपने आप से प्रतिज्ञा करने की कोशिश कर रही थी–आज से भारत ही उसका प्राण धन है। परन्तु निवेदिता के हाथों असफलता लग रही थी। एक तरफ़ उसका स्वदेश प्रेम अभी भी उतना ही है, जितना पूर्व में था, जब वह इंग्लैंड में थी। वह इंग्लैंड की राष्ट्रीय पताका को देखकर श्रद्धा और भक्ति से भर जाती थी। दूसरी ओर अपने देश की अमानवीयता और क्रूरता कम भयावह नहीं लग रही थी। वह कुछ नहीं समझ पा रही थी। उसने अपने आप को नहीं रोका, स्वामी के सामने प्रश्न लेकर खड़ी हो गयी–

स्वामी जी, क्या मुझे अपने स्वदेश प्रेम ने अन्धा बना दिया है? जैसे आँखों पर काली पट्टी बंध जाने पर कुछ दिखायी नहीं देता, मेरी हालत वही है?

तुम्हारा स्वदेश प्रेम, पाप है। अन्याय कर्ता के प्रति ऐसी आसक्ति मानसिक दुर्बलता की निशानी है।

निवेदिता ने कुछ नहीं कहा। वह चुपचाप उठकर अपने कमरे में चली गयी। वह कुछ समझ नहीं पा रही थी। उसे अपने कमरे में काफ़ी समय से चक्कर काटते देख मैक्लाउड से रहा नहीं गया।

तुम इतनी परेशान क्यों हो रही हो?

मैं भयंकर दुविधा में हूँ। एक ओर मेरा हृदय भारत के प्रति प्रेमिल है, दूसरी ओर मन ब्रिटिश साम्राज्य के प्रति निष्ठा को नहीं छोड़ पा रहा है। मैं क्या करूँ, मैक्लाउड? एक ओर भारत की सेवा का संकल्प ले लिया है। परन्तु पग-पग पर मेरे पाश्चात्य संस्कार इसमें बाधा डालते प्रतीत होते हैं। ब्रिटिश साम्राज्य के प्रति निष्ठा भारत को समझने में अवरोध पैदा कर रही है।

तुमने स्वामी जी को अपनी दुविधा बतायी?

बतायी, मैं जानती भी हूँ सत्य क्या है...स्वामी जी चिकनी चुपड़ी बात करना तो जानते नहीं, तुम्हें पता है। सत्य उनके मुख से शुद्ध सत्य के रूप में निःसृत होता है। उनकी कठोरता को देख कभी-कभी तीव्र वेदना भी होती है।

चौदहवीं की रात थी। स्वामी सेवियर दंपति के बंगले के लॉन में बैठे थे। स्वामी एकटक चन्द्रमा को निहार रहे थे। बहुत देर तक चन्द्रमा को निहारते-निहारते स्वामी ने कहा–देखो, मुसलमान शुक्लपक्ष की चन्द्रकला को श्रद्धा की दृष्टि से देखा करते हैं। आओ, हम लोग भी नवीन चन्द्रकला के साथ नवजीवन आरंभ करें।

तभी अचानक निवेदिता उनके चरणों पर अवनत हो गयी। स्वामी का हाथ स्वतः ही उसके सिर पर चला गया–तुम्हारी सारी दुविधा समाप्त हो जाये और जो तुम्हारे भले के लिये हो, तुम्हें उसी कार्य को करने में सफलता मिले।

निवेदिता का मन शान्त हो रहा था। उसकी खुली आँखों के सामने अंग्रेज़ों की भारत के प्रति दानवीय कार्रवाइयाँ रील की तरह घूम रही थीं। वह चिल्ला उठी–नहीं, वह अन्याय के साथ खड़ी नहीं हो सकती। वह भोले-भाले ग़रीब भारतीयों के प्रति अत्याचार करने वालों से सहानुभूति नहीं रख सकती। वह ईश्वर के दरबार में दोषी नहीं बनेगी।

निवेदिता रात में अपनी डायरी में लिख रही थी–काफ़ी काल पूर्व श्री रामकृष्ण ने अपने शिष्यों से कहा था, एक दिन ऐसा आएगा जब उनके प्रिय नरेन के स्पर्श मात्र से ज्ञान के चक्षु खुल जायेंगे। अल्मोड़ा की आज की संध्या में मुझे इस भविष्यवाणी की सत्यता का प्रमाण मिल गया। उनके स्पर्श मात्र से चिरकाल की बन्द आँखें खुल रही हैं।

(45)

आज 'थामसन हाउस', अल्मोड़ा में, प्रात:काल से ही थोड़ी हलचल थी। स्वामी घोड़े की सवारी करके अभी-अभी वापस लौटे थे। सेवियर दंपत्ति का यह आवास इतना बड़ा था कि इसमें स्वामी सहित पाँचों संन्यासी आराम से रह रहे थे।

सामने वाले बंगले में ठहरीं ओलिबुल, निवेदिता, मैक्लाउड और श्रीमती पैटर्सन अपनी बालकनी में खड़ी स्वामी को घुड़सवारी करते देख कह रही थीं–स्वामी जी घुड़सवारी करके आ गये हैं। हमें जल्दी तैयार होना होगा।

प्रेमानन्द ने तुरियानन्द से कहा–आपको पता है, सेवियर दंपत्ति का यह बंगला अल्मोड़ा में उत्कृष्ट माना जाता है। जो सामने छोटा सा बंगला दिखायी दे रहा है, उसमें श्रीमती एनी वेशेंट चक्रवर्ती के साथ ठहरी हुई हैं।

कौन चक्रवर्ती? जिसने स्वामी जी की बदनामी फैलाने में कोई कसर नहीं छोड़ी। क्या-क्या नहीं कहा, उनके चरित्र पर कितने लांछन लगाये, वही चक्रवर्ती... निरंजनानन्द ने पूछा।

हाँ, वही चक्रवर्ती। वह गाजीपुर के गगन का दामाद बन गया है, प्रेमानन्द ने कहा।

शायद आपको यह नहीं पता होगा, विवेकानन्द ने गगन की पुत्री का बचपन में कुमारी कन्या के रूप में भगवती की तरह पूजा की थी।

ओह, मुझे नहीं पता। शायद यह उस समय की बात होगी, जब स्वामी जी पवहारी बाबा के कारण गाजीपुर में डेरा डाले हुए थे, स्वरूपानन्द ने कहा।

मैडम एनी वेशेंट यहाँ चाय पीने के लिये आने ही वाली होंगी...उन्होंने खबर भेजा है, प्रेमानन्द की बात समाप्त भी नहीं हुई थी कि एनी वेशेंट गेट के अन्दर आते दिखीं। उनके पीछे ओलिबुल, निवेदिता और मैक्लाउड भी भागती हुई नजर आयीं। मैक्लाउड की क़दमों में तेज़ी नहीं थी, उसकी तबियत थोड़ी नासाज़ दिख रही थी।

सामने बरामदे पर स्वामी एनी वेशेंट के स्वागत के लिये खड़े थे। एनी वेशेंट ने कुर्सी पर बैठते हुए कहा–आपके संप्रदाय के साथ हमारे संप्रदाय की पृथ्वी में सर्वत्र प्रीति बनी रहनी चाहिए।

स्वामी ने चक्रवर्ती की ओर देखा, जिसकी गर्दन बहुत अधिक झुकी हुई थी। स्वामी ने प्रेमल भाव से चक्रवर्ती की ओर चाय बढ़ाई। श्रीमती ओलिबुल मुस्कुराईं–स्वामी जी ने आखिरकार चक्रवर्ती को जीत लिया।

अरूणोदय का समय था। 'थामसन हाउस' के उद्यान में उषा के आलोक से रंजित हिम राशि दृष्टिगोचर हो रही थी। स्वामी अपनी उँगली पर्वत की ओर दिखाते हुए कह रहे थे–यही श्वेतकाय हिममंडित पर्वत शिखर, शिव है और जो आलोक पड़ रहा है, वह जगदंबा है। स्वामी के मन में चल रहा था, ईश्वर ही जगत है।

क्या आपके ऊपर ईसाई धर्म का प्रभाव पड़ा है? निवेदिता ने पूछा।

जिस ईसाई प्रचारक से मेरी सबसे पहले भेंट हुई, वह स्कॉटलैंड निवासी हेष्टी साहब थे। जो मेरे शिक्षक भी थे। वे गरम मिजाज थे, पर अपना जीवन बहुत ही सादगीपूर्ण बिताते थे। उनके घर पर जितना अधिकार उनका था, उससे कम छात्रों का नहीं था। और मजे की बात, उन्होंने ही मुझे सबसे पहले ठाकुर के पास भेजा था। मैं इसके लिये आजीवन उनका कृतज्ञ रहूँगा।

स्कॉटलैंड के ही एक सज्जन और थे, जिनसे मैं बेहद प्रभावित था। उनका नाम डेविड हेयर था। उनके एक विद्यार्थी को संक्रामक बीमारी हो गयी थी। उसके घरवालों ने भी उसे छोड़ दिया था। बेचारे डेविड हेयर की उसकी सेवा के दौरान ही मृत्यु हो गयी। चूँकि वे अपने को नास्तिक कहते थे, इसलिये कलकत्ता के पादरियों ने उनका ईसाई पद्धति से शव संस्कार करने से इनकार कर दिया था। तब उनके अपने छात्रों ने उनके मृत शरीर को एक समतल स्थान में दफन किया। सच कहूँ, तो ऐसे महामानव की समाधि मेरे लिये तीर्थ के समान है।

निवेदिता ने स्वामी की ओर देखा। वह मन ही मन अपने निश्चय को दृढ़ कर रही थी–गुरु के आदर्शों का आत्मसात करेगी।

स्वामी जी, आप प्राचीन भारतीय मनीषियों में किन्हें अपना आदर्श मानते हैं? मैक्लाउड ने पूछा।

'शुकदेव' ही मेरे प्रिय योगी हैं। वे मेरे लिये उस सर्वोच्च अपरोक्षानुभूति के आदर्श स्वरूप हैं जिनकी तुलना में यह जीव जगत बच्चों का खेल मात्र है।

और बंगाल के आधुनिक महापुरुषों में?

राजाराम मोहन राय, ईश्वर चन्द्र विद्यासागर। मुझे लगता है उत्तर भारत में मेरी आयु का ऐसा कोई भी व्यक्ति नहीं होगा, जिस पर उनका प्रभाव नहीं पड़ा होगा। ईश्वर चन्द्र और ठाकुर एक ही अंचल के थे, बस कुछ मील की दूरी पर दोनों का घर था, यह बात मुझे बहुत रोमांचित करती थी।

ईश्वर चन्द्र विद्यासागर गजब के मातृभक्त थे। एक बार उनकी माँ ने उनसे

पूछा—तूने इतनी पढ़ाई की, एक चीज़ बता, बाल विधवाओं का विवाह हो सकता है या नहीं? विद्यासागर इस अनुसंधान में लग गये। वे दीर्घकाल तक एकांत में शास्त्र चर्चा करने के बाद इस निष्कर्ष पर पहुँचे कि शास्त्रों में इसका निषेध नहीं है। इसके पश्चात इसके समर्थन में पण्डितों का हस्ताक्षर संग्रह करवाना प्रारंभ किया परन्तु कुछ देशी रियासतों के राजाओं के दबाव में आकर पण्डितों ने हस्ताक्षर वापस ले लिया।

इस बात के लिये मैं अंग्रेज़ी सरकार का शुक्रगुजार हूँ कि इन महामानों के प्रयास से इस त्रासदी भरे कानून को समाप्त किया।

निवेदिता ने अपने स्वामी की ओर देखा, अंग्रेज़ों की निंदा करना उसके गुरु का ध्येय नहीं है।

फिर आप अंग्रेज़ी शासन को इतना नापसन्द क्यों करते हैं? क्या वह विदेशी सत्ता है, इसके लिये? मुग़ल भी तो विदेशी आक्रांत थे। आपके मन में उनके लिये अनादर या नापसन्दगी नहीं है? मिसेज पैटर्सन के मन में बहुत दिनों से यह सवाल कौंध रहा था।

मैं अंग्रेज़ों को नापसन्द नहीं करता, न अनादर ही करता हूँ बल्कि इतना पसन्द करता हूँ कि, उसे अपनी मानस कन्या ही बना लिया है। परन्तु अंग्रेज़ों की हुकूमत ने हमारे देश को भिखारियों का देश बना दिया, हड्डियों के ढाँचे का नरकंकाल का झुंड।

आपको पता है, उन्होंने हमारे किसानों की ज़मीन पर जबरदस्ती नील की खेती कर उनके खेतों को बंजर बना दिया। एक सहृदय अंग्रेज़ मजिस्ट्रेट ने लिखा है कि अंग्रेज़ी हुकूमत सूई और सीरिंज की मदद से भारतीयों के शरीर से एक-एक बूँद ख़ून निकाल रही है।

स्वामी का चेहरा आरक्त हो रहा था—आपलोगों को पता है, यह दुर्भिक्ष अकाल अंग्रेज़ी हुकूमत की देन है, नहीं तो इतनी उपजाऊ ज़मीन वाले देश में इतना अनाज हो सकता है कि वह कई छोटे-छोटे राष्ट्रों को खिला सकता है।

और तुम लोग मुग़लों की बात करते हो। अकबर के शासनकाल में हमारा देश विश्व में सबसे ख़ुशहाल राष्ट्र था। इंग्लैंड की महारानी एलिजाबेथ ने अकबर को जो पत्र लिखा है, उसे पढ़ना...उस समय भारत के सामने वह गिड़गिड़ाती नजर आती है। अकबर आक्रांत नहीं था, उसने हमारे देश को लूट का स्रोत बनाकर इस देश के धन को कहीं बाहर नहीं भेजा। अकबर के नौ रत्न आज भी हमें गौरवान्वित

करते हैं। मेरी दृष्टि में अकबर एक महान सम्राट था; मेरी दृष्टि में उसने भारत को समृद्ध किया।

ओलिबुल ने आश्चर्यचकित हो कर कहा–स्वामी जी, आप अकबर के प्रशंसक हैं?

हाँ, उसने हमारे देश को आर्थिक रूप से कितना अधिक उन्नत किया था और आज अंग्रेज़ी हुकूमत ने कितना विपन्न बना दिया।

मैक्लाउड ने बात बदली, ताजमहल कितना ख़ूबसूरत है।

हाँ, क्षीण आलोक, फिर और भी क्षीण, आलोक–और वहाँ पर है एक समाधि। अहा, शाहजहाँ भी कम नहीं थे, वे अपने वंश के गौरव थे। उनका सौंदर्यनुराग तथा सौंदर्य बोध इतिहास में अनुपम हैं और वे स्वयं भी एक कलाकार थे।

स्वयं कलाकार थे, यह तो पहली बार सुन रहा हूँ, सारदानन्द ने कहा।

मैंने उनकी हस्त चित्रित एक पांडुलिपि देखी है जो भारत की कला संपदा का अंग है। क्या प्रतिभा थी।

अकबर से भी अधिक? निरंजनानन्द ने पूछा।

नहीं-नहीं, अकबर तो भारतीय इतिहास के सर्वश्रेष्ठ शासकों में से एक हैं। गजब का इन्सान, अपनी समाधि स्वयं बना लिया। तुम लोग सिकंदरा स्थित उस गुंबजहीन खुली समाधि को देखोगे तो उसकी महानता समझ में आ जायेगी।

स्वामी जी, एक बात मुझे यहाँ बहुत अखरती है, स्त्रियों के साथ यहाँ धार्मिक जगत में बहुत अधिक भेदभाव है। कभी-कभी हमलोग असहज हो जाती हैं, मैक्लाउड ने कहा।

जो-जो, यह सब कुछ अज्ञानता के कारण है। सच कहूँ तो भक्ति ही क्या है? प्रेमास्पद के साथ पूर्ण तादाम्य।

हमारे देश में प्रेमावतार चैतन्यदेव के एक भक्त राय रामानन्द ने लिखा है–चार आँखें मिलीं। दो आत्माओं में परिवर्तन हुआ। अब मुझे स्मरण नहीं रहा कि वह एक पुरुष है और मैं एक नारी हूँ, या फिर वह एक नारी है और मैं एक पुरुष हूँ। मैं तो केवल इतना ही जानती हूँ कि पहले दो थे, प्रेम हुआ और अब केवल एक हैं।

इन बातों को दूर करने के लिये आओ हम सब मिलकर प्रार्थना करें। स्वामी आगे-आगे गा रहे थे–असतो मा सदगमय तमसो मा ज्योतिर्गमय, मृत्योर्मा अमृतं गमय।

(46)

हिमाच्छादित पर्वतों से घिरी मनोहर घाटी! विश्वविख्यात कश्मीर की घाटी के सौंदर्य से आँखें चौंधिया रही थीं। सामने चित्ताकर्षक चिनार के पेड़ ने भी मन्त्रमुग्ध कर दिया था।

स्वामी के साथ श्रीमती ओलिबुल, निवेदिता और मैक्लाउड तीनों को न तो भाषा समझ आ रही थी और न ही व्यवस्था। अब अकेले बचे स्वामी। प्यास के मारे बुरा हाल था। वह भागकर सामने बैठी वृद्धा के पास पहुँचे। उसके वस्त्र श्वेत थे और टोपी लाल। स्वामी ने छककर पानी पीया, और चलते-चलते पूछा–माँ, तुम कौन से धर्म की अनुयायी हो?

ख़ुदा का शुक्र है, मैं मुसलमान हूँ–वृद्धा के चेहरे पर गौरव झलक रहा था।

अहा। आपके स्वधर्म में आस्था और गौरवबोध की प्रशंसा करता हूँ, कहते हुए स्वामी चल दिये।

मैक्लाउड, वितस्ता दर्रे के गिरजा की आकृति वाले सुशोभित पहाड़ तथा खेती की हरियाली के बीच बसे ये गाँव कितने मनोरम दिखायी पड़ रहे हैं। निवेदिता जैसे उसमें डूब रही थी।

उधर देखो, किसान अपने में मग्न, गीत गाते हुए कैसे जा रहे हैं? जैसे मधुर घंटियाँ बजाते देव मन्दिर...ओलिबुल छोटी बच्ची की तरह फुदक रही थी।

उसी समय एक व्यक्ति को अजीब पोशाक में आते देख मैक्लाउड ने कहा–क्या यह चंगेज़ ख़ाँ सदृश भयावह नहीं दिखायी पड़ रहा है?

यह आवाज़ स्वामी के कानों तक पहुँच गयी। उन्होंने टोका–लोग चंगेज़ ख़ाँ को असभ्य और पीड़क कहकर उल्लेख किया करते हैं, परन्तु यह सत्य नहीं है। ऐसे महान व्यक्ति कभी धनलोलुप नहीं हो सकते। वे किसी एकता के विचार से अनुप्राणित हुए थे और अपने समय जगत को उन्होंने एक करना चाहा था। हाँ, नेपोलियन भी इसी सांचे में गढ़े हुए थे और सिकंदर भी उसी श्रेणी के थे।

तीनों कहीं एक ही तो नहीं थे? निवेदिता ने हँसते हुए पूछा।

संभव है कि एक ही आत्मा ने इन तीन दिग्विजयों के माध्यम से अपने को अभिव्यक्त किया हो–स्वामी ने जितनी सहजता से यह कहा, तीनों में से किसी को मान्य हुआ या नहीं, समझना मुश्किल था।

स्वामी उठ खड़े हुए–हमलोग क्षीर भवानी मन्दिर दर्शन को जा रहे हैं।

हमलोग भी चलते हैं–सिस्टर निवेदिता ने कहा।

इस मन्दिर में ईसाई और मुसलमान का पदार्पण आज तक नहीं हुआ है–प्रेमानन्द ने कहा।

चलकर देखते हैं, अगर दर्शन निषेध होगा तो वापस आ जायेंगे–श्रीमती ओलिबुल ने कहा।

निवेदिता अभिभूत हो गयी–हमलोग दर्शन करके कृतार्थ हो गये, इस ख़ुशी का वर्णन नहीं कर सकती क्योंकि भगवान ने मानो निश्चित कर रखा था कि यह नाम हमारे लिये सर्वाधिक पवित्र हो उठेगा, हम अंगीकार कर लिये गये।

शंकराचार्य की पहाड़ी लगभग एक हजार फीट की ऊँचाई पर होगी।

मैक्लाउड चिल्लाई–इस पर्वत शिखर से कश्मीर की सम्पूर्ण घाटी की कितनी सुंदर झलक दिखायी पड़ रही है। इधर देखो, नीचे टेढ़ी-मेढ़ी फैली हुई डल-झील और उसके चारों ओर कितनी अपूर्व शान्ति एवं श्री का साम्राज्य है।

शंकर का यह छोटा सा मन्दिर। उसके दर्शन से कितनी पवित्र अनुभूति हो रही है–निवेदिता धार्मिक रंग में पूरी रंगी हुई थी।

देखो, मन्दिर के लिये स्थानों के चयन में हिन्दू कितने कुशल हैं। अधिकांश मन्दिर ऐसी जगहों पर स्थित हैं, जहाँ के दृश्य बहुत ही अद्भुत हैं–स्वामी ने मन्दिर की ओर दृष्टि गड़ाए हुए कहा।

आज चार जुलाई है–निवेदिता को अचानक याद आया।

हमारे पास अमेरिका का राष्ट्रीय ध्वज नहीं है, रहता तो प्रात:काल जलपान के समय हम उससे अपने दल के अन्य सदस्यों को उनके राष्ट्रीय समारोह के उपलक्ष्य में आनन्द प्रदान करते–श्रीमती ओलिबुल ने अफसोस जताते हुए कहा।

आपलोगों को अफसोस जताने की आवश्यकता नहीं है, मैंने एक कश्मीरी दर्ज़ी को अमेरिकी ध्वज का प्रारूप बताकर बनवा लिया है–स्वामी ने अमेरिकी राष्ट्रीय ध्वज को दिखाते हुए कहा।

स्वामी जी, आपका बहुत-बहुत आभार–श्रीमती पैटर्सन ने कहा।

निवेदिता ने कुछ टहनियाँ तोड़कर शिकारे पर सजा लिया। कुछ टहनियाँ प्रवेश द्वार पर लगा दीं और कुछ झालर की तरह शिकारे के छज्जों में खोंस दीं। निवेदिता केक की तरह कुछ बनाकर ले आयी और टेबल पर सजा दिया। चाय की पॉट के साथ कप और तश्तरियाँ भी सजा कर रख दीं।

मैक्लाउड ने गाने की कोशिश की–'टू, द फोर्थ ऑफ़ जुलाई'। कोशिश सफल नहीं हो पायी।

मैंने अमेरिका स्वाधीनता के लिये एक कविता कल ही लिखी है—वह आपलोगों के समक्ष गाता हूँ—स्वामी गा रहे थे।

वह देखो वे घने बादल छंट रहे हैं,
जिन्होंने रात को धरती को अशुभ छाया से ढक लिया था।
किन्तु तुम्हारा चमत्कारपूर्ण स्पर्श पाते ही विश्व जाग रहा है।
पक्षियों ने सहगान गाए हैं,
फूलों ने तारों की तरह चमकते ओसकणों का मुकुट पहनकर
झूम, झूमकर तुम्हारा सुंदर स्वागत किया है।
झीलों ने प्यार भरा हृदय तुम्हारे लिये खोला है
और अपने सहस्त्र सहस्त्र कमल नेत्रों के द्वारा
मन की गहराई से निहारा है तुम्हें।
हे प्रकाश के देवता!
सभी तुम्हारे स्वागत में संलग्न हैं।
आज तुम्हारा नव स्वागत है।
हे सूर्य, तुम आज मुक्ति ज्योति फैलाते हो।
तुम्ही सोचो, संसार ने तुम्हारी कितनी प्रतीक्षा की
कितना खोजा तुम्हें,
युग-युग तक देश-देश घूमकर कितना खोजा गया
कुछ ने घर छोड़े, मित्रों का प्यार खोया,
स्वयं को निर्वासित किया।
निर्जन महासागरों, सुनसान जंगलों में कितना भटके,
एक-एक क़दम पर मौत और ज़िन्दगी का सवाल आ गया।
लेकिन, वह दिन भी आया, जब संघर्ष फले,
पूजा श्रद्धा और बलिदान पूर्ण हुए,
अंगीकृत हुए, तुमने अनुग्रह किया,
और समस्त मानवता पर स्वातंत्र्य प्रकाश विकीर्ण किया।
ओ देवता, निर्बाध, बढ़ो, अपने पथ पर तब तक,
जब तक कि यह सूर्य आकाश के मध्य में न आ जाये
जब तक तुम्हारा आलोक विश्व प्रत्येक देश में प्रतिफलित न हो।
जब तक नारी और पुरुष सभी उन्नत मस्तक हो कर यह न देखें

कि उनकी जंजीरें टूट गयी

और नवीन सुखों के वसंत में उन्हें नवजीवन मिला।

उन तीनों अमेरिकन स्त्रियों की आँखों से ही अश्रुप्रवाह नहीं हो रहा था। निवेदिता भी विह्वल हो गयी।

उन्होंने कृतज्ञ हो कर स्वामी की ओर देखा–

स्वामी ने मुस्कुराते हुए कहा–आपलोगों को स्वाधीनता दिवस की ढेर सारी शुभकामनाएँ।

अमरनाथ के यात्रियों से पूरा पहलगाम भर गया था। वहाँ के स्थानीय निवासी अपने भेड़ों को लेकर पहाड़ों से वापस लौट रहे थे और तीर्थ यात्री ईश्वर की बनाई इस प्राकृतिक सौंदर्य की अनुपम छटा को देखकर चमत्कृत हो रहे थे।

सामने मनोहर पहाड़ी से निकलकर लददर नदी प्रवाहित हो रही थी, उच्चतर स्थानों के कारण कहीं-कहीं छोटे द्वीप बन गये थे। दोनों तरफ़ देवदार के वृक्षों की पंक्तियाँ मनोहरता को और भी बढ़ा रही थीं। संध्याकाल की वेला विदा हो रही थी, पूर्णिमा की चाँदनी छिटकने ही वाली थी।

इस दृश्य से सिर्फ़ नार्वे या स्विट्ज़रलैंड की तुलना की जा सकती है–मिसेज पैटर्सन ने कहा। श्रीमती ओलिबुल, निवेदिता, मैक्लाउड और स्वामी मौन हो कर प्रकृति को निहारते-निहारते समाधिस्थ हो रहे थे।

तभी एक कर्कश स्वर सुनाई पड़ा। कुछ साधु जोड़-जोड़ से चिल्ला रहे थे–इस स्वामी का तम्बू यहाँ नहीं लग सकता, इसके साथ मलेच्छ स्त्रियाँ हैं।

स्वामी अड़ गये–यह स्त्रियाँ मेरे साथ ही रहेंगी। ...ये सब हमारी माँ, बेटियाँ और मित्र हैं...

तनाव बढ़ता जा रहा था...एक वृद्ध नागा साधु आगे आया–स्वामी जी, आपके बारे में किसी को कुछ नहीं कहना, हम सभी जानते हैं कि आपके अन्दर ईश्वर शक्ति है। परन्तु उसे व्यक्त करना आवश्यक नहीं...। आपसे निवेदन है, बस तम्बू को थोड़ा सा खिसकाकर अन्यत्र चले जायें।

यह बात पूरी तरह ग़लत है और अयौक्तिक भावुकता का अनुचित प्रयास है। यहाँ के सारे कर्मचारी हिन्दू हैं, चाहे वे सरकारी हों या ग़ैर-सरकारी, परन्तु किसी के मन में कोई आपत्ति नहीं दिख रही है।

कोई बात नहीं, हमलोग अन्यत्र चले जाते हैं–निवेदिता ने अपने थैले को उठाते हुए कहा।

स्वामी का मन उदास हो गया...। ये साधु भी विचित्र जीव हैं, न धर्म समझते हैं, न अधर्म, न ईश्वर को समझते हैं, न जीव को, न परमात्मा समझते हैं और न आत्मा।

निवेदिता, तुम सभी छावनियों में घूम आओ और सभी साधुओं को कुछ देर बाद कुछ राशि भेंट कर आओ–स्वामी ने कहा।

निवेदिता को भला क्या आपत्ति थी, वह तो ख़ुश हो गयी–गुरुदेव माँ के सदृश हैं, क्षण भर में साधुओं के प्रति कैसे सौहार्द्र हो गये।

थोड़ी देर बाद ही परिवेश इतना बदल जायेगा, किसी ने नहीं सोचा था। वह आश्चर्यचकित थी, अचानक साधु उसके प्रति इतने आत्मीय कैसे हो गये, बात कल्पनातीत थी। साधुओं के सुर बदल गये थे। उन्होंने आदेश दिया–स्वामी जी की टोली की तंबुओं को छावनी के मुख्य भाग में स्थापित करो।

निवेदिता अपनी तम्बू में बैठी थी। उसका तम्बू उस मनोहर पहाड़ी के सबसे मनोरम भाग में था। सामने से क्षिप्रवाहिनी लिद्‌दर नदी बह रही थी। नदी के दूसरे तट पर वृक्षों से आच्छादित पर्वतमाला दिखायी पड़ रही थी। एक बड़े ऊँचे छिद्र से हो कर वहाँ से हिमनद भी दृष्टिगोचर हो रहा था।

उसका मन मयूर नृत्य कर रहा था। वह मन ही मन सोच रही थी, यह सब सिर्फ़ बाबा अमरनाथ की कृपा और मेरे गुरुदेव की कृपा से संभव हो पाया है।

दूर बैठे स्वामी की कर्णप्रिय धुन सुनाई पड़ रही थी–

हरि से लौ लागि रहो रे भाई।
तेरी बनत-बनत बनि जाई।
अंखा तारें, बंका तारे, तारे सुजन कसाई
सुआ पढ़ावत गणिका तारे, तारे मीरा बाई
दौलत दुनिया माल खजाना, बलिया बैल चराई
एक बात का ऊँटा पड़े तो खोज-खबर ना पायी।
ऐसी भक्ति करो घट भीतर, छोड़ कपट चतुराई
सेवा बन्दी और अधीनता, सहज मिले रघुराई।

स्वामी और उनका पूरा दल भक्तिभाव में डूबा था मानों शिव और शक्ति दोनों का आशीर्वाद से मन प्राण आच्छादित हो रहे थे।

स्वामी ने सिर झटका–भक्ति भाव सब सही है, निवेदिता पर तुम जिस काम को करने भारत आयी हो, यही तुम्हारा परम कर्तव्य है।

क्या? स्वामीजी, वह सचमुच भूल गयी थी।

भारतीय नारियों के उत्थान हेतु...तुम्हें काम करना है।

बस, कलकत्ता जाते ही सबसे पहले लड़कियों के लिये स्कूल खोलने में जी-जान से लग जाऊँगी।

स्वामी लड़कियों के स्कूल की कल्पना में डूब-उतर रहे थे।

(47)

कलकत्ता में निवेदिता कहाँ रहेगी? स्वामी ने माँ से पूछा।

यही मेरे साथ 10/2 बोसपाड़ा लेन में। भले ही यह किराए का मकान है, पर न मुझे और न उसे कठिनाई होगी।

इससे अच्छी बात मेरे लिये क्या होगी? मुझे माँ का सानिध्य मिल रहा है। माँ को अंग्रेज़ी में बात करते देख निवेदिता और भी खुल रही थी।

तुमने स्कूल के लिये भवन देखा? माँ ने पूछा।

हाँ, बाग बाजार मुहल्ले में एक भवन देखा है। उसे ही किराए पर लेने की बात फाइनल हुई है, आप आशीर्वाद दें।

ईश्वर अच्छे कामों में हमेशा मदद करता है। कब से शुरूआत है?

कल बलराम बाबू के मकान के हाल में सभी गृहस्थ और संन्यासी भक्तों की बैठक हो रही है, शायद वहीं तिथि की घोषणा होगी।

निवेदिता जब हॉल पहुँची, वह आगे बढ़ गयी। मंच की ओर मुख किये स्वामी सबसे पीछे बैठे दिखे। आज उसे मंच पर जाना था। गुरु को सूत्रधार की भूमिका का निर्वहन करना था। निवेदिता का व्याख्यान चल रहा था–आपलोगों को हमारी बच्चियों का पढ़ाना है।

मास्टर महाशय, सुरेश दत्त, हरमोहन बाबू आश्चर्यचकित हो कर निवेदिता का भारत प्रेम निहार रहे थे।

कृपया हाथ उठाएँ, आपमें से कौन-कौन अपनी पुत्रियों को मेरे विद्यालय में पढ़ने के लिये भेज रहे हैं, कृपया हाथ उठाएँ।

ओह, एक भी हाथ नहीं उठा। निवेदिता के मुखमंडल पर निराशा छाने ही वाली थी, तभी स्वामी की आवाज़ आयी–उठ, उठ! उठ न! केवल बेटी के पिता बनने से ही तो काम नहीं चलेगा। राष्ट्रीय भाव पर उनकी शिक्षा-दीक्षा में सहयोग तुम सबको देना होगा। उठकर बोलो–हाँ, हमलोग राजी हैं, हम अपनी कन्याएँ आपको देंगे।

परन्तु फिर भी किसी ने हाथ नहीं उठाए। तब भी स्वामी निराश नहीं हुए।

हरमोहन बाबू की ओर से घोषणा कर दी–सिस्टर निवेदिता, हरमोहन बाबू अपनी पुत्री आपको देंगे।

सच! निवेदिता सिर्फ़ ताली ही नहीं बजा रही थी, सही मायने में नृत्य कर रही थी।

भुवनेश्वरी देवी, शारदा माँ जब निवेदिता को स्कूल के लिये मंगलकामनाएँ देने आयीं तो ऐसा लग रहा था कि समय करवट ले चुका है। अब परिवर्तन के इस दौर को कोई नहीं रोक सकता।

स्वामी ने निश्चिंतता की सांस ली। वर्षों का एक स्वप्न पूरा हो रहा था। वह वेलूर मठ में कुर्सी पर बैठे सब्जियों के उद्यान को देख रहे थे। तभी आश्रम आयी माँ पर दृष्टि पड़ी। माँ बैगन और टमाटर से लदे पौधों को देखकर हर्षित हो प्रेमानन्द से कह रही थी–इन पौधों को मेरे विलू ने लगाया है। वह एक-एक कर सब्जियों को स्पर्श कर आनन्दित हो रही थीं।

स्वामी कुर्सी छोड़कर माँ की ओर बढ़े। चरण स्पर्श करते ही माँ ने पूछा–मुझे तीर्थयात्रा कराने कब ले जा रहे हो?

सारे प्रोग्राम बना लिये हैं, एक सप्ताह बाद, पाँच फरवरी तक।

अब चलती हूँ, नानी सुनेगी तो कितनी प्रसन्न होगी, तू सोच भी नहीं सकता, बिलू। कहती हुई माँ चली गयी।

ओलिबुल मठ के निर्माण में व्यस्त थी। उसने स्वामी से पूछा–आप यात्रा पर जा रहे हैं?

हाँ, अगले सप्ताह मैं अपनी माँ को तीर्थ यात्रा पर ले जा रहा हूँ। तीर्थ स्थानों की परिक्रमा करने में संभव है, महीनों लग जायें। यह हिन्दू विधवाओं की महान लालसा होती है कि उनका पुत्र उन्हें तीर्थयात्रा कराने ले जाये।

धीरामाता, मैंने अपने परिजनों के लिये सदा दुख ही बटोरा है। कम से कम उनकी इस इच्छा को पूरा करना चाहता हूँ।

कौन-कौन जा रहा है? सारदानन्द ने पूछा।

माँ की इच्छा ब्रह्मपुत्र में स्नान करने की है, कामाख्या के दर्शन भी करना चाहती हैं। चलने के लिये तो कोई भी चल सकता है, बस शर्त एक ही है। जिन लोगों की स्त्रियों पर बहुत अधिक भक्ति श्रद्धा हो, केवल वही साथ चलें।

टिकट की बुकिंग हो गयी है–माताजी, स्वर्णमयी दी, काकी, रामदादा की विधवा पत्नी, रामचन्द्र दत्त की पत्नी कृष्णप्रेममयी दत्त और विवेकानन्द, ब्रह्मानन्द यात्रियों की लिस्ट बना रहे थे।

राखाल दा, मेरा अन्तरमन कहता है, मैं हद से हद एक वर्ष और जीवित रहूँगा। माँ को कुछेक तीर्थों के दर्शन करा लाऊँ, बस मेरा यही कर्तव्य शेष है। और हाँ, मृत्यु के पहले मकान का मुक़दमा समाप्त कर माँ को उनका घर सुपुर्द करने की इच्छा है। आगे सभी आपको ही सँभालना है–मठ की अध्यक्षता ही नहीं, माँ, बहन, भाई को भी। स्वामी ने यह बात बड़ी सहजता से कही।

ब्रह्मानन्द विह्वल हो गये–आपको कुछ नहीं होगा। यह विशाल वटवृक्ष ठाकुर की कृपा और आपके मेहनत का परिणाम है। आपने अपने शरीर को गला दिया। तीर्थाटन से लौटने के बाद आप पूर्ण रूप से आराम करें, सब ठीक हो जायेगा... कहते वक्त ब्रह्मानन्द के कलेजे में ऐंठन हो रही थी।

(48)

गौहाटी पहुँचकर माँ मगन थी। स्वामी की आँखों में संतोष झलक रहा था। कामख्या मन्दिर में माता भुवनेश्वरी देवी ने कितनी बार विचार किया कि मन की बात बिलू से कहूँ या नहीं। कितनी बार बात जिह्वा पर आते-आते रोक लिया। इतना ज्ञानी-ध्यानी हो गया, अंधविश्वास पाखण्ड कहकर सभी बातों को खारिज कर देता है...मेरी बात कैसे मानेगा?

स्वर्णमयी से माँ की परेशानी नहीं देखी गयी। उसने कह दिया–नरेन, माँ तुमसे कुछ कहना चाहती है, संकोचवश नहीं कह पा रही हैं।

ओह, माँ! अब मेरे जीवन में आपकी प्रसन्नता ही सबसे महत्वपूर्ण है। आप जो कुछ कहना चाहती हैं, नि:संकोच कहें–अपनी सामर्थ्य भर उसे अवश्य पूर्ण करने की कोशिश करूँगा।

माँ का मुखमंडल खिल गया...माँ भी कितनी अजीब होती है, थोड़ी सी मनुहार में सबकुछ भूल जाती है। चाहे वह माँ भुवनेश्वरी देवी जैसी विद्वेषी और अमोघ ही क्यों न हों।

जीवन भर अमोल रहकर जीवन यापन करने वाली ममतामयी माँ, रोगी पुत्र को देखकर अपने मन की बात कहने से नहीं रोक पायी–बिलू, तुम्हारे जन्म के समय ही मैंने मन्नत माँगी थी कि माँ कामाख्या के पास तुम्हें लेकर आऊँगी और तुम इस

मन्दिर में माँ के आगे लोट-पोट करोगे...मैं जानती हूँ, तुम ज्ञानी हो...

माँ की बात बीच में ही काटते हुए स्वामी बोल उठे–मैं तुम्हारे सामने ज्ञानी-ध्यानी कुछ नहीं हूँ, तुम्हारा बिलू हूँ...मुझे माँ कामाख्या की प्रसन्नता के लिये कुछ नहीं करना, अपनी माँ की प्रसन्नता के लिये करना है। कल सुबह-सुबह कर लूँ, फिर स्नान भी तो करना पड़ेगा।

स्वामी घोर रात में पत्र लिख रहे थे–धीरामाता, मैं अपनी उस माँ के साथ तीर्थाटन पर हूँ, जिसे मैंने कभी कोई सुख नहीं पहुँचा पाया। मैं चाहता हूँ, मैं उनके आख़िरी दिनों को सुखद बना सकूँ।

आदि शंकराचार्य को भी अपनी माँ के आख़िरी दिनों में उनके पास लौटना पड़ा था। उनका गृहत्याग बड़ा त्याग था और माँ के पास लौट आना उससे भी बड़ा।

मुझे लगता है, माँ की शायद यही मर्जी है कि मैं भी उन्हीं का अनुगमन करूँ।

आचार्य शंकर की माँ, विशिष्टा ने भी बहुत दुख झेले थे। नौ साल की उम्र में एकलौता एकमात्र पुत्र संन्यासी बनकर गृहत्याग कर दे, तो भला माँ की क्या हालत होगी? आचार्य शंकर ने जब माँ से संन्यास लेने की अनुमति माँगी, बेचारी माँ रूआंसी हो गयी–बेटा! तुम अगर चले गये तो बुढ़ापे में मुझे कौन देखेगा? उससे भी बड़ी बात, मेरा अन्तिम संस्कार कौन करेगा? जननी का गला भर्रा आया।

माँ, मैं आपकी खबर लेता रहूँगा और आपकी सेवा एवं अन्तिम संस्कार भी मैं स्वयं करूँगा। मैं जानता हूँ, यह संन्यासी के लिये निषेध है, फिर भी मैं करूँगा।

और ऐसा ही हुआ। अपनी माँ के आख़िरी समय आचार्य शंकर कलाड़ी गाँव पहुँच गये। माँ रोग शैया पर थी, शंकराचार्य माँ की सेवा में लग गये। कुछ दिनों बाद जब महाकाल ने उन्हें अपना ग्रास बना लिया तो रिश्तेदारों ने उत्पात मचाना प्रारंभ कर दिया–आप अपनी माँ की अत्येष्टि नहीं कर सकते। संन्यासी को यह अधिकार हमारा धर्म नहीं देता है। ओह अब समझा, संन्यासी होने का दुख कष्ट देखकर घरबारी होने का शौक चर्राया है? मुखाग्नि देकर संपत्ति के मालिक बनने की इच्छा हुई है। संन्यास लेने के बाद तुम वेद मार्ग से बाहर हो गये हो, पराए देश जाकर मलेच्छ बन गये हो। हम तुम्हें किसी हाल में मुखाग्नि देने नहीं देंगे।

आपलोगों ने मेरी जननी की कोई सेवा नहीं की है, इसलिये मैं ही उनका अन्तिम संस्कार करूँगा। शंकराचार्य ने गम्भीर स्वर में अपना निर्णय सुना दिया।

उनकी माँ की अर्थी को गाँव वालों में से किसी ने कंधा तक नहीं दिया। शंकराचार्य अकेले अपनी माँ को अपने कंधे पर लादकर श्मशान घाट तक ले गये।

चिता सज्जित तो हो गयी, पर आग कहाँ से आए? जब कोई भी आग देने को राजी नहीं था, आचार्य ने कष्ट मंथन कर अग्नि उत्पन्न की और माँ का संस्कार किया। ओह, यह सब कितना हृदय विदारक है।

आचार्य शंकर मेरे आदर्श हैं...मैं उनके ही पथ का अनुगमन करना चाहता हूँ। स्वामी को मार्ग स्पष्ट रूप से दिखायी दे रहा था। उन्होंने कलम रखकर निश्चिंतता के साथ निद्रा लोक की यात्रा की।

परन्तु माँ की आँखों में नींद का नामोनिशान नहीं था। उसकी आँखों के सामने एक और माँ थी–शची माँ और एक पुत्र भी थे चैतन्य देव और दूसरी ओर वह स्वयं और उनका बिलू।

उनका बिलू भी चैतन्य देव की तरह संन्यास लेने के बाद भी माँ को तड़पते हुए नहीं छोड़ा। चैतन्य देव ने शची माँ से कहा था–माँ, यह शरीर तुम्हारा दिया हुआ है। तुमने ही पाल-पोसकर मुझे बड़ा किया है। मैं करोड़ों जन्मों में भी तुम्हारे उपकार से उऋण नहीं हो सकता। भले ही मैंने संन्यास लिया है, लेकिन तुम्हारा ख़याल हमेशा रखूँगा। माँ, मैंने संन्यास लेकर पागलपन कर लिया है।

बिलू भी तो ऐसा ही सोचता है, धन्य हैं चैतन्य, जिन्होंने बिलू का मार्ग तीन सौ साल पहले ही प्रशस्त कर दिया था। माँ ने करवट बदली...फिर उठकर बैठ गयी। बिलू कितना बीमार लगता है, कितना थक जाता है, थोड़ी दूर चलता है तो हाँफने लगता है...पैरों में भी सूजन हो गयी है। डॉक्टर कहते हैं–मधुमेह हो गया है, यह बीमारी ठीक भी नहीं होगी। कल कामाख्या माँ के दरबार में लोटपोट कर लेगा तो स्वस्थ हो जायेगा। भले ही पहले इन बातों पर विश्वास नहीं होता था, पर आज यही एकमात्र संबल दिखायी पड़ रहा है।

(49)

कलकत्ता आते ही मेरी हेल की चिट्ठी स्वामी को सामने के डेस्क पर रखी मिली।

वे मुस्कुराते हुए पत्र खोल रहे थे। यात्रा पर जाने से पहले ही उन्होंने मेरी हेल को पत्र लिखा था–ज़रा सोचो, जिस डॉक्टर ने मेरा इलाज किया है, वह मेरे धूम्रपान करने पर बल देता है, अत: मैं आज धूम्रपान कर रहा हूँ।

पत्र खोलते ही उनकी मुस्कुराहट विषाद में बदल गयी। पल भर में परिस्थितियाँ कितनी बदल जाती हैं...एक शब्द, एक घटना, व्यक्ति के जीवन में कितना उथल-पुथल मचा देती है।

ओह! मदर चर्च के पति नहीं रहे...मदर चर्च उस दिन सड़क के किनारे पड़े कोयले की कालिख से लिप्त संन्यासी को अपने घर प्यार से नहीं ले जातीं, सुस्वादु भोजन नहीं करातीं और धर्मसभा स्वयं लेकर नहीं जातीं तो क्या कुछ भी संभव था...?

मेरी और हेरियट हेल ने सगी बहनों से भी अधिक प्रेम न दिया होता, धर्मसभा में पहनने के लिये चोगे नहीं देखकर अनजान संन्यासी को लेकर बाजार दौड़ती हुई नहीं ले जातीं तो क्या स्वामी कभी जान पाते कि दूसरे धर्मावलंबी के लिये भी कोई परिवार इस हद तक उदार और प्रेमिल हो सकता है?

स्वामी ने कलम काग़ज़ निकाला।

प्रिय मेरी,

श्री हेल की मृत्यु के दुखद समाचार के साथ तुम्हारा पत्र मिला। मैं दुखी हूँ, क्योंकि मठ जीवन की शिक्षाओं में भी हृदय की भावनाएँ बनी रहती हैं। और फिर जिन अच्छे लोगों से मैं मिला उनमें श्री हेल उत्कृष्ट व्यक्ति थे। निःसंदेह तुम्हारी स्थिति दुखपूर्ण और दयनीय है और यही हाल मदर चर्च, हेरियट और बाकी लोगों का भी है।

तुमलोगों को जीवन में इस तरह का यह पहला दुख मिला है। मेरी, मैं तो कई अपनों को खो चुका हूँ। और विचित्र बात है कि किसी के गुजर जाने के बाद दुख यह सोचकर होता है कि हम उस व्यक्ति के प्रति काफ़ी भले नहीं रहे। जब मेरे पिता मरे तब, मुझे महीनों तक कसक बनी रही कि मैं उनके प्रति अवज्ञाकारी था। तुम श्री हेल के प्रति कितनी आज्ञाकारिणी और प्रेमिल हो, यह बात तुम्हें भविष्य में सुखद एहसास कराएगी।

स्वामी ने कलम तो बन्द कर दी, पर मस्तिष्क को कैसे बन्द करें–कितने प्रियजनों को कुछ दिनों के अन्दर इस तरह खो दिया है–जैसे मुट्ठी से रेत फिसल गयी।

पवहारी बाबा की भी स्वाभाविक मौत हुई या आग लगकर, ईश्वर के सिवा किसे पता है? जिस संन्यासी के पीछे कितने दिनों तक दीवाने बने रहे–कितनों ने तो कहना तक शुरू कर दिया था ठाकुर को छोड़कर उन्हीं का शिष्य बन गया है! दुनिया को क्या पता, इस संसार में अगर सबसे दुर्लभ कोई वस्तु है, तो वह है प्रेम, जिसका पान पवहारी बाबा ने छक कर कराया था।

एक-एक करके स्वामी की आँखों में सभी समा रहे थे–गुडविन, उस को ले

जाने के लिये ईश्वर को इतनी जल्दी क्या थी? गुडविन का ऋण भी कैसे चुका पाऊँगा? गुडविन नहीं होता तो मेरे एक शब्द का प्रकाशन क्या हो पाता? गुडविन जैसे लोग दुनिया में कितने होते हैं? विरल ही। मैंने एक भक्तिमान शिष्य और सच्चा मित्र खो दिया। गुडविन, तुम हमेशा शान्ति के साम्राज्य में रहना।

स्वामी ने भावुक हो कर कलम उठा ली–

आगे बढ़ो, ओ आत्मन।
अपने नक्षत्र जड़ी पथ पर,
हे परम आनन्दपूर्ण!
बढ़ो जहाँ मुक्त विचार हैं।
जहाँ काल और देश से दृष्टि धूमिल नहीं होती,
और जहाँ चिरंतन शान्ति और वरदान तुम्हारे लिये हैं।
अब तुम बंधन मुक्त हो,
तुम्हारी खोज परमानन्द तक पहुँच गयी।
अब तुम उसमें लीन हो,
जो मरण और जीवन बनकर आता है।
हे परोपकारी, हे निःस्वार्थ प्राण,
आगे बढ़ो इस संघर्ष विश्व को अब भी तुम सप्रेम सहायता करो।

स्वामी ने आँखें बन्द कर लीं–प्रभु, तुम्हारी इच्छा ही सर्वोपरि है–सेवियर... दंपत्ति की तरह भारतीयों से इतना अधिक प्रेम करने वाला दूसरा अंग्रेज़ आज तक नहीं मिला।

अलमोड़ा का इतना बड़ा आश्रम, उन्होंने कितने प्यार से बनवाया, पर रहने का वक्त कहाँ मिला...

ईश्वर, तुम्हारी लीला तुम ही जानो। जिस पर भरोसा करता हूँ, उसे ही अदृश्य कर देते हो...उसका शरीर अदृश्य हो जाता है, पर स्मृतियों से कैसे विलग कर दूँ?

तभी प्रेमानन्द ने कमरे में दस्तक दी–स्वामी जी, खेतड़ी नरेश नहीं रहे, अभी-अभी तार आया है। अकबर की समाधि का जीर्णोद्धार करवा रहे थे, उसी का छज्जा उनके सिर पर गिर पड़ा, वहीं पर उनकी मृत्यु हो गयी।

शिवोहम...शिवोहम...ईश्वर, कितनी परीक्षा लेगा। कुछ देर तक स्वामी के मुख से एक शब्द नहीं निकला।

प्रेमानन्द–मैं एक संन्यासी हूँ, पर मेरी दुर्बलता है उसे नहीं छिपाऊँगा। सर्वाधिक

मददगार इस प्रिय मित्र की आकृति मेरी आँखों में इस तरह छाई हुई है...मुझे दूसरी कोई चीज़ अभी दिखायी नहीं पड़ रही।

मैं जानता हूँ, मनुष्य को इस भ्रम पर विजय पाकर यह जान लेना होगा कि दिवंगत आत्माएँ पूर्ववत ही हमारे निकट और हमारे बीच उपस्थित हैं। उनकी अनुपस्थिति कल्पना मात्र है। बस एक ही बात समझ आती है, ईश्वर आस-पास के भरोसे से वंचित कर मनुष्य की परीक्षा लेता है...

पर माँ...बहन, और भाई, उन सबका क्या होगा? खेतड़ी नरेश प्रति महीने सौ रुपये भेज देते थे, स्वामी की निश्चिंतता बनी रहती थी, पर अब क्या होगा...? अगर वह नहीं रहे तो क्या होगा, उन लोगों का...? महेन्द्र का आजतक पता नहीं है...। रामकृष्ण मिशन का क्या होगा? अब उसका दायित्व भी छोड़ना होगा। स्वामी कमरे से बाहर नहीं निकले।

सवेरे जब नींद खुली, स्वामी के पैरों में सूजन थी और दाईं आँख से देखने में कठिनाई महसूस हो रही थी। वह चुप-चाप उठकर ब्रह्मानन्द के कमरे में पहुँचे।

राखाल दा...स्वामी ने आवाज़ दी। ब्रह्मानन्द ने कमरे से बाहर झाँका–तुमि...

हाँ, आपसे कुछ ज़रूरी बातें करनी हैं। मेरे मन में दो बातें उथल-पुथल मचा रही हैं और मुझे ठाकुर ने बताया है, आप दोनों सँभाल सकते हैं?

क्या? ब्रह्मानन्द आश्चर्यचकित थे।

स्वामी ने एक बड़ा सा पृष्ठ निकाला–यह दस्तावेज है रामकृष्ण मिशन की चल और अचल संपत्ति का। ब्रह्मानन्द, यानी आप इस ट्रस्ट के अध्यक्ष होंगे। प्रेमानन्द, शिवानन्द, सारदानन्द, अखण्डानन्द, अमेदानन्द, तुरियानन्द ट्रस्टी। इसमें सभी ठाकुर की संताने हैं...जब तक ठाकुर की संताने रहेंगी, अध्यक्ष पद पर वहीं रहेंगे।

वेल्लूर मठ और रामकृष्ण मिशन आपकी कीर्ति है। अर्थ से लेकर गठन तक सब कुछ आपने किया है और स्वयं अध्यक्ष पद से इस्तीफा दे दिया...ब्रह्मानन्द उदास थे।

राखाल दादा, अब आप लोग इस संगठन को ऐसे चलाएँ जैसे मैं नहीं हूँ। मुझ पर आश्रित रहोगे तो संगठन कमजोर हो जायेगा...। कोई ज़रूरत पड़े और जब तक जीवित हूँ, सलाह तो दे ही सकता हूँ। स्वामी मुस्कुराए।

अब एक बात और जो आपको करनी है–मेरी माँ को उनका अपना घर मिल जाये ताकि मैं निश्चिंत हो इस दुनिया से जा सकूँ...स्वामी मुस्कुराने की कोशिश की, सामने ब्रह्मानन्द की भरी आँखें देखकर सफल नहीं हो पाए।

ऐसी बातें कृपया न करें, सब ठीक हो जायेगा, ब्रह्मानन्द की वाणी अवरुद्ध थी।

आप नहीं जानते दादा, मैं माँ के गृह की समस्या और अपनी अयोग्यता को लेकर अपने ही कर्तव्यबोध की आग में दिन-रात धू-धू जल रहा हूँ।

आप चिंता न करें...ठाकुर की कृपा से सब ठीक हो जायेगा।

दादा, आप और अपने गुरु भ्राताओं पर विश्वास है। मेरे नहीं रहने पर आप लोग माँ को देखेंगे, किन्तु आपके अलावा, इस स्वार्थी दुनिया में किसी पर भरोसा नहीं रहा।

सुना है, महेन्द्रनाथ इंडिया आ गये हैं, मुंबई के पास कराची में हैं। सारदानन्द के साथ पत्राचार किया है। ब्रह्मानन्द ने कहा।

हाँ, मैंने भी सुना है, अब वह वर्मा और चीन जाने वाला है। वह बेहद स्वार्थी है, बुरी तरह से। उससे कोई आशा नहीं कि वह माँ को देखेगा—स्वामी बहुत परेशान लग रहे थे।

कुछ लोगों से बात की है, अभी भी बातचीत चल रही है, आशा है माँ के मकान की समस्या का समाधान निकल जायेगा। उस दिन पट्टीदार हाबूल दत्त जब आपसे मिलने आया था, उसने स्वेच्छा से विवाद मिटाने की बात कही थी।

स्वामी उत्साहित हो गये—अगर यह सच है तो इस विवाद का निपटारा कर लें। उसे हजार रुपये अलग से दे दें, पर इस मामले को हाथ से जाने न दें।

आज ही यह काम करवाता हूँ, आप चिंता न करें, कहते हुए ब्रह्मानन्द मठ से बाहर निकल गये।

आज तक स्वामी ने इतना इन्तज़ार अपने जीवन में किसी का नहीं किया था। सुबह से शाम हो गयी, स्वामी का वश चलता तो साँसें रोक कर भी इन्तज़ार की घड़ियाँ कम कर लेते। ब्रह्मानन्द को मुस्कुराते हुए आते देख स्वामी समझ गये—ठाकुर ने कृपा कर दी।

हाबूल और प्रभुदत्त दोनों पट्टीदार राजी हो गये। फिर हाबूल को साथ लेकर पल्टू बाबू एटार्नी के दफ्तर गया। दोनों पक्षों के दस्तखत हो गये। अमृतलाल दत्त आदि ने गौरमोहन स्ट्रीट मकान की एक चौथाई अंश और विश्वेश्नरी देवी से तीन तिहाई हिस्से को माँ के नाम लिखवा दिया है। स्वामी ने उठकर ब्रह्मानन्द को गले लगा लिया।

माँ के हाथों में मकान के काग़ज़ात और चाभी रखते समय न स्वामी ने एक शब्द कहा और न माँ ने। दोनों की आँखों से अश्रुप्रवाह हो रहे थे।

माँ के ऋण से उऋण होना असंभव है, पर माँ के प्रति कर्तव्य कर पाने का संतोष स्वामी के मुखमंडल पर झलक रहा था। रोगणावस्था में भी अपूर्व तेज प्रकट हो रहा था।

बस, अब स्त्रियों का मठ गंगा के पूर्वी तट पर स्थापित हो जाये तो मातृशक्ति की सच्ची पूजा कर पाऊँगा। इसे अति शीघ्र करना होगा–स्वामी ने अपने सूजे हुए पैरों को देखते हुए कहा।

स्वामी जी, स्त्री-पुरुष के भेद को आज भी इतना अधिक महत्व क्यों दिया जाता है? शरतचन्द्र ने पूछा।

स्त्री-पुरुष के बीच जो भेद दिखायी पड़ता है, वह वेद-विरोधी है। परवर्ती काल में स्मृतियों आदि के विधान के अनुसार इस पृथकता की सृष्टि हुई थी। परन्तु सच्चाई यही है कि जगदंबा की साक्षात मूर्ति स्वरूप इन महिलाओं की उन्नति किये बिना इस देश के उद्धार का कोई उपाय नहीं है। महिलाएँ ज्ञान-भक्ति की अधिकारिणी नहीं हैं, ऐसा कहना शास्त्र सम्मत नहीं है। जिस देश और जाति में स्त्रियों को समानता, स्वतंत्रता, और सम्मान नहीं है, वह देश और जाति किसी काल में महान नहीं हो पाएगा।

स्वामी जी, आपने सिस्टर निवेदिता को प्रेरित कर कन्या विद्यालय का उद्घाटन तो करवा दिया है...पर गृहस्थ भक्तों का भी कहना है कि शिक्षित महिलाएँ भोग-विलास में तथा नाटक-उपन्यास पढ़ने में ही अपना धन तथा समय बर्बाद करती हैं।

शुरू-शुरू में ऐसा होना स्वाभाविक है। देश में नये भाव के प्रचार होने पर प्रारंभ में कुछ लोग इसे ठीक-ठीक ग्रहण नहीं कर सकते। इससे विराट समाज का क्या बनता है...बिगड़ता है? जिन लोगों ने उस समय विपरीत परिस्थितियों में स्त्री शिक्षा के लिये उद्योग किया था, उनकी महाप्राणता में क्या संदेह है? भलाई-बुराई तो सभी देशों, सभी जातियों के भीतर है। हमारा कार्य है भला करके लोगों के सामने उदाहरण रखना। इस माया के जगत में जो भी काम करने जाओगे, उसमें दोष रहेगा ही। परन्तु इसी कारण क्या निश्चेष्ट हो कर बैठे रहना होगा? ऐसा नहीं है, मेरे बच्चों, जितना भी हो सके भले कार्य किये जाने होंगे। अब आगे सब कुछ तुम्हें ही सँभालना है, तुम सब जानते हो। आँखों की दृष्टि धुँधली होने से आजकल मैं बहुत कम पढ़-लिख पाता हूँ।

आपने इतना अधिक पढ़ लिया है, सात जन्मों तक भी शायद ही कोई पढ़ पाए...शिवानन्द ने धीरे से कहा।

अब मेरी कोई इच्छा नहीं रही...स्वामी ने उदासीन स्वर में कहा। ब्रह्मानन्द का हृदय कांप उठा। उसके कानों में ठाकुर की वाणी गूंज रही थी–जब वह स्वयं को जान लेगा तो फिर वह देह नहीं रखेगा।

स्वामी जी, क्या अब आप यह समझ गये हैं कि आप कौन हैं? प्रेमानन्द की वाणी कांप रही थी।

हाँ, समझ तो गया हूँ। मुझे इस बात का संतोष है कि तुम सभी लोग ठाकुर के काम को बहुत आगे ले जाओगे...। इसी भरोसे के कारण मुझे कोई चिंता नहीं रहती...।

हमलोग, जो कुछ जानते हैं, आपने सिखाया है, आपने हमें उत्तरदायित्व देकर उत्तरदायी होना सिखाया है। सारदानन्द ने स्वामी की ओर पानी बढ़ाते हुए कहा।

भूल गया, जल पीते ही गले की पेशियाँ अपने आप बन्द हो जाती थीं, अब थोड़ा सुधार है, फिर भी जितना कम पीऊँ...अच्छा है। स्वामी ने पानी नहीं लिया।

राखाल दा जानते हैं, मैंने कोई भी दायित्व अपने पास रखना कभी नहीं चाहा। प्रारंभिक काल में मेरा नाम रहना आवश्यक था...बस एक बार मिशन चल पड़ा तो आप लोग सँभाल लेंगे, मैं यह भलीभाँति जानता था। बहुधा देखने में आता है कि शिष्यों को अपने साथ रखकर गुरु उन्हें बोन्साई बना डालते हैं। एक बार शिष्य प्रशिक्षित हो जाने के बाद यह आवश्यक है कि गुरु उन्हें छोड़ दें, क्योंकि उनकी अनुपस्थिति के बिना वे लोग अपना विकास नहीं कर सकते। इसी से मैं निश्चिंत हूँ...कहते हुए स्वामी उठ खड़े हुए...।

रात्रि के तीन बज रहे थे। स्वामी की नींद टूट गयी थी–उन्होंने अपने पैरों में स्लीपर डाला। वे धीरे-धीरे मन्दिर की ओर बढ़ रहे थे। सभी संन्यासियों के कमरे के आगे घंटे की ध्वनि नीरवता में गूंज रही थी। तीन बजे उठकर जप-ध्यान करना आसान नहीं है...पर स्वामी ने कहा है...कोई उनकी बात टालना नहीं चाहता।

नये संन्यासी अक्सर लेट हो जाते हैं। आपने सभी के सोने के लिये चादर, गद्दे की व्यवस्था कर दी है। खाने-पीने की भी अच्छी व्यवस्था कर दी है, तो आलस्य आना स्वाभाविक है। रामाकृष्णानन्द ने हँसते हुए कहा।

मेरे भाई, अब जो मठ में खाट-बिस्तर तथा खाने-पीने की अच्छी व्यवस्था की गयी है, उसका कारण यह है कि हम लोग जितना सहन कर सके हैं, उतना आजकल जो लोग संन्यासी होने आ रहे हैं, वे कर सकेंगे?

बिलकुल सही है, पर यह बदलाव क्यों? शारदानन्द ने पूछा।

बहुत ही सीधी बात है, हमलोगों ने ठाकुर का जीवन देखा है, इसीलिये दुख-कष्ट की ओर अधिक ध्यान नहीं था। आजकल के लड़के उतनी कठोरता सहन नहीं कर सकेंगे। इसी कारण उनके रहने के लिये थोड़ा स्थान तथा एक मुट्ठी अन्न की व्यवस्था की गयी है।

स्वामी जी, मठ के खाट-बिछौने को देखकर बाहर के लोग बहुत कुछ बोलते हैं, संन्यासियों के तो ख़ूब मौज हैं। लाटू ने कहा।

बोलने दें न। हँसी उड़ाने के लिये ही सही, पर यहाँ की बात एक बार मन में तो लाएँगे! शत्रुभाव से शीघ्र मुक्ति हो जाती है। स्वामी ने हँसते हुए कहा, फिर आवाज़ दी–

शुद्धानन्द, मेरे कमरे से पंचांग लेकर आना...मैं थोड़ी देर टहलने के बाद आता हूँ।

(50)

सामने विस्तृत मैदान की हरियाली हर जगह एक समान पसरी हुई थी, जैसे हरे रंग की कालीन बिछा दी गयी हो। स्वामी उस घास पर नंगे पाँव धीरे-धीरे टहल रहे थे। तभी अचानक गंगा की ओर मुड़कर खड़े हो गये।

तुम लोग गंगा के किनारे स्थित उस बिल्व वृक्ष को देख पा रहे हो?

जी, स्वामी जी, क्यों...? प्रेमानन्द समझता है,स्वामी जी के मन में कई योजनाएँ चलती रहती हैं, ।

बस, कुछ ख़ास नहीं, मेरे शरीर जाने पर वही अन्तिम संस्कार करना...स्वामी ने सहजता से अपनी बात रखी, फिर टहलने लगे।

प्रेमानन्द सन्न रह गया।

स्वामी अपने कमरे में थे। सामने कुमारी मैक्लाउड बैठी थी, जो खिड़की से वेदांत मठ के प्रांगण को एकटक निहार रही थी, जहाँ सिस्टर निवेदिता बच्चों के बीच पुरस्कारों का वितरण कर रही थी। अचानक स्वामी ने कुमारी मैक्लाउड से कहा, "जो, जो। मुझे लगता है, मैं कदाचित चालीस पूरा नहीं करूँगा।"

ओह, ऐसा नहीं हो सकता। अभी आप उनचालीस के हैं। नहीं-नहीं, कृपया आप ऐसी बातें न कहें। फिर आप यह भी देखें, बुद्ध के जीवन के महान कार्य तो उनकी चालीस और अस्सी वर्ष के बीच में ही हुए थे। जो का हृदय व्यथित हो रहा था।

मैंने अपना सन्देश दे दिया है और अब मुझे जाना ही होगा। स्वामी ने गम्भीर स्वर में कहा।

पर क्यों स्वामी जी? मैक्लाउड ने अपने शब्दों पर जोर डालते हुए कहा।

बड़े वृक्ष की छाया छोटे वृक्षों को बढ़ने नहीं देती। उनके लिये जगह बनाने हेतु मुझे जाना ही होगा...

दरवाज़े पर खड़ी निवेदिता ने सुबकते हुए कहा, "आप सोचते हैं, आपके बाद हम लोगों का क्या होगा? मठों का क्या होगा?"

चिंता मत करो। इस वेदांत मठ में जो आध्यात्मिक शक्ति प्रकट हुई है, वह डेढ़ हजार वर्षों तक रहेगी–यह एक महान संस्था का रूप लेगा। ऐसा मत सोचो, यह मेरी कल्पना है, मैं इसे प्रत्यक्ष देख रहा हूँ। निवेदिता, मैंने तुमसे पहले भी कहा था, आज फिर कहता हूँ–जब मृत्यु मेरे पास आ रही है, मेरी सारी दुर्बलताएँ लुप्त होती जा रही हैं। अब मुझ में भय-संदेह या बाह्य जगत का विचार–कुछ भी शेष नहीं है। मैं केवल अपने आपको मृत्यु के लिये प्रस्तुत कर रहा हूँ।

कृपया अब आप मृत्यु की बातें न करें, ईश्वर ऐसा कुछ नहीं होने देगा, ब्रह्मानन्द ने कहा।

ओह, राखाल दा...आप भी...आप तो ठाकुर की संतान हो, मिशन के अध्यक्ष हो, ज्ञानी हो। मेरी दृष्टि में यह संसार एक खेल मात्र है। तथापि मैंने सदा वीर की भाँति जीवन यापन किया है। मेरा कार्य तड़ित के समान क्षिप्र तथा वज्र के समान अटल होना चाहिए। मैं इसी प्रकार मरूँगा।

आज मेरी निर्जला एकादशी है, तुम सबों का फलाहार परोसने का काम मैं करूँगा–स्वामी हठ कर रहे थे।

स्वामी ने डाइनिंग हाल में रखी सामग्री के ढक्कन उठाकर देखा–कटहल के बीज, आलू , सामा चावल, और दूध।

सबसे पहले कटहल परोसता हूँ। ठाकुर कटहल का अपने सत्संग में अक्सर दृष्टांत के रूप में रखते थे, याद है? कटहल को पत्ते पर रखते हुए स्वामी ने कहा।

अब आप बैठ जायें...हम लोग परोस लेंगे, शरतचंद ने कहा।

नहीं, आज सब कुछ मैं करूँगा। तुम लोगों के हाथ धुलवाने का काम भी, स्वामी ने पानी से भरे जग को उठाया और कंधे पर हाथ पोंछवाने के लिये तौलिया रख लिया।

स्वामी जी, प्लीज! यह सब तो मुझे आपके लिये करना उचित है, आपका मेरे लिये नहीं–शरतचन्द्र ने सकुचाते हुए गुरु से कहा।

क्यों? ऐसा पूर्व में भी नहीं हो चुका है? ईसा ने भी तो अपने शिष्यों के पाँव धोए थे।

परन्तु वह तो उनका अन्त समय था, ब्रह्मानन्द बुदबुदाए। वह स्तब्ध रह गये। थके क़दमों से अपने कमरे में चले आए। मन में हजार नहीं, लाख ज्वार-भाटे जोर मार रहे थे।

आज चार जुलाई है, अमेरिका की स्वतंत्रता दिवस। इस चार जुलाई के साथ मेरे भी बहुत सारे संयोग जुड़े हुए हैं–स्वामी ने वेदांत बाजार में टहलते समय प्रेमानन्द से कहा।

अमेरिका का भी आपके साथ अत्यन्त प्रबल संयोग रहा है और इसके कारण आकाश भी मिला, या यों कह सकते हैं, विवेकानन्द को आकाशीय नक्षत्र बनाने में महत्वपूर्ण भूमिका निभायी है।

आने वाले समय में सैकड़ों विवेकानन्द जन्म लेंगे–स्वामी की अस्पष्ट वाणी प्रेमानन्द को सुनाई पड़ी।

आज आपकी तबियत कैसी लग रही है? प्रेमानन्द ने बात बदली।

आज शरीर ख़ूब हल्का प्रतीत हो रहा है, किसी तरह का कोई कष्ट अनुभव नहीं हो रहा है। तभी तो इतनी दूर पैदल चलकर आ गया। सोचता हूँ, एक वेद विद्यालय की स्थापना कर पाता–स्वामी के विचारों में योजनाएँ चलती ही रहती हैं, सबको ज्ञात है।

वेद पढ़ने से क्या लाभ होगा? प्रेमानन्द ने पूछा।

और कुछ न भी हो तो, अंधविश्वास दूर होंगे। स्वामी के मुखमंडल पर इस विश्वास पर अटूट विश्वास दिखायी पड़ रहा था।

वापस आते-आते संध्या हो गयी। प्रेमानन्द ने लौटते ही उत्साह में कहा, "पता है, स्वामी जी, आज वेदांत बाजार से आ रहे हैं। थोड़ी सी भी थकान नहीं हुई।" स्वामी को मठवासियों से हँस-हँसकर बातें करते देख आश्रमवासियों ने चैन की साँस ली–स्वामी की सेहत सुधर गयी। मन्दिर से आरती के घंटे की पहली ध्वनि आते ही स्वामी के पैर अपने कमरे की ओर मुड़ गये।

पहली मंज़िल पर बने अपने कमरे में पहुँचकर चारों ओर की खिड़कियाँ और

दरवाज़े खोलकर...बाहर की ओर ध्यान मग्न हो कर देखा–सामने विपुल गंगा, संध्या की लालिमा में थिरक रही थी। कभी-कभी कोई एक भारवाहिनी नौका पतवार की छपाक निस्तब्धता भंग कर रही थी, मठ की ओर दृष्टि घुमाई तो चारों ओर हरियाली पसरी दिखायी पड़ रही थी।

स्वामी जी, आप थोड़ी देर आराम करेंगे? व्रजेन्द्र ने पूछा।

नहीं, थोड़ी देर ध्यान करना है। तुम थोड़ी देर बाद आना। मेरे ध्यान में विघ्न मत डालना।

ठीक है, स्वामी जी, मैं बाहर बैठता हूँ, आवश्यकता हुई तो आवाज़ दे देंगे।

इधर सुनना, मुझे जपमाला बढ़ा दे, तू भी बाहर बैठकर जप ध्यान कर, जब तक न बुलाऊँ, अन्दर मत आना।

ब्रजेन्द्र, अब अन्दर आ सकते हो। स्वामी ने आवाज़ दी।

व्रजेन्द्र अन्दर आया, घड़ी की ओर देखा, पैंतालीस मिनट हुए थे। व्रजेन्द्र अन्दर आया तो स्वामी फर्श पर लेटे थे। हाथ में जपमाला थी। गर्मी लग रही है–स्वामी ने कहा। व्रजेन्द्र को पंखा लाते देख स्वामी ने रोका–मुझे पंखा झलने की ज़रूरत नहीं, थोड़ा पैरों को दबा दो।

स्वामी ने दाई से बाई करवट बदली। हाथों में हल्की सी कंपन को व्रजेन्द्र ने देखा। उसकी दृष्टि चेहरे पर पड़ी–ललाट पर स्वेद कण झिलमिला रहे थे। व्रजेन्द्र घबड़ा उठा–स्वामी बच्चों की तरह रो रहे थे।

उसने अपना हाथ उनकी ललाट की ओर बढ़ाया, स्वामी की गहरी सांस की आवाज़ सुनाई पड़ी और उसके बाद सब कुछ हमेशा के लिये स्थिर हो गया। आँखें स्थिर हो चुकी थीं, चेहरे पर अपूर्व शान्ति, ज्योति और मुस्कान थी। व्रजेन्द्र चिल्लाया...। भक्तों के सामने मानो हिमालय पर्वत अदृश्य हो गया था,

और माँ के सामने?

क्या हुआ हरेन? माँ का कलेजा कांपा, हरेन के चेहरे पर दृष्टि पड़ते ही...वह समझ गयी–अनमोल खजाना अदृश्य हो गया।

जो बप्पा को हुआ था, हरेन ने रोते-रोते कहा।

माँ...बिलू...भुवनेश्वरी देवी एक चीत्कार के बाद मौन हो गयी।

इस बुढ़ापे में...रघुमणि देवी ने अपनी बेटी को छाती से चिपका लिया...कल ही तो आया था।

नानी माँ...नानी माँ कहकर कितना सुख पहुँचाया था और आज शोक के झंझावात में छोड़कर चला गया। वृदधा एक ओर लुढ़क गयी।

निवेदिता को अपनी आँखों पर विश्वास नहीं हो रहा था, यह क्रूर घटना सचमुच घट गयी है। जब माँ आयी, वह अपने प्रिय गुरुदेव को पंखा झल रही थी...

माँ, नानी माँ...वह उनकी ओर भागी। उन्हें देख उसके दुख तिरोहित हो रहे थे।

माँ, हम सबके अन्दर विवेकानन्द प्रवेश कर गये हैं, आजीवन मैं आपका पुत्र बनकर सेवा करूँगा...ब्रह्मानन्द नतमस्तक हो माँ के चरणों में बैठ गये।

माँ, आप हम सबकी माँ हैं, कहते-कहते निवेदिता ने उन्हें अपने अंक में समेट लिया।

मेरा भाई नरेन कल घर पर आकर कितनी ख़ुशियाँ देकर आया था, विधाता की ही नजर लग गयी...एक दिन में ही दुनिया पलट दी, स्वर्णमयी ने कल्पते हुए कहा।

सामने गंगा के किनारे बम्ब वृक्ष के नीचे स्वामी चिर निद्रा में लीन थे। निवेदिता ने उनकी ओर करूण दृष्टि से देखा–आप कहते थे, आप चालीस नहीं पार करेंगे... हम लोग आपकी बातों पर क्यों विश्वास नहीं करते थे...? एक-एक पल, एक-एक क्षण...हम सभी ने आपके बिना जो बिताया है, वह अनमोल समय हमने नष्ट कर लिया है..।

संन्यासियों का जमघट बढ़ रहा था।

"क्या उन्हें गुरुदेव के शरीर पर पड़ी आख़िरी निशानी मिल सकती है...? निवेदिता थोड़ी दूर बैठी, एकटक उन्हें निहार रही थी...तभी स्वामी के शरीर पर पड़ा कपड़े का टुकड़ा उड़ता हुआ निवेदिता के माथे पर आकर गिरा–'मार्गरेट, तुम्हारे लिये...' निवेदिता को सुनाई पड़ा। वह उस वस्त्र में गुरु के आशीर्वाद की रूनझुन को आत्मानुभूत कर रही थी...यह कपड़े का एक टुकड़ा नहीं, प्रेम, स्नेह, आशीर्वाद का साकार रूप था। स्वामी जी, आप कहीं नहीं गये हैं...सदा हमारे साथ हैं, आप स्नेह के प्रतीक हैं। निवेदिता बुदबुदा रही थी।

सामने चिता जल रही थी, पर उसमें सब कुछ समाप्त नहीं हो रहा था–सभी निस्तब्ध हो कर स्वामी की वाणी को महसूस कर रहे थे–"आप लोग दुखी न हों। मैंने जो जन्म लिया, इसकी मुझे ख़ुशी है। इतनी-इतनी तकलीफ़ें मिलीं, उससे भी मैं ख़ुश हूँ। जीवन में बड़ी-बड़ी भूलें कीं, उससे भी ख़ुश हूँ। अब निर्वाण के शान्ति समुद्र में डुबकी लगा रहा हूँ, इससे भी ख़ुश हूँ। मेरे लिये किसी को दुनिया में लौटना पड़े, ऐसा कोई बंधन मैं किसी से भी लेकर नहीं जा रहा हूँ। अपना यह

देह त्याग कर मुक्त हो रहा हूँ, वैसे भी मुक्त था। अब पुराना विवेकानन्द चला गया और हमेशा के लिये चला गया है। शिक्षादाता, गुरु, नेता, आचार्य विवेकानन्द चला गया है। पड़ा हुआ है वही बालक, प्रभु का वही चिरशिष्य, चिदाश्रित दास, अपने ठाकुर का नरेन।"